Sa couleur préférée est le sang

Coffin Nails MC

K.A. Merikan

Acerbi & Villani Ltd

© 2022

Titre original : His Favorite Color Is Blood (Coffin Nails MC) 2016

Traduit de l'anglais par Lily Karey

Relectures et corrections par Lily Atlan

Tous droits internationaux réservés. Ce livre ne peut être reproduit, en tout ou en partie, stocké dans un système de recherche ou transmis sous quelque forme que ce soit par quelque moyen que ce soit (électronique, mécanique, photocopie, enregistrement ou autrement) sans l'autorisation écrite préalable de l'auteur, sauf pour les besoins suivants : des critiques. Le critique peut citer de courts passages pour que la critique soit imprimée dans un journal, un magazine ou une revue

Copyright de l'édition française © 2022

Copyright de l'édition originale © 2016

Avertissements :

Ceci est une œuvre de fiction. Les noms, les personnages, les lieux et les faits décrits ne sont que le produit de l'imagination de l'auteur, ou utilisés de façon fictive. Toute ressemblance avec des personnes ayant réellement existées, vivantes ou décédées, des établissements commerciaux ou des événements ou des lieux ne serait que le fruit d'une coïncidence.

Cet ebook contient des scènes sexuellement explicites et homoérotiques, une relation MM et un langage adulte, ce qui peut être considéré comme offensant pour certains lecteurs. Il est destiné à la vente et au divertissement pour adultes seulement, tels que définis par la loi du pays dans lequel vous avez effectué votre achat. Merci de stocker vos fichiers dans un endroit où ils ne seront pas accessibles à des mineurs.

Table des Matières

Prologue	1
Chapitre 1 – Misha	3
Chapitre 2 – Grim	13
Chapitre 3 – Misha	24
Chapitre 4 – Misha	39
Chapitre 5 – Grim	50
Chapitre 6 – Grim	60
Chapitre 7 – Grim	71
Chapitre 8 – Misha	80
Chapitre 9 – Misha	90
Chapitre 10 – Grim	103
Chapitre 11 – Misha	112
Chapitre 12 – Grim	132
Chapitre 13 – Misha	149
Chapitre 14 – Misha	157
Chapitre 15 – Misha	171
Chapitre 16 – Misha	189
Chapitre 17 – Misha	194

Chapitre 18 – Grim	207
Chapitre 19 – Grim	232
Chapitre 20 – Grim	246
Chapitre 21 – Grim	257
Chapitre 22 – Misha	268
Chapitre 23 – Grim	282
Chapitre 24 – Misha	290
Chapitre 25 – Grim	300
Chapitre 26 – Misha	318
Chapitre 27 – Grim	333
Chapitre 28 – Grim	344
Épilogue – Misha	352

Prologue

Des étincelles dansaient dans l'air comme des étoiles filantes jusqu'à ce que leur lumière s'éteigne. Les flammes hurlaient à travers les fenêtres ouvertes, déchirant les grillages. Elles étaient si brillantes dans le ciel sombre qu'on avait presque l'impression que les murs empêchaient une explosion nucléaire d'éclater dans tous les bois autour de la maison. En arrière-plan, le son d'une sirène se rapprochait lentement, mais les pompiers ne pourraient pas faire grand-chose à ce stade. Tout l'intérieur avait été consumé, et Logan se détourna des adultes, qui le poussaient vers l'arrière comme s'ils ne voulaient pas qu'il assiste à l'embrasement de sa vie entière.

Il pinça les lèvres, ravalant des larmes qu'il ne voulait pas que l'on voie, tandis qu'il regardait la lumière chaude et brillante lécher l'écorce des arbres. L'air habituellement humide n'était plus qu'une chaleur écœurante, et il se serra la gorge, incapable de respirer à travers ses sanglots silencieux.

Un point jaune vif attira son attention, et il fit un pas en avant, chassant les larmes de ses yeux. Son cœur tambourinait alors que le petit canari ouvrait son bec, et il dut sortir son chant, mais Logan ne pouvait pas l'entendre à travers le son insistant de la sirène qui approchait. Tous les adultes se dispersèrent pour faire place au camion, mais Logan se rapprocha de l'arbre, et le petit oiseau déploya ses ailes et s'envola gracieusement. Ses petites pattes s'enroulèrent autour de l'index de Logan. Il enfouit son bec sous l'aile, nettoyant ses plumes, sans se soucier du chaos qui se déchaînait autour de lui.

Logan serra la mâchoire si fort qu'il eut l'impression que ses dents étaient sur le point de craquer, et il saisit le petit corps dans son poing. Il ne pouvait pas respirer, la colère se refermait sur sa trachée. Sans réfléchir, il attrapa la petite tête avec son autre main et la fit tourner, comme si c'était le bouchon d'une bouteille de soda. Le craquement sec qui suivit résonna dans tout l'organisme de Logan, mais alors que l'oiseau devenait mou, il tira, tournant et retournant, jusqu'à ce que le corps tombe sur le sol, ne laissant que la tête dans ses paumes ensanglantées.

La tension se dispersa dans les muscles de Logan.

Les pompiers arrivèrent.

Chapitre 1 – Misha

Lorsque la première explosion ébranla le sol, Misha fut si confus qu'il s'immobilisa près de son bureau. Piégé dans une pièce qui se fermait de l'extérieur et qui n'avait pas de fenêtre, il n'avait aucun moyen de savoir ce qui se passait. Il prit une profonde inspiration et poussa sur le bureau pour faire rouler sa chaise jusqu'à la porte. Une partie de lui craignait de réveiller Gary et de le rendre furieux, mais quand une autre explosion fit trembler les murs autour de lui, il frappa à la porte avec son poing. Si cela n'avait pas réveillé Gary, rien ne le pourrait.

— Gary ? Est-ce que c'est un tremblement de terre ? Je peux rester avec toi dans le salon ? cria-t-il, mais il n'eut aucune réponse.

Son rythme cardiaque s'accéléra quand il entendit ce qui ressemblait à des pétards explosant au loin. Quelle que soit l'agitation, cela signifiait peut-être qu'il allait pouvoir quitter l'appartement de Gary. Mais comment pourrait-il s'enfuir s'il ne savait même pas ce qui se trouvait derrière la porte électroniquement verrouillée de l'appartement de Gary ? Misha était adepte de l'utilisation du fauteuil roulant. Il était en forme et savait se déplacer malgré ses jambes qui se terminaient par des moignons juste sous les genoux. L'absence de fenêtres dans tout l'appartement laissait penser qu'il était situé sous terre. Il pouvait facilement utiliser un ascenseur, et était techniquement capable de monter les escaliers, mais s'il voulait aller plus loin, il devait tirer le fauteuil roulant derrière lui à chaque étape de l'ascension.

Alors que son cerveau réfléchissait à des moyens de s'échapper, évoquant des visions d'une nouvelle vie meilleure qui valait vraiment la peine d'être vécue, le son des pétards, qui semblait maintenant trop similaire à des coups de feu, éclata à nouveau. Il glissa de la chaise et tira une couverture de son lit, ce qui s'avéra plus difficile qu'il ne le pensait avec ses doigts raides et tremblants. Se déplaçant comme un automate, il se précipita sous le bureau, poussant le bois, comme s'il pouvait l'absorber s'il le voulait vraiment. Le fait qu'il ait 22 ans n'avait aucune importance. À cet instant, il était à nouveau un petit garçon, et rien ne pouvait le sauver des monstres alcoolisés qui tombaient dans le couloir.

Misha se couvrit de la couverture et essaya de ne pas respirer, laissant le moins d'air possible dans ses poumons. Il voulait être invisible, se fondre dans les meubles et disparaître hors de portée du monstre. Il préférait que Gary entre, se moque de lui et lui le traite d'imbécile pour avoir eu peur d'un feu d'artifice plutôt que de risquer la possibilité qu'il soit confronté à un réel danger.

Son corps trembla au son d'un bruit sourd, suivi d'un fracas, et, oui, cette fois, c'était bien des coups de feu. Misha se recroquevilla, se roulant en boule pour paraître aussi petit que possible tandis que les pulsations dans son cou comptaient les secondes. Il y eut une série de tirs rapides, qui stoppa soudainement, laissant derrière elle un silence sinistre.

Misha tendit l'oreille, et bien qu'il y ait encore des sons d'explosifs et de tirs quelque part en arrière-plan, il fut certain d'avoir entendu du mouvement derrière la porte du minuscule espace qui était devenu tout son monde. Chaque poil de son corps se dressa dans l'attente du bruit.

Il serra les doigts en poings, incapable de penser à ce qu'il pourrait utiliser comme arme. Sa chambre était à l'image de ce que la plupart des gens croyaient être les grottes des adolescents. Elle contenait des posters de groupes russes, des trophées en plastique pour la natation – ce qui était d'autant plus pathétique que Misha ne savait même pas nager – un bureau, un ordinateur sans accès à Internet et plusieurs livres, mais pas un objet tranchant en vue, ni même un balai qu'il pourrait casser et utiliser comme poignard. Et si Gary se faisait tirer dessus et ne pouvait plus le protéger ? Et si quelqu'un d'autre l'enlevait ? Et si cette personne voulait... le blesser à nouveau ? Gary était loin d'être un homme parfait, mais avec lui, Misha savait au moins où il en était.

Son cœur s'arrêta quand la poignée de la porte bougea. Quelqu'un venait pour lui. Quelqu'un s'était introduit ici et allait bientôt le trouver sans défense. Si seulement il avait un verre qui ne soit pas en plastique, il se trancherait les poignets avant que le monstre ne puisse l'atteindre, mais dans cette situation, le mieux qu'il pouvait faire fut de se frapper la tête contre le sol à plusieurs reprises et de redouter le pire. Le claquement de la serrure fut comme un coup de poing dans le ventre, et Misha regarda à travers le minuscule espace dans la couverture, le souffle coupé, tandis que la porte s'ouvrait lentement. La première chose qu'il vit fut de lourdes bottes de combat qui s'écrasèrent sur le sol, tandis qu'un homme vêtu de noir entra, une arme à la main.

Les secondes s'étirèrent en une éternité tandis que l'homme avançait, un pas après l'autre, dans la petite pièce, avant de s'arrêter brusquement et d'inspirer une grande bouffée d'air.

— Je sens la peur, chuchota-t-il, semblant heureux de sa découverte.

L'homme était tendu, concentré, mais son visage était une monstruosité qui fit penser à Misha que c'était la Mort elle-même qui venait pour lui. Ce ne fut qu'après quelques instants qu'il se rendit compte que l'homme portait un masque, qui donnait à sa tête l'apparence d'un crâne nu, avec une paire de lèvres fines et bien coupées visibles à travers une ouverture qui révélait également le menton lisse de l'homme.

Les grands yeux creux du crâne semblaient absorber la lumière, et l'incapacité à prévoir ce que l'homme regardait donnait à Misha l'envie de ramper à l'intérieur de son propre corps. Mais les muscles puissants de l'homme se relâchèrent, et il baissa son arme.

Les lèvres de Misha tremblaient, et il dut les mordre pour empêcher ses dents de claquer. Malgré toutes les horreurs qu'il avait subies, il ne voulait pas mourir. Peut-être qu'un jour, il deviendrait assez utile à Gary, et le monde de Misha pourrait s'étendre au-delà de cette pièce. Si seulement il pouvait arrêter de respirer, la couverture cacherait sa présence. La pièce était sombre, sans la lampe supplémentaire que Gary apportait pour les tournages, il y avait donc une chance que l'assaillant parte sans le remarquer.

Mais au moment même où il pensait cela, ces grands trous noirs qu'étaient les yeux se tournèrent vers lui, et l'homme s'agenouilla lentement. Tous les poils du corps de Misha se hérissèrent. Après un silence angoissant, l'homme finit par parler.

— Salut, Petit oiseau, dit-il, et sa voix ressembla au chocolat le plus riche et le plus doux, pas ce que Misha s'attendait à entendre de la part de quelqu'un qui cachait son visage derrière un masque.

Il n'avait nulle part où fuir, mais Misha continua à resserrer la couverture autour de lui et à pousser contre le coin sous le bureau, comme si celui-ci pouvait se transformer en un portail vers une autre dimension et l'avaler tout entier. Il n'aimait pas les étrangers. Ils n'apportaient jamais que de la douleur et de la misère avec eux, et cet invité imprévu, qui débarquait avec une arme à feu, semblait être l'incarnation des cauchemars de Misha.

— S'il vous plaît, ne m'emmenez pas, chuchota Misha, incapable de cligner des yeux. Je suis bien ici, il suffit de demander à Gary.

L'homme inclina la tête, et ses lèvres ourlées bougèrent, pâles contre le noir mat de sa tenue.

— Qui est Gary ?

— Mon p-p-p-petit ami.

Et voilà. Les dents de Misha se mirent à claquer. Il se blottit contre le bureau en bois lorsque l'homme se rapprocha, et maintenant, dans la lumière provenant de la lampe de bureau, Misha pouvait voir que des mailles noires recouvraient les trous des yeux du masque.

— C'est lui qui t'a enfermé de l'extérieur ?

Misha se mordit de nouveau les lèvres jusqu'à ce qu'il fasse couler le sang. Ce ne fut qu'à cet instant que ça lui traversa l'esprit. Et si c'était un test de loyauté ? Et si Gary envisageait de lui donner plus de liberté, mais devait s'assurer que Misha ne le trahirait pas une fois sa laisse desserrée ?

— Je...

Misha se lécha les lèvres. Sa respiration devint erratique, et il commença à avoir une respiration sifflante sous l'effet de la panique.

L'homme rangea son arme dans un étui sous son bras et tendit une main gantée de cuir.

— Sors. Je ne te ferai pas de mal.

Misha ne saisit pas la main tendue, mais il retira lentement la couverture de sa tête, sachant qu'il n'aurait de toute façon pas le choix.

— Gary sait-il que vous êtes là ? geignit-il, son esprit s'éparpillant dans un million de directions.

D'après l'expérience de Misha, un masque signifiait que l'homme était ici pour faire des choses horribles devant la caméra de Gary sans être reconnu. Misha ne connaîtrait même pas son nom.

— S'il vous plaît, dites-lui juste que je ne veux pas y aller.

Cette pièce merdique et un peu humide était loin d'être un paradis, mais qui savait quel enfer l'attendrait dehors ? Il préférait rester plutôt que de risquer de souffrir davantage.

L'homme se rapprocha, et sa poitrine se dégonfla sous la puissance d'une forte expiration.

— Andrey ? C'est vraiment toi ?

C'était mauvais. L'homme connaissait le nom de scène porno de Misha. Il était assez proche pour que la moitié supérieure de son corps se glisse sous le bureau, et Misha pouvait sentir sa sueur, mêlée à une riche eau de Cologne qui s'enroulait déjà autour de la gorge de Misha, sur le point de l'étouffer.

— Oui. Qui êtes-vous ? C'est Gary qui vous a envoyé ici ? L'avez-vous payé ?

L'homme masqué grogna, et pendant un bref instant, son accent glissa vers des tons plus profonds, quelque peu nasillards.

— Je ne connais pas de Gary.

Il prit une profonde inspiration, et sa pomme d'Adam rebondit.

— Je *savais* que je connaissais cette pièce de quelque part, mais tu n'es pas censé être en Russie ? Qu'est-ce que c'est que ça ?

Misha observa tous les mouvements de l'homme. Sa vie ou sa mort pouvait dépendre de l'évaluation correcte de cette situation.

— C'est un mensonge. Pour éviter les harceleurs... Qui êtes-vous ?

Maintenant qu'il y songeait, Misha réalisa qu'il n'avait pas rencontré de nouvelles personnes au cours des deux dernières années. Il n'y avait toujours que lui et Gary, et parfois des amis de Gary ou l'esthéticienne de service qui s'occupait des poils et des ongles de Misha. Et sans personne pour lui présenter cet homme, il ne savait pas comment agir.

L'homme masqué tendit la main jusqu'au visage de Misha. Ses doigts gainés de cuir sentaient la poudre à canon, ce qui ne fit que rendre Misha plus rigide lorsque le gant doux et lisse effleura sa peau.

— Tu es si beau dans la vraie vie.

— Vous êtes là pour me tuer ? demanda Misha, incapable de garder cette question en lui.

L'homme avait fait irruption avec une arme à feu et ressemblait à une version moderne de la Faucheuse, alors c'était logique. Il pourrait être en train de s'assurer qu'il a la bonne personne devant lui avant de plomber le crâne de Misha.

— Non. Je ne ferais jamais ça. Promis, dit l'homme masqué en levant sa main avec le petit doigt tendu.

Misha savait qu'il ne fallait pas se fier aux promesses, mais cela valait toujours la peine d'en reconnaître une. Dans un moment surréaliste, il accrocha son petit doigt à celui de l'homme au masque de crâne.

— Merci.

— Tu veux bien sortir maintenant ? demanda l'homme en tirant doucement sur la main de Misha.

— D'accord, mais nous devons trouver Gary… Je ne peux aller nulle part sans son autorisation.

Misha détourna le regard du visage de l'homme et sortit en rampant de sous la couverture. Il portait ses cheveux ridiculement longs, parce que Gary les aimait comme ça, mais dans ces circonstances, il sortit un élastique de la poche de son short et rassembla ses longues mèches en un chignon lâche. Il ne pouvait s'empêcher de penser que si cet homme connaissait son nom de scène, il l'avait vu dans des circonstances bien pires que celle-ci. Il avait besoin de se calmer et de garder un peu de dignité.

Il leva la tête, mais la question qu'il avait l'intention de poser mourut sur ses lèvres lorsqu'il remarqua que l'étranger regardait fixement les affreux moignons qui dépassaient de sous la couverture. Dans un moment d'horreur, la main de l'homme, enveloppée de cuir, s'approcha de l'un d'eux. Misha serra les dents si fort que sa mâchoire lui fit mal, et il resta immobile. Il bougea seulement les yeux et les laissa errer vers l'entrejambe de l'étranger et la grosse bosse dans son pantalon. Bien sûr, l'homme serait un fétichiste de l'amputation s'il connaissait le personnage porno de Misha. Ils s'appelaient eux-mêmes « dévots », mais selon l'expérience de Misha, la seule chose à laquelle ils étaient dévoués était les moignons, pas l'amputé lui-même. Misha ne se sentait pas à l'aise avec ces hommes, et chaque contact importun le plongeait plus profondément dans son propre esprit.

La grande main massa le moignon, le pressant doucement, comme s'il s'agissait d'un fessier. Ce n'était pas bien, et quatre années à accepter ces gestes avec un sourire factice n'avaient pas réussi à lui prouver le contraire.

— Tu seras en sécurité avec moi, dit l'homme, tirant Misha vers lui avec une force surprenante.

Les yeux de Misha s'écarquillèrent lorsqu'il fut forcé de s'approcher de la tête de mort imprimée sur le masque que l'inconnu portait sur le visage, mais ce fut le fait d'apercevoir les yeux de l'homme derrière le filet qui le fit paniquer. Il ne serait en sécurité nulle part, tout comme il ne l'avait pas été ici. Ce n'était pas parce que le corps de l'homme était robuste, comme s'il était fait de briques, qu'il était moins en chair et en os, moins vulnérable à une balle ou à une tronçonneuse.

— Quel est votre nom ?

Misha haleta et s'agrippa au cou de l'homme lorsqu'il fut soulevé comme s'il ne pesait rien.

Il y eut un grognement profond quelque part dans les profondeurs de la gorge de l'homme, mais il regarda finalement Misha droit dans les yeux et sa main serra la chair de sa cuisse.

— Je m'appelle Grim. Et je suis un fan, répondit-il en portant Misha hors de la pièce où il avait passé la majeure partie des deux dernières années.

Même si le toucher de Grim était doux, la luxure qui se cachait derrière donnait la nausée à Misha. *Un fan ?* Grim était-il un harceleur fou qui l'enlevait juste pour l'avoir pour lui tout seul ? Où l'emmènerait-il ? Qu'est-ce qu'il allait lui faire ?

Misha posa la main sur la poitrine de Grim, sentant le cœur de l'homme battre aussi fort que le sien.

— Vous... regardez beaucoup mes vidéos ? demanda-t-il, désespéré d'apprendre la moindre information.

L'homme masqué hocha la tête, ignorant complètement les bruits de tirs quelque part en arrière-plan alors qu'il entrait dans le salon de Gary.

— Je les regarde tout le temps. C'est moi qui t'ai envoyé la nouvelle Xbox à la boîte postale. Tu l'as reçue ? interrogea-t-il rapidement, en berçant Misha dans ses bras.

Les lèvres de Misha s'entrouvrirent, il n'en croyait pas ses oreilles. Sans oublier qu'elles étaient chaudes comme le feu de l'enfer. Il n'avait jamais vraiment rencontré un de ses abonnés.

— Je... En fait, oui. Ainsi que les jeux. Merci, ajouta-t-il rapidement, de peur d'offenser l'homme. Avez-vous... forcé la porte ?

Misha scruta le salon lorsqu'ils sortirent dans la lumière vive des lampes blanches. La télévision était renversée et gisait face contre terre et un vase en verre brisé était éparpillé sur le tapis, comme des graines de sésame sur du pain.

— Oui, dit Grim. Je suis désolé de t'avoir fait peur, mais tu étais la dernière personne que je m'attendais à trouver.

Misha examina le granit noir et l'acier de la cuisine moderne, et l'absence de Gary le rendit de plus en plus nerveux. Gary était la seule personne se tenant entre Misha et... ces *autres* personnes.

— Qui cherchiez-vous ?

Grim resta silencieux quelques instants tandis qu'ils approchaient de la porte, étrangement tordue et couverte de suie.

— Les loups qui dirigent cet endroit.

Misha était sur le point de dire qu'il ne savait pas où ils étaient exactement, mais quand Grim atteignit la porte, Misha balaya son regard sur la pièce une dernière fois et repéra une forme familière derrière le canapé en cuir noir où Gary l'avait baisé la semaine précédente.

Les doigts de Gary étaient tordus sur le sol, et Misha poussa un cri d'horreur lorsque ses yeux rencontrèrent le visage ensanglanté. Cela ne pouvait pas se produire. Grim n'était sûrement pas un policier, il était donc là pour récupérer tous les *actifs*. Misha enfonça sa main dans le visage de Grim et donna un coup de moignon dans son estomac, essayant de se libérer de la prise d'acier. Son cerveau était en ébullition.

— Gary ! S'il te plaît, ne les laisse pas me prendre ! Tu m'avais promis ! Tu as promis que je ne serais qu'à toi !

Grim essaya de le maintenir immobile, mais comme Misha continuait à se débattre, le sol finit par se rapprocher. Grim le relâcha, et le corps de Gary étendu sur le sol lisse devint le seul centre d'intérêt de l'existence de Misha. Sur ses mains et ses genoux, il avança, se souvenant à peine d'éviter les bouts de verres éparpillés dans le salon.

La voix de Grim lui parvint comme venue d'une autre dimension.

— Il est mort. Ne t'embête pas.

— Non ! pleura Misha, mais une fois qu'il fut près des blessures par balle, du sang et de l'odeur d'urine, il n'eut plus aucun espoir.

Même le tremblement qu'il avait remarqué plus tôt n'était peut-être qu'une illusion à laquelle il s'accrochait, car le corps encore chaud de Gary était immobile. Ses yeux étaient grands ouverts, le sang ne s'écoulait plus d'un trou au milieu de son front, sa bouche était ouverte et sa langue était relâchée au coin de sa bouche. Misha avait perdu sa ligne de vie.

Il frissonna, fixant les taches rouges qui collaient le T-shirt *Star Wars* préféré de Gary sur sa poitrine. Le cerveau de Misha refusait de trouver des réponses. Alors que Grim approchait, Misha prit une grande inspiration et se pencha sur Gary dans une tentative désespérée de gagner du temps. L'odeur d'urine et de sueur était difficile à supporter, mais sur une intuition, Misha plongea discrètement la main dans la poche avant du pantalon de Gary. La froideur de l'acier de la clé USB dont Gary ne se séparait jamais fut un choc pour Misha, mais il la récupéra rapidement, en serrant le cadavre dans ses bras. Aussi détestable qu'ait été Gary en tant qu'être humain, il l'avait protégé de tout autre mal. Peut-être qu'il continuerait à le faire grâce à des informations sur l'organisation sans nom qui possédait la vie de Misha. Pourtant, regarder les yeux vitreux de Gary signifiait la fin d'une époque.

Le sexe de Gary pénétrant de force dans sa gorge ou les mains de Gary se promenant sur ses moignons pendant qu'ils regardaient des films ne manqueraient pas à Misha, mais la sécurité qu'offrait cet endroit lui manquait déjà, car il savait quelle était l'alternative. La présence derrière lui était impossible à ignorer.

— C'était un mauvais homme. Tu seras en sécurité avec moi, promit Grim.

Misha serra ses doigts sur le T-shirt de Gary. Le seul endroit où il serait en sécurité serait au fond de l'océan, avec des chaussures en béton.

— Il avait des amis... peut-être qu'on pourrait les trouver, peut-être qu'ils pourraient...

La respiration de Misha devint trop irrégulière pour qu'il puisse parler. Il était sûr d'être aux États-Unis, puisque la plupart des gens qui lui rendaient visite, y compris Grim, avaient un accent américain, mais à part ça ? Il n'avait rien. Pas de papiers. Pas d'argent. Pas de possessions. Et pas de putain de jambes.

Grim tira sur l'épaule de Misha.

— Monte sur mon dos. Il faut que je te sorte d'ici rapidement.

Misha déglutit, se demandant si le porter n'était qu'une excuse pour que Grim puisse sentir le sexe de Misha dans son dos, mais un bruit assourdissant de coups de feu le poussa à agir. Il leva les yeux vers Grim et hocha la tête, tendant à contrecœur ses bras vers son nouveau ravisseur.

Chapitre 2 – Grim

La tête de Grim était un désordre coloré et palpitant alors qu'il transportait son trophée à travers les couloirs vides. Andrey était plus lourd qu'il n'y paraissait, mais peut-être que ses muscles ajoutaient autant de poids à son corps, car sa carrure n'était pas trop large. Grim ne pouvait s'empêcher d'apprécier le contact chaud des cuisses du bel oiseau, la chaleur où l'entrejambe d'Andrey reposait contre son dos, la poitrine pressée contre lui, et les bras autour de son cou. C'était le destin qu'il ait trouvé ce bel oiseau brisé ici, lors d'une mission de récupération en plus. Quelqu'un avait dû enlever Andrey de chez lui en Russie, pas étonnant qu'il soit si effrayé et confus. Mais maintenant que Grim l'avait libéré, le pire était passé. Il pouvait offrir à la vie d'Andrey une toute nouvelle qualité. Si Grim n'avait pas été obligé de regarder où il allait, il aurait tourné la tête pour embrasser les doigts fins sur ses épaules. Ils étaient si pâles, si fins, comme les moignons qui étaient si exposés de manière obscène, là où ils s'enfonçaient contre les hanches de Grim.

Un autre tir de mitrailleuse non loin de là mit Grim en alerte et le reconcentra sur l'unique sécurité d'Andrey. En ce qui le concernait, son rôle dans la mission était terminé, et il ne resterait pas avec le chapitre des Coffin Nails de Louisiane pour découvrir ce qui était arrivé à tous les autres. Il avait maintenant d'autres priorités.

Il voulait dire quelque chose d'apaisant, puisqu'Andrey se taisait, mais le bruit d'un hélicoptère au-dessus d'eux rendait toute conversation impossible. Grim dut garder son calme. Il devait partir discrètement avant que quelqu'un ne découvre Andrey avec lui. La police poserait trop de questions, tout comme Ripper, le président du chapitre de Louisiane. La fusillade s'éteignait lentement, ce qui signifiait que le MC Coffin Nails devait avoir maîtrisé les gardes et s'être emparé du territoire ennemi, comme ils l'avaient prévu.

En tant que nomade, Grim était fréquemment appelé à participer aux opérations de grande envergure du club de bikers, mais cette fois-ci, c'était plus personnel qu'il ne l'aurait imaginé. Il était venu pour aider le chapitre local à s'occuper d'un gang de trafiquants d'êtres humains qui avait attaqué un de leurs hangars féminins. Le gang avait kidnappé des enfants et les avait vendus à des malades pour les torturer, mais Andrey semblait aller bien, même s'il avait un peu peur. Grim l'avait sauvé à temps.

Toucher ce bel oiseau, c'était comme se faire masturber par cette créature tout droit sortie des fantasmes de Grim. Il était abonné au site web où Andrey publiait ses vidéos et tenait son blog depuis si longtemps, et maintenant, les jolis moignons sur lesquels il fantasmait étaient assez proches pour être atteints, effleurant brièvement les cuisses de Grim alors qu'il se courait dans les bois pour éviter la confrontation avec ses frères motards, qui pourraient le prendre pour un ennemi dans l'obscurité.

— Où est-ce qu'on va ? demanda Andrey de cet accent russe mélodieux, et tout ce à quoi Grim put penser fut combien de fois il avait vu ces jolies lèvres sucer une queue ou lécher un gode.

Avec tant de pratique, comment Andrey prendrait-il celle de Grim ? Serait-il doux et lent dans ses succions, ou avide d'en avaler autant qu'il le pouvait ? Ou peut-être voudrait-il être passif, comme dans la plupart des vidéos ? Grim se renfrogna. Il doutait qu'Andrey puisse confortablement le sucer en profondeur. La plupart des hommes n'essayaient même pas de défier la bête dans son pantalon.

— Dans un endroit sûr. Ne t'inquiète pas, je ne laisserai personne s'approcher de toi, promit-il, se précipitant entre les arbres aussi vite qu'il le pouvait, le sol mou réduisant ses efforts à chaque pas.

Tout son corps vibra d'excitation quand Andrey resserra sa prise autour du cou de Grim.

— Je te fais confiance, murmura-t-il si près de l'oreille de Grim que sa bouche la frôla.

Grim se mordit la lèvre et soupira de plaisir, serrant doucement les cuisses lisses d'Andrey.

— Ne t'inquiète pas, Petit oiseau, nous sommes proches, dit-il, et il se mit à courir avec un nouvel effort.

Assez rapidement, il y eut une clairière dans les bois, et Grim sourit lorsqu'il déboucha sur un parking abritant de nombreux pick-up et certaines des motos appartenant aux membres du MC qui prenaient d'assaut le centre de torture. Il était déjà fier de montrer sa moto. C'était une vraie beauté, stylisée pour ressembler à une voiture des années 40, brillante en noir et chrome.

Mais au moment où cette pensée traversait son esprit, il s'arrêta à mi-chemin de l'endroit où il l'avait laissée en arrivant. Il ne pouvait pas emmener Andrey sur la moto. Il n'avait pas de side-car, et Andrey ne pourrait pas s'accrocher correctement. Non, ça ne fonctionnerait pas du tout.

— Dans quel État sommes-nous ? demanda Andrey en ajustant sa prise sur le dos de Grim, et ses cuisses magnifiques bougèrent contre les mains de Grim.

Sa présence était une telle surcharge sensorielle que Grim perdait sa concentration habituelle.

Il retourna la tête et déposa ses lèvres contre l'avant-bras d'Andrey, et pendant un bref instant, lorsque leurs yeux se croisèrent, l'alchimie fut totale. Grim dut détourner le regard pour se calmer.

— Louisiane, répondit-il, et, frappé par une idée, il courut vers une rangée de pick-up de taille moyenne. Il pouvait facilement mettre sa moto dans le plateau couvert de l'un d'eux.

— Pourquoi as-tu tué Gary ? fut la question suivante.

Aussi secoué qu'Andrey le semblait, il n'avait versé aucune larme pour son supposé petit ami, et ses questions étaient pertinentes. Peut-être que le psychopathe ne lui manquerait pas et qu'il pourrait bientôt appartenir à Grim ? Dans un endroit comme celui-ci, ce Gary devait être comme une bouée de sauvetage pour Andrey, mais le fait était que ce salaud avait menti à Andrey et l'avait emmené ici sans même lui dire où ils étaient.

— Je te l'ai dit. C'était un homme mauvais. Il m'a tiré dessus, je devais me défendre, expliqua-t-il avant d'ouvrir la portière côté passager.

Génial ! Les clés étaient sur le contact. La cabine empestait ces fichus désodorisants, mais il fallait s'en contenter.

Grim se retourna pour qu'Andrey puisse monter sur le siège, et lorsqu'il regarda son visage, il aperçut le soupçon de sourire le plus émouvant qui soit.

— C'est bon de t'avoir de mon côté, dit Andrey en repoussant derrière son oreille quelques longues mèches qui s'étaient échappées de son chignon.

Les sens de Grim hurlèrent d'anticipation. Il se cramponna à la portière, se stabilisant et contemplant ce beau visage serein. Il se pencha, s'ancrant dans les grands yeux bruns d'Andrey qui parlaient d'innocence et de soulagement. Son pouls s'accéléra, même dans sa gorge. Un trophée. Il méritait quelque chose pour avoir sorti l'oiseau d'ici.

Andrey tendit la main vers le côté du visage de Grim, caressa sa joue avec son pouce à travers le cuir de son masque, et déposa un doux baiser sur ses lèvres. Grim ne voulait rien de plus qu'arracher le masque de son visage et continuer, mais cela allait devoir attendre. Ils n'étaient pas encore en sécurité. Des gardes errants pouvaient les attaquer, et avec les coups de feu maintenant terminés, les frères de Grim pouvaient se diriger vers eux. Ils insisteraient pour l'interroger, ou pire encore, le laisseraient se faire interroger par la police, comme toutes les autres victimes du groupe qu'ils avaient attaqué cette nuit. Grim ne pouvait pas le permettre.

Il posa la main sur le genou d'Andrey, mais même à travers le gant, il put sentir à quel point le moignon était proche. Il s'abstint de le toucher, tout simplement parce qu'il craignait de ne pas pouvoir s'empêcher d'aller plus loin.

— Je reviens tout de suite, dit-il, et il referma la portière avant de se mettre à courir pour retrouver sa moto.

Dès qu'il arriva à côté, il regarda autour de lui pour trouver une sorte de planche qui l'aiderait à faire rouler sa monture à l'arrière du pick-up. Son cerveau évaluait frénétiquement les options où il pourrait emmener Andrey. Un lit n'était pas un bon plan. Il ne voulait pas que les autres Coffin Nails sachent où il était, au cas où l'un d'entre eux viendrait le chercher et découvrirait la prime non enregistrée. C'était une affaire délicate, et Grim ne pouvait pas laisser quelqu'un effrayer Andrey. L'oiseau semblait si fragile et confus, il avait besoin d'un nouveau départ.

Grim eut de la chance. Il y avait des rampes de chargement sous un auvent à proximité, et il en saisit une, la traînant sur l'herbe alors qu'il se précipitait vers le camion où Andrey et la moto l'attendaient déjà. Il était sur le point de pousser la moto à l'arrière du pick-up quand il entendit un bruit sourd et un gémissement douloureux de l'autre côté du véhicule. Le sang se figea dans ses veines et il se précipita vers le bruit, du côté passager de la cabine.

— Andrey ?

Andrey était sur le sol, ses moignons lisses glissant contre la terre humide. Autant Grim voulait aider, autant ses yeux enregistraient inévitablement la façon dont Andrey se déplaçait. Il avait l'air si mignon en rampant dans l'herbe clairsemée, il avait tellement besoin des bras forts de Grim pour l'aider.

Pendant un moment, Andrey le fixa.

— J'ai perdu l'équilibre, finit-il par avouer. Je suis désolé.

Grim courut vers lui et le souleva rapidement, enfonçant ses doigts dans la peau humide des jambes d'Andrey.

— Tu dois être plus prudent. Tu ne tiens pas l'équilibre aussi facilement que moi, expliqua-t-il, et il replaça Andrey sur le siège.

La ceinture de sécurité vint ensuite, mais comme la cabine était haute, pour ne pas tenter le sort, Grim dut grimper à l'intérieur et se pencher sur les genoux d'Andrey pour l'attacher. Sa main se déplaça le long de la partie de la ceinture qui maintenait les hanches d'Andrey, et quand ses doigts effleurèrent l'entrejambe du bel oiseau, des étincelles de luxure poussèrent Grim à s'écarter. La sécurité d'abord.

— Sois prudent, chuchota-t-il à Andrey avant de refermer la portière.

Il trouva une corde à l'arrière, qui lui permit d'attacher sa moto avant de monter rapidement sur le siège conducteur, quelques minutes plus tard. Il lança un grand sourire à Andrey et démarra le moteur. Même le réservoir était plein. Les dieux des bikers étaient en sa faveur ce soir.

Andrey serra la ceinture de sécurité, observant l'obscurité entre les arbres.

— C'est ton camion ?

Grim devait arrêter de le fixer, sinon il s'écrasait, mais ce n'était pas facile. Andrey avait une odeur que le prédateur intérieur de

Grim voulait croquer toute la nuit. Andrey avait non seulement un visage d'ange, de grands yeux bruns et des lèvres pleines, mais aussi des taches de rousseur sur l'arête de son nez, parsemant son visage pâle, autrement sans défaut. Ses bras étaient maigres mais musclés, probablement à force de se déplacer en fauteuil roulant. Les amputations de jambes étaient les préférées de Grim, et Andrey n'avait pas une, mais deux jambes manquantes sous le genou. C'était toutes les raisons pour lesquelles il était suffisamment obsédé par Andrey pour lui envoyer du courrier, même si au fil des ans, il n'avait reçu qu'une seule réponse. Il s'était imaginé si souvent lécher le tissu cicatriciel lisse, et maintenant que son rêve était sur le point de se réaliser, un sentiment de vertige se répandait dans sa poitrine.

Andrey était si impuissant, si fragile, si magnifiquement brisé, et Grim était là pour s'occuper de tout pour lui. Andrey tomberait amoureux de lui en un clin d'œil et deviendrait le seul et unique pour Grim. Même maintenant, il pouvait se rappeler le visage d'Andrey en plein orgasme, tout rougi, les lèvres entrouvertes alors qu'il gémissait et demandait à être baisé plus fort devant la caméra.

— Grim ? appela Andrey en haussant les sourcils.

Grim frissonna et hocha la tête alors qu'il conduisait le camion plus loin sur une route asphaltée menant dans les bois.

— Ouais, on y va. Je n'arrive pas à croire que tu sois assis là, à côté de moi, murmura-t-il, un peu gêné de ressembler à un chiot en mal d'amour.

C'était de lui que les hommes tombaient amoureux généralement, prêts à le prendre dans leur bouche affamée. Mais là encore, il fallait se mettre en avant si l'on voulait un résultat. Et avec le raid terminé, Grim n'avait qu'un temps limité pour faire sortir Andrey d'ici, alors il alluma les feux de route et accéléra, se précipitant vers le portail qu'il savait être au-delà d'une longue parcelle d'arbres.

— Je... hésita Andrey en le regardant d'un air méfiant. Je n'arrive pas à croire que je suis sorti de là. Même si j'ai été sauvé par un homme avec un masque de crâne, qui se fait appeler Grim.

Grim fredonna et posa brièvement sa main sur la cuisse d'Andrey.

— C'est à cause du masque, mentit-il.

C'était plutôt l'inverse. Il avait choisi le masque pour représenter le nom que ses frères du club avaient commencé à utiliser pour lui. Il était la Faucheuse que le Coffin Nails MC avait en réserve.

Les formes sombres des arbres apparaissaient et disparaissaient dans la lumière blanche fantomatique, mais avec la taille du véhicule, Grim devait faire très attention aux nids-de-poule sur la route, car il ne pourrait pas les éviter comme il le ferait à moto. Il repéra une forme tordue devant lui et appuya rapidement sur le frein, ralentissant juste assez pour éviter facilement de heurter une voiture qui était tombée sur le toit. Un corps dépassait à moitié de l'habitacle, et il se renfrogna.

— Il serait peut-être préférable que tu fermes les yeux pour le moment. Certaines personnes ne savent pas quand il faut abandonner et se rendre, marmonna-t-il, ne voulant pas bouleverser son oiseau brisé et sans défense avec des choses qui pourraient être une trop grande pression sur son esprit.

Mais Andrey garda les yeux ouverts, et son visage se revêtit d'un masque impossible.

— Ils le méritaient.

Grim fut tellement surpris d'entendre une telle chose sortir de ces douces lèvres qu'il lui jeta un regard en coin, tandis qu'il manœuvrait le camion autour du véhicule accidenté, glissant sur l'asphalte d'un côté. Plus il approchait du portail, plus ils étaient nombreux, et Grim jura dans sa barbe lorsqu'il aperçut deux hommes avec des blousons des Coffin Nails se précipiter sur la route avec des mitrailleuses.

— Cache-toi, vite, ordonna-t-il, et il se pencha en avant pour que son masque puisse sortir de l'ombre de la cabine.

Il n'eut pas besoin de se répéter. Andrey déboucla sa ceinture et se laissa glisser sur le plancher, devant le siège.

— Ne les laisse pas me prendre, s'il te plaît, murmura Andrey en cachant sa tête sous ses bras, sa voix devenant plus aiguë.

— Hors de question, marmonna Grim avant de faire signe aux deux hommes, qui avaient dû le reconnaître, puisqu'ils baissèrent leurs armes.

Ils le saluèrent en retour, et juste comme ça, il partit. L'air quitta lentement ses poumons lorsque, quelques secondes plus tard, il passa le portail qui avait été arraché de ses fixations lors de la première phase du raid. Il passa ses doigts sous le masque pour laisser entrer un peu d'air. Il en avait fini ici.

Il fallut une bonne minute avant qu'Andrey lève la tête vers lui avec ces grands yeux et ces lèvres tremblantes que Grim avait hâte d'avoir autour de son sexe. Les frères de Grim n'avaient aucune idée qu'il avait fait sortir en douce la chose la plus précieuse de cette enceinte.

— On est dehors ? chuchota Andrey, bien qu'il n'y ait qu'eux dans le camion.

Grim hocha la tête, mais continua de conduire, sachant qu'il devait passer devant le club-house local des Coffin Nails avant de pouvoir déballer son prix en paix. La frontière avec le Mississippi était à portée de main, mais il n'était pas sûr de vouloir attendre aussi longtemps avant de poser les doigts sur Andrey. L'oiseau était clairement effrayé, et Grim avait aussi besoin d'une pause.

Andrey était à couper le souffle tel qu'il était maintenant, recroquevillé, avec ce qui restait de ses mollets traînant sur le tapis propre du plancher, assez petit pour disparaître des regards et se cacher des hommes qui pourraient l'emmener loin de Grim.

— Nous ne sommes pas encore en sécurité, mais tu peux te rasseoir sur le siège. Quoi qu'il arrive, je m'en occupe.

Andrey se recroquevilla lentement sur le siège, et ses respirations lourdes remplirent la cabine.

— Je n'ai rien. Mon fauteuil roulant est resté là-bas...

Grim sourit, retira rapidement le masque et secoua la tête. Il savait qu'il n'était pas au mieux de sa beauté, avec sa peau luisante et ses cheveux en sueur, mais c'était le mieux qu'il pouvait faire dans ces circonstances.

— Ne t'inquiète pas. On va t'en trouver un nouveau.

Grim apprécia la façon dont Andrey le fixa.

— Généreux, fort, courageux... et beau ? Je suppose que j'ai touché le jackpot, hein ?

Il rit, mais cela semblait nerveux, et Grim ne manqua pas la façon dont Andrey serra la ceinture de sécurité contre sa poitrine.

Il massa l'épaule d'Andrey, essayant de lui communiquer ses bonnes intentions, son soutien et sa force.

— Détends-toi. Je ne laisserai rien t'arriver. Il faudrait qu'ils marchent sur mon cadavre, promit-il.

Andrey resta silencieux un instant.

— Je n'ai pas de carte d'identité. Ne laisse pas la police nous arrêter, d'accord ?

Grim hocha la tête.

— Ne t'inquiète pas. Je m'occupe de la police. Nous t'obtiendrons de nouveaux papiers. J'ai des amis qui me doivent une faveur, ils peuvent faire ça pour moi.

Andrey s'enfonça dans le siège avec une profonde expiration, et quand il n'ajouta rien, se contentant de regarder la forêt sombre devant eux, Grim se dit que ce serait le bon moment pour appeler Ripper. Le président du club de Louisiane avait besoin de savoir que son guerrier nomade n'était pas encore mort.

— Ne dis rien maintenant, d'accord ? murmura-t-il à Andrey avant de sélectionner le numéro.

Le raid devrait être terminé à présent.

Ripper ne perdit pas de temps en civilités une fois qu'il eut décroché :

— Putain, t'es où ? Un de mes gars m'a dit que tu avais volé un camion ?

Grim soupira. Il avait espéré que personne n'avait encore informé Ripper. Le chapitre de Louisiane était une bande de glandeurs, donc cela aurait correspondu à leur *modus operandi* habituel.

— Désolé pour ça, mais je n'ai pas pu te joindre avant, je dois m'occuper d'une urgence. Mais j'ai vu que vous aviez tout sous contrôle. Le raid était terminé, et on avait établi que tu contacterais la police de toute façon, mentit-il sur un ton d'excuse.

— Ouais, ouais. Ça m'a juste énervé que tu me laisses dans l'ignorance. Tu quittes l'État ?

Grim hocha la tête, soulagé. Si ça avait le président de son chapitre d'origine, ou Priest du chapitre de Détroit, il aurait eu de gros problèmes pour être parti comme ça. Avec Ripper ? Pas tant que ça.

— Oui. Je dois régler une affaire privée, dit-il en lançant un regard affectueux à Andrey.

Il s'occuperait de *cette affaire* toute la nuit.

— As-tu trouvé quelque chose que nous devrions savoir ? Tué quelqu'un d'important ?

— Non. Juste des voyous. Aucun visage connu.

— Merci pour le bon travail de ce soir. Nous restons en contact, dit Ripper, et il se déconnecta sans attendre de réponse.

La cabine étant étrangement silencieuse, Grim jeta un autre coup d'œil aux moignons d'Andrey. Ils étaient sales. Peut-être qu'il pourrait les laver pour Andrey ? Frotter du savon sur cette peau lisse, le porter dans une baignoire...

Il était grand temps de se ressaisir, et dès que Grim atteignit une petite aire de repos entre les arbres, il gara le camion.

— Tu dois avoir faim, supposa-t-il, et il passa son T-shirt sur sa tête.

Il ne put s'empêcher de sourire quand les pupilles d'Andrey s'écarquillèrent. Grim avait un corps que la plupart des gays voulaient dans leur lit au moins une fois dans leur vie, et il le savait très bien.

Andrey fronça légèrement les sourcils.

— Oui.

Grim hocha la tête et passa son T-shirt à Andrey.

— Je vais t'emmener dans un vrai resto américain. Ça te plairait ?

Andrey fixa le T-shirt pendant un moment, puis le renifla.

— Il y aura beaucoup de monde ? Peut-être que nous ferions mieux de rester dans les bois ?

Grim fronça les sourcils.

— Je n'ai pas de nourriture sur moi. Ne t'inquiète pas, la plupart des gens par ici sont inoffensifs.

Il ouvrit la portière et sortit dans l'air frais de la nuit.

— Utilise-le pour te nettoyer. J'ai besoin de me changer.

— Ah ! OK !

Andrey se tapa le front et frotta rapidement la saleté de sa peau, mais Grim ne put s'empêcher de ressentir un élan de satisfaction en constatant que la première pensée d'Andrey avait été de sentir le tissu qui s'était plus tôt accroché au corps de Grim.

— Je reviens tout de suite, promit-il, et il courut à l'arrière, grimpant rapidement dans le plateau du pick-up. Toutes ses affaires étaient rangées dans les différents sacs attachés à la moto. Les vêtements qu'il avait préparés pour l'après-raid étaient dans l'une des sacoches, il les récupéra ainsi que des lingettes humides et du déodorant et sortit au clair de lune, les déposant sur l'asphalte. Il devait avoir l'air particulièrement fringant pour Andrey s'il voulait le charmer. Il savait qu'Andrey était déjà reconnaissant d'avoir été sauvé, mais Grim ne voulait pas seulement de la gratitude. Il récupéra plusieurs lingettes et commença à nettoyer la sueur de son corps et de son visage.

Lorsqu'il enleva son pantalon, il leva les yeux et sourit en remarquant qu'Andrey le regardait dans le rétroviseur latéral du camion. Bien sûr, il le ferait. Grim était un bon parti, et Andrey ne savait pas encore à quel point il était chanceux.

Chapitre 3 – Misha

La lumière colorée des néons du restaurant était une présence surréaliste, et Misha ne pouvait s'empêcher d'avoir l'impression de la regarder à la télévision. Lorsqu'un groupe de personnes sortit en titubant, en riant et en faisant trop de bruit, son estomac se contracta. Pas seulement parce qu'il était sorti du camp, que Gary était mort, qu'il était libre. Il y avait beaucoup de choses dans le monde bien pire que Gary, et Misha ne baisserait pas sa garde avec Grim uniquement parce qu'il était beau. Un joli visage et des mots doux ne signifiaient rien quand Misha ne savait que trop bien que Grim était capable de meurtre.

Un autre aspect surréaliste de tout cela était que quelques heures seulement après avoir été enlevé de l'appartement de Gary, il était assis dans un box avec un type qui aurait pu être un mannequin de Tom of Finland. Vêtu de cuir noir, Grim montrait à la fois les muscles et la forme harmonieuse de son corps, mais Misha ne pouvait s'empêcher de regarder son visage malgré le malaise qu'il ressentait. Il était symétrique et ciselé, comme s'il avait été créé de la main habile d'un sculpteur. La coupe de cheveux élégante et rétro, avec une raie sur le côté, ne faisait que renforcer la forte impression que Grim faisait sur Misha alors qu'il le regardait par-dessus la table avec des yeux gris perçants.

Tout autour de Misha semblait trop bruyant, trop vif, trop facile à vivre. Tous ces gens n'avaient aucune idée du genre de monde qui vivait sous la surface de leur société. Chaque fois que la serveuse passait devant eux, Misha se glissait plus près de la fenêtre, le cœur aussi nerveux qu'un bébé lapin.

Misha regarda à nouveau le menu, submergé par le choix. Ces quatre dernières années, il avait mangé ce qu'on lui avait donné, alors comment pouvait-il choisir ce qu'il voulait ?

— Tu as une préférence ? demanda-t-il à Grim, se souvenant que Gary était toujours heureux quand Misha commandait la même pizza que lui.

Grim se pencha en arrière et prit une gorgée de son café.

— Tu peux commander ce que tu veux. Une entrée, le plat principal, puis le dessert, dit-il avec un large sourire. Tu manges de la viande ?

C'était une question piège ? Peut-être que derrière cette belle façade se cachait un cannibale ? Misha avait vu plus qu'il ne l'aurait souhaité dans le complexe.

— Oui, je ne suis pas difficile. Et toi ?

La nourriture n'occupait pas vraiment la première place dans l'esprit de Misha malgré le grondement de son estomac. Il avait besoin de savoir qui était exactement Grim, où il voulait l'emmener, et ce qu'il voulait lui faire. La serveuse posa les couverts devant Misha, et le couteau se retrouva trop près de son avant-bras, si distrayant qu'il rabattit une serviette sur la lame, qui brillait d'un potentiel de violence.

Grim sourit.

— As-tu déjà vu une vache se faire abattre ? Les autres animaux de la pièce se recroquevillent dans les coins, car ils savent ce que les cris signifient. Je ne mange aucun mammifère, aucun animal qui nous ressemble.

Le cœur de Misha fit un bond malgré les paroles de Grim, et il se réprimanda mentalement. Grim n'était pas un ami, et la seule chose qu'il aimait chez Misha, c'étaient les moignons. Sans parler du fait qu'il était dangereux, impitoyable, et que Misha avait besoin de s'éloigner de lui, pas d'apprendre à le connaître. L'idée que Grim se fiche de tuer Gary, mais se soucie que les vaches soient terrifiées par l'abattage était déconcertante. Misha devait en prendre note. Utiliser toutes les informations qu'il pouvait obtenir sur Grim.

— Un fishburger me semble bien.

Misha fixa le menu, essayant de ne pas penser que l'homme à côté de lui l'avait vu baiser des dizaines de fois. Le fait d'être habillé ne le faisait pas se sentir moins nu. Ce devait être le dîner le plus gênant de l'Histoire de l'humanité. Ils étaient assis et bavardaient de nourriture quand la vie entière de Misha ne tenait qu'à un fil. Grim pouvait lui faire n'importe quoi, personne ne le saurait jamais.

Grim haussa les sourcils et il loucha sur Misha, mettant ses nerfs à vif.

— Ce n'est pas un choix populaire dans ces régions, mais c'est toujours mieux que de boulotter un bœuf innocent. J'ai pas raison ?

Misha se lécha les lèvres.

— Je mangeais beaucoup de fruits de mer quand j'étais plus jeune, répondit-il en examinant désespérément le menu. Je pourrais prendre des œufs si tu préfères. Est-ce qu'un fishburger est un mauvais choix ?

Il devait découvrir ce qui faisait tiquer Grim, et il devait le faire rapidement.

Grim se mit à rire. Il *rit*. Comme si être porté dans un restaurant par un autre homme, avec ses moignons nus en évidence, n'avait pas été assez humiliant pour Misha. Mais quand Grim le regarda dans les yeux, il ne vit aucune malice sur son visage.

— Je t'ai dit de commander ce que tu voulais. Je suis heureux que tu comprennes où je veux en venir.

Misha prit une profonde inspiration. De toute évidence, *commande de ce que tu veux* ne s'appliquait que si Misha choisissait des aliments approuvés par les Grim.

— Je vais prendre le fishburger.

S'il n'était pas si effrayé, il dirait à Grim ce qu'il pensait de ce pseudo rendez-vous bizarre. Les jolis yeux de Grim ne faisaient pas de lui un moins grand salaud.

— J'aurai l'occasion d'essayer d'autres trucs en chemin, non ?

Où qu'ils aillent, il avait besoin de savoir.

Grim hocha la tête.

— Absolument. De toute façon, je mange à l'extérieur la plupart du temps. Nous pourrons aller dans un endroit plus... sophistiqué une autre fois, si tu le souhaites, dit-il en se penchant vers Misha, ses doigts se resserrant sur la tasse de café.

La serveuse prit leurs commandes, mais lorsqu'elle se pencha pour allumer une petite bougie triste, Grim recula assez brusquement pour que Misha le remarque. Il se reprit rapidement, demandant à la serveuse de ne pas s'inquiéter, mais Misha garda cette réaction instinctive en mémoire pour plus tard.

— Alors… comment as-tu trouvé mon site web ? demanda Misha alors qu'un silence inconfortable s'installait entre eux.

Il devait recueillir des informations de la manière la plus inoffensive possible. Jusqu'à ce qu'il ait une meilleure idée de qui était Grim, il ne pouvait pas lui raconter l'histoire triste de sa vie. Un « fan » n'aimerait pas ça. Il chercherait le fantasme, l'amputé sexy qui n'aimait rien de plus que baiser et se branler pour que tout le monde le voie.

Grim se gratta la tête et regarda droit dans les yeux de Misha, son regard imbibé d'une convoitise si intense qu'elle effraya Misha.

— J'ai toujours aimé les hommes qui…

Il expira bruyamment

— … qui ont perdu quelque chose.

Misha pensait avoir tout vu et qu'il pourrait facilement se sortir de cette conversation, mais parler à une toute nouvelle personne, après plus de trois ans de sécurité relative avec Gary, faisait trembler ses doigts.

— Comment ça se fait ?

Grim baissa les yeux sur la tasse et se lécha les lèvres, jouant avec un pendentif qui dépassait de sa veste en cuir. C'était un morceau rond de ce qui semblait être du verre translucide, avec un minuscule crâne d'oiseau incrusté dedans.

— C'est comme ça. Et tu étais si différent des autres gars que j'ai vus en ligne. Comme si j'avais une connexion avec toi quand tu commentais des films en mangeant une pizza.

Misha osa le regarder dans les yeux.

— Tu as regardé ça ?

Bien sûr, il faisait ces vidéos en sous-vêtements, pour attirer l'attention, mais Gary ne l'autorisait à le faire que lorsqu'il avait réalisé son quota de porno. D'un côté, le nombre de personnes présentes dans le restaurant le faisait flipper, mais d'un autre côté, des gens lui avaient manqué durant toutes ces années enfermé. Gary imprimait parfois les commentaires des spectateurs, et en dehors d'un déluge de mecs en rut, il y avait toujours ces quelques personnes qui répondaient réellement, comme si Misha était un être humain, et non un corps sexy avec deux trous, une bite et des moignons.

Grim hocha la tête et but un peu plus de café.

— Je les ai toutes regardées. Je revois parfois celles où tu manges pendant que je dîne dans un motel, parce que c'est plutôt agréable d'avoir quelqu'un près de soi pendant un repas. Je voyage généralement seul.

C'était... étrange. Mais plutôt sympa.

— Gary est - était - toujours occupé, donc j'avais rarement quelqu'un à qui parler.

Misha n'était pas prêt à lâcher la bombe qu'il avait été kidnappé et retenu prisonnier dans cette pièce pendant des années. La seule pensée de le dire à haute voix le mettait mal à l'aise. Comme si cela signifiait admettre qu'il était un captif pathétique, qui se contentait de faire ce que les gens autour de lui voulaient. Un lâche.

— Conneries. Vraiment ? grogna Grim en se penchant en arrière. Si je t'avais près de moi, je ne voudrais jamais partir.

Ou « *je ne te laisserais jamais partir* », pensa Misha.

— Je suppose que tout le monde se lasse de la nouveauté au bout d'un moment.

— Tu es une personne, donc par définition, tu ne peux pas être une simple nouveauté. Les gens interagissent, et il en ressort toujours quelque chose de nouveau, marmonna Grim, semblant perdu dans sa propre logique.

Misha haussa les sourcils. Est-ce que Grim essayait de l'amadouer ? C'était logique. Si vous vouliez coucher gratuitement avec une « star du porno », dites-lui qu'elle est intelligente et unique, pas que vous avez envie de son cul.

— Je ne suis pas très doué avec les gens. Je suppose que c'est pour ça que la webcam est bien. Je me sens plus en contrôle.

Ce n'étaient pas des conneries. Il s'était senti plus en contrôle en faisant des vidéos pour le site web que lorsqu'il était obligé de divertir des étrangers dans sa chambre. Et par *divertir*, il voulait dire sexuellement.

— Je ne me sens pas mal à l'aise, dit Grim. Tu t'es très bien adapté pour quelqu'un qui a été sauvé des loups.

Misha resta silencieux. Bien sûr, les circonstances avaient changé, mais avait-il vraiment été secouru ? Il ne serait en sécurité que s'il parvenait à ramper jusqu'à un chalet dans les bois et à y rester pour toujours. Mais là encore, il mourrait probablement de faim, donc il était foutu de toute façon. C'était toujours difficile de comprendre qu'il n'était pas dans sa chambre. Qu'il avait vu Gary mort. Peut-être était-ce l'adrénaline qui coulait dans ses veines et le rendait si conscient de ce qui l'entourait ? Il n'avait pas eu le temps de pleurer ou de faire une pause. Misha avait besoin d'avoir le plus de contrôle possible, aussi lorsque la serveuse leur apporta à manger et que Grim détourna le regard un instant, Misha ramassa une fourchette dans un panier sur la table et la glissa dans sa poche. Il avait besoin d'une arme, et il ne pouvait pas se forcer à prendre le couteau, même s'il essayait de le faire.

— Je pense que je dois être en état de choc, supposa Misha.

Il avait été déconnecté d'Internet depuis longtemps, mais il avait regardé des centaines d'émissions et de films sur DVD. C'était ce qu'on disait à la télé.

Grim hocha la tête et tendit le bras à travers la table, mettant sa grande et chaude main sur celle de Misha. Cela aurait été un beau geste si ce n'était pas un prélude au fait que Grim voulait le baiser. Ce qui aurait pu être une perspective attrayante dans une autre dimension, mais le manque de choix en la matière rendait la situation trop similaire à ce que Misha partageait avec Gary, et il ne voulait plus jamais se retrouver dans ce genre de situation. Bien que quelque part, au fond de son esprit, il savait qu'il devrait s'y soumettre s'il voulait vivre. Il était un lâche qui ne voulait pas se battre contre un gars grand et fort comme Grim. Peu importait que Grim soit le plus bel homme à s'être jamais intéressé à lui. Grim ne lui offrait pas un dîner gratuit parce qu'il était une bonne personne.

Ils discutèrent de choses inoffensives en mangeant, Grim se gavant d'œufs avec de la sauce rouge et des tortillas avec un côté de salade, ce qui ne ressemblait pas au genre de nourriture que les hommes comme lui dévoraient dans les films. Mais cela ne signifiait pas qu'il était moins dangereux. Clairement, malgré son refus de manger des animaux, il n'avait aucun problème à tuer des gens, donc Misha lui-même était une proie facile.

Misha commençait à avoir la nausée alors que le repas touchait à sa fin, mais il ne pouvait pas faire semblant de s'intéresser à la nourriture plus longtemps. Finalement, Grim le prit dans ses bras et le porta à travers le parking jusqu'à un motel, juste à côté de l'endroit où ils avaient garé le camion. Au moins, dans sa chambre, Misha pouvait se déplacer tout seul, mais dans le monde réel, son handicap l'étouffait et était un problème constant. Alors qu'ils approchaient de la chambre et que Grim sortait les clés, Misha regretta de ne pas avoir accepté de prendre une boisson alcoolisée. Il avait voulu garder l'esprit vif, d'autant plus que Gary ne l'autorisait que rarement de l'alcool, donc son seuil était probablement bas, mais maintenant, dans les bras de Grim, avec leurs deux cœurs battant dans une symphonie de panique et de désir, il aurait aimé être ivre pour ce qui semblait inévitable.

Grim le porta à l'intérieur et alluma la lumière avec son coude. La chambre était assez décente avec un grand lit et des meubles un peu usés, comme la plupart de ce que les parents de Misha possédaient dans leur petit appartement, mais il dormirait sur le sol nu si cela pouvait lui éviter une attention non désirée.

Le nez de Grim effleura sa tempe.

— Tu vois ? Il y a beaucoup plus d'espace que dans ton ancienne chambre.

Misha hocha la tête, incapable de prononcer le moindre mot. Au moins, avec Gary, le sexe était devenu une routine qu'il connaissait bien. Il savait généralement combien de temps cela prendrait, ce que Gary aimait, ce qui le faisait jouir plus vite et ce qui l'agaçait. Avec Grim, Misha marchait sur des œufs. Et puis il y avait la *grande* différence, que Misha avait anticipée depuis que Grim avait enfilé son cuir. Si ce n'était pas une chaussette dans le pantalon de Grim, alors son sexe était *gros*. Beaucoup plus gros que celui de Gary. Plus comme ceux des stars du porno que Misha aimait regarder. Et il mentirait s'il prétendait qu'il ne voulait pas le voir, même s'il préférait le voir de loin, sans que ce soit une menace.

Le bruit de la serrure sembla si définitif que Misha se rapprocha de Grim tandis qu'il était porté jusqu'au lit. Il détestait ne pas avoir son fauteuil roulant à disposition. Surtout avec des inconnus, c'était si humiliant d'être manipulé comme un enfant. Avant de perdre ses jambes, il était actif. Il avait joué dans l'océan froid en été, prenant sa liberté de mouvement pour acquise.

Grim l'assit lentement sur le lit et alluma la lampe de chevet, tout en éteignant le plafonnier. Il était le plus beau monstre que Misha ait jamais vu, et cela ne faisait qu'empirer les choses. Il n'y avait aucun moyen pour Misha d'étouffer son attirance. Accepter tout ce que les hommes désiraient de lui, en y prenant plaisir dans une certaine mesure, c'était ce qui l'avait maintenu en vie. L'excitation était presque un mécanisme d'adaptation à ce stade.

— Où allons-nous à partir de maintenant ? demanda tranquillement Misha, incapable d'avaler la boule dans sa gorge.

Grim s'assit à côté de lui et passa son bras autour de ses épaules.

— Nous pouvons aller où nous voulons. Que veux-tu voir ? C'est ta première fois en Amérique ? dit-il, mais son regard glissa par inadvertance sur les moignons de Misha, comme s'il les léchait déjà.

Misha avait voulu dire sexuellement, mais il se contenterait d'une petite conversation. Il avait tellement peur d'être tout seul, mais il était tout aussi terrifié de redevenir l'esclave de quelqu'un.

— Oui, je ne l'ai jamais vu qu'à la télé.

— Alors c'est ton choix, Andrey, répondit Grim, l'appelant une fois de plus avec le faux nom de son personnage porno.

Ses doigts descendaient lentement le long du dos de Misha, et en même temps, celui-ci observait l'énorme sexe qui déformait la jambe du pantalon en cuir de Grim. Une sueur froide perlait sur toute la peau de Misha tandis qu'il calculait la taille de ce monstre. Grim n'essaierait pas de le pénétrer dès la première nuit, n'est-ce pas ?

— Tu n'as pas de maison ? Un endroit où tu te ressources pendant ton temps libre ?

Misha combattit l'envie de tirer son short sur ses moignons, dans une tentative bizarre de modestie fétichiste, mais ce fut le moment exact où Grim effleura l'un d'entre eux, caressant le bout laid de la jambe de Misha. Il se souvenait encore du bas de ses jambes, et chaque fois qu'il baissait les yeux, il savait que quelque chose manquait, et il ne pouvait pas se débarrasser de la douleur lancinante dans sa poitrine.

— Oui. Pourquoi ? C'est là que tu veux aller ?
— Oui. J'aimerais voir où tu habites.

Peut-être que cela l'aiderait à ancrer Grim dans une sorte d'environnement, parce qu'à l'heure actuelle, il ne savait toujours rien ou presque de lui. Il était membre d'un club de bikers, il voyageait tout le temps, et il tuait des gens. Ça faisait peu de choses à inscrire sur une carte de visite. À moins que « ridiculement beau » soit un titre de travail. Le symbole de son club ne disait pas grand-chose à Misha non plus, bien que l'image d'une main monstrueuse sortant de dessous le couvercle d'un cercueil et clouant son propriétaire à l'intérieur ne présageait rien de bon.

Grim sourit et caressa l'oreille de Misha, pétrissant son moignon comme si c'était le steak le plus appétissant qu'il ait jamais vu. Misha avait toujours pensé qu'il était profondément dérangeant que les hommes convoitent quelque chose qui lui causait tant de malheur. Même s'il s'efforçait de faire de l'exercice, de garder le reste de son corps mince et attirant, parce que c'était ce que Gary voulait, une partie de lui sentait que cela n'avait pas d'importance de toute façon, parce que tout ce que ces hommes voulaient voir et toucher, c'étaient les moignons. Bien sûr, ils n'étaient pas tous pareils. Certains voulaient le voir se branler tandis que d'autres prenaient plaisir à le regarder ramper et grimper dans son lit ou sa chaise. Aucune de ces personnes ne se souciait de qui il était vraiment et de la situation désespérée dans laquelle il se trouvait.

Misha posa la main sur l'épaule de Grim, étrangement timide à l'idée d'être avec quelqu'un d'autre que Gary après toutes ces années. Mais il devait rendre Grim heureux, et d'après la façon dont Grim le regardait, se penchant vers lui de la même façon qu'il l'avait fait dans le camion bien plus tôt, il semblait vouloir un baiser d'abord. Misha ne pouvait pas se permettre de résister, même si la fourchette dans son short était maintenant comme un être vivant à part entière, lui conseillant de poignarder Grim à la gorge. Misha pourrait alors se couper les cheveux, faire du stop jusqu'à une grande ville, et... quoi ? Devenir un mendiant sans-abri et infirme ? À vingt-deux ans ?

Toutes ses pensées se dispersèrent à l'instant où les lèvres de Grim s'écrasèrent sur les siennes avec une faim et une douceur surprenantes. Submergé par l'étincelle de l'excitation, il lui resta à peine assez de matière grise pour sortir discrètement la fourchette de sa poche et la fourrer sous l'oreiller avant que tous ses neurones se transforment en génoise. Grim respirait difficilement contre la bouche de Misha alors qu'ils s'écroulaient sur le matelas. Il se déplaça, et en quelques secondes, il était étendu sur Misha, caressant toujours les moignons tandis que ses lèvres mordillaient celles de Misha avec de plus en plus d'intensité. Sa langue incita celle de Misha à bouger, la frôlant paresseusement tandis que leurs torses se rencontraient lorsque Grim se baissa légèrement.

Gary ne l'avait jamais embrassé comme ça, pas avec autant de dévouement, et c'était plus déroutant que Misha ne voulait l'admettre. Mais être un bon embrasseur ne faisait pas de Grim une bonne personne, et sa taille devint beaucoup plus menaçante et alarmante une fois qu'ils étaient allongés. Peut-être que s'ils s'embrassaient toute la nuit, les choses ne seraient pas si mauvaises ? Misha massa doucement les épaules de Grim, sans jamais s'éloigner de ses lèvres, alors qu'il tentait de comprendre ce que Grim aimait à part caresser des moignons. Misha lui-même essayait d'oublier l'existence de ces parties de son corps créées artificiellement. Dans ses fantasmes, il était toujours un homme complet, avec des pieds traînant sur le matelas, et non pas des bosses difformes sous les genoux. Il essaya de se concentrer sur la bouche chaude et parfumée de Grim.

Ce grand corps chaud remua sous son contact, et Grim approfondit le baiser, passant sa langue sur le palais de Misha avant de sucer ses lèvres.

— Tu es aussi bon que je l'avais imaginé, murmura-t-il, en massant le moignon avec son pouce en mouvements circulaires.

C'était déjà trop, car le moindre contact avec les délicates cicatrices mettait Misha sur les nerfs.

Ces mots furent exactement ce dont Misha avait besoin pour lui rappeler que Grim ne *le* voyait pas lui, mais une version webcam. La version qui prenait la queue de Gary avec un sourire et en redemandait.

Pourtant, Misha ne put s'empêcher de ressentir une vague d'excitation lorsqu'il sentit la dureté de Grim contre sa cuisse. Peu importait le nombre d'horreurs qu'il avait traversées, il était toujours humain, et les années passées avec Gary avaient réussi à engourdir la douleur de... ce qui s'était passé auparavant.

Grim sourit contre ses lèvres puis son menton erra le long de la mâchoire de Misha, l'éraflant avec la barbe invisible du soir. La sensation vive fut comme un stimulant pour l'excitation confuse de Misha, qui devint encore plus forte quand Grim suça son cou. Misha entendit un gémissement, et ce ne fut qu'une demi-seconde plus tard qu'il réalisa que c'était le sien. Peut-être n'était-il pas le Misha de dix-sept ans qu'il avait été ? Peut-être que c'*était* son identité maintenant. Andrey, le mannequin porno amputé qui n'aimait rien de plus que baiser ou utiliser des jouets sexuels dans des vidéos intenses. Mais était-ce vraiment le cas ? Il ne le savait même plus, et cela l'effrayait plus que tout ce qui pouvait se passer dans cette pièce ce soir.

— Qu'est-ce qui t'est arrivé ? demanda Grim, en rampant le long du matelas jusqu'à ce que son beau visage repose entre les moignons qui rappelaient toujours à Misha des pattes d'araignée.

Misha le fixa, ne sachant pas si la véritable histoire derrière ses amputations allait terrifier Grim ou l'exciter. Il pouvait presque entendre le son de la scie grattant contre l'os noyé dans ses propres cris.

— Je te le dirai une autre fois, d'accord ?

Grim acquiesça et se blottit contre la jambe informe avant de la couvrir de baisers chauds, la bouche ouverte. Il touchait l'autre moignon avec sa main, le visage rougi, complètement immergé dans son paradis fétichiste. Misha prit une profonde inspiration et se rallongea. Ça, il pouvait le supporter. Même si cela lui rappelait les premiers adeptes qu'il avait rencontrés dans la vie réelle, et ce n'était pas un bon souvenir. La langue de Grim se fraya un chemin le long d'une cicatrice et Misha laissa échapper un éclat de rire, la sensation étonnamment chatouilleuse. Il plaqua une main sur ses lèvres en signe d'embarras.

Grim ronronna contre sa peau, et le son inimitable d'une fermeture éclair fendit l'air. Toute trace de rire disparut, mais Misha garda sa main en place, trop effrayé pour faire un bruit. Après les embrassades et les étranges câlins de moignons, l'atmosphère était devenue agressivement sexuelle avec ce seul son. Le plafond semblait s'abaisser lentement pour l'écraser.

Rien ne changea pourtant, Grim continua à embrasser les moignons et les cuisses de Misha, mais le plaisir ne revenait pas. Le sexe de Grim était si gros que Misha ne savait même pas s'il pouvait physiquement le prendre, ce qui l'empêchait de se détendre, incapable de détourner ses pensées de ce monstre libéré de ses confins. Et même si la verge de Grim était de taille moyenne, prendre un étranger en lui semblait trop envahissant. C'était seulement lui et Gary depuis plus de deux ans maintenant. Mais Gary était mort, et il n'y avait personne ici pour sauver Misha.

— Tu sens si bon, murmura Grim en embrassant lentement le long des cuisses de Misha et au-delà de l'ourlet de son short, s'approchant lentement de son sexe, qui durcit malgré ses réticences, coincé dans son slip.

Misha était presque sûr qu'il empestait la sueur et la peur, mais il n'était pas prêt à discuter avec quelqu'un qui était si amoureux de lui. Il osa baisser les yeux vers Grim, nerveux de la concentration aiguë qui était présente dans ses yeux même à un moment comme celui-ci. Il craignait ce qui pourrait arriver s'il faisait éclater la bulle autour de Grim et lui disait la vérité. Deux forces se battaient en lui, l'une excitée par la bête en face de lui et l'autre rationnelle et désireuse de s'enfuir dès qu'elle en aurait l'occasion.

— Montre-moi ta queue, chuchota Grim, en caressant la bosse à l'avant du short de Misha.

Il se souleva, et entre les cuisses fortes de Grim, Misha aperçut cette longue et épaisse hampe qui l'excitait et l'effrayait à la fois. Il dut cligner des yeux plusieurs fois pour s'assurer qu'il n'imaginait pas des choses. Ce truc était plus imposant que les bites de nombreuses stars du porno qu'il aimait.

Misha parvint à arracher ses yeux pour regarder à nouveau dans ceux de Grim et feignit un sourire alors qu'il entrait dans la peau d'Andrey. Misha souriait rarement. Toutes les expressions agréables étaient celles d'Andrey.

— Tu l'as vu mille fois, le taquina-t-il, mais il passa ses pouces sous la ceinture de son short et de son caleçon.

S'il voulait avoir une chance de duper Grim, il devait faire avec le sexe, laisser Grim réaliser ses rêves obsessionnels, et l'endormir en homme heureux.

Grim expira bruyamment lorsque l'érection de Misha émergea, et il rampa, plaqua sa langue sur le dessous avant même de l'attraper à la base.

— J'aime ton accent. C'est tellement... différent.

Misha s'accrocha à l'épaule de Grim avec un soupir. Ce coup de langue était trop beau pour être vrai. Même si le sexe de Grim était pour le moins intimidant, même si l'adoration des moignons était flippante... voir ce beau visage le long de son corps faisait jaillir des étincelles colorées sous les paupières de Misha. Alors que faire si le gars était fétichiste ? Il désirait clairement la queue de Misha aussi.

Grim décalotta le prépuce, le contemplant un moment avant de se pencher pour glisser sa bouche chaude et merveilleusement douce sur le gland de Misha. Cela déclencha un feu d'artifice dans le crâne de Misha, et les explosions se firent encore plus colorées lorsque Grim joua avec son gland, le faisant glisser avec le bout de sa langue et l'aspirant tout autour.

Misha ne s'attendait pas à une fellation, et il ne pouvait contenir son excitation, car il n'en avait jamais reçue de Gary et ne voulait pas se souvenir des quelques autres avant ça. Il avait l'impression d'avoir des pieds fantômes, et que les orteils de ces pieds pouvaient se recroqueviller. Il gémit et glissa ses doigts vers le cou de Grim, écrasé et trop excité pour les mots. Si Grim continuait à bouger la tête comme il le faisait, Misha ne tiendrait pas longtemps.

Avec la main de Grim qui lui chatouillait les bourses, Misha pouvait aisément oublier que l'autre paume de son « sauveur » caressait encore l'un des moignons. Il s'enfonçait dans une chaleur liquide, et la pression autour de la base était juste parfaite. Ses sens étaient en alerte, captant chaque vibration envoyée par Grim, qui gémissait sans vergogne autour de lui. Il était si sexy, même avec ses cheveux en désordre et la rougeur sur son visage. C'était comme être sucé par un mannequin qui ne pouvait pas se passer de lui malgré qu'il soit si incomplet.

Un étrange mélange d'excitation maximale et de tristesse insupportable fit basculer Misha dans un orgasme qui le fit crier et s'agripper au cou de Grim. Ce n'était pas du tout comme se masturber seul ou avec un jouet. L'intensité lui rendit difficile de reprendre son souffle, et pendant un moment, les yeux fermés, il était vraiment libre.

Alors qu'il reprenait lentement ses esprits, il put sentir le souffle de Grim sur sa peau humide, le poids de son nez et de ses lèvres contre le dessous de son sexe, et il croisa ses yeux sombres et lubriques.

— Tu as même bon goût, murmura Grim, remontant lentement le long du corps de Misha pour attraper sa bouche dans un baiser parfumé au sperme.

L'expérience était si différente de ce que les autres hommes avaient voulu de lui par le passé que Misha céda sans réfléchir, trop fatigué pour envisager de se battre. Comme si l'orgasme avait aspiré toute son adrénaline, l'épuisement de cette nuit revint en force.

Mais Grim n'avait pas encore fini. Il cracha dans sa paume et enroula ses doigts autour de cette immense érection, qui était si sombre et épaisse qu'on aurait dit qu'elle était sur le point d'éclater. Grim tira sur la lèvre de Misha avec ses dents, se branlant furieusement entre eux.

La colère monta dans la gorge de Misha quand sa première réaction fut de se sentir coupable de ne pas avoir rendu la pareille à la fellation. De ne pas s'être retourné et d'avoir offert son cul avec un sourire. Il *ne* se sentait *pas* coupable. Il baissa les yeux, jouant les voyeurs pour une fois et appréciant la vue de ce poing et de ce membre en action, même si c'était lui l'objet sexuel.

L'autre main de Grim était toujours sur le moignon, mais il était si torride de le voir perdre lentement le contrôle qu'il ne pouvait même plus y penser. Grim l'embrassa à nouveau, la respiration irrégulière et chaude, mais quelques instants plus tard, Misha sentit une chaleur liquide sur sa peau nue. Grim poussa un gémissement si profond qu'un frisson parcourut l'échine de Misha tandis qu'il regardait son nouveau ravisseur jouir.

Le gland si épais, aussi effrayant qu'il ait pu être auparavant, était d'une grande beauté maintenant qu'il dégoulinait de sperme. Mais bientôt, l'orgasme fut terminé, et cette belle image se confondit avec des pensées remplies d'anxiété. Combien de temps Misha pourrait-il offrir des orgasmes avant que Grim se lasse de lui ? Combien de temps pourrait-il être Andrey, le fantasme porno de Grim ? Mais surtout, en avait-il envie ? Être hors du camp n'était-il pas la chance d'évasion qu'il attendait ? Pas de doubles portes, de codes électroniques, d'escaliers, de gardes, de portes et de caméras. Il pouvait se rendre à la police et leur demander de contacter l'ambassade de Russie. Leur dire qu'il avait été kidnappé.

Non. Ça ne fonctionnerait pas. Dès qu'il se retrouverait dans un dossier, Zero enverrait ses hommes pour lui. Il le torturerait pendant des semaines et posterait tout ça sur le dark web, pour que quiconque envisagerait de s'en prendre à lui y réfléchisse à deux fois. Ce que Misha devait faire, c'était trouver un moyen de disparaître du réseau, et Grim était le seul obstacle à sa liberté.

Il prendrait ce risque, quelle que soit la beauté du sexe de Grim ou la qualité de sa bouche lorsqu'il le suçait. En fin de compte, Grim était un meurtrier qui avait volé Misha pour son propre plaisir et qui se souciait plus de la vie du bétail que des gens.

Misha ne serait plus jamais le jouet exotique de personne.

Chapitre 4 – Misha

Le sexe avait laissé Misha complètement confus. Il ne pouvait pas nier que c'était agréable. Grim embrassait à merveille, et même lorsqu'ils étaient allongés côte à côte dans la pièce sombre, Misha pouvait encore sentir la brûlure des lèvres et des dents de son ravisseur sur sa peau. La fellation avait été hors du commun. Elle l'avait vraiment fait jouir et pas seulement pour le plaisir de son partenaire. Aussi dubitatif qu'il soit, il ne pouvait nier que Grim avait essayé de le faire se sentir bien, et il n'avait encore rien demandé en retour. Grim s'était masturbé tout en suçant les lèvres de Misha comme si elles étaient la plus douce des glaces.

Pourtant, Misha n'avait rien désiré de tout cela, et ni l'orgasme ni toutes les caresses qu'il avait reçues ne pouvaient arranger cela. La honte s'insinua dans sa poitrine alors qu'il était allongé à côté du corps chaud et très nu de Grim. Elle s'installa sur sa cage thoracique, comme un démon désireux d'étouffer la vie de Misha une fois qu'il se serait endormi.

Mais alors que les rêves refusaient de venir, il essaya de ne pas songer à l'énorme sexe qui touchait sa cuisse. Il se sentait mal à l'aise. La chambre d'hôtel était bien plus grande que sa minuscule pièce dans l'appartement de Gary, mais tout cet espace vide le rendait étrangement anxieux. Il se demandait comment il pourrait supporter la liberté à nouveau. Pourtant, si être libre signifiait ne plus ressentir les peurs avec lesquelles il avait vécu ces dernières années, il ferait n'importe quoi pour se dégager de cette nouvelle paire de griffes avides qui le retenaient prisonnier.

Une fois qu'il fut sûr que Grim était endormi, il faufila sa main sous l'oreiller et la posa sur le métal froid de la fourchette. Elle paraissait si incongrue dans sa paume, cette arme qu'il avait apportée ici avec une intention meurtrière. Tout ce qu'il avait à faire était de poignarder Grim de la bonne façon. Il serait alors libre, même s'il était sans-abri et sans-le-sou. Les respirations détendues de Grim contre son épaule l'étouffaient comme un sac en plastique noué autour de sa tête et lui donnaient la chair de poule.

Il serra la fourchette dans sa paume moite, craignant que le tambourinage dans sa poitrine soit assez fort pour réveiller Grim. Qui sait ce que ferait cet homme alors ? Avec un rayon de lumière artificielle filtrant entre les stores, Misha observait les veines du cou de Grim, essayant de trouver laquelle cibler. Sa vision devint floue à cause de la panique de ce qu'il était sur le point de faire. Même s'il ne parvenait pas à tuer Grim, soigner sa blessure serait la priorité de Grim, et il ne le poursuivrait donc pas tout de suite.

Il se hissa sur un bras et prit une profonde inspiration, traçant l'air avec la fourche pour trouver la trajectoire dont il avait besoin pour l'assaut. Il n'était pas un esclave. Il était Mikhaïl Andreïev, et il *aurait* une vie après cela, même si aucun homme normal ne voulait de lui dans son lit.

Il insuffla toute sa force dans le coup de poignard rapide, mais la fourchette n'atteignit jamais sa cible. L'avant-bras épais de Grim bloqua celui de Misha, et dans un moment surréaliste, leurs yeux se rencontrèrent. Misha poussa un cri alors que son esprit s'emballait.

Il avait été découvert.

Il pouvait soit se battre maintenant, soit subir sa punition en silence, mais il s'était déjà promis de ne plus se soumettre à nouveau. Il se releva et poignarda Grim à nouveau, mais au moment où son poignet droit fut piégé dans une prise serrée, il sut que toute résistance serait futile.

Grim tira sur la main de Misha, le forçant à rouler sur le ventre, puis grimpa sur lui, tirant ses deux bras en arrière.

— C'était quoi ça ? siffla-t-il contre la peau sensible du cuir chevelu de Misha.

Misha sentait déjà la sueur perler sur son cou, et il se frappa le front contre l'oreiller, à peine capable de respirer. Même s'il savait que c'était inutile, il luttait toujours contre la force de Grim. C'était exactement ce qu'il avait prévu. Grim avait essayé de se faire passer pour un gentil afin de l'obliger à avoir une relation sexuelle, mais maintenant qu'il avait échoué, il allait simplement s'imposer à lui, le violer ou pire. Bien que considérant la taille du sexe de Grim, être baisé serait une punition suffisante.

— Ne fais pas ça ! Je serai sage ! Je suis désolé ! pleurnicha Misha, même si supplier était la dernière chose qu'il souhaitait faire.

La honte remonta dans sa gorge comme de la bile. La seule chose qu'il regrettait, c'était de ne pas avoir été assez rapide. Sentir le corps ferme de Grim sur lui n'était qu'un rappel aigre de sa faiblesse et de son inutilité. Même s'il parvenait à se dégager de cette emprise mortelle, sans jambes, il ne pourrait pas s'enfuir.

La poigne de Grim se resserra sur son poignet.

— Lâche ce truc, grogna-t-il.

Misha lâcha la fourchette, qui roula sur le côté du lit, tombant sur le sol dans un fort claquement de finalité.

— S'il te plaît, ne fais pas ça, on peut trouver une solution, j'en suis sûr.

La respiration de Misha se transforma en sifflement, et il se détesta pour les mots qui sortaient de sa bouche. Qu'est-ce qu'il pouvait bien « arranger » avec Grim ? Qu'il serait sa pute privée non payée ? Peut-être que ce serait vraiment mieux s'il mourait maintenant ?

— Va te faire foutre ! Va te faire foutre ! gémit-il en se débattant contre le corps qui aurait aussi bien pu être fait de béton.

— Qu'est-ce qui ne va pas chez toi ? gronda Grim d'une voix basse et rauque avant de le lâcher et de rouler hors du lit.

Misha était confus et ses muscles avaient envie de se débattre, même s'il n'y avait plus rien contre quoi se débattre.

La lumière s'alluma, et Misha se redressa instantanément. Il attrapa la lampe de chevet et serra le socle dans ses mains, même si elle fournissait très probablement une arme aussi pathétique que l'avait été la fourchette. Grim fronça les sourcils, mais Misha ne perdit pas de temps et lança la lampe sur lui. Elle ne vola que de quelques centimètres avant que le câble qui devait être relié à la prise la stoppe dans son élan dans un craquement pathétique.

Grand et glorieux dans sa nudité sans honte, alors qu'il s'avançait vers le pied du lit et croisait ses bras sur sa poitrine massive, Grim le fixa.

— C'est quoi ce bordel ?

Misha rampa aussi loin qu'il le pouvait sans quitter le lit.

— J-je suis une pe-personne !

La dernière chose dont il avait besoin était d'un putain de bégaiement, mais c'était comme le cousin morveux qui ne manquait jamais de crier au monde entier à quel point vous aviez peur.

Grim rit et écarta les bras.

— Oh, tu es une personne ? Et moi, alors ? Ne suis-je pas une *personne* que tu as décidé de tuer dans son sommeil ?

Il commença à faire les cent pas, comme un lion exaspéré.

— Je t'ai sauvé de cet endroit merdique, et c'est comme ça que tu choisis de me remercier ?

Misha déglutit, mais la nudité de Grim lui faisait se demander comment un homme aussi captivé par lui pouvait se transformer en bête en quelques secondes. C'était la raison pour laquelle il voulait partir. Il ne voulait pas rester dans les parages et attendre la violence qui ne manquerait pas d'arriver. C'était toujours le cas.

— Je voulais juste partir...

Misha enroula ses jambes dans l'espoir qu'elles puissent distraire Grim, mais il ne fit que montrer les dents.

— Partir ? Partir où ? Tu m'as dit que tu n'avais pas de papiers... ou c'était aussi un mensonge ?

Une nouvelle flamme de colère brûla dans les tripes de Misha.

— Je ne sais pas où ! Loin de toi et des tarés comme toi ! Je n'ai pas demandé une vie comme celle-là !

— Les gens comme toi devraient comprendre les autres, non ? Tu as traversé tant de choses, et maintenant tu m'attaques, après que *je* t'ai sauvé de ces pervers ? cracha Grim, en marchant jusqu'au mur opposé et en revenant.

Misha se renfrogna, cherchant autour de lui un moyen de sortir.

— Tu ne m'as pas *sauvé*. Tu ne m'as pas emmené à la police ou enroulé dans une couverture avec une putain de tasse de café. Tu as eu envie de me baiser dès que tu m'as vu, et c'est la seule raison pour laquelle tu m'as emmené avec toi.

Grim grogna et frappa le mur à plusieurs reprises jusqu'à ce qu'un morceau de plâtre s'effrite et tombe sur le sol.

— Tu m'as embrassé !

— J'avais peur ! Je ne savais pas ce que tu ferais si je disais « non ». Je ne voulais pas que tu m'abandonnes sur ce parking.

Misha prit une grande inspiration et attrapa la couverture, car le tremblement de ses doigts le faisait paniquer.

— Et maintenant… je ne sais toujours pas ce que tu vas me faire.

Il déglutit en pensant à la puissance des poings de Grim. Il pourrait réduire son visage en miettes, le jeter dans les bois, et personne ne le saurait jamais.

— Mais je suis si fatigué de vivre comme ça. Je ne peux plus le faire. Tu as tué Gary, mais tout ce que tu veux, c'est me garder comme il l'a fait.

— Je n'ai rien à voir avec cet enfoiré, siffla Grim, et il s'approcha de Misha avec tout son corps tendu comme un taureau prêt à charger. Je *ne* te ferai *jamais* de mal, ou à quelqu'un d'autre comme toi.

Misha se cogna l'arrière de sa tête contre le mur.

— Oh, vraiment ? Tu m'aiderais par pure bonté d'âme ? Sans avoir à attendre de récompense sexuelle ? Tu ne m'enfermerais pas dans une cave en prétendant que c'est pour ma sécurité ?

Grim fonça sur lui si rapidement que Misha se figea et le laissa grimper sur lui. Les yeux de Grim étaient comme des charbons ardents, crachant des étincelles de feu à gauche et à droite tandis qu'il enfonçait ses doigts dans la chair des joues de Misha et le secouait.

— Pour qui te prends-tu pour croire que tu peux jouer avec mes sentiments comme ça ?

Misha poussa sur les épaules de Grim, paniqué.

— Tu ne m'*aimes pas*. Tu ne me connais pas vraiment. Tu sais quels films j'aime ou que je voulais une Xbox ? Ça ne veut rien dire si tu ne connais même pas mon vrai nom ! Tu ne sais pas comment j'ai été forcé de vivre ma vie.

Il prit une profonde inspiration, mais ses yeux ne brillaient même pas. Il avait perdu ses larmes depuis longtemps. Il ne se rappelait pas avoir déjà parlé comme ça à Gary. Avoir avoué ce qu'il pensait et ne pas avoir été puni pour cela.

— Ton nom ? Quel est ton nom ? grogna Grim, son visage trop proche du sien.

Misha loucha vers lui malgré la difficulté à respirer.

— Je ne te le dirai pas.

Les yeux de Grim s'écarquillèrent, puis ses paupières se plissèrent, et sa main se resserra sur la mâchoire de Misha alors qu'il l'observait comme un faucon, prêt à frapper. Mais il ne le fit pas. Il lâcha Misha et roula hors du lit, tendu et chancelant.

— Je t'ai sauvé. Tu me dois ton nom.

Misha déglutit, choqué de ne pas avoir reçu une gifle pour son impertinence. Ivre de ce petit gain, il se redressa lentement.

— On a couché ensemble. Tu n'auras pas mon nom en plus.

Grim donna un coup de pied dans la chaise près de la commode, montrant les dents comme un bambin agité.

— Je l'ai mérité !

— Je ne suis pas un jouet que tu as sorti d'une machine à pinces.

Misha remonta la couverture, hyper conscient du moindre mouvement de Grim et prêt à esquiver un coup de poing s'il venait à sa rencontre.

— Tu penses que je suis stupide ? Tu es une personne !

— Ce n'est pas comme si je connaissais *ton* vrai nom.

Les muscles dansaient sur les côtés de la mâchoire de Grim. Visiblement, lui aussi n'était pas prêt à se présenter.

— Très bien, finit-il par grogner. Mais ne dis pas que je ne te connais pas. Je bois chaque mot qui sort de tes lèvres, Petit oiseau.

Misha n'avait jamais eu l'impression d'être un canon. Il doutait qu'aucun des abonnés à ses films ne l'ait choisi pour son visage ou ses jolis bras. Ils voulaient tous voir ses moignons. Le fait qu'il soit jeune et beau n'était qu'un bonus.

— Je suis plus que ce que l'on voit dans les vidéos. Je ne suis pas seulement mes moignons. Je ne suis pas seulement ce que je fais avec mon petit ami...

Grim explosa et balança un vase de la petite table près de la fenêtre, le visage sombre.

— Ce n'est pas ton petit ami !

Misha se recroquevilla sous la couverture.

— Parce que tu l'as tué !

Grim se donna un coup de poing dans la poitrine.

— Je t'ai sauvé des mains dégueulasses et sordides de ce monstre. Il t'enfermait comme un animal, il n'a jamais pris soin de toi comme je le fais ! Je suis content que sa bite soit déjà devenue du fourrage pour insectes et qu'il ne te touche plus jamais !

Misha prit une profonde inspiration, ayant toujours du mal à croire que Gary ne serait plus là pour le protéger des autres. Il en avait encore envie, même si le prix de cette protection avait été élevé.

— En quoi es-tu différent ? Parce que tu es plus jeune et plus beau ?

Le fantôme d'un sourire teinta le visage de Grim à ce commentaire.

— Je vais te traiter correctement. Je t'offrirai tout ce que tu as toujours voulu. J'en ai les moyens, et j'ai le respect de mes frères, dit Grim avec fierté, en étirant son cou. Tu es peut-être un oiseau brisé en ce moment, mais je peux être celui qui réparera tes ailes.

Les ailes de Misha n'étaient pas cassées. Elles avaient été coupées et ne repousseraient jamais.

— Rien ne peut me réparer.

Grim s'approcha lentement, sa respiration redevenant régulière alors qu'il plantait son regard dans celui de Misha.

— Ce sont des conneries. Tu as besoin de quelqu'un qui se soucie de toi. Je te promets que tu ne manqueras de rien si tu restes avec moi. Je te porterai dans mes bras, et tu seras à nouveau heureux.

Misha aurait ri si ce n'était pas si triste à entendre.

— Tout ce que tu aimes vraiment chez moi, c'est que je n'ai pas de jambes. Je connais des gens comme toi.

Le visage de Grim se tordit en un grognement.

— Des gens comme moi ? Tu as profité de nous. Tu as fait semblant de te soucier de ce que tes abonnés pensaient. Tu as même répondu à ma lettre une fois, aboya Grim, en recommençant à faire les cent pas. Tu es un menteur. Tu as même menti sur ton nom, visiblement.

Misha resserra la couverture autour de lui et déglutit. En vérité, il ne pensait pas que tous ses abonnés étaient de mauvaises personnes. C'était la position dans laquelle il se trouvait et le fait de ne pouvoir en parler à personne qui rendait sa souffrance encore pire. Il fut choqué par le flot d'émotions qui se déversa dans ses veines.

— Ta lettre était sympa, marmonna-t-il.

Il savait exactement de laquelle il s'agissait, car il l'avait trouvée dans le carton de Xbox. L'expéditeur parlait d'un film dont Misha avait fait la critique deux mois auparavant, et l'enveloppe contenait des cartes postales et des histoires d'une visite prolongée à Nashville. C'était une lettre normale, sans contenu sexuel bizarre, différente de la majorité des commentaires qu'il recevait, qui portaient surtout sur son physique et le porno qu'il faisait.

— Je n'ai jamais reçu un centime pour les vidéos. J'avais de la chance si Gary m'offrait ma pizza préférée une fois par semaine. Tu ne comprends pas ?

Il leva les yeux au ciel, détestant que les émotions qu'il avait refoulées pendant des années remontent à la surface. Il pensait avoir dépassé tout ça. Quelle était la honte d'être baisé devant une caméra alors qu'il savait que certaines personnes vivaient des situations bien pires ? Alors que c'était bien pire pour *lui avant*. Il y avait moins d'un jour, offrir des faveurs sexuelles à une seule personne était un soulagement, mais maintenant il pouvait à peine en supporter l'idée.

Grim s'immobilisa, se détourna de Misha et fixa le mur en se balançant sur la pointe des pieds. Quand il regarda finalement à nouveau Misha, son expression était impassible.

— Depuis combien de temps étais-tu là-bas ?

La fatigue s'installa sur les épaules de Misha, les faisant s'affaisser.

— Plus de quatre ans. Putain. Putain de merde !

Le dire à voix haute le rendait encore plus réel. Il n'avait même pas dix-huit ans lorsqu'il avait été enlevé pour la première fois, il n'avait jamais eu de vrai petit ami, et maintenant il avait vingt-deux ans, il était infirme et complètement détruit.

Les muscles se contractèrent sur les côtés de la mâchoire de Grim, et il se frotta lentement le visage avec ses deux mains.

— Tu ne faisais pas ça depuis ta maison en Russie, n'est-ce pas ?

Misha secoua la tête, se sentant encore plus exposé qu'il ne l'était pendant le sexe. Il détestait être vu comme une victime.

— J'ai fini par aimer certaines choses, admit-il en haussant les épaules. Au moins pour passer le temps.

— Putain !

Grim donna un coup de pied au vase en plastique qu'il avait balancé plus tôt de la table et passa sa main dans ses cheveux. Ses yeux se déplaçaient dans toute la pièce, regardant partout sauf vers Misha.

— Est-ce que tu es gay au moins ?

Misha acquiesça, réalisant une fois de plus à quel point sa situation aurait pu être pire s'il avait été hétéro, et croisa le regard de Gary.

— Je suis très gay. J'aurais juste… aimé l'être avec quelqu'un que je désirais.

— Alors tu ne m'apprécies même pas ? murmura Grim entre ses dents. Et tu as couché avec moi parce que tu avais peur de moi ?

Misha pourrait dire « oui » et en finir, mais ce ne serait pas la vérité, et en voyant à quel point Grim semblait confus, il n'eut pas le cœur de briser ses espoirs.

— Je le pensais vraiment quand je t'ai dit que tu étais beau. C'est juste que… je n'étais pas prêt, et je n'ai jamais été dans une situation comme celle-ci. Personne ne m'a jamais demandé ce que je voulais.

Grim s'approcha lentement de la pile de vêtements sur le sol et ramassa son caleçon, l'enfilant lentement, comme s'il était soudainement devenu gêné par sa nudité.

— Ouais, OK.

Il frotta sa main contre son nez et enfila son T-shirt noir.

— Je suis désolé d'avoir essayé de te poignarder, s'excusa Misha, mais le poids de l'atmosphère dans la pièce ne l'aidait pas à respirer.

Il avait souvent imaginé que s'éloigner du camp serait le moment le plus heureux de sa vie, pourtant il était là, confus et inutile.

Grim marcha lentement jusqu'au lit et s'assit sur le matelas. Il se tourna vers Misha et repoussa ses cheveux courts.

— Alors… maintenant quoi ?

Comment Misha était-il censé le savoir ? La seule chose qu'il ne voulait pas, c'était un casier judiciaire, qui mènerait Zero directement à lui.

— Je ne veux pas être un fardeau, chuchota-t-il. Si tu pouvais m'emmener dans la ville la plus proche… je m'arrangerais.

— Tu ne seras pas un fardeau, contra rapidement Grim. Je ne vais pas t'abandonner. Tu as besoin d'aide.

Misha ne put empêcher le soupir de soulagement qui s'échappa de ses lèvres. Il n'était pas encore prêt à se débrouiller tout seul.

— J'aurai besoin de matériel, prévint-il. Je te promets de trouver un moyen de te rembourser, mais ça prendra du temps.

— J'ai de l'argent, dit Grim en regardant Misha avec ses yeux gris intenses. Je te promets que rien ne t'arrivera pendant que tu seras sous ma surveillance.

— Je peux te faire un câlin, ou ce serait bizarre ? demanda Misha, sans oser ciller, rongé par des émotions contradictoires.

Peu importait à quel point il en avait envie, il ne pouvait pas faire entièrement confiance à Grim.

Grim se rapprocha immédiatement et l'attira contre sa poitrine, allant jusqu'à bercer sa tête. Le cœur puissant qui battait dans la poitrine de Grim était comme un chronomètre qui comptait les secondes depuis que Misha avait quitté le camp. Il enroula ses bras autour du cou de Grim, c'était la première fois qu'il étreignait un homme de cette façon, avec honnêteté et de sa propre volonté. Pour une fois, l'étreinte de bras forts n'était pas comme un étau autour de sa dignité.

— Ça va bien se passer. Nous allons te trouver des papiers et un fauteuil roulant. Tu te plairas avec moi, promit Grim, en lui caressant les bras.

Il semblait très désireux de convaincre Misha, mais il était clair qu'il n'avait pas l'intention de lui faire du mal. Aussi agressif et mortel que soit Grim, sa cruauté ne semblait pas s'étendre aux amputés. C'était si étrange de voir soudainement la mutilation qu'il avait subie comme un avantage.

Il voulait dire quelque chose comme « ne te sens pas obligé de m'aider », mais il ne pouvait pas se forcer à le faire. Il avait besoin de toute l'aide qu'il pouvait obtenir, et si Grim prétendait l'aimer vraiment, il n'était pas prêt à le rejeter.

— Merci, chuchota-t-il. Je suis désolé pour ce que j'ai dit. Je sais qu'il y a de bonnes personnes qui sont intéressées par moi, mais c'est difficile de les éliminer. Je n'ai jamais rencontré personne par le biais du site web.

Grim sourit et le repoussa lentement.

— Qu'est-ce que tu en penses ? Suis-je une bonne personne ?

— Je ne sais pas encore, admit Misha en faisant la moue, mais il garda sa main sur l'avant-bras de Grim.

Il feignait que sa main avait glissé après l'étreinte, mais, à vrai dire, il appréciait la fermeté des muscles de Grim tant que leur force ne se retournait pas contre lui.

— Je ne le suis pas, avoua Grim froidement, mais c'est pour ça que je peux te protéger. Je n'ai peur de personne.

Misha se mordit la lèvre et retira sa main de Grim. Un tremblement dévala sa colonne vertébrale. C'était exactement ce qu'il voulait entendre.

— Confiant. J'aime ça. C'est mieux que « gentil ».

Grim rigola.

— Les gars gentils sont surfaits. Ce mot ne veut rien dire.

Il pressa les paumes de Misha et les massa doucement, puis expira, et roula lentement sur le dos.

Misha ne pouvait qu'être d'accord avec ça. Gary utilisait souvent cet adjectif lorsqu'il attendait de la gratitude pour lui avoir apporté de la nourriture, un nouveau T-shirt, ou pour s'être assuré qu'il utilisait suffisamment de lubrifiant lorsqu'ils baisaient.

Lorsque Misha s'allongea et ferma les yeux, l'image macabre du cadavre de Gary apparut sous ses paupières, et le soulagement inonda son cœur une fois de plus.

— Bonne nuit, chuchota-t-il à Grim.

Chapitre 5 – Grim

La chaleur pulsait le long des muscles de Grim, un flux régulier entre les deux cuisses les plus parfaites. L'eau se déplaçait sur sa peau alors qu'il plongeait l'éponge plus profondément, si près du joli sexe d'Andrey qu'il pouvait déjà pratiquement sentir son contact.

Grim était hypnotisé par ce corps pâle étalé dans la baignoire. Peu importait le nombre de vidéos d'Andrey qu'il avait regardées, il y avait des endroits sur lui qu'il n'avait jamais vus, des éléments que la caméra n'avait pas captés, comme les taches de naissance jumelles juste à côté du nombril d'Andrey, juste au-dessus de la surface laiteuse de l'eau.

Cela avait été un choc de découvrir que lui et les autres abonnés de la chaîne d'Andrey s'étaient fait duper pendant tout ce temps. Ils pensaient tous suivre un type gentil qui aimait la musique, les films et les jeux vidéo, qui aimait montrer son corps sain et qui était excité par les messages qu'il recevait et par le fait que d'autres hommes le regardent. Mais Andrey avait été une victime. Kidnappé il y avait des années et forcé à se produire comme un animal de cirque.

Le goût aigre dans la bouche de Grim l'avait tenu jusque tard dans la nuit alors qu'il s'accrochait au corps d'Andrey, essayant de rassembler toutes les bribes d'informations. Sa poitrine lui faisait mal. Il avait l'impression qu'il allait s'arrêter de respirer s'il s'endormait ou qu'Andrey allait s'échapper de ses bras et redevenir une proie, qu'un malade l'emmènerait là où Grim ne pourrait pas le retrouver.

Il n'arrivait pas à comprendre à quel point un homme devait être vil pour faire du mal à quelqu'un d'aussi faible que lui, pour le garder sous terre pendant des années, comme un canari qu'on n'aurait jamais laissé sortir de sa cage pour qu'il puisse déployer ses ailes. Il regrettait de ne pas avoir pris son temps avec Gary avant de lui faire sauter la cervelle. Ce connard ne méritait pas une petite balle dans le front après avoir violé et emprisonné à plusieurs reprises un bel oiseau comme Andrey.

Mais en même temps, tous les mensonges qu'Andrey lui-même avait racontés à Grim la nuit précédente piquaient encore comme des poignards plantés entre ses côtes. Andrey l'avait embrassé, il l'avait laissé l'inviter à dîner, et avait fait l'amour avec lui, et tout cela seulement pour essayer de le poignarder dans son sommeil. L'attention de Grim n'avait pas été aussi bienvenue qu'il avait été amené à le penser. Mais aussi impoli qu'ait été Andrey d'essayer de le repousser après tout ce que Grim avait traversé pour arriver jusqu'à lui, Grim avait accepté que le jeune homme ait été traumatisé et ait besoin d'un peu plus de temps pour s'adapter. La véritable affection était probablement écrasante après toutes les mauvaises choses qui lui étaient arrivées aux mains de cet enfoiré de Gary.

Au moins, l'oiseau était vraiment gay. Grim avait encore une chance de lui montrer quel homme bon il pouvait être aux côtés d'Andrey. Il était doux, attentionné, et prêt à faire des efforts pour le confort d'Andrey.

Quand celui-ci leva la tête de la baignoire, la profondeur de ses yeux bruns figea Grim.

— Je ne suis pas un vieil homme qui a besoin d'être lavé. J'ai perdu mes jambes, pas mes bras.

La matinée n'avait pas été beaucoup plus facile que la nuit dernière, Andrey étant silencieux et évitant le contact de Grim, mais incapable de le faire quand il avait besoin d'atteindre la salle de bain. Et Grim se montrait impatient. Andrey était comme une splendide part de gâteau sur une assiette qu'il n'était pas encore autorisé à toucher, il était impatient de le séduire. Il était sûr qu'avec le temps, Andrey comprendrait qu'il avait été aveugle et déraisonnable en essayant de le repousser alors que leur attirance mutuelle était déjà si évidente.

Grim *était* beau. Il n'avait jamais eu de mal à attirer les hommes, si ce n'était par son charme, alors par le contour de son sexe visible à travers le pantalon de cuir. Et ceux qui ne voulaient pas avoir affaire à un pénis de taille bien supérieure à la moyenne savaient qu'ils n'avaient pas à s'inquiéter, dès qu'ils jetaient un coup d'œil sous la boucle de ceinture de Grim. Andrey n'hésitait certainement pas à regarder le renflement de Grim. L'intérêt *était* là.

Grim sourit et effleura le dos de ses doigts contre la cuisse chaude de l'oiseau.

— Je sais. Mais qui n'a pas envie de se faire dorloter de temps en temps ?

Andrey gémit et ses épaules toniques s'affaissèrent. Il mit ses bras entre ses jambes pour cacher son sexe à la vue de tous, et Grim ne put s'empêcher d'être déçu.

— Je peux voir que tu deviens dur. Pervers, dit Andrey.

Grim se mordit l'intérieur de la joue, une fois de plus rejeté. Mais comme il voulait qu'Andrey soit bien plus qu'un coup d'un soir, il garda son calme et patienta. Alors qu'il savonnait lentement la peau lisse d'Andrey, il laissa son regard errer sur le corps qui était l'incarnation de ses désirs. Ses jambes étaient finement musclées, avec des genoux galbés et des moignons qui tressaillaient dès qu'Andrey bougeait. Grim pouvait déjà imaginer cette chair molle massant ses cuisses et sa poitrine. Il mourait d'envie de plonger son membre entre ces jambes chaudes et laisser son sperme recouvrir les cicatrices. Il aurait dû le faire hier soir, avant qu'on lui interdise de toucher les parties intimes d'Andrey.

C'était une autre chose qu'il ne pouvait pas comprendre. Andrey était gay, pourquoi décliner l'offre d'une fellation ou d'un attouchement ? Ce n'était pas comme si Grim allait exiger beaucoup en retour si Andrey n'était pas encore prêt à affronter sa queue. La nuit précédente, Grim s'était fini seul, il pouvait continuer à le faire aussi longtemps qu'Andrey en avait besoin, mais visiblement, l'oiseau ne lui accordait pas tant de crédit.

— Je ne suis pas un pervers.

Andrey dénoua ses cheveux longs comme Raiponce, et ils retombèrent dans l'eau en une cascade de mèches d'ébène. Grim ne pouvait s'empêcher de penser qu'il avait été un peu comme le prince sauvant la princesse de la tour. Les cheveux étaient ridiculement longs, et Grim n'était pas entièrement sûr de les aimer ainsi, mais avec Andrey si critique sur la forme de ses jambes, il n'était pas déraisonnable de penser que les cheveux pouvaient être quelque chose dont il était vaniteux. Et ils *étaient* agréables à leur manière : doux et lisses, avec une légère ondulation. C'était charmant, comme tout ce qui concernait Andrey.

— Tu regardes beaucoup d'autres hommes sur la webcam ? demanda Andrey en tendant le bras pour prendre l'éponge de la main de Grim.

Grim ne put réprimer un sourire.

— Tu es jaloux ?

Andrey secoua la tête et commença à se frotter rapidement.

— Je ne te connais pas, alors non. J'essaie juste de savoir ce que tu aimes d'autre. Peut-être que je pourrais t'aider à sortir avec un joli garçon en fauteuil roulant, et tu n'insisterais plus pour me donner le bain.

Grim pinça les lèvres, réticent à ôter sa main d'entre les jambes d'Andrey. Elles frétillaient de façon si séduisante.

— Je ne suis pas désespéré. Il y a plein de poissons à mes pieds.

— Je peux imaginer. Avec une queue comme la tienne, soupira Andrey. Peut-on trouver un fauteuil roulant bon marché aujourd'hui ? Je n'aime pas être porté partout.

Grim accepta silencieusement le compliment.

— Pas même un peu ? demanda-t-il en déplaçant lentement sa main vers la partie supérieure de la cuisse d'Andrey, mais ce dernier lui saisit le poignet.

— Non. Ça me fait me sentir inutile.

La peau pâle d'Andrey se teinta de rouge sur ses joues, et Grim se demanda comment Andrey réagirait au soleil s'il avait été enfermé sous terre pendant si longtemps.

Grim lui obtiendrait le meilleur fauteuil roulant qu'Andrey pourrait désirer. Bien mieux que celui qu'il avait vu dans le sous-sol.

— Pourquoi n'utilises-tu pas de prothèses ? Tu préfères le fauteuil roulant ? interrogea-t-il en posant sa main sur l'épaule d'Andrey.

Il ne pouvait pas s'empêcher de toucher cette belle peau. Même s'il ne pouvait pas taquiner et lécher les cicatrices sur les jambes d'Andrey pendant un moment, il pouvait au moins avoir ça.

— Gary ne voulait pas que j'en aie, répondit Andrey en pressant l'éponge dans sa main, étalant de la mousse sur sa poitrine. J'ai même dû mériter ce fauteuil roulant. Peu importe. Je n'ai pas envie d'en parler. Je crois que, de toute façon, il faut se faire faire des prothèses sur mesure.

Grim avala de travers et lâcha l'épaule d'Andrey. Il le regarda se laver avec des mouvements nerveux et mal à l'aise et soupira, posant sa joue sur le bord de la baignoire. Ses doigts dessinèrent paresseusement le genou d'Andrey, et son visage s'échauffa à la simple pensée du moignon, quelques centimètres plus bas.

— Je connaissais un gars quand j'étais enfant. Il avait eu un accident et avait perdu ses jambes, mais sa famille ne pouvait pas payer les prothèses. Il était aussi jeune que moi et devait rester à la maison tout le temps.

Andrey tendit la main pour attraper une serviette.

— Peut-être que c'était mieux comme ça. Au moins, il n'a pas eu l'occasion de rencontrer les gens que j'ai rencontrés. À quelle distance sommes-nous du camp ? demanda-t-il en levant enfin les yeux vers Grim, une fois qu'il avait remis ses cheveux en place dans un chignon.

— Nous devons aller loin.

Grim glissa sa main sur la nuque d'Andrey, la pressant doucement.

— Je vais t'emmener très loin. Personne ne te fera plus jamais de mal. Tu me crois ? chuchota-t-il, caressant les cheveux humides qui collaient au cou d'Andrey.

Ça ne le dérangerait pas que ces longs cheveux touchent son sexe.

Andrey hocha la tête et tendit les bras à Grim dans une demande silencieuse pour qu'il le porte. Grim fut impatient d'obtempérer.

Il plaça son bras sous les genoux mignons et meurtris et expira lorsqu'il sentit les moignons courts au-delà des articulations. Andrey était assez lourd pour que Grim sente son poids alors qu'il étirait son dos et serrait son corps humide plus étroitement.

— On va s'amuser aujourd'hui. Tu as besoin de voir un peu le monde maintenant que je t'ai libéré, dit-il avec enthousiasme en portant Andrey dans la pièce.

— Je ne veux pas m'amuser. Je veux juste être en sécurité. Je veux être loin. Le monde n'a rien à m'offrir désormais. Je n'ai même pas un sous-vêtement de plus.

Andrey fronça les sourcils dès que Grim l'eut déposé sur le lit.

C'était décevant de voir le Andrey souriant et sexy que Grim connaissait grâce aux films de la webcam être si morose, mais il comprenait que certaines choses devaient être réparées avant qu'ils puissent entamer une relation.

— Nous allons t'en procurer. Et tant que tu es avec moi, tu es en sécurité. Je m'y connais en armes, dit Grim en sortant son Beretta de l'étui sous son bras.

Andrey effleura le canon du bout des doigts, et le souffle de Grim se coupa lorsqu'il imagina ces doigts s'enrouler autour de sa verge.

— C'est en fait rassurant. Alors... tu as vu chaque partie de moi en gros plan. Je veux en savoir plus sur toi. Tu es dans un club de motards. C'est inscrit sur ton gilet. Mais pourquoi êtes-vous venus ? À la base. Tu ne savais pas que je serais là.

Grim se rendit compte qu'Andrey aurait pu mourir là-dedans s'il ne l'avait pas trouvé par accident. Rien que de penser à une fin aussi tragique pour la vie de ce garçon parfait le fit s'étrangler légèrement. C'était le destin.

Il caressa doucement les cheveux d'Andrey, voulant le rassurer sur ses bonnes intentions.

— Ils ont pris une de nos filles. J'ai été appelé pour participer au raid... J'ai juste... si je n'avais pas été là, tu aurais pu y rester pour toujours. C'est vraiment horrible.

— Mais est-ce vraiment le cas ? demanda Andrey en le regardant droit dans les yeux, et malgré ses traits et ses longs cheveux qui le faisaient paraître jeune, il y avait une conscience froide dans ce regard. Plus de matière pour ta banque de fessées.

La trachée de Grim se contracta, et il se releva, resserrant sa main sur l'arme. La chaleur explosa dans sa tête, et il grogna contre Andrey avant de le repousser sur le matelas.

— Tu as envie de mourir ?

À sa grande surprise, Andrey ne se dégonfla pas.

— Parfois.

Dans des moments comme celui-ci, Grim ne savait pas trop quoi penser. La vulnérabilité qu'Andrey lui avait montrée hier n'était-elle qu'une façade ? Ou était-ce juste un acte d'Andrey essayant de tester les limites de sa patience ?

Grim rangea l'arme dans son étui et tira sur les hanches d'Andrey, l'entraînant au bord du matelas. Ses tempes palpitaient alors qu'il se penchait et passait ses pouces sur les joues d'Andrey, observant ses beaux traits. L'oiseau blessé avait un esprit tellement marqué.

— Pauvre petite chose. Ils t'ont fait très mal, n'est-ce pas ? chuchota-t-il, s'étranglant un instant.

Il ne pouvait pas supporter les hommes qui utilisaient le handicap de quelqu'un d'autre à leur avantage.

Et juste comme ça, Grim réussit à briser les défenses d'Andrey. Il le comprit à l'expression adoucie sur le visage d'Andrey, même s'il évitait de regarder directement dans les yeux de Grim.

— Personne ne peut remonter le temps, murmura Andrey.

Grim déglutit, luttant contre l'envie soudaine d'embrasser les lèvres d'Andrey alors que ces moignons parfaits frôlaient l'extérieur de ses cuisses.

— Je peux te rendre heureux, dit-il en regardant Andrey dans les yeux alors que son cœur battait la chamade dans sa poitrine.

Plusieurs fois, il s'était imaginé faire un voyage jusqu'à Moscou et tomber accidentellement sur Andrey quelque part. Il aurait eu besoin d'aide, parce que des voyous l'auraient attaqué, et Grim aurait été là pour le sauver. Andrey l'aurait invité dans son appartement pour le remercier avec de la nourriture, mais très vite, les choses se seraient échauffées...

Andrey poussa un rire amer, brisant le fantasme de Grim.

— Rien ne peut me rendre heureux, parce que rien ne peut me rendre entier. Pouvons-nous partir, s'il te plaît ? marmonna-t-il en poussant sur l'épaule de Grim sans trop de force.

Grim ne bougea pas d'un pouce et baissa son visage, effleurant de ses lèvres le front d'Andrey. Il était si chaud qu'il s'attendait à moitié à ce que ça le brûle.

— Tu peux être entier sans tes jambes. Tu ne peux pas les laisser te briser comme ça. Tu as quel âge ? Vingt-deux ans ? Tu as toute la vie devant toi.

— Je faisais des trucs avant. Et j'étais doué pour ça. Là-bas, dans cette pièce, chaque jour est devenu une question de survie, et maintenant... je ne me reconnais même plus.

Andrey prit une grande bouffée d'air, comme s'il se noyait.

Grim s'allongea sur le lit à côté de lui, l'attirant sur sa poitrine pour l'étreindre. Ses doigts continuaient à caresser la peau douce du visage et du cou d'Andrey, tandis qu'il fixait la profondeur de ses yeux tristes et intenses. Ils lui faisaient ressentir tant de choses qu'il avait longtemps enfouies. Grim savait qu'il pouvait réparer le doux oiseau et le faire chanter à nouveau avec beaucoup de patience et d'efforts, mais seulement si Andrey *voulait* être guéri.

— C'est un grand changement, mais tu n'es pas seul.

— Je devrais probablement dire que je suis désolé d'être un fardeau, mais je ne le suis pas. Je suis seulement désolé de ne pas pouvoir te donner ce que tu veux.

Mais tout ce que Grim voulait était dans la façon dont Andrey enroulait ses bras autour de son cou. Il devenait difficile de respirer avec l'objet de ses fantasmes nu et si proche de lui.

— Qu'est-ce que tu crois que je veux ? demanda-t-il, berçant la tête d'Andrey contre son bras.

Il se pencha en avant et embrassa le bout de son nez. Andrey était si fragile, si innocent dans sa façon de le regarder. Aucune vidéo porno ne pourrait lui enlever ça. Il avait besoin de toute l'aide et la protection de Grim.

— Je pense que tu veux des parties de moi que je ne suis pas prêt à donner, chuchota Andrey.

Grim expira, et dans le mouvement le plus lent qu'il put faire, il déplaça sa main plus bas, jusqu'aux moignons humides. Il garda son regard ancré dans celui d'Andrey et écouta sa respiration. Son corps réagit immédiatement, gonflant son sang de testostérone tandis qu'il traçait les cicatrices du bout des doigts.

— C'est ce que tu veux dire ?

Le visage d'Andrey s'empourpra, et le moment fut brisé. Il attrapa le poignet de Grim.

— Ne les touche pas. On devrait y aller, geignit-il.

— Qu'est-ce que je peux toucher ? s'enquit Grim, en caressant le nez d'Andrey, s'éloignant à contrecœur du moignon.

Andrey mit du temps à répondre, et c'était au moins quelque chose, car Grim s'attendait à moitié à entendre qu'il n'y avait pas un centimètre de la peau d'Andrey qui serait à sa disposition.

— Mes mains. Tu peux toucher mes mains.

Les mots semblaient à contrecœur tirés d'un puits où les gens noyaient des choses qu'ils ne voulaient plus jamais revoir.

Grim sourit, même s'il n'était pas très heureux de cette réponse. Il allait devoir beaucoup plus œuvrer que ce qu'il avait initialement prévu. Il était prêt à aider Andrey pour tout problème qui pourrait survenir à cause de son handicap ou de son statut, mais le rejet constant du contact physique rendait l'esprit de Grim complètement fou. Mais c'était mieux que rien, alors il lécha les deux mains d'Andrey et les porta à ses lèvres. Elles étaient si pâles et soignées qu'il faillit sucer l'un des longs doigts par pure excitation.

— Et ton visage ? Je le trouve très beau.

— Je te donne un doigt, et tu veux instantanément la main entière. Non. Je veux commencer à bouger, et par là je ne veux pas dire que je veux me tordre sous toi sur le lit.

Malheureusement, c'était exactement l'image que les mots d'Andrey faisaient naître dans l'esprit de Grim. Tous les deux nus et en sueur, Andrey tirant ses jambes jusqu'à sa poitrine pour que Grim puisse lécher le moignon pendant qu'il le baisait. Dans ses rêves, Andrey avait toujours été capable de prendre sa grosse queue.

Grim laissa échapper un gémissement de frustration.

— Tu viens de me laisser toucher ton visage. Pourquoi es-tu si inconstant ?

— Je ne t'ai pas « laissé » toucher mon visage. Tu l'as juste fait.

— Tu ne m'as pas dit d'arrêter.

Grim roula et s'assit sur le bord du lit, des pensées sombres embrumant son cerveau.

— Tu me laisses faire quelque chose et ensuite tu m'interdis de recommencer. Comme la nuit dernière.

Andrey lui jeta un regard en coin.

— Mon corps n'est pas un jeu vidéo. Tu ne peux pas débloquer des niveaux.

Grim leva les yeux au ciel et se redressa.

— Ce n'est pas comme ça justement que le truc du toucher fonctionne pour les gens ?

Andrey pencha la tête sur le côté et enfila son short sur sa peau nue.

— Les gens ? Par opposition à *toi* ?

Les yeux de Grim suivirent les moignons qui dépassaient de sous le short. C'était presque comme si Andrey l'allumait.

— N'avons-nous pas établi hier que je suis gourmand ? dit-il en se souvenant de l'érection d'Andrey dans sa bouche, qui devenait plus dure, jusqu'à ce qu'elle déverse son sperme dans sa gorge.

Ses mots suscitèrent un sourire en coin, même si Andrey le cacha rapidement en enfilant son débardeur.

— Ouais, c'était assez bon, marmonna-t-il à la satisfaction de Grim.

Grim déglutit.

— Oui. C'était foutrement chaud, dit-il, l'espoir grandissant dans sa poitrine.

Andrey lui tendit les bras dès qu'il fut habillé.

— Ça ne veut pas dire que j'ai envie de recommencer. J'en ai fini avec le sexe pour le moment.

Grim serra les dents et hocha la tête.

— Très bien, marmonna-t-il.

Il essayait de comprendre le point de vue d'Andrey, vraiment, mais ces moignons et ces jolies lèvres se moquaient de lui. Peut-être que tout ce dont Andrey avait besoin était de se sentir un peu plus en sécurité. Sans la menace constante d'un sexe non désiré de la part d'un type laid comme Gary, il était obligé de chercher un peu de proximité, et Grim serait là pour la lui fournir.

Cela ne signifiait pas que Grim allait abandonner son trophée de sitôt.

Chapitre 6 – Grim

Si Grim n'avait pas le droit d'avoir des contacts sexuels, il aurait au moins eu sa dose d'Andrey avec un contact occasionnel. Compte tenu de cela, il était déchiré sur la question du fauteuil roulant alors qu'il portait Andrey vers le magasin de produits de mobilité. Bien sûr, il voulait lui faire plaisir avec des cadeaux, gagner plus de faveurs, mais d'un autre côté, une fois l'achat effectué, Andrey n'aurait plus besoin d'être porté, et il ne tendrait plus les bras vers Grim de façon si impuissante. Grim aimait quand il faisait ça dans la baignoire. Le voir si vulnérable était très excitant.

Andrey n'était pas léger, mais Grim s'en fichait tant qu'il avait ses bras enroulés autour du cou de Grim et se tenait si près que son souffle chatouillait sa peau. Si seulement Grim pouvait faire ce qu'il voulait, il l'emmènerait à l'hôtel et lui ferait l'amour toute la nuit. Il pourrait ensuite aller se promener avec lui sur son dos, et ces délicieux moignons s'enfonceraient dans ses cuisses. Il savait qu'avec la bonne attitude, il finirait par y arriver, mais Andrey devait d'abord apprendre à lui faire confiance.

Le magasin était assez grand, et dès le premier pas à l'intérieur, Grim soupira en contemplant la grande variété de produits en vente. Et il n'y avait même pas beaucoup de monde. Spacieuse et aérée, cette boutique méritait vraiment de figurer sur la liste des endroits où Grim aimait se rendre lorsqu'il était sur la route. Lorsqu'il éprouvait un besoin pressant de prendre son pied, les hôpitaux et les centres où les personnes handicapées pratiquaient des sports faisaient partie de ses endroits préférés. Il aimait particulièrement le basket-ball en fauteuil roulant. Le sport en lui-même était intéressant à regarder, mais au fil des ans, il avait également rencontré des gens intéressants et s'était même lié d'amitié avec certains d'entre eux. Malheureusement, la plupart n'étaient pas amputés, mais on ne choisissait pas toujours.

Une vendeuse s'approcha d'eux en quelques secondes, et dès qu'elle prit conscience qu'Andrey avait besoin d'un fauteuil roulant, elle lui en apporta un qu'il pouvait utiliser pendant ses achats.

— Grim ? appela Andrey, et ses respirations profondes et irrégulières attirèrent l'attention de Grim. Je peux emprunter ton sweat à capuche ? Il y a des caméras partout. Je suis en train de flipper.

Grim regarda autour de lui, surpris, mais il retirait déjà son gilet pour atteindre le sweat à capuche en dessous et répondre aux besoins d'Andrey. Il n'y avait rien de plus beau qu'un oiseau brisé pépiant de désespoir. Suppliant pour son sexe, puis se tordant sous lui pendant que Grim suçait le tissu lisse de la cicatrice.

— Bien sûr. Tout ce que tu veux, dit-il, et il prit le bras d'Andrey, le guidant dans la première manche.

Sa verge tressaillit quand Andrey leva les yeux vers lui avec cet air affligé sur le visage.

— Je suis désolé, j'ai juste... Il y a tous ces gens ici, ils ont tous des téléphones, chaque téléphone a une caméra, tu ne sais pas de quoi certains des hommes du camp sont capables. Gary *n'était rien* en comparaison. Ce sont des malades, ils peuvent suivre leurs victimes, neutraliser les caméras, collecter des données. Je ne veux pas qu'on me trouve.

Grim expira et mit l'autre bras d'Andrey dans la manche avant de tirer la capuche sur sa tête. Le pauvre gars avait vraiment peur, et c'était à lui de le soulager un peu.

— Je vais te dire... si je vois quelqu'un te filmer avec son téléphone, je l'écrase.

Andrey se figea.

— Tu ferais ça pour moi ? Tu pourrais avoir des problèmes...

Grim rit et s'accroupit devant lui.

— Je n'en aurai pas.

— Tu peux aussi toucher mes poignets, dit Andrey, et tout à coup, tout ce que Grim désirait, c'était lécher la peau sensible au-dessus des veines bleues.

À la place, il les massa avec ses pouces, fixant intensément les yeux d'Andrey, submergé par sa simple présence. Ce jeune homme, qui avait l'habitude de toujours le saluer avec un sourire depuis l'écran de l'ordinateur, ne regardait désormais que lui.

— Ce n'est pas pour ça que je t'aide.

— Je sais. Je veux dire... je crois.

Grim sourit et embrassa brièvement le poignet d'Andrey avant de se remettre debout alors que la vendeuse s'approchait à nouveau d'eux. Ils se mirent ensuite en quête d'un fauteuil roulant, mais Grim s'inquiéta lorsque les choix d'Andrey se révélèrent très peu coûteux. Il ne pouvait pas laisser l'oiseau se débattre en permanence dans l'inconfort, simplement parce qu'il n'avait pas d'argent à dépenser. C'était là que Grim devait intervenir. Il voulait qu'Andrey ait le meilleur et le plus confortable fauteuil qu'ils pouvaient acheter sur place, et ses économies seraient plus que suffisantes. Il était un nomade qui effectuait des missions lucratives pour les Coffin Nails, mais qui n'avait pas grand-chose pour dépenser son argent. C'était tout à fait le moment de faire des folies, alors il encouragea Andrey à choisir ce qui lui plaisait, lui assurant que ce n'était vraiment pas un problème. Une fois encouragée, la vendeuse proposa de nouvelles options qu'ils pourraient prendre en compte.

Regarder Andrey essayer différents fauteuils roulants tout en portant le sweat à capuche de Grim était à la fois excitant et émouvant. Il avait vu tellement de vidéos d'Andrey qu'il pouvait facilement imaginer les muscles maigres de ses bras se contractant lorsqu'il passait d'un banc à un autre fauteuil roulant.

Il était impatient de voir le bonheur dans les yeux d'Andrey lorsqu'il pourrait à nouveau se déplacer librement dans un fauteuil qui serait bien meilleur que le tas de merde qu'il avait utilisé au camp. Il y avait eu des moments dans la vie de Grim où il n'aurait pas pu aider une personne ayant besoin de mobilité, même s'il l'avait souhaité, mais maintenant qu'il avait ce garçon à ses côtés, il ne s'épargnerait aucune dépense pour rendre sa vie plus radieuse. Il se sentait vraiment utile, un vrai protecteur dans tous les sens du terme.

Avec l'aide de la vendeuse, Andrey choisit un élégant fauteuil roulant noir et les gants assortis, car il préférait se pousser lui-même plutôt qu'une aide électrique. Sur l'insistance de Grim, ils achetèrent également un coussin confortable, un porte-gobelet et un sac.

Malgré les réticences de Grim à perdre la chance de porter Andrey, il était fier quand ils quittèrent le magasin. Et comme il portait toujours une liasse de billets sur lui, aucun de leurs achats n'était hors de sa portée.

— C'est… il bouge tellement bien, s'extasia Andrey en faisant rouler son fauteuil hors du magasin, regardant Grim de temps en temps alors qu'ils traversaient le parking en direction du petit centre commercial à un seul niveau, quelques rangées de voitures garées plus loin. Ça prendra un certain temps avant que je puisse te rembourser. Je suis doué avec les ordinateurs, mais ces enfoirés peuvent tout suivre partout. Ce n'est pas sûr pour moi d'être en ligne. Mais je trouverai quelque chose.

La poitrine de Grim se remplit de fierté. Dorloter était quelque chose qu'il avait toujours voulu faire pour Coy. Cela faisait des années, et il vivait toujours avec la culpabilité de ne pas avoir été capable de fournir l'aide dont Coy avait besoin.

— Hors de question. C'est un cadeau. Tu as besoin de tout ça, et tout ce dont j'ai besoin c'est de ta compagnie.

— Parce que tu voyages beaucoup tout seul ?

Andrey fit pivoter son fauteuil et commença à le faire rouler en arrière, ce qui figea le cœur de Grim l'espace d'un instant. Et si Andrey tombait et se blessait ?

— Je… oui. Je suis un nomade. Tu sais ce que ça veut dire ? demanda-t-il, en baissant les yeux sur les moignons d'Andrey qui dépassaient du short.

Andrey secoua la tête, mais regarda ensuite par-dessus son épaule.

— Je suppose que ça ne veut pas dire que tu vis dans une forêt, que tu chasses ta nourriture et que tu migres vers le sud pour l'hiver ?

Grim éclata de rire, tout en regardant Andrey expérimenter. Il avait hâte de le voir se déplacer librement, ce qu'il n'avait pas été autorisé à faire depuis si longtemps. C'est alors qu'il se rendit compte qu'il était le seul à rencontrer le véritable Andrey, un homme de chair et de sang, qui avait le sens de l'humour et pouvait être un vrai emmerdeur parfois. Andrey n'était comme ça qu'avec lui, et tous les autres – Gary, les hommes du camp et les autres abonnés – pouvaient aller se faire voir. Grim avait seulement besoin de connaître le vrai nom d'Andrey pour compléter le tableau. C'était une démangeaison qu'il ne pouvait pas gratter.

— Non. C'est quand un membre d'un club n'appartient à aucun chapitre et voyage, sauf s'il est appelé pour une affaire.

Quand ils atteignirent enfin le long mur du centre commercial, Andrey tourna son fauteuil et encercla Grim comme un bébé requin excité.

— Tu devrais avoir un blog de voyage.

Grim se mit à rire, ses yeux suivant le beau visage.

— Il s'appellerait *Piste Sanglante à travers l'Amérique*.

Et pour la première fois depuis qu'il avait trouvé Andrey sous ce bureau, celui-ci éclata bruyamment de rire. Le son était aussi sincère qu'il l'était parfois dans les vidéos plus personnelles d'Andrey.

— Dommage que tu n'aies pas pris de photos de Gary pour ton blog.

Grim soupira, hypnotisé. Oui. Il allait épouser Andrey. Il était la perfection pure, même s'il n'était pas encore prêt à s'abandonner à lui.

— Quel dommage ! Peut-être que je pourrais faire un dessin à la place.

— Je dessine, avoua Andrey, et Grim s'arrêta net.

Il avait regardé toutes les vidéos qui lui tombaient sous la main, pourtant il ne le savait pas. C'était tellement incroyable qu'il en oublia de respirer.

— Qu'est-ce que tu dessines ? demanda-t-il en se remettant à marcher à côté du fauteuil d'Andrey pendant plusieurs instants alors qu'ils approchaient lentement de l'entrée.

La sueur perlait dans son dos et il tendit la main à Andrey, oubliant un instant que l'oiseau en avait besoin pour se déplacer.

Andrey devint silencieux, le regard rivé vers le centre commercial, pour que Grim ne puisse pas voir son visage.

— Rien qui ne vaille la peine d'être conservé. Des choses que Gary ne me laissait jamais montrer à personne.

— On devrait aussi aller au magasin d'art alors, dit rapidement Grim en posant sa paume sur l'épaule d'Andrey.

Ça comptait toujours comme « la main », non ?

Andrey leva les yeux vers lui, la moitié de son visage dissimulée dans l'ombre de la capuche, mais il ne repoussa pas la main de Grim.

— Je n'ai vraiment pas envie de trop amincir cette liasse de billets dans ta poche.

Grim lui sourit.

— Tu ne penses quand même pas que c'est tout ce que j'ai, si ?

Andrey donna un petit coup dans la hanche de Grim.

— Frimeur.

Il arrêta de faire avancer le fauteuil, se figeant, les mains levées.

— Je suis désolé. Je ne voulais pas te pousser. Je m'excuse.

Grim haussa un sourcil vers lui.

— Tant que tu n'essaies pas de me saigner avec une fourchette, tout va bien.

Andrey prit une profonde inspiration et s'arrêta près des portes tournantes menant au centre commercial.

— OK. Je ne veux pas que tu sois en colère contre moi. Je suis encore bouleversé.

Grim déglutit et arrangea ses cheveux lorsqu'il aperçut son reflet dans la vitre.

— Tu n'as pas à t'inquiéter pour ça. Tu n'es pas mon prisonnier, et je ne ferais jamais de mal à quelqu'un comme toi de quelque façon que ce soit.

— Et si ton club t'ordonnait de le faire ? insista Andrey en levant les yeux vers une caméra au-dessus de la porte, tirant rapidement la capuche plus loin sur son visage.

Les tripes de Grim se tordirent de colère à l'idée que son club lui tourne le dos.

— Pourquoi feraient-ils ça ? Est-ce que je dois savoir quelque chose ?

— Si ces gens du camp découvraient que je suis vivant, que je voyage avec un membre des Coffin Nails, ils chercheraient à m'atteindre. Ils pourraient faire chanter ton club, kidnapper des membres de leur famille… et tu serais obligé de me rendre à eux.

Chaque mot était plus calme que le précédent, et la paranoïa de cette menace alambiquée donnait à Grim l'envie de serrer Andrey dans ses bras.

Mais il ne pouvait pas le faire ici, alors, à la place, il stoppa le fauteuil roulant, posa ses mains sur les accoudoirs et regarda Andrey droit dans les yeux.

— Ils ne feraient pas ça, parce que si je leur dis que tu es à moi, ils vont me soutenir.

Il prit une profonde inspiration, se souvenant de choses qu'il voulait oublier. La trahison de gens en qui il avait confiance et la perte de la seule personne qui comptait le plus. Mais sa nouvelle famille, les Coffin Nails, ne lui ferait jamais ça.

— Personne ne pourra me faire renoncer à toi. Tu es ma responsabilité, et si je dois te quitter, ce sera à cause d'une balle dans le cœur. Est-ce que tu me comprends ?

Les pupilles d'Andrey s'élargirent.

— Pourquoi je t'intéresse tant ? chuchota-t-il. Je ne suis qu'un type du web que tu aimais regarder.

Grim prit une profonde inspiration et se détourna de son regard inquisiteur. Il ne laisserait plus jamais un oiseau brisé et sans défense mourir entre ses mains.

— J'ai besoin de toi, OK ? J'ai juste besoin.

Andrey hocha la tête, sans jamais rompre le contact visuel, et se pencha en avant dans le fauteuil roulant, faisant palpiter le cœur de Grim dans l'attente d'un baiser qui, il en était sûr, ne viendrait pas. Mais alors les lèvres douces et chaudes d'Andrey se posèrent sur les siennes, et ce fut mieux que n'importe quelle vidéo porno hardcore. C'était pour lui seul. Il gémit dans le baiser, ses pensées attirées par les moignons qui étaient si proches de ses genoux, nus pour tout le monde, là où ils dépassaient du short. Il voulait enlever son T-shirt et les recouvrir, les garder pour son propre plaisir.

Puis, à travers la brume du plaisir et le son des conversations et de la musique ennuyeuse, une voix forte fendit l'esprit de Grim avec un mot qu'il ne connaissait que trop bien.

— Dégueulasse !

Grim s'éloigna et contempla les yeux d'Andrey, ses jolies lèvres pulpeuses. L'oiseau méritait mieux que d'être victime d'un discours haineux dès son premier jour hors de cette fichue cellule qui lui servait de chambre. Ses yeux remontèrent vers la porte, où un homme à la grosse barbe blonde croisa son regard en parlant à une femme.

— Quoi ? Je suis censé ignorer ça parce que l'un d'entre eux est en fauteuil roulant ? Très bientôt, tu vas regretter que plus de gens ne se soient pas exprimés quand les pédés obtiendront tous ces privilèges qu'ils n'ont pas gagnés !

Le sang de Grim bouillonnait, mais il serra les dents et sourit brièvement à Andrey dans l'espoir de le faire se sentir mieux. L'homme avait d'autres idées cependant.

— Qu'est-ce que tu as, mon grand ? Tu veux me dire quelque chose ? Je parie que tu t'es trouvé une tapette en fauteuil roulant pour qu'il soit à la bonne hauteur, ricana l'homme en écartant les bras.

Grim le dévisagea avec une expression impassible. Ce satané connard se sentait invincible avec toutes les caméras autour et un agent de sécurité qui observait paresseusement la scène à quelques mètres de là.

Grim se redressa et s'approcha lentement de l'homme et de sa partenaire. Il inspira et expira en s'avançant, regardant droit dans les yeux étroits de ce porc.

— Votre petite amie doit être tellement fière de vous voir vous moquer d'un handicapé.

Les yeux de l'homme s'arrêtèrent sur le visage empourpré de sa compagne, et ce fut la distraction dont Grim avait besoin. Il se plaça entre l'homme et la caméra et pinça discrètement ses doigts sur le portefeuille qui dépassait de la poche avant de l'homme. Grim n'avait pas commencé sa carrière dans le crime par des assassinats, et bien que ses talents de pickpocket soient un peu rouillés, ils faisaient toujours l'affaire.

— Tu veux dire le court sur pattes, là-bas ? Je pense qu'il va bien, s'esclaffa l'homme en croisant les bras sur sa poitrine, mais son amie tira sur son coude, l'éloignant d'un pas de Grim.

— Allons-y, Pat, ça n'en vaut pas la peine, marmonna la femme en tirant sur l'épaule de son homme.

Grim sourit et bouscula le connard une fois que le portefeuille fut bien rangé dans la poche intérieure de son gilet.

— Profitez de votre journée, railla-t-il, sachant qu'il ne lui restait que quelques heures avant de réclamer sa prime de sang.

Il ne pouvait pas le faire ici sans se compliquer la vie, mais ce putain d'homophobe finirait par payer.

Andrey s'éloigna de l'entrée du centre commercial.

— Je suis désolé de t'avoir embrassé. Je suis confus, parce que j'ai beaucoup regardé la télé, et dans la plupart des émissions, tout le monde accepte le fait d'être gay, je ne pensais pas que ce serait un gros problème.

Grim se mit à rire, suivant le fauteuil roulant.

— La plupart des films ne se passent pas dans la campagne du Mississippi. D'ailleurs, ne fais pas confiance aux films. Ils sont remplis de conneries.

— Y a-t-il beaucoup d'autres personnes comme lui ?

— Les gens sont partout les mêmes. Certains se trouvent être des tas de merde comme celui-ci, dit Grim, en caressant le portefeuille à travers le cuir.

Andrey baissa les yeux vers ses moignons, alors Grim estima qu'il avait le droit de les fixer lui aussi.

— J'ai besoin d'une couverture pour les recouvrir.

Grim acquiesça, s'approchant pour regarder d'en haut les jambes magnifiquement étranges.

— Je suis sûr qu'ils en ont à l'intérieur.

— Je... On peut aller ailleurs ? s'enquit Andrey d'un ton plat, s'affaissant dans son fauteuil.

La colère enfla dans la poitrine de Grim en regardant les épaules recroquevillées de son oiseau. Il avait été ballotté par le vent pendant si longtemps, et maintenant il devait endurer des mauvais traitements en plus de cela ? La bête intérieure de Grim frémissait de rage.

— Bien sûr, il y a plein d'autres endroits où on peut trouver quelque chose pour toi.

— Je préfère.

Andrey tira son short plus bas pour cacher davantage ses jambes, et cette vue fit souffrir le cœur de Grim.

Ils retournèrent au pick-up, et Grim l'aida à s'installer avant de ranger le fauteuil à l'arrière, avec sa moto. Il se glissa sur le siège conducteur et expira, observant Andrey, qui semblait à nouveau renfermé, loin du canari gazouillant qu'il avait été pendant quelques instants. S'ils n'avaient pas été dans un lieu public, le connard homophobe aurait perdu bien plus que son portefeuille.

— Je suis désolé que tu aies dû entendre ça, dit-il, en sortant le portefeuille.

Il l'ouvrit et fixa le visage muet de l'homme sur la photo de son permis de conduire.

— Peut-être qu'il serait mieux d'éviter les gens. Tout court, marmonna Andrey, sans même regarder dans la direction de Grim.

Grim sortit l'argent du portefeuille et le passa à Andrey.

— Il sera gêné quand il ne pourra pas payer le dîner de sa femme ce soir.

Andrey eut l'air de se réveiller, fixant les billets dans sa main.

— Ça lui appartient.

Grim lui sourit.

— Oui. Je ne voulais pas être arrêté pour l'avoir agressé, mais j'ai pris beaucoup de plaisir à le faire.

Le visage d'Andrey s'éclaira, et il mit l'argent dans sa poche.

— As-tu déjà eu des problèmes parce que tu es gay ?

Grim remarqua qu'Andrey n'avait pas bouclé sa ceinture de sécurité, alors il se pencha, s'appuyant sur une de ses délicieuses cuisses pendant qu'il tirait sur la ceinture. Il l'attacha et prit son temps pour l'ajuster.

— Bien sûr. Mais j'étais prêt à aller loin pour me défendre.

Vraiment loin. Une fois que Grim avait tué un homme pour cette question, il ne pouvait plus revenir en arrière.

— Tu peux me trouver une arme ?

Le regard d'Andrey balaya le corps de Grim d'une manière qui lui donna la chair de poule. Il déglutit, serrant le volant alors qu'il conduisait vers la sortie du parking.

— Juste une question, mais je veux une réponse sincère. Tu envisages de retourner cette arme contre moi ?

— Non.

La réponse avait été rapide, confiante, mais pas trop hâtive.

Grim hocha la tête.

— Est-ce que j'aurai encore un baiser ?

Andrey lui sourit.

— Est-ce que j'aurai cette arme ?

Grim gloussa et saisit la main d'Andrey par-dessus le levier de vitesse, le cœur tremblant.

— Oui.

Andrey serra la main de Grim en retour.

— Il y a quelque chose que j'ai vraiment envie d'essayer, mais je n'en ai jamais eu l'occasion. J'ai lu tellement de choses sur Internet à ce sujet.

La poitrine de Grim s'enfonça quand il expira, et sa main commença à transpirer alors qu'il s'accrochait à Andrey. *Oh, putain.* Est-ce qu'Andrey voulait essayer le sexe en public ou quelque chose comme ça ? Grim n'était pas sûr de ce qu'il ressentait à l'idée que des étrangers les regardent baiser sur un parking dans les bois. Ou était-ce quelque chose d'autre ? Il s'en fichait tant que cela impliquait son sexe et les moignons d'Andrey.

— Tu m'emmènes au McDonald's ? Je veux savoir pourquoi on en fait toute une histoire.

Ce n'était pas la réponse que Grim espérait, mais voir Andrey sourire à nouveau apaisa toute la frustration sexuelle refoulée.

— Tu n'as jamais vu de McDonald's ? Ils sont comme... partout.

— Il n'y en avait pas à Vladivostok.

Grim fronça les sourcils.

— Donc tu n'es pas de Moscou ?

Encore un autre mensonge sur Andrey.

Andrey secoua la tête.

— Tu m'emmènes ou pas ?

Grim sourit et déplaça son poids, penchant la tête vers Andrey.

— Bien sûr, pourquoi pas, je vais me prostituer pour un Big Mac.

Andrey se tourna vers lui et déposa un petit baiser sur les lèvres.

— Tu en auras un meilleur si je prends des frites aussi.

Chapitre 7 – Grim

Grim était aux anges. Ils avaient partagé un repas, et comme Andrey autorisait de plus en plus de contacts physiques, la libido de Grim faisait des sauts de puce dans tout son corps. Son sang bouillonnait et le simple fait de conduire devenait difficile, mais la conversation était fluide et Andrey souriait, si bien que l'attention de Grim était partagée entre son visage et l'endroit interdit sous les genoux d'Andrey.

Ils trouvèrent un autre endroit pour faire leurs courses, et Andrey quitta le magasin avec un sac entier de produits de première nécessité que Grim paya avec plaisir. Il ne pouvait pas laisser n'importe qui regarder les magnifiques moignons, juger et plaindre Andrey sans la tendresse et l'attention que Grim avait pour lui. Il savait que les regards des gens faisaient qu'Andrey se sentait nu, Coy lui avait dit la même chose plus d'une fois.

Quand la nuit fut tombée, Grim se mit en tête de leur trouver un meilleur endroit pour dormir qu'un motel ordinaire. Andrey méritait d'être un peu choyé après ce qu'il avait traversé, et il avait déjà été établi que les attentions de Grim lui peignaient un sourire sur le visage, donc ils finirent par louer une suite dans un endroit chic.

Andrey entra dans la pièce et repoussa la capuche de son nouveau sweat-shirt gris. Grim regrettait un peu qu'il ne porte plus ses vêtements, mais ce nouveau sweat lui allait mieux.

Leur suite se composait d'une chambre et d'un salon attenant, meublé d'une table basse, d'un canapé et d'autres accessoires. Il y avait plus qu'assez d'espace pour qu'Andrey puisse se déplacer dans son nouveau fauteuil roulant, et Grim était sûr que son oiseau apprécierait ce geste.

— Waouh, cet endroit est sympa, commenta Andrey en étudiant l'élégante chambre marron et beige.

Grim avait hâte de voir les cheveux d'Andrey, maintenant tirés en un nœud serré, étalés partout sur les oreillers, créant le cadre parfait pour le visage rougi d'Andrey. À en juger par le déroulement de la journée, il y aurait plus qu'un baiser ce soir.

— Rien que le meilleur pour toi, dit Grim, en fermant la porte derrière eux.

Il posa sur la table le sac contenant une batte de baseball qu'il avait achetée au magasin de sport. Andrey avait l'air si beau sur son nouveau fauteuil roulant. Grim ne voulait pas l'avouer à voix haute, mais ce modèle particulier semblait vraiment en harmonie avec la forme générale du corps d'Andrey. Pas trop trapu, mais pas trop souple non plus. Parfait. Tellement parfait que Grim pourrait s'agenouiller devant et sucer Andrey ici et maintenant.

— Oh, mon Dieu… chuchota Andrey, et il roula lentement vers la baie vitrée près du grand lit.

Les rideaux marron encadraient un coucher de soleil orange sang, et la lumière réchauffa le visage de Grim.

— Quoi ?

Grim s'approcha de lui et posa lentement un genou à terre, glissant son bras sur les épaules fermes du jeune homme. C'était si bon d'être proche comme ça. Si ce n'était pas si douloureux pour Andrey, Grim enfermerait son petit oiseau loin du monde pour que personne ne lui fasse plus jamais de mal.

— Je n'ai pas vu de coucher de soleil depuis une éternité.

Andrey tendit le bras et serra les doigts de Grim sur son épaule, sans jamais détourner le regard de la fenêtre.

Grim soupira.

— C'est vrai ? Tu n'étais pas autorisé à faire des promenades dans le camp ?

Andrey secoua la tête.

— Gary ne me laissait aller que jusqu'à son appartement souterrain. Ils ne voulaient probablement pas que je voie toute la merde qui s'y passe. Du peu que j'ai vu… Je n'avais pas envie d'être dehors, à moins que ça signifie m'échapper de là.

Grim déglutit difficilement, son esprit vagabondant vers l'horreur qu'il avait lui aussi vue pendant le raid. Le seul espoir d'Andrey avait été de jouer selon les règles de son taré de « petit ami », s'il ne voulait pas finir comme certains des autres prisonniers. Et si Andrey était devenu trop vieux au goût de ses spectateurs ? Et si personne n'avait voulu de lui après que Gary avait trouvé un nouveau jouet ? Grim était malade rien qu'en pensant aux résultats possibles.

— C'est pour ça que tu es si pâle, soupira-t-il, en serrant doucement Andrey dans ses bras. Tu dois utiliser ta crème solaire.

Andrey tendit la main et caressa la nuque de Grim, réveillant les instincts prédateurs cachés sous sa peau. Le contact de ses doigts chauds fit se contracter ses testicules. Il manqua de ronronner.

— Non. Je veux être bronzé. Je veux me sentir vivant.

— Oui, mais tu ne veux pas attraper de coups de soleil. Tu as probablement oublié à quel point ça fait mal, rappela Grim, en effleurant l'oreille d'Andrey de ses lèvres, tandis que ses yeux s'égaraient vers les moignons, à peine visibles d'où il était.

Son esprit n'arrêtait pas de faire des allers-retours entre le fait d'être avec Andrey et celui de fantasmer sur ces jolies jambes qui l'effleuraient.

Andrey haussa les épaules.

— Ça ne peut pas être si grave. C'est quand la dernière fois que tu as pris un coup de soleil ?

Grim rit et embrassa la pommette d'Andrey, respirant son parfum. Il y avait quelque chose de presque laiteux chez lui, si enivrant que Grim se retint tout juste de caresser les genoux d'Andrey.

— L'été dernier. J'avais la peau de mes avant-bras qui tombait.

— Quand j'étais enfant et que j'avais un coup de soleil, je mangeais la peau sèche et squameuse. Tu trouves ça dégoûtant ? demanda Andrey en détournant les yeux du soleil pour les poser sur Grim.

Grim lui sourit. Son attention était maintenant complètement concentrée sur les yeux d'Andrey et ce qu'ils lui disaient.

— Non. Quand j'étais enfant, je mangeais des vers de terre.

Andrey éclata de rire, et son expression détendue donna une toute nouvelle dimension à son visage.

— C'est horrible. Pourquoi tu faisais ça ?

Grim se mordit les joues et massa l'épaule d'Andrey. Cela soulagea une partie de la tension dans ses muscles à force d'être constamment à la limite de l'excitation.

— Ce gamin qui vivait à côté de chez moi dont je t'ai parlé, Coy. Je voulais le faire rire parce qu'il était confiné à la maison.

— C'est plutôt gentil. Pour un meurtrier. Je suppose que tu étais déjà prédisposé pour ça.

Grim fut à la fois surpris et excité par la franchise d'Andrey.

— Je ne suis pas un meurtrier. Je n'ai jamais fait de mal à une âme qui ne méritait pas ce qui arrivait.

Andrey hocha la tête et remua sur son fauteuil, donnant la chair de poule à Grim lorsqu'il vit les moignons bouger sous les genoux.

— Certaines personnes ne méritent tout simplement pas de vivre. Je ne dirais pas ça d'habitude, mais je sais que tu comprends, n'est-ce pas ?

Grim hocha la tête, pressant son nez dans le creux entre l'œil et le nez d'Andrey. Il porterait la peau d'Andrey sur son corps si cela ne signifiait pas que son oiseau devait souffrir et mourir à cause de cela. Il mettrait ses mains dans celles d'Andrey et vivrait chaque fragment de cette peau douce de l'intérieur.

— Ouais. Il y a des gens mauvais là dehors. Certains n'ont aucun remords. D'autres… s'en fichent. Les deux sont également coupables et méritent de mourir.

Grim était déjà dur quand Andrey prit son visage en coupe, et leurs lèvres se rencontrèrent pour un doux baiser. Il expira et glissa ses bras autour d'Andrey. L'odeur laiteuse de sa peau envahit ses narines et ses pensées se dirigèrent immédiatement plus bas, vers les moignons qui pouvaient s'enrouler autour de sa taille à tout instant, réchauffés par la lueur orange qui caressait leur peau.

Mais Andrey s'écarta avec une rougeur sur son joli visage pâle.

— Je suis désolé. Je t'envoie encore des signaux contradictoires. Je n'ai jamais eu personne en Russie, puis j'ai été enfermé, et toi tu es si apaisant.

Grim se mordit la lèvre, respirant difficilement alors que son érection se tendait contre son cuir, piégée et non désirée.

— Je…

Andrey se retourna, échappant à l'étreinte de Grim.

— C'est parti.

— Quoi ? demanda Grim, confus, en suivant Andrey.

Mais dès qu'il aperçut les moignons, Andrey se détourna.

— Le soleil. Il a disparu.

Andrey se dirigea vers la table basse, où il déballa une partie de ses achats.

— Tu pourras le revoir demain.

Grim le suivit avec un léger balancement qui fit que le cuir s'accrocha à son sexe, le taquinant, tandis qu'il s'approchait de la table. Andrey le verrait-il ? Comprendrait-il l'allusion ? Ce n'était pas comme si laisser Grim toucher ses moignons allait le blesser ou être invasif. Andrey pouvait même fermer les yeux s'il ne voulait pas le voir se masturber. Même s'il était sûr qu'Andrey apprécierait la vue.

— Je sais, mais c'est dommage. Si beau et parti si vite. Peut-être qu'on pourrait voir le lever du soleil demain ?

Andrey s'obstinait à fixer un cahier vide, tandis que sa nuque s'empourprait lentement. Il pouvait voir l'érection de Grim. Elle était si grosse, si dure sans aucun médicament pour la maintenir.

Parfois, la taille de son sexe jouait contre lui, il lui était difficile d'être en érection. Mais pas avec Andrey. Pour Andrey, sa queue était prête à vider tout le sang de son cerveau.

— Bien sûr. On pourrait vérifier quand la journée commence, murmura Grim, en prenant la main d'Andrey.

Il perdit sa concentration, fondant à la vue de la chair lisse sous les genoux d'Andrey. L'oiseau était trop timide pour son propre bien, alors peut-être avait-il besoin d'un peu d'encouragement.

— Ne fais pas ça, marmonna Andrey quand Grim lui prit la main et la porta vers son entrejambe.

Pour aggraver les choses, Andrey tiré sur son short de son autre main, dissimulant les moignons de sa vue, comme pour le contrarier.

Grim lâcha sa main et serra les dents. Il lui était impossible de réprimer la frustration qui montait en lui. Il détestait les rejets constants qu'il recevait des personnes qu'il désirait vraiment. Comme ce garçon à Détroit, qui était d'abord parti seul avec lui, puis l'avait giflé alors que tout ce que Grim avait voulu faire était d'embrasser sa main à laquelle il manquait deux doigts. Qui croyait vraiment qu'une invitation à « venir voir sa moto » dans un endroit sombre concernait réellement une moto ?

Il y avait ceux qui convoitaient Grim et ce qu'il pouvait leur offrir, mais alors qu'il les baisait, leur offrant ce dont ils avaient besoin, ses pensées s'égaraient toujours vers le joli visage d'Andrey et ses moignons traînant sur la couette pour la caméra.

— Bien.

— Tu veux te doucher d'abord ? demanda Andrey avant d'allumer la télévision, remplissant la pièce du bavardage inutile d'une star de la télé-réalité.

Grim râla et se plaça devant la télévision pour forcer Andrey à le regarder.

— Je ne vais pas te violer.

— Alors arrête de m'entraîner dans ces situations. On n'a pas besoin de se toucher si c'est si déroutant pour toi. Ou toute cette journée n'était-elle qu'un coup monté pour me baiser ? aboya Andrey en fronçant les sourcils.

Grim se mordit l'intérieur de la joue, et il lui fut difficile de trouver une réponse quand tout ce sur quoi son cerveau pouvait se concentrer était la chair interdite si proche.

— Non, mais c'est vachement dur. Tu n'as pas à me toucher, mais peut-être que je pourrais les caresser ? Au moins un peu ? C'est pas comme si tu allais perdre quelque chose à cause de ça.

Andrey pinça les lèvres si fort qu'elles devinrent blanches.

— Tu es comme tous les autres. Tu n'en aurais rien à foutre de moi si je n'étais pas attaché à ces moignons.

Grim avala de travers, et l'espace d'un instant, il ne sut quoi dire. C'était partiellement vrai, parce qu'il avait été attiré par Andrey à cause de son handicap en premier lieu.

— Et quoi, tu penses que ça te rend spécial ? Que tous les autres attirent les gens avec leur putain de personnalité brillante ?

— Je t'ai dit hier que je n'étais pas prêt à coucher avec qui que ce soit ! Pourquoi je ne peux pas juste *être moi* ? s'écria Andrey avant de se retourner, en gardant les yeux sur Grim. Je ne suis pas un sac de viande.

— Ouais, et je ne suis pas une bite, mais c'est pour ça que les gens me veulent. Je ne vois pas pourquoi c'est si différent dans ton cerveau. Tout ce que je veux c'est te toucher et me branler. Je ne vais pas te faire de mal.

Andrey haleta.

— Et tout ce que je veux maintenant, c'est partir. Ne suis-je toujours pas ton prisonnier ?

Grim le fixa, un nœud coulant invisible se refermant sur sa gorge.

— Tu sais quoi ? *Vous êtes tous les mêmes !* Vous ne me laissez jamais aucune chance. Vous me menacez d'appeler la police ou vous êtes juste partants pour un petit coup vite fait. Même les femmes ne me laissent pas les toucher, même après que je leur ai dit que je suis gay et que leur vertu est en sécurité avec moi !

Andrey attrapa les côtés de sa tête et marmonna quelque chose en russe.

— Est-ce que tu aimerais que quelqu'un vienne te voir et te dise : « *Hé, mec, ta bite est énorme, je peux la caresser et me branler ?* ».

Grim se renfrogna.

— Parce que tu crois que ça n'arrive jamais ? Je suis fatigué de ce genre de conneries à sens unique !

Andrey croisa les bras sur sa poitrine.

— Tu ne veux pas qu'on soit juste amis, hein ?

— Je pense que c'est évident. Je t'observe depuis des années !

— Alors tu as vu tout ce que j'avais à offrir. Y compris la pénétration et le sperme qui coule de mon cul. Je m'en vais.

Andrey se dirigea vers la table et fourra les articles nouvellement achetés dans le sac à l'arrière de son fauteuil roulant.

Le cerveau de Grim était en ébullition, envoyant de la pression dans ses oreilles, qui tambourinaient avec une pulsation furieuse. Il balança une des chaises sur le sol et commença à faire les cent pas, la fureur brûlant ses veines. Pourquoi cela lui arrivait-il encore et encore ?

— Bien. Personne ne te retient.

Il sortit le reste de la liasse de billets et la jeta sur les genoux d'Andrey.

— Vas-y, laisse-moi.

Pendant une seconde, il crut qu'Andrey allait lui renvoyer l'argent, mais le petit calculateur était trop malin pour ça et empocha les billets. Il roula jusqu'à la porte.

— Eh bien… Merci pour tout en tout cas. Même si tu es un sale type. J'espère que tu pourras un jour trouver quelqu'un qui… correspond à tes besoins.

Grim s'accrocha à la table, se maintenant difficilement en place. Coup de couteau après coup de couteau, Andrey le laissait ensanglanté et souffrant.

— Je *ne suis pas* un sale type.

— Et je ne suis pas un objet de fétichisme, siffla Andrey avant d'ouvrir la porte et de sortir dans le couloir, sans même un regard derrière lui.

Grim serra les dents et les mains en poings. Andrey était de nouveau si déraisonnable. Peut-être avait-il besoin de goûter à un avenir sans lui et de voir à quel point le monde serait bon pour lui ?

— Si c'est ce que tu veux...

— C'est ce que je veux, aboya Andrey en déplaçant son fauteuil roulant dans le couloir.

Grim s'avança avant qu'Andrey puisse fermer la porte et la bloqua. Sa gorge lui faisait si mal que même parler était douloureux. Le petit rat était vraiment prêt à l'abandonner. Après tout ce que Grim avait fait pour lui ?

— Ne fais pas confiance aux inconnus. Dis toujours que tu rends visite à des amis si quelqu'un demande.

Andrey se lécha les lèvres et regarda Grim.

— Tu as un numéro de téléphone ? Au cas où quelque chose de vraiment mauvais arriverait ?

Grim sourit, mais cela ressemblait plus à une vilaine grimace qu'à un sourire. Il ramassa le carnet et le stylo fournis par l'hôtel et griffonna son numéro de téléphone sur le papier. Il s'approcha d'Andrey et tendit lentement la main vers lui.

— C'est comme ça que ça se passe ? *Reste joignable, Grim, mais va te faire foutre, sale type* ?

Andrey souffla et posa les mains sur les roues.

— Eh bien, ne reste pas joignable. Je me débrouillerai très bien tout seul !

Grim grogna tout bas, mais se pencha, pliant le morceau de papier, pour ensuite le fourrer dans une poche du nouveau sweat à capuche d'Andrey.

— Tu es un sale égoïste.

— Parce que c'est tellement égoïste de vouloir une certaine autonomie sur son propre corps. Bye.

Il détourna le regard et se dirigea vers l'avant, mais Grim éprouva une petite satisfaction à l'idée qu'Andrey ne lui ait pas renvoyé son numéro de téléphone au visage ou n'ait pas cherché à le mettre en pièces. Andrey avait besoin de lui, même s'il ne voulait pas encore l'admettre.

Grim soupira.

— Nous verrons comment ça va se passer pour toi.

Mais Andrey ne se retourna même pas vers lui, et il disparut rapidement derrière la courbe du couloir. Grim entendit le tintement d'un ascenseur, puis uniquement le silence après cela.

Il se cogna le front contre la porte et tapa du poing contre le mur. Il était là. Grim, celui qu'on appelait toujours quand il y avait de la merde, quitté par un type en fauteuil roulant. Un type qui n'avait aucune idée du pays dans lequel il se trouvait, n'avait aucun papier d'identité, aucun moyen de transport, et qui serait vulnérable aux agressions en tant qu'étranger seul et handicapé. Ce n'était pas ce que Grim avait imaginé quand il l'avait porté hors de cette pièce verrouillée.

Il claqua la porte et s'approcha de la fenêtre, regardant le toit au-dessus de l'entrée principale de l'hôtel. Son cœur cognait douloureusement contre sa cage thoracique, et il se massa les tempes, luttant contre la colère qui faisait rage dans ses veines. Il avait encore l'espoir qu'Andrey paniquerait dans le hall et reviendrait, mais alors, une silhouette solitaire éclairée par les lumières de l'hôtel s'avança dans un fauteuil roulant. On aurait presque pu croire qu'il avait un but, alors qu'en fait il n'était qu'un oiseau brisé, tout juste sorti de sa cage, trébuchant inutilement sur le sol pour devenir bientôt la nourriture des prédateurs.

Ouais. Grim n'allait pas se contenter de simplement accepter cette gifle. Autant il comprenait la réticence d'Andrey à faire confiance à quiconque, même à l'homme qui l'avait protégé d'un terrible destin, autant la décision insensée de partir seul était de trop.

Grim s'engouffra rapidement dans la porte et se précipita vers les escaliers, se ruant à toute vitesse afin de rattraper sa proie. Andrey ne se doutait pas à quel point il était mal avisé, et c'était à Grim de sauver ses fesses, par la force si nécessaire.

Chapitre 8 – Misha

Alors que Misha avançait, chaque ombre ressemblait à un monstre faisant tourner une tronçonneuse, et chaque fois que son fauteuil roulant dérapait sur le gravier, il entendait le bruit des os qui se brisaient. Il remonta sa capuche sur sa tête, mais cela n'aidait pas du tout son anxiété croissante. Il avait paniqué devant Grim à l'hôtel, il avait peut-être un peu exagéré, mais il n'avait aucune envie de devenir une fois de plus le jouet de quelqu'un, juste pour obtenir sa protection. Même si ce quelqu'un était beau et faisait semblant d'être gentil. Misha ne pouvait plus se permettre de faire confiance à qui que ce soit. Les gens qui l'avaient kidnappé au départ avaient eu l'air *gentils* eux aussi. Ça ne voulait rien dire. Si Grim était un tueur pour un club de motards, il savait probablement comment cacher ses véritables émotions pour atteindre ses objectifs.

Au moins, il faisait chaud ici en août, il pouvait donc dormir dans son fauteuil roulant ce soir. Un petit chemin partant de l'hôtel le mena dans un parc bien entretenu. Il devrait s'en sortir s'il se trouvait un endroit derrière quelques arbres, où il ne serait pas visible de l'allée. Mais alors qu'il se disait cela, ses tempes pulsaient plus fort chaque seconde, et ses paumes devenaient moites dans ses gants. C'était trop. Même en plein jour, même avec le corps stable de Grim à ses côtés, le nombre de personnes, les vastes espaces, les nombreuses options... c'était trop. Quand il contemplait le ciel sans nuages, rien ne se dressait entre lui et la lune. Cela le terrifiait.

Lorsqu'il roula plus loin dans la ruelle et que l'obscurité du parc devint plus épaisse, il décida que flâner dans une rue aurait peut-être été une meilleure option. Personne n'attaquerait un homme en fauteuil roulant à la vue de tous, n'est-ce pas ?

Misha essayait de se convaincre qu'il était en sécurité, mais plus il s'éloignait de Grim, plus ses articulations devenaient raides. Ce n'était pas seulement de l'anxiété, parce qu'il avait vécu avec pendant des années. Cette peur était beaucoup plus viscérale. Elle avait une odeur, une texture, elle avait le goût du sang et apportait une scie avec elle pour couper une plus grande partie de son corps, le torturer jusqu'à ce qu'il s'évanouisse, et ensuite lui donner des sels juste pour qu'il puisse souffrir à nouveau.

Misha s'arrêta quand il sentit un regard dans son dos. Il le brûlait à travers son sweat, insistant et impudique. Il déglutit et fit semblant de fouiller dans le sac attaché à son fauteuil, juste pour paraître décontracté et chercher la paire d'yeux intrusifs. Un homme l'observait depuis un banc tout proche, caché derrière un livre qu'il pouvait lire à la lumière du lampadaire juste au-dessus de lui.

Misha aurait dû demander l'arme avant de sortir. Grim avait promis de lui en donner une, et le fait que Misha le quitte n'aurait pas dû annuler leur accord. Il fit rouler les roues plus vite afin d'être rapidement hors du parc. Il poussa encore plus vite quand quelque chose grinça derrière lui. Peu importait que l'homme ne cherche probablement pas à l'agresser. Il pouvait avoir un téléphone sur lui. Il avait sûrement un téléphone. Il pourrait être utilisé pour prendre une photo et trouver Misha. Et Misha ne pouvait pas supporter de finir à nouveau entre les mains de Zero. Il préférait mourir.

Quelques minutes plus tard, il prit une profonde inspiration une fois qu'il fut de nouveau dans la rue, mais être entouré de plus de passants ne le rendit pas moins nerveux. Il pouvait difficilement supporter que certains d'entre eux jettent des regards dans sa direction. Comment allait-il s'orienter dans ce monde inconnu qui ne ressemblait en rien aux films qu'il avait vus ? C'était sale, les rues étaient remplies de voitures, il n'y avait aucun magasin en vue, et il n'avait pas de carte. Il était inutile. À quoi servait-il ? Très vite, il n'aurait plus d'argent, et il tomberait probablement dans la prostitution. Quand il était plus jeune, quand il avait des jambes, il aurait volé une carte de crédit et fait de l'auto-stop. Mais maintenant ? Qui allait prendre un auto-stoppeur sans jambes ? Qui lui offrirait un travail ?

Même son esprit s'arrêta au moment où il remarqua qu'une caméra de rue le suivait le long de la route. Son objectif sombre était comme l'œil de Zero, prêt à l'arracher à la foule et à mutiler son âme.

Misha se retourna comme le lâche qu'il était et fit rouler son fauteuil jusqu'au parc. Techniquement, il pouvait faire le tour pour retourner à l'hôtel, mais il avait trop peur de se perdre dans le noir. La réalité de sa peur était si viscérale qu'elle aurait pu l'étouffer. Il ne l'avait jamais ressentie à ce point lorsqu'il était piégé dans le sous-sol de Gary, lorsque chaque détail lui était familier. À l'époque, il s'était imaginé sortir courageusement du camp et aller voir la police avec les informations de sécurité qu'il avait recueillies sur l'organisation et les choses qu'il avait vu faire dans le complexe. Il aurait pu rire de ce fantasme s'il n'avait pas eu trop peur d'attirer l'attention sur lui. Il n'avait même pas eu le courage de remettre ses connaissances et la clé USB de Gary à la police. Bon sang, il n'était même pas assez courageux pour vérifier ce qu'il y avait sur la clé USB en premier lieu, parce que l'idée d'ouvrir un ordinateur était trop difficile à supporter quand il était bien conscient de tout ce qu'un bon hacker pouvait trouver sur sa position. Avoir à faire face à Gary qui le baisait ne serait rien en comparaison de ce que Zero, ou des hommes comme lui pourraient lui faire s'ils l'attrapaient.

Le vent commença à gagner en force alors qu'il se frayait un chemin dans les allées, éclairées uniquement par de rares lampadaires, et Misha n'était même pas sûr de ce qui lui faisait le plus peur : rouler dans l'obscurité ou se rendre visible à la lumière. Chaque personne passant par là ou se profilant entre les arbres était une menace potentielle. Peut-être même l'un des hommes de Zero en attente, prêt à l'emmener vers son destin.

Lorsqu'il sortit du parc et vit le néon au sommet de l'hôtel, sa gorge était si serrée qu'il avait du mal à respirer.

Il ne voulait pas pleurer.

Il ne pleurerait pas !

Il salua d'un signe de tête tremblant la réceptionniste, qui l'accueillit avec un sourire professionnel qui ne fut pas moins menaçant que les regards des gens dehors. Le temps qu'il arrive à l'ascenseur, ses paumes étaient moites et il avait du mal à respirer.

Et se rapprocher de Grim ne le faisait pas se sentir plus en sécurité, car il savait qu'une caméra le fixait d'en haut.

Au quatrième étage, il tourna dans le couloir si vite qu'il faillit tomber dans son fauteuil, et il frappa à la porte de la chambre de Grim à un rythme plus rapide qu'il ne l'aurait souhaité.

— S'il te plaît, ne sois pas dans la douche, murmura-t-il à lui-même.

La porte s'ouvrit lentement après quelques secondes, et Misha fut si heureux de voir le visage de Grim qu'il en eut honte.

Grim s'effaça sans un mot, le visage impassible.

Misha baissa la tête en signe d'embarras et fit rouler son fauteuil à l'intérieur.

— Je suis désolé... Je suis tellement mal en point. Je ne peux même plus fonctionner normalement.

— Je vois ça. Je t'avais dit que ce n'était pas sûr dehors pour quelqu'un comme toi, grommela Grim avant de refermer la porte avec la colère qui alimentait ses muscles.

Misha enroula ses bras autour de lui en signe de soulagement et resta assis au milieu de la pièce, laissant enfin ses muscles se relâcher. Près de Grim, même respirer était plus facile.

— J'étais doué à la course avant, s'étouffa-t-il.

Grim était si silencieux que ça lui flanquait la chair de poule.

— Je suis désolé, s'excusa Grim, et il s'assit au milieu du canapé en se frottant le visage.

Misha ravala ce qui aurait pu être un sanglot s'il ne l'avait pas arrêté assez vite.

— Est-ce que tu veux que je reste ? Après ce que j'ai dit ? Je ne veux pas partir, mais je le ferai si je le dois.

Grim leva les yeux vers lui et secoua lentement la tête.

— Tu n'y arriveras pas sans moi.

— Tu m'as trouvé par accident. Tu n'es pas responsable de moi. Je ne veux pas chambouler ta vie. J'ai juste besoin... d'aide, dit Misha, bien qu'il ait déjà le cœur gros de désespoir.

— Je veux vous aider.

Grim expira et s'adossa au canapé, observant Misha avec une grimace.

— Je t'ai dit que quelqu'un devait recoller tes morceaux, cet homme sera moi. Mais c'est agaçant, putain, de savoir que tu ne vois pas ça en moi.

— C'est juste trop tôt. J'ai rencontré des tarés. Tu n'en es pas un.

Misha baissa les yeux sur ses genoux, gêné d'avoir dit des choses aussi méchantes alors que Grim, malgré son comportement obsessionnel, ne l'obligeait à rien et le laissait même partir.

— Je ne me suis toujours pas débarrassé de l'haleine de Gary. Je ne suis pas prêt pour le sexe. Ça ne veut pas dire que je ne te trouve pas beau. Ou que ta queue ne m'excite pas énormément.

La chaleur inonda son visage à cette dernière confession.

Grim soupira.

— Tu m'as traité de sale type, il y a même pas une demi-heure.

— J'étais en colère.

Grim joua avec le rembourrage du canapé.

— Tu es comme une putain de licorne.

Misha osa lever les yeux, ne sachant pas s'il s'agissait de jargon de dévot.

— Quoi ?

Grim croisa calmement son regard et recoiffa ses cheveux qui, pour une fois, étaient un peu ébouriffés.

— Il n'y a pas beaucoup de gars que j'aime vraiment. Je veux dire...

Il fit un geste vers les moignons de Misha et se racla la gorge, décollant ses yeux d'eux avec un effort évident.

— Et puis, la plupart sont hétéros, ou alors ils n'ont pas la bonne personnalité. Même les pornos sont rares, alors je finis par en regarder avec des femmes.

Misha soupira. Il supposait que le fait d'aimer les moignons ne faisait pas de Grim une personne foncièrement mauvaise, c'était la propre aversion de Misha pour eux qui rendait l'acceptation de ce genre d'adoration si difficile.

— Si tu pouvais trouver un gay que tu aimes vraiment, qu'il t'aimait en retour et que tu provoques un accident, où il perdrait ses jambes, et qu'il ne saurait jamais que c'était à cause de toi, le ferais-tu ?

Le visage de Grim se tordit et il prit une profonde inspiration.

— Pourquoi est-ce que tu demandes ça ? Qui voudrait que ce genre de choses arrive à quelqu'un qu'il aime ?

— Quelqu'un d'égoïste.
Grim secoua la tête.
— Je ne veux pas que quelqu'un ait à endurer ça.
Il leva les yeux, déglutissant, et à la lumière d'une unique lampe près de la télévision, Grim semblait las.
— Mais il y a ce besoin en moi de trouver quelqu'un qui a déjà perdu ses jambes. Pour prendre soin de lui…
— Je suis désolé d'avoir dit des choses méchantes. Je… n'ai jamais rencontré un abonné qui ne soit pas aussi un terrible être humain. Il y a des gens qui m'ont dit des conneries en ligne.
Grim lui tendit la main.
— Je peux être effrayant, je comprends. Mais c'est tellement difficile de rencontrer quelqu'un qui soit mon type. C'est comme ça.
Misha se rapprocha et attrapa la main de Grim.
— Tu es intense. C'est tout.
Grim embrassa chacune des jointures de Misha et garda sa main près de son visage, respirant son odeur. Cela ne semblait pas si mauvais ou effrayant du tout.
— Alors, qu'est-ce que tu aimes dans les amputations ? demanda tranquillement Misha, en observant le visage harmonieux de Grim.
Quand il avait perdu ses jambes, il avait été sûr qu'il n'y aurait plus jamais de gars sexy qui s'intéresserait à lui. Il avait fantasmé sur le fait d'échapper à Gary et avait imaginé à quoi une vie à l'extérieur ressemblerait pour lui. Il s'était dit qu'il n'obtiendrait au mieux que des baises de pitié, mais peut-être que ce n'était pas tout ce que le monde avait en réserve pour lui.
Grim sourit et ouvrit la paume de Misha avec ses doigts avant de frôler ses lèvres en son centre.
— Je peux vraiment te le dire, ou tu vas me détester si je suis honnête ?
Misha avait peur de ce qu'il allait entendre, mais il passa son pouce sur la lèvre de Grim.
— Non, dis-moi. Je veux comprendre.
Au fil des ans, il avait entendu beaucoup de confessions troublantes de la part de dévots, mais aussi de l'adoration pure, qu'il ne pouvait pas comprendre, et il avait besoin de savoir où en était Grim.

La pomme d'Adam de Grim rebondit tandis qu'il regardait Misha par-dessus la main qu'il continuait à embrasser doucement sur la face interne sensible.

— C'est comme si j'étais conditionné pour repérer les gens à qui… il manque de parties du corps. Même quelque chose d'aussi petit qu'un doigt… Je le remarque tout de suite. C'est différent et ça m'attire. Mais c'est comme aimer une couleur de cheveux spécifique, je suppose. Ce qui m'attire vraiment vers les amputés, c'est qu'ils sont…

Il se mordilla la lèvre, comme s'il cherchait ses mots.

— … sans défense. Je sais que la plupart des gens veulent être indépendants, mais j'aime ce que l'on ressent quand on porte un homme qui ne peut pas se déplacer tout seul.

Misha n'aimait pas se considérer comme impuissant, mais il ne pouvait pas nier qu'il se sentait comme ça parfois, même ce soir, quand il avait quitté l'hôtel. Une demi-heure seul, et il avait eu envie de la protection de Grim. Et de penser que pour Grim ce n'était pas un fardeau mais un excitant était… rassurant.

— Mais tu n'utiliserais pas ça contre quelqu'un, n'est-ce pas ? s'enquit-il, même si par « quelqu'un » il parlait manifestement de lui-même.

La langue de Grim effleura le milieu de la paume de Misha, provoquant un frisson le long de sa colonne vertébrale.

— Non. Je ne peux pas voir des gens comme toi souffrir. Je fais des dons à des associations caritatives, ajouta-t-il après quelques secondes, en scrutant le visage de Misha du regard, comme s'il attendait une approbation.

— Je suis vraiment mal en point, et je ne sais pas si je pourrai un jour me reconstruire. Mais quand je sentirai que je suis prêt à faire quelque chose de sexuel, tu seras le premier sur ma liste, OK ?

Grim sourit et rapprocha le fauteuil roulant jusqu'à ce qu'une des roues heurte son tibia.

— Marché conclu. Je pourrais être ton prince charmant. Qu'est-ce que tu en dis ?

Misha n'avait pas les mots pour exprimer son soulagement, alors il hocha la tête et s'accrocha aux épaules de Grim en utilisant ses moignons comme levier et rampa sur les genoux de Grim. En présence de Grim, il ne se sentait plus inutile et pitoyable. Cette promenade solitaire avait suffi pour qu'il comprenne qu'il avait besoin d'un protecteur. Il ne pouvait pas faire ça tout seul, car peu importait comment il imaginait la vie quand il vivait encore dans la sécurité relative de l'appartement de Gary, il n'était pas un héros. Tout ce qu'il voulait, c'était se cacher quelque part où on ne le retrouverait pas.

Grim posa les mains sur les hanches de Misha et le soutint pendant le transfert. La façon dont ses yeux s'égarèrent vers le bas, vers les moignons, ne dérangea pas Misha autant qu'il y avait une heure de cela. Quelques instants plus tard, il était enveloppé dans ces bras forts, le cœur de Grim battant contre son bras, alors qu'ils se rapprochaient. Sa main glissa vers la cuisse de Misha et se fraya lentement un chemin vers son genou.

Misha enfouit son visage contre le cou de Grim.

— Pas plus bas, d'accord ?

Mais malgré ses paroles, la respiration de Grim devenait plus lourde et ses doigts descendaient vers le moignon. Misha n'attendit pas plus longtemps et saisit le poignet de Grim. Il s'écarta pour regarder le visage de Grim en fronçant les sourcils.

— J'ai dit, « pas plus bas ».

Grim laissa échapper un grognement sourd et serra ses doigts sur le genou de Misha.

— D'accord, murmura-t-il finalement, mais sa bouche effleura l'oreille de Misha en une fraction de seconde. Que dirais-tu de plus haut, dans ce cas ?

Le visage de Misha se réchauffa en un instant, et il poussa sur l'épaule de Grim. Il tendit la main vers son fauteuil roulant pour le rapprocher, afin de pouvoir s'y transférer.

— Quel prince charmant, grommela-t-il.

Grim saisit sa mâchoire, forçant Misha à le regarder dans les yeux.

— Je suis encore un sale type ? Je pensais que nous avions mis ça derrière nous.

— Et je viens de te dire que je n'étais pas prêt à faire l'amour avec qui que ce soit.

Misha déglutit, tentant de ne pas penser au sexe de Grim qui durcissait sous lui. Pas que ce n'était pas fantastique, mais cela rendait les choses plus gênantes. Sa taille était difficile à ignorer, surtout avec le pantalon moulant que portait Grim.

Grim leva les yeux au ciel.

— Peu importe. Prends le lit si tu es si précieux.

Misha le dévisagea en silence, essayant de comprendre ce qui se passait, mais Grim le laissa partir et il se transféra sur le fauteuil avec un peu d'aide de Grim.

— Merci. J'apprécie.

Grim balaya ses remerciements d'un geste de la main et se dirigea vers le lit. Il récupéra un des oreillers et la couverture sans un mot.

Misha se frotta le visage. Il était trop fatigué pour s'occuper d'un Grim énervé en plus de ses propres problèmes.

— Bonne nuit. Réveille-moi pour le lever du soleil.

Misha ôta son débardeur et en sortit un autre, en tissu plus léger, de son sac. Il roula jusqu'au lit et s'y glissa. La literie était douce et fraîche. Pendant un moment, il frotta son visage contre l'oreiller et le renifla. L'odeur était différente de celle de sa chambre et de la sueur de Gary. Il était vraiment ailleurs.

Grim s'attarda quelques secondes de plus, et Misha put sentir son regard sur lui, mais finalement, ses pas lourds s'éloignèrent. Le bruit de l'eau lui parvint de la salle de bain peu après, ce qui permit à Misha de se détendre. Il enfila un short de pyjama et se glissa sous le drap moelleux. Avec Grim à ses côtés, il n'avait plus si peur de se retrouver dans un nouvel endroit, même si Grim avait décidé de lui infliger un traitement silencieux.

Grim prit son temps sous la douche, et Misha ne put qu'imaginer ce qu'il faisait lorsque les gouttes chaudes coulaient sur son corps. Avec l'érection qu'il avait au moment où il était parti, c'était facile à deviner. Il était probablement en train de faire aller et venir son poing sur son sexe massif jusqu'à ce qu'il crache du sperme sur le carrelage. Misha roula sur le dos et envisagea de se masturber, mais le risque d'être pris en flagrant délit était trop grand, et si Grim le surprenait, il voudrait probablement se joindre à lui, et tout cela deviendrait trop confus.

Grim sortit de la salle de bain en sous-vêtements, ce qui ne cachait pas grand-chose, même si son érection avait effectivement disparu. Dans l'encadrement de la porte ouverte entre la chambre et le salon, il créait une image digne d'être reproduite sur papier. Des muscles puissants dessinaient tout le corps de Grim, se tordant alors qu'il s'approchait de la fenêtre et fermait les rideaux, sans jamais regarder vers l'endroit où Misha était enfoui sous les couvertures.

Misha se roula en boule et ferma les yeux, essayant de s'endormir, mais il les ouvrait chaque fois qu'il commençait presque à rêver. Sa conscience n'abandonnait pas, le forçant à vérifier s'il était vraiment sorti du sous-sol. Une fois que Grim avait éteint la lumière dans l'autre pièce, l'obscurité tomba et rampa vers le lit de Misha. Il ferma les paupières et remonta le drap sur sa tête, écoutant les battements de son propre cœur. Il tenta de s'en débarrasser, de penser à quelque chose d'agréable qui l'endormirait, mais l'horreur qui apparaissait sous ses paupières chaque fois qu'il fermait les yeux le faisait transpirer et tanguer à nouveau.

Chapitre 9 – Misha

Quelques heures plus tard, lorsque Misha ouvrit les yeux et baissa le drap pour prendre l'air, aucun son ne provenait de l'autre pièce. Pas de ronflement ni de respiration qu'il ait pu entendre. Grim serait-il descendu au bar sans le lui dire ? L'aurait-il laissé ici tout seul ? Il se redressa, paniqué, regrettant désormais d'avoir quitté l'hôtel. Et si la caméra de la rue avait reconnu son visage ? Et si des gens étaient venus l'enlever et que Grim n'avait jamais su où le chercher ?

Le cœur tambourinant la marche funèbre, Misha scruta l'obscurité de l'autre pièce.

— Grim ? appela-t-il, sa voix plus aiguë qu'il ne s'y attendait.

Rien ne bougeait. La faible lumière qui passait par une fente entre les rideaux ne révélait aucune trace de son sauveur.

— Grim ? répéta Misha plus fort, ses doigts griffant le drap, alors que les murs semblaient se rapprocher de lui, prêts à l'écraser.

Cette fois, quelque chose remua dans l'autre pièce, et le son fut suivi d'un faible gémissement. Misha sursauta et roula frénétiquement hors du lit. Il s'allongea à plat ventre sur le tapis et respira son odeur, furieux de ne pas avoir vérifié les cadres du lit avant. Il n'y avait pas d'espace sous le matelas où il aurait pu se cacher, il se contenta d'écouter, essayant d'empêcher ses doigts de trembler. Ce n'était pas possible. Quelqu'un était entré par effraction. *Ils savaient qu'il était là et avaient attendu que Grim quitte la pièce. Il ne pouvait pas être enlevé à nouveau.*

C'était un cauchemar.

Il rêvait.

— Tu rêves, se réprimanda-t-il, et il commença à se pincer le bras à plusieurs reprises, mais rien n'y faisait.

Il ne se réveillait pas.

— Quoi ? murmura la voix de Grim dans l'obscurité. Andrey ?

Les battements de cœur de Misha étaient si forts qu'il craignait qu'ils puissent trahir sa position, mais la miette d'espoir provenant de l'autre pièce le fit ramper le long du lit.

— C'est toi, Grim ?

— Évidemment, c'est notre chambre, murmura Grim d'une voix endormie, et la lumière glissa sur son visage lorsqu'il se redressa, émergeant de la forme sombre du canapé.

Il bâilla bruyamment.

— Tu… je pensais que tu étais allé au bar. Je pensais que quelqu'un était entré par effraction.

Misha laissa échapper un profond soupir et se frotta le visage.

— Quoi ? Non. Je ne te laisserais pas seul, marmonna Grim en se rendormant.

— Oh. D'accord…

Misha ne savait pas comment communiquer sa détresse. Gary n'avait jamais voulu entendre parler de ses peurs.

Grim resta silencieux pendant plusieurs instants, mais finalement, sa voix chaude câlina les épaules de Misha.

— Tu vas bien, Petit oiseau ?

— J'ai paniqué. Je suis désolé. Ce serait trop te demander de venir te coucher avec moi ? Je suis inutile. J'ai peur de mon ombre. On peut construire un mur d'oreillers si ça te met plus à l'aise. Je ne veux pas rendre les choses bizarres.

Grim rit et se leva du canapé, se balançant légèrement en marchant vers le lit.

— Non, je pense que nous pouvons y arriver sans bâtir un fort entre nous.

— Je… Tu sais. Personne n'apprécie de se faire allumer. Je ne veux pas être un emmerdeur. Je préfère vraiment que tu sois à côté de moi.

Il déglutit, regardant le corps de Grim dans la lueur pâle de la fenêtre. Des cicatrices parsemaient la peau de Grim, mais à part ça, il pouvait facilement rivaliser avec les modèles pornos préférés de Misha. Il s'assit sur le tapis et observa le dieu du sexe au-dessus de lui. Il était un tel désordre pathétique en comparaison. Il paniquait pour avoir dormi seul dans un lit d'hôtel.

Grim sourit et s'accroupit devant lui, lui tendant la main.
— Viens, je vais t'aider à te mettre au lit.
— Je sais que je finirai par m'en remettre. C'est comme une blessure fraîche, qui suinte du sang chaque fois que je ferme les yeux.
Misha s'agenouilla et laissa Grim le soulever. Il aurait pu ramper sur le lit tout seul, mais il était gêné de voir à quel point cela aurait été maladroit. Même si c'était quelque chose que beaucoup de spectateurs de sa webcam aimaient voir, y compris Grim.
Grim soupira et fit glisser sa main sur les fesses de Misha, la laissant s'attarder plus longtemps que nécessaire avant de se redresser.
— C'est... poétique.
Misha fit la moue et s'accrocha au bras de Grim pour garder l'équilibre.
— Je vais juste me taire. Je m'en occuperai bientôt.
Mais il ne dit ça que pour le bien de Grim. Il n'avait aucune idée de ce à quoi ressemblerait sa future santé mentale.
— Non, continue, répliqua Grim rapidement, en déposant Misha sur le matelas.
Il contourna le lit et se glissa de l'autre côté. Le corps de Misha se raidit lorsque le poids de l'autre homme s'approcha de lui, encore plus lorsqu'il réalisa qu'ils n'avaient maintenant qu'une seule couette à partager.
— J'aimerais juste être en sécurité, grogna Misha en observant les mouvements de Grim alors qu'il s'allongeait. J'en ai marre d'avoir peur tout le temps. C'est épuisant, putain. Comme si mon propre corps ne voulait pas me laisser me reposer.
Grim se rapprocha et souleva le côté de la couette, laissant entrer un peu d'air frais pour taquiner la peau de Misha. Sans attendre d'invitation, Grim se blottit dessous, si près de Misha que c'était comme s'allonger près d'un charbon ardent qui sentait le gel douche musqué.
— Ne t'inquiète pas. Je serai ton bouclier.
Misha poussa une profonde expiration et laissa enfin ses muscles se relâcher.
— C'est... agréable, chuchota-t-il.

— Ouais ? murmura Grim, enlaçant Misha comme un ours en peluche géant blotti dans la neige chaude de la couette. Tu peux sentir à quel point je suis robuste ? Rien ne va passer par là, dit-il en contractant ses muscles, poussant inévitablement ses hanches légèrement en avant.

Misha sursauta, mais il ne pouvait nier qu'être enlacé de cette façon par Grim ne ressemblait pas à ces fois où il avait été maintenu et forcé d'accepter tout ce qu'on lui faisait subir. Cela faisait encore battre son cœur plus vite et le laissait un peu nerveux, mais il n'avait pas envie de se défiler.

— Si on m'emmène encore une fois, je mourrai. Et ce sera de ta faute, alors tu dois t'assurer que je suis en sécurité.

Grim haleta et resserra ses bras autour de Misha. Son odeur envahit ses sens, faisant tomber ses défenses une à une.

— Tu es à moi maintenant. Je ne laisserai personne d'autre t'avoir.

Le souffle chaud de Grim sur sa nuque était plus réconfortant que menaçant, et Misha se laissa aller à oublier qu'il était si incomplet et qu'il ne remarcherait jamais. Quand ils étaient allongés l'un à côté de l'autre, cela n'avait pas d'importance. Il pouvait se voir désiré pour son sourire, son joli visage, même pour son sexe, son cul, ou un ventre maigre et plat, pas seulement pour ses moignons.

— Je m'appelle Misha.

Il serra la main de Grim, appréciant qu'elle soit beaucoup plus grande que la sienne. Il pensa aux dommages qu'elle pourrait causer à quiconque tenterait de le blesser.

Grim le serra plus fort, déposant un baiser sur sa nuque tandis qu'il moulait son corps au sien, alignant même leurs genoux.

— Joli prénom.

La chair de poule se hérissa sur les bras de Misha après ce tendre baiser.

— Il ne veut plus dire grand-chose. Tout le monde a toujours voulu Andrey.

— Tu l'as rendu crédible, dit Grim dans l'obscurité, caressant les bras de Misha sous les couvertures.

Ses tibias touchaient les moignons, mais il ne pouvait pas trouver la volonté de combattre Grim maintenant.

— Quelle part de toi as-tu mis en lui ?

— J'étais honnête dans mes vidéos de blog. Je me sentais seul, alors parler à la caméra me permettait d'avoir un lien avec les gens, même si c'était très unilatéral. J'imaginais que je parlais à mes mannequins préférés et je me branlais en prétendant qu'ils me regardaient. Je veux dire… Je ne déteste pas le sexe. Je préfère juste prendre un gode que le sperme de Gary. La présence de Gary me ramenait dans une réalité que je détestais.

Il contempla la main de Grim dans l'obscurité et retraça ses jointures avec son pouce.

— Ce que tu as vu avec Gary n'était pas réel. C'était juste pour le spectacle.

Grim resserra ses bras autour de lui, assez fort pour lui couper le souffle.

— Putain… mais les vidéos de jouets ? Elles étaient réelles ?

— C'est une sorte de… Gary m'a dit de les faire, mais je pouvais être seul dans la pièce, et j'ai toujours eu des fantasmes de pénétration, j'ai fini par vraiment aimer ça. Ce que je n'ai pas aimé, c'est qu'on m'exploite pour de l'argent.

Misha grinça des dents, mais se recroquevilla plus profondément dans la chaleur de l'étreinte de Grim.

— Désolé, chuchota Grim, en embrassant à nouveau le cou de Misha. C'est l'industrie du porno. Ils sont bizarres.

Misha n'était pas sûr que ce soit approprié de poser la question, mais c'était équitable, puisque Grim en savait tellement sur lui.

— Ta queue – je veux dire… elle est vraiment grosse. Comme une grosse bite de porno. Tu en as déjà fait ?

Grim soupira et laissa échapper un léger gloussement.

— Oui.

— Du porno gay ?

— Évidemment.

Misha porta la main de Grim à ses lèvres et embrassa son pouce.

— Tu n'as pas aimé ?

— Pourquoi, tu veux en voir ? demanda Grim, expirant derrière Misha.

— Non, répondit-il rapidement, mais il ferma les yeux, se sentant comme un idiot. Je veux dire, oui. Peut-être. Ce ne serait que justice, hein ?

Misha laissa échapper un rire nerveux.

— C'est juste que tu as dit que l'industrie était bizarre, alors je me demandais si c'était bizarre-mauvais, ou juste bizarre-bizarre.

Il prit une profonde inspiration, réalisant que Grim commençait à bander. Il n'y avait qu'un mince short de pyjama entre son cul et la bête dans celui de Grim.

Grim fit courir son nez sur la nuque de Misha.

— Je n'ai fait que deux scènes. Je sortais de prison, je n'avais pas d'argent, pas de famille sur laquelle m'appuyer, et j'avais vraiment envie de baiser. Le porno semblait être une solution à tous mes problèmes, mais j'ai détesté ça. Les gars avec qui je travaillais étaient obsédés par ma taille. L'un d'eux... c'était littéralement la seule chose dont il pouvait me parler.

— Je peux imaginer que ça attire l'attention. Mais tu ne le caches pas vraiment non plus. Tu t'exhibes dans ce pantalon moulant.

Misha lui donna un petit coup de coude, et son cœur s'emballa. C'était ça, être au lit avec un vrai petit ami ?

Grim resta silencieux pendant plusieurs secondes, et Misha s'inquiétait déjà d'avoir dit quelque chose de mal quand Grim reprit la parole :

— Les gens devraient savoir dans quoi ils s'engagent. Ils disent tous qu'ils aiment les grosses bites, mais quand ils se retrouvent devant le fait accompli, ils font marche arrière. Ils me disent d'abord des conneries comme quoi ils veulent savoir ce que ça fait, puis ils changent d'avis et veulent juste me sucer. Puis, ils sont incapables de tout prendre, ou ils décident que ce n'est pas pour eux non plus. Garder le secret ne sert à rien.

Misha embrassa à nouveau la main de Grim. *Serait-il* capable de prendre une queue comme celle de Grim ? En y pensant, Misha eut chaud et s'inquiéta. Il avait utilisé quelques gros jouets, mais rien d'*aussi* gros.

— Je n'y avais jamais pensé de cette façon, mais c'est un peu vrai, je suppose. Comme, tu n'as pas envie de découvrir une fois au lit que le gars que tu es sur le point de baiser porte des prothèses depuis le début et n'a en fait pas de jambes.

Grim se mit à rire.

— Ce serait comme déballer un cadeau.

— Pour toi, peut-être. La plupart des hommes se sentiraient trompés. Et ils paniqueraient en disant qu'ils ne veulent pas baiser un infirme.

Misha serra sa main plus fort autour de celle de Grim.

— Je pense honnêtement que la plupart des hommes s'en ficheraient. C'est une question de confiance. Ils n'auraient pas peur des moignons comme ils ont peur de ma taille. Je suis trop vieux pour ces conneries.

Misha frissonna, et la honte s'enroula à nouveau autour de son cou.

— Je n'avais confiance qu'en face de la caméra. Je suis un lâche devant les gens. Je suis passé par un parc en quittant l'hôtel, et j'ai été incapable de gérer tous ces étrangers autour de moi.

— Tu y arriveras, lui assura Grim, caressant Misha tandis que son sexe grandissait contre son cul.

Il était difficile d'ignorer sa présence.

— Euh... Est-ce que je t'affecte trop ? Veux-tu ce mur d'oreillers finalement ? murmura Misha lorsque son propre corps commença à réagir d'une manière qu'il préférait cacher à Grim, car cela conduirait à des choses qu'il regretterait plus tard.

Grim grogna et s'enroula encore plus fort contre Misha.

— C'est parce que tu es si parfait, putain.

Gary ne lui avait jamais rien dit de tel. Il disait que son cul avait l'air baisable ou qu'il voulait jouir dans sa gorge.

— Tu... tu sens bon.

Misha marchait sur une ligne dangereusement mince, mais ce qu'il devait et ne devait pas faire avec Grim devenait très vite flou.

Grim déposa un baiser bouche ouverte dans le cou de Misha, tout en se frottant contre ses fesses.

— Tu sais, quand je suis avec des gars valides, je bande, mais, parfois, ce n'est pas assez. Je ne sais pas si c'est la taille de ma queue ou juste... leur apparence, mais j'ai parfois besoin de prendre des pilules bleues si je veux coucher avec eux. Mais avec toi... tu transformes ma bite en pierre, Petit oiseau.

Misha déglutit, il ne pouvait plus le nier. Il bandait lui aussi, et une fois dur, toute pensée rationnelle devint beaucoup plus difficile. Après tout, Grim n'était pas quelqu'un qui payait Gary pour passer du temps dans la chambre de Misha. Il pouvait refuser, et très probablement, après avoir répété deux ou trois fois « non », Grim s'écarterait, même s'il était beaucoup plus fort et n'avait pas vraiment besoin de sa permission pour prendre ce qu'il désirait. Le blesser, ou le baiser. Et c'était lui qui avait demandé à Grim de venir dans son lit en premier lieu.

— Je peux le sentir, dit-il à bout de souffle, laissant ses doigts glisser vers le bas, sur le poignet de Grim, et vers un avant-bras qui sembla solide au toucher, comme s'il pouvait retenir tout le mal du monde loin de Misha.

Grim soupira et étendit sa main sur la poitrine de Misha. Son nez frôla la nuque de Misha, puis sa langue répandit une chaleur liquide de son épaule jusqu'au sommet de son oreille. Le contact était tendre, incroyablement excitant, et aucunement sordide. De la luxure ? Des seaux entiers.

— Je parie que tu meurs d'envie de voir les deux scènes que j'ai faites.

— Je... je ne voudrais pas jouer les pervers avec toi, souffla Misha en se transformant lentement une chaleur liquide dans les bras de Grim.

Le rire de Grim fut bas et sexy alors qu'il roulait sur la peau de Misha.

— Je t'en prie, vas-y. Je veux que tu aies besoin de moi autant que j'ai besoin de toi.

Ces mots furent suffisamment apaisants pour permettre à Misha de se débarrasser de l'anxiété causée par le sexe de Grim poussant contre ses fesses. Il savait qu'il ne fallait pas se fier aux belles paroles, mais Grim semblait vraiment vouloir obtenir un consentement, même si ses méthodes étaient pour le moins sournoises. Il n'avait jamais éprouvé cela avec un autre homme. Après son enlèvement, chaque interaction avait un fond de peur et incluait le calcul de ce qu'il fallait faire pour blesser le moins possible une fois la rencontre terminée.

— Je veux que tu me promettes que tu m'aideras même si tu te lasses de mon corps, murmura-t-il en traçant une veine sur le bras de Grim avec son pouce.

Grim s'écarta, allongea Misha dans le dos, et se pencha sur lui. Il secoua la tête, fronçant les sourcils.

— Je ne me lasserai pas. Je te désire depuis des années.

Regarder Grim dans les yeux rendait la conversation onirique dans l'obscurité trop réelle, et Misha fut heureux que la couette cache son érection. L'intensité de la luxure de Grim était comme une aura sombre autour de lui, prête à l'avaler et à ne plus le lâcher. Ce n'est qu'en essayant de comprendre que Misha se rendit compte que tout cela était nouveau. Il avait eu le malheur de rencontrer des hommes désireux de le baiser, mais ils ne lui avaient jamais parlé comme le faisait Grim. Dans leur esprit, il était une marchandise pour laquelle ils avaient payé et qu'ils utilisaient. Grim le voyait, *lui*, même si le désir obscurcissait son jugement.

Étouffé par l'assaut des émotions, Misha devint silencieux, et Grim pressa son front contre sa tempe.

— Je te le promets, d'accord ? Je ne te laisserai jamais seul.

Misha en avait assez de prétendre qu'il était fort et qu'il pouvait affronter le monde tout seul. Il était sur des charbons ardents depuis qu'ils avaient quitté le camp.

— Merci. Tu es la meilleure chose qui me soit jamais arrivée.

Grim frissonna avec une telle force que Misha remarqua le tremblement de ses membres et entendit le doux halètement qui sortait de sa bouche.

— Jamais ?

Misha se repassa sa propre vie dans son esprit.

— Jamais. J'ai eu une vie de merde. Et la seule fois où j'ai espéré en avoir une meilleure, je me suis tellement brûlé que ça a failli me tuer.

Grim glissa sa main derrière le cou de Misha et unit leurs lèvres dans le plus doux des baisers.

— Je suis désolé.

— Ne le sois pas. Tu fais partie des gentils.

Misha caressa l'épaule de Grim, aimant la sensation de solidité qu'elle procurait. Si différente de celle de Gary.

Grim porta la main de Misha à ses lèvres et lécha ses jointures, les yeux rivés dans ceux de Misha dans la faible lumière venant de l'extérieur. Misha haleta, et un autre frisson d'excitation descendit droit dans son sexe. Le visage de Grim était si ridiculement symétrique qu'il pourrait être un mannequin. Rien qu'en contemplant ses yeux, Misha oublia le danger qu'il courait si Zero ou ses hommes le retrouvaient. Il déglutit et effleura le pectoral de Grim, sentant la chaleur sous la peau avec sa paume.

Grim ronronna et ouvrit la bouche, glissant sa langue douce sur le dessous du doigt de Misha, l'aspirant bruyamment sans jamais rompre le contact visuel.

Misha laissa échapper un gémissement et serra la chair robuste de la poitrine de Grim, se souvenant de la façon dont Grim l'avait sucé la veille. Il pouvait à peine respirer, et encore moins réfléchir. Aucun homme n'avait jamais réussi à le faire se sentir en sécurité et excité en même temps. Ces deux concepts étaient incompatibles lorsqu'un autre homme était impliqué.

— Putain... gémit-il, complètement hypnotisé.

Les yeux de Grim scintillèrent, et leurs genoux se touchèrent sous la couette tandis que Grim prenait lentement deux des doigts de Misha dans sa bouche, faisant glisser ses jointures et en massant le poignet de Misha avec son pouce.

Toutes les sensations, combinées au fait d'être à quelques centimètres seulement d'un homme plus torride que la star du porno préférée de Misha et monté comme un cheval, étaient tout simplement trop puissantes. Malgré une vague de gêne, Misha plongea la main sous la couette et empoigna son sexe dur comme de la pierre. Il allait jouir en quelques secondes, il en était sûr.

Grim retira les doigts de Misha de sa bouche et les embrassa.

— Touche-moi, souffla-t-il d'une voix rauque, et Misha eut du mal à savoir si c'était une supplique ou un ordre.

Grim fit lentement rouler la couette sur son corps, révélant l'érection qui dépassait de la ceinture de son sous-vêtement, et la main de Misha se coinça dans son short de pyjama.

Il hésita, incertain de ce que signifiait le fait de se jeter dans ce terrier de lapin, mais il était trop tard. La tension entre eux était trop forte, il ne s'était jamais senti aussi sûr et exalté à la fois. Et la taille de Grim ne lui faisait pas peur, puisqu'il ne demandait rien qui puisse être blessant. Il voulait juste être touché. Il voulait être proche, tout comme Misha.

Avec une main toujours dans son caleçon, Misha tendit l'autre vers l'érection de Grim et effleura le gland collant du bout des doigts. Il ne pouvait pas s'arrêter de haleter à cause de l'excitation.

Grim frissonna et mordit l'épaule de Misha, tout en poussant l'extrémité humide de sa verge contre le centre de la paume de Misha. Le bout lisse caressa la peau sensible, exigeant plus de contact. Avant que Misha puisse baisser le slip de Grim, la légère pression sur ses testicules fit fondre son cerveau. Grim le caressait à travers son short.

Misha commença à se masturber avec mouvements rapides, tout en contemplant chaque muscle du corps de Grim se déplacer, ses cuisses fermes, son ventre et ses bras. Grim méritait d'être photographié pour la postérité. Misha tira sur le slip de Grim, libérant l'épaisse longueur de ses confins, et il ne put s'empêcher de se demander ce que cela ferait d'essayer de la sucer. La hampe palpita dans sa main quand il la saisit, adorant chaque veine. Grim avait raison sur un point : Misha était un pervers.

Grim gémit sans détourner les yeux de la main autour de son membre. Il roula sur le côté, entrelaçant leurs jambes plus étroitement, tandis que sa main passait sur le devant du short de Misha. Il frôla brièvement la main de Misha avant de se glisser à l'intérieur, effleurant la peau sensible, rencontrant le gland.

Avec ses dents éraflant la joue de Misha, Grim commença à se balancer dans la main de Misha, la baisant avec mouvements rapides et impatients. L'esprit de Misha se noyait dans une image de Grim poussant en lui de cette façon, et tout ce qu'il fallut fut quelques coups de poignets pour qu'il explose. Ce fut si différent de la dernière fois, même si c'était lui qui se faisait jouir. Il était libre, il jouait selon ses propres règles et n'avait pas peur de ce qui allait se passer ensuite. Et il n'était pas *obligé de* faire une branlette à Grim en retour. Il en avait envie.

Grim enfouit son visage contre le cou de Misha, et son corps fort se tordit tandis qu'il allait et venait dans la main de Misha.

— Putain... c'est tellement chaud, murmura-t-il en suçotant le côté de la joue de Misha tandis que ses ongles griffaient la hanche de Misha.

Quand Misha se faisait toucher par des hommes, il avait toujours été très conscient de son corps, mais, en cet instant, les lignes de démarcation entre lui et Grim étaient floues. Il sortit sa main collante de son short et la fit courir sur les muscles prononcés du ventre de Grim. Il embrassa le côté du visage de Grim et lâcha son érection une fraction de seconde pour changer de main et que Grim baise celle recouverte de sperme glissant. Il avait fait des choses dans sa vie dont il n'était pas fier, beaucoup de choses dont il ne voulait pas se souvenir, mais ça ? C'était lui tout entier, pas de jeu d'acteur, pas d'inquiétude de voir son masque glisser. Et quand la bouche de Grim captura la sienne dans un baiser frénétique, tous ses murs s'effondrèrent.

Grim le plaqua contre lui, et son érection devint encore plus dure avant de se contracter, projetant un jet de sperme entre les doigts de Misha. Celui-ci ouvrit grand la bouche, invitant la langue de Grim, et se demanda secrètement quel goût aurait le sperme de Grim. Le membre dans sa main palpitait avec une telle intensité que son anus se contracta autour du néant.

Quand il eut fini, les muscles de Grim se dégonflèrent et il s'effondra sur le lit, suçant la langue de Misha. Sa verge était encore chaude, et Misha ne put se résoudre à la lâcher quand il sentit le sperme refroidir sur sa main et son avant-bras.

Ses paupières étaient lourdes, ses joues rougies, mais il regardait toujours Grim, prenant de grandes respirations.

— Je n'avais pas prévu ça.

Grim rit et embrassa les lèvres de Misha, plus doucement maintenant qu'il était allongé à côté de lui dans une étreinte lâche, la respiration lourde.

— C'est normal.

— Je ne suis pas vraiment sûr de ce que je veux.

Et réfléchir n'était pas facile à cause de la brume post-orgasmique et Grim allongé là, repu, magnifique, et avec un sexe pas beaucoup plus petit que lorsqu'il était complètement dur.

Grim s'étira et se pencha sur la table de chevet, sortant plusieurs mouchoirs d'une boîte en bois. Il en passa quelques-uns à Misha et commença à se nettoyer, un sourire paresseux se dessinant sur ses lèvres.

— Nous pouvons prendre les choses lentement.

— J'aimerais bien.

Misha se nettoya rapidement, ne pouvant s'empêcher de jeter des regards furtifs à Grim.

— Merci d'avoir toléré ma crise de nerfs tout à l'heure.

Grim sourit et glissa son bras sous la tête de Misha.

— Tes baisers ont tout arrangé.

Misha se blottit contre lui, mais comme son esprit était clair, il se rappela qu'il ne pouvait pas être naïf à ce sujet. S'il n'était pas assez prudent, ce qu'il faisait avec Grim pouvait devenir incontrôlable. Malheureusement, le reste de son corps n'était pas aussi logique que son cerveau.

Grim jeta les mouchoirs sales et remonta la couette sur leurs corps, se rallongeant dans les bras de Misha. Son cœur tambourinait contre l'oreille de Misha, mais le martèlement rythmique reprenait un rythme plus lent. Grim poussa un soupir endormi.

— Je vais te garder en sécurité, même dans tes rêves.

Misha se mordit les lèvres et serra Grim plus fort. Il ne se souciait même plus de savoir si c'était une tentative de manipulation. Il voulait croire chaque mot qui sortait des lèvres de Grim.

Chapitre 10 – Grim

Grim souleva la couette aussi doucement qu'il le put, et son souffle se bloqua dans sa gorge lorsque le moignon droit de Misha émergea dans la faible lumière traversant le rideau. Il était lisse, et le soupçon d'une cicatrice sur le côté fit battre le cœur de Grim plus vite. Il voulait s'allonger et enfouir son visage entre les moignons, que Misha les serre autour de sa tête, et sucer la peau douce jusqu'à ce qu'il puisse jouir par sa main.

Une fois le deuxième moignon mis à nu, Grim enclencha la caméra de son téléphone et commença à enregistrer un court film. Il laissa l'objectif s'attarder d'abord sur le visage détendu de Misha, dont quelques mèches avaient été libérées du nœud serré qu'il portait toujours depuis le sauvetage. La tension montait dans le corps de Grim alors qu'il filmait la poitrine lisse de Misha, le short cachant le beau pénis, les cuisses que Grim avait hâte de baiser, puis la chair tendre et interdite des moignons. C'était si unique qu'il pouvait à peine respirer, rempli d'excitation alors qu'il se penchait pour filmer les cicatrices.

Leur forme irrégulière rendait Misha encore plus spécial. Contrairement à beaucoup d'autres amputations que Grim avait vues, les cicatrices de Misha étaient roses et assez visibles. Grim se demanda quel médecin les avait cousues, car certaines semblaient grossières. Quelques cicatrices plus légères marquaient la peau sur les genoux et en dessous, très probablement à cause de l'accident dont Misha avait été victime. Grim devait se rappeler de poser des questions à ce sujet, une fois que Misha semblerait d'assez bonne humeur.

Grim haleta quand le moignon de Misha remua dans son sommeil. Il posa la main sur sa bouche pour s'empêcher de faire trop de bruit. Le drap se froissa légèrement sous la pression de la chair de Misha, et Grim s'imagina que c'était sa propre peau.

Il arrêta la vidéo et passa à l'option photo se penchant pour trouver un bon angle sur le visage de Misha depuis la perspective des moignons. Son sujet bougea dans son sommeil, bâillant comme le plus mignon des petits chiots, mais quand l'un de ses yeux s'ouvrit, Grim n'eut pas assez de matière grise pour cacher le portable.

— Hé, marmonna Misha, mais dès que ses yeux se focalisèrent sur l'appareil, il se redressa comme si quelqu'un avait versé de la glace pilée sur lui. Qu'est-ce que tu fais ? siffla-t-il, et il tendit le bras pour attraper le téléphone de Grim.

Celui-ci cacha le téléphone derrière son dos. Ses lèvres pulsaient du besoin d'embrasser les membres brisés à sa portée.

— Je te regardais.

— Tu prenais des photos ?

La respiration de Misha s'emballa et il ramena ses jambes contre sa poitrine, comme pour les protéger, sans se rendre compte que le fait de les voir bouger faisait grimper l'excitation de Grim en flèche.

Grim haussa les épaules, ne voyant aucune raison de nier, même s'il n'aimait pas le ton accusateur.

— Seulement quelques-unes.

Juste au moment où Grim s'attendait à ce que Misha se plaigne et se blottisse dans la couette, celui-ci bondit en avant et plaqua Grim sur le lit, essayant de lui arracher le téléphone des mains.

— Tu es malade ?

Grim tendit le bras pour empêcher Misha d'attraper le téléphone, bien que le poids sur lui ne soit pas malvenu, se déplaçant et s'enfonçant dans sa chair alors que Misha luttait contre la force de Grim.

— Qu'est-ce que tu fais ?

— N'importe qui peut pirater ton téléphone ! Je suis mort s'ils me trouvent ! Ces photos sont-elles seulement sur ton téléphone ou aussi dans le Cloud ? Est-ce que tu es connecté à Internet ? cria Misha, les yeux écarquillés alors qu'il essayait de descendre le bras de Grim, en chevauchant sa poitrine.

— Dans le Cloud ? Qu'est-ce que ça veut dire ? grogna Grim, et il posa sa main sur les fesses de Misha.

Il comprenait que Misha soit nerveux à l'idée que quelqu'un le suive, mais là, c'était plus que ridicule.

— Comment pourraient-ils même savoir quel téléphone cibler parmi tous les autres du pays ? C'est statistiquement impossible.

— Il y a des programmes de reconnaissance faciale. Et s'ils supposent que je suis parti avec un biker, ils pourraient réduire leurs recherches. Comment ça, tu ne sais pas ce qu'est le cloud ? Tes photos sont-elles automatiquement sauvegardées dans un dossier sur Internet ? aboya Misha en attrapant la mâchoire de Grim en montrant les dents. Arrête de me peloter le cul et réfléchis.

Penser était difficile avec Misha au-dessus de lui, surtout avec ses yeux si féroces et les moignons qui touchaient les flancs de Grim.

— Euh... Je ne sais pas ?

— Putain ! Donne-moi ton téléphone. Maintenant, ordonna Misha en plissant les yeux. Tu n'as partagé ça nulle part, n'est-ce pas ?

Grim secoua la tête, et il se mordit la lèvre, incapable de penser à autre chose qu'à ce corps chaud au-dessus de lui.

— Je te le donnerai si je peux les toucher.

Pendant un moment, le visage de Misha resta impassible.

— OK, finit-il par marmonner en s'installant sur les genoux de Grim.

Grim sourit et le rapprocha, lui passant le téléphone.

— Tu as peur des ombres. Personne ne va venir te chercher. De plus, je t'ai déjà dit que j'allais t'aider. Tu es totalement en sécurité, promit-il en faisant glisser sa paume sur le moignon le plus marqué.

Un éclair de chaleur remplit son estomac et tira sur ses bourses alors qu'il caressait doucement la jambe de Misha, tout en le tenant et en regardant ce joli visage devenir sérieux, comme celui d'un enfant en colère. Il fallait que Misha s'habitue progressivement et comprenne que Grim ne ferait rien de méchant simplement parce qu'il était autorisé à s'approcher des moignons.

Grim se mordit les lèvres lorsque la peau tressaillit légèrement à son contact, mais Misha ne s'en soucia même pas, trop occupé à fouiller dans le téléphone de Grim.

— Tu ne connais pas ces gens. Tu ne sais pas ce qu'ils font. Je préfère être sûr que désolé.

Grim expira et chatouilla doucement l'autre moignon. Il se pencha et embrassa la tempe de Misha, respirant l'odeur de la sueur de la nuit dernière. Il était désolé de voir les photos être effacées, mais si un Misha heureux était un Misha qui serait plus ouvert sexuellement, alors il sacrifierait les photos.

— Très bien. Pas de photos.

— Sans compter que c'est débile que tu les prennes pendant que je dors. Je ne suis pas un plat chic que tu peux poster sur Facebook.

Il pinça les lèvres et jeta le téléphone sur le matelas, comme s'il s'agissait d'une grenouille morte gluante.

Grim embrassa la pommette de Misha, le serrant dans ses bras.

— Je ne les partage avec personne. Tu es tout à moi maintenant.

Misha donna une poussée au visage de Grim.

— Tu as fini de me tripoter ?

Grim se massa la mâchoire et fronça les sourcils.

— C'était pour quoi, ça ? J'ai dit que j'étais désolé.

— Tu n'es pas désolé. Tu es seulement désolé de t'être fait prendre. Je pensais qu'on avait une connexion hier, et tu joues les voyeurs en me prenant en photo pendant que je dors ? C'est quoi ce bordel ?

Il essaya de se dégager de l'emprise de Grim, mais celui-ci le maintint plus fermement.

— Tu ne me laisses pas les toucher, alors j'ai pensé que je pourrais au moins avoir des photos. Je ne vois pas en quoi ça te fait du mal. Je ne vais pas te forcer, et tu devrais déjà savoir que je ne te veux aucun mal !

— Tu te fais des illusions. C'est ce que tu es. Je t'ai dit hier que je paniquais à cause des caméras. Ou tu n'as pas écouté, trop occupé à réfléchir à des moyens de me contraindre à te laisser les toucher ? Putain de merde ! C'est vraiment le bordel.

Misha se frotta les yeux. Grim avait du mal à comprendre ce qui se passait.

— J'ai écouté, mais c'est une phobie. Comme ces gens qui ont peur des araignées sans raison. Je n'envoyais rien à personne.

— Laisse-moi partir. Je dois prendre une douche.

Misha ne voulait pas rencontrer le regard de Grim, ce qui ne faisait que l'enflammer davantage.

— Qu'est-ce qui se passe dans ta tête, hein ? gronda-t-il en tirant le visage de Misha vers le haut.

— Rien. Je ne sais juste pas quoi penser. J'ai besoin d'espace.

Grim pinça les lèvres et tapota le dos de Misha. Il n'était pas sûr de savoir comment naviguer dans cette situation.

— Mais le sexe était génial, rappela-t-il à Misha.

— Je suppose que ça aurait été encore mieux pour toi si tu avais pu sucer mes moignons, non ? grommela Misha, et Grim le laissa filer hors de son étreinte.

Il était plus que mignon quand il rampait sur le lit et tendait la main vers son fauteuil, enfonçant ses genoux dans le matelas pour garder l'équilibre.

Grim se massa le côté du visage, déjà fatigué de cette dispute.

— J'essaie de respecter tes limites et tu me fais encore chier. Je ne sais pas ce que tu attends de moi.

— J'attends que tu ne prennes pas de photos de moi quand je dors, cracha Misha en se transférant dans le fauteuil.

Et si Misha n'avait pas été si mignon et que Grim ne voulait pas nouer une relation à long terme avec lui, il lui donnerait une claque pour ces conneries.

— Je t'ai déjà dit que je ne le ferai plus, maugréa-t-il en regardant le moignon de Misha se presser contre l'un des tuyaux métalliques qui composent le fauteuil roulant.

— Bien, dit Misha d'un ton qui laissait entendre que ce n'était pas vraiment le cas, puis il passa devant Grim et entra dans l'autre pièce.

Grim se laissa tomber sur le matelas, essayant de calmer l'agitation qui couvait sous sa peau. Il n'avait même pas envie de se masturber dans ces circonstances. Il était trop distrait, et franchement fatigué de l'attitude de Misha. Il agissait comme si Grim était le méchant dans cette équation. Mais en écoutant l'eau couler dans la salle de bain, il eut une idée pour obtenir des réactions positives de la part de Misha.

Misha prit son temps dans la salle de bain, et lorsqu'il sortit, il portait déjà un débardeur et un bas de survêtement relevé, qui cachait ces magnifiques moignons à la vue de tous.

Grim se pinça le menton, observant Misha depuis le lit, habillé et propre. Misha avait pris son temps, et sa peau était maintenant délicieusement rose, mais la vapeur ne semblait pas avoir amélioré sa mauvaise humeur.

— Est-ce qu'on va plus à l'est aujourd'hui ? Et j'ai faim. Pouvons-nous prendre le petit déjeuner ici ? Ça nous ferait gagner du temps, bavarda-t-il comme si de rien n'était.

— Nous restons ici un jour de plus, annonça Grim en regardant Misha avec un sentiment nouveau et stable dans sa poitrine.

Il avait besoin de disséquer son oiseau. Peut-être qu'une fois qu'il saurait ce qui se cache à l'intérieur, Misha serait plus réceptif ?

Misha croisa les mains sur ses genoux.

— Oh. Est-ce sûr ? Tu es sûr qu'on ne devrait pas se déplacer ?

Grim secoua la tête.

— Plus tu cours, plus tu feras attraper, en plus, j'ai un travail à faire pendant que nous sommes ici.

— Ah oui ?

Grim hocha la tête et tira l'un de ses sacs, où il gardait des armes supplémentaires.

— Viens là.

Toujours ce regard méfiant qui disait à Grim qu'il devrait encore travailler avec Misha s'il voulait un jour avoir un accès régulier à ce qu'il lui refusait maintenant si obstinément. Misha se rapprocha, et dès qu'il fut à portée de main, Grim lui présenta le Ruger 22 qu'il pensait être une bonne arme à feu pour les débutants.

Misha inspira profondément, et Grim avait désormais toute son attention, comme s'il n'avait pas utilisé une arme à feu, mais une baguette magique.

— C'est pour moi ? souffla-t-il en levant la tête vers Grim avec ces grands yeux bruns.

Grim sourit. *Bingo*. Il avait touché directement dans le centre de récompense de Misha.

— Peut-être, mais avant que je puisse te faire confiance pour le manier, tu dois t'entraîner. Je ne veux pas que tu te blesses, dit-il en posant doucement l'arme dans les mains de Misha.

Celui-ci la soupesa, totalement captivé.

— Oui, je veux m'entraîner. Je ne voudrais pas non plus te tirer dessus par accident. Je n'ai jamais tenu une arme à feu avant.

— Non ?

Grim se pencha en avant, les yeux plissés.

— J'ai l'impression que tu me détestes à nouveau.

Misha inspira avec un air coupable sur son visage.

— Je ne te *déteste pas*. Il y a beaucoup de personnes pires que toi dehors.

Grim leva les yeux au ciel, et ses entrailles se tordirent de colère.

— Tu n'es pas très doué pour les compliments. Je ne sais pas si je dois te gifler ou verser une larme.

Au moins, Grim réussit à obtenir un petit sourire de cet enfoiré.

— Je parie que tu préférerais avoir le gentil Andrey. Riant de tes blagues, te laissant le baiser quand tu veux.

Grim ricana.

— N'importe qui pourrait avoir le gentil Andrey. Toi, tu es tout à moi. Je suis le seul à te connaître ainsi.

Misha le bouscula doucement avec le moignon caché dans son pantalon. Grim savait très bien que c'était une taquinerie, mais il se laissa quand même prendre au jeu.

— Maintenant je ne sais pas si je dois te remercier ou te gifler.

Grim fronça les sourcils, découragé.

— Qu'est-ce que j'ai dit de mal cette fois ?

— Tu viens de me rappeler que n'importe qui avec une connexion Internet peut voir du porno avec moi.

Misha baissa de nouveau les yeux sur l'arme, faisant courir ses doigts le long du métal.

Le visage de Grim prit une teinte aigre.

— Putain ! Il n'y a rien que je puisse dire qui ne sera pas retenu contre moi, hein ?

— Tu pourrais toujours mentir et dire que je suis drôle et que j'ai une personnalité charmante, répliqua Misha en remuant les sourcils.

Cette fois, ce fut au tour de Grim de sourire. Il repensa au visage sérieux de Misha lorsqu'il avait choisi les vêtements qu'il voulait essayer, comme s'il s'agissait d'une situation de vie ou de mort.

— Mon travail ne te gêne pas, demanda-t-il.

Misha manipulait le pistolet comme s'il s'agissait d'un œuf en porcelaine.

— Je pourrais être un sniper. T'aider. Contre rémunération, bien sûr.

Mais un sourire se dessinait toujours sur ses lèvres.

Le cœur de Grim rata un battement, et il enroula lentement ses doigts autour du poignet de Misha, attiré comme s'il était un aimant.

— Ça a l'air amusant. Tu serais mon complice.

— J'aurais besoin d'un masque aussi.

— Nous pouvons en trouver un plus tard. Quel genre veux-tu ? demanda Grim, dont l'esprit vagabondait déjà vers une réalité où il porterait Misha sur son dos, tous deux en tenue de combat, prêts à frapper.

Misha pourrait couvrir ses arrières plus facilement de cette façon.

— Je peux essayer le tien ? Il a l'air cool, mais je veux savoir si le cuir n'est pas trop serré. Je ferais peur avec mon accent russe. Les méchants sont toujours britanniques ou russes.

Grim éclata de rire et caressa le visage de Misha, tirant en arrière quelques mèches de cheveux.

— Tu les ferais tomber à genoux et sucer ta bite si tu leur parlais comme ça.

— Tu es en train de sous-entendre que me sucer est une torture ?

Et il était là, le gars arrogant qui manquait à Grim.

Grim frotta son nez contre celui de Misha, contemplant ses grands yeux avec un sentiment de chaleur s'installant dans son estomac.

— Je ne sais pas. Je ne l'ai fait qu'une fois.

— Je ne voudrais pas que tu souffres à nouveau.

Misha appuya sur le plexus solaire de Grim avec son doigt.

Grim déglutit, inhalant l'haleine de Misha à l'odeur de dentifrice. L'arôme mentholé mélangé à l'odeur chaude de la chair hérissait les poils du corps de Grim.

— Tu es sûr ? Je continue à te faire chier.

— Je suis foutu. Je te l'ai déjà dit. C'est à prendre ou à laisser, mais si tu veux que je parte, je prends le fauteuil roulant. Et le flingue.

— Est-ce que j'aurai un baiser si je vous garde tous les trois ?

Misha eut l'air un peu nerveux tout d'un coup.

— Oui, mais restons-en là, d'accord ? Tu as dit que c'était bon si on y allait doucement, mais tu continues à pousser. Je n'aime pas ça.

Grim soupira de déception, mais un baiser était *quelque chose*, alors il hocha la tête, regardant dans les yeux de Misha tandis qu'il léchait le coin de ses lèvres douces. Elles s'ouvrirent à lui dans la plus douce des invitations, et Misha ferma les yeux.

Grim traça la mâchoire de Misha du bout des doigts et plongea, sa bouche couvrant la sienne, goûtant sa chaleur et l'arrière-goût du dentifrice alors qu'il taquinait sa langue. Il ne s'attendait pas à la façon dont Misha se pencha vers lui, ses doigts le griffant et ouvrant avidement la bouche. Il posa son autre main sur la cuisse de Grim pour se soutenir, et ce fut encore un autre appât pour les sens de Grim. Misha voulait sa mort.

Grim mordilla les lèvres de Misha et finit par embrasser sa joue, ne voulant pas s'emballer.

— Tu n'as pas envie d'utiliser cette arme sur moi déjà ?

Misha plissa les yeux et s'adossa au fauteuil, semblant déjà plus confiant avec l'arme en main, même s'il la tenait mal.

— Pas encore.

Chapitre 11 – Misha

Misha observa Grim, essayant de comprendre, d'après son air suffisant, où ils allaient. Ils avaient obtenu de fausses plaques d'immatriculation pour le camion dans un garage du centre-ville, puis avaient passé l'après-midi à tirer sur des arbres dans les bois, et Misha était ivre de sa nouvelle passion pour les armes à feu. Bien qu'il ait souvent l'impression d'être moins qu'un homme à cause de son handicap, le Ruger lui donnait un regain de confiance si puissant qu'il pouvait difficilement contenir son excitation.

Ses cheveux sentaient la poudre et ses poignets étaient douloureux à cause du recul, mais de la lave coulait dans ses veines. Les coups de feu avaient été si forts que ses oreilles sifflaient encore, mais pour une fois, si des sbires de Zero s'en prenaient à lui, il pourrait au moins faire quelques dégâts. Ou dans le pire des cas, se tuer avant qu'un de ces salauds ne puisse lui mettre la main dessus.

— Allez, dis-moi où nous allons, dit Misha en regardant les interminables rangées d'arbres passer derrière les vitres de leur pick-up.

Ils avaient fini par prendre toutes leurs affaires à l'hôtel et avaient passé du temps dans un centre commercial, où Grim avait insisté pour que Misha achète son masque de complice. Misha s'était contenté d'un simple masque de ski noir, qui était en solde dans le magasin de sport. Il s'était demandé si Grim trouvait les masques excitants, puisqu'il voulait absolument que Misha en ait un, mais il avait quand même accepté.

Grim avait également acheté une paire de gants en cuir pour Misha et quelques munitions, et au moment où il avait posé une batte de baseball sur les genoux de Misha, une fois qu'ils avaient quitté le parking, Misha s'était douté qu'il ne s'agissait pas d'une simple sortie. Grim avait-il pris au sérieux ses précédentes déclarations sur son désir d'être un sniper ? Aussi enthousiaste que Misha ait été, il était loin d'être un bon tireur.

— C'est une surprise, répondit Grim avec un sourire, alors qu'ils roulaient sur une route sombre entre des champs, passant de temps en temps devant une petite ville.

Comme il était déjà vingt et une heures passées, il doutait qu'ils retournent à l'hôtel cette nuit.

— Tu m'emmènes pour une de tes missions ? Je vais faire ton sale boulot maintenant ? renâcla Misha en caressant la batte de baseball, gêné quand son esprit lui fit imaginer que c'était le sexe de Grim.

Grim balaya sa question d'un signe dédaigneux de la main, éteignant les feux de route lorsqu'il remarqua qu'une voiture approchait. Il les remit en marche dès qu'ils se retrouvèrent face au vide.

— Non. Ce sera pour le plaisir.

Un sentiment de peur se fraya un chemin jusqu'au cœur de Misha, et une voix insistante dans sa tête lui cria que toutes les paroles de Grim étaient un mensonge et que toutes ses revendications de dévotion étaient destinées à le faire suivre Grim comme un mouton jusqu'à ce qu'un nouvel acheteur pour son corps mutilé soit trouvé. Et s'il emmenait Misha à une orgie avec d'autres dévots ?

Mais ces inquiétudes se dissipèrent rapidement sans grand effort. L'achat des objets de ce jour-là et les leçons de tir ne faisaient probablement pas partie d'un agenda typique de pré-orgie.

— *Maintenant*, je suis inquiet.

— Vraiment ? Pourquoi ? demanda Grim, dépassant la limite de leur voie en tournant la tête, regardant quelque chose.

Il ajusta rapidement leur direction d'un coup de volant et ralentit.

— Parce que tu prends plaisir à reluquer les amputés, railla Misha, mais il adoucit sa pique avec un clin d'œil.

Grim soupira.

— Et du sang.

— Tu aimes jouer avec du sang ? s'étonna Misha en haussant les sourcils.

— Non. J'aime juste l'odeur et la sensation qu'il me procure.

Misha caressa la batte.

— Donc si je saignais, tu serais content de voir ça ?

Grim frissonna de manière visible.

— Mon Dieu, non. C'est une chose tordue à dire.

— C'est toi qui dis ça. Tu as dit que tu aimais le sang.

— Oui, mais si une personne dit qu'elle aime la viande, ça ne signifie pas qu'elle va manger, disons, un chat. Je ne drainerais jamais un garçon brisé.

Misha fronça les sourcils, ne sachant pas s'il devait gifler Grim ou ignorer le commentaire.

— « Garçon brisé » ?

Grim s'affaissa.

— Tu vas encore me détester, c'est ça ?

— Oh, tu apprends vite.

Misha fit la moue et regarda par la vitre la forêt qui semblait pouvoir être la toile de fond d'un épisode de X-*Files*.

— Je ne suis pas une mauviette.

Grim appuya fort sur le frein, puis fit lentement tourner le camion dans une route étroite qui menait dans les bois.

— Tu n'es pas en pleine capacité non plus. Tu as besoin de mon aide.

Autant Misha en avait envie, il ne pouvait pas argumenter avec ça.

— Alors, qui *draines-tu* ?

Grim soupira et arrêta finalement le pick-up, se tournant vers Misha. Il déboucla même la ceinture de sécurité de Misha pour lui.

— Mes contrats.

— Et quoi ? Tu restes assis à renifler leur sang ?

Le froncement de sourcils de Misha s'accentua, mais s'il était tout à fait honnête, il y avait quelques personnes qu'il drainerait volontiers.

Grim rit et tapota la batte de baseball sur les genoux de Misha.

— Peut-être que tu devrais le découvrir toi-même ?

Misha pencha la tête sur le côté.

— Waouh ! Ça ressemble à une proposition très indécente.

Quelque chose chez Grim rendait l'humour morbide naturel, comme le magnétisme d'un gros chat prédateur l'invitant à jouer.
Grim ouvrit sa portière et sauta dehors.
— Tu n'as pas idée.
Il revint bientôt et sortit Misha de la cabine, le portant entre les arbres odorants. Cela faisait des années que Misha n'avait pas senti l'odeur du bois et des feuilles fraîches, et l'air pur lui fit tourner la tête l'espace d'un instant. Mais Grim était là pour le soutenir. Misha posa son visage contre le cou de Grim, appréciant l'étreinte sans culpabilité, sous prétexte d'être porté. Il fut déçu de quitter son étreinte lorsque Grim l'aida à s'installer dans le fauteuil roulant.
— Et maintenant ? Dois-je prendre mon arme ?
Quel était le plan de Grim ? Le fait qu'il ne révèle rien rendait Misha encore plus excité.
C'était difficile à dire dans le noir, pourtant, étrangement, il sentit le sourire de Grim.
— Oui. Et la batte de baseball. Tu vas aimer ça.
— Et ce n'est même pas encore mon anniversaire.
Misha saisit la batte, regardant Grim se déplacer dans l'obscurité. Il était la seule ombre dont Misha n'avait pas peur.
— Nous devons nous changer. Je ne veux pas que tes nouvelles affaires soient abîmées, dit Grim en passant à Misha un sac en plastique contenant ce qui semblait être des vêtements.
Maintenant que les yeux de Misha s'habituaient à l'obscurité, il pouvait à nouveau discerner les contours des formes qui l'entouraient.
Il regarda à l'intérieur, de plus en plus curieux, et retira son pantalon dès qu'il eut posé la batte. Le sac contenait un survêtement bon marché que Grim avait acheté plus tôt dans la journée. Il avait planifié cela depuis des heures, mais n'avait rien dit à Misha.
— Tu ne veux rien me dire ? demanda Misha pendant qu'il se changeait.
— Ça gâcherait la surprise, tu ne crois pas ? plaisanta Grim à travers le tissu du T-shirt noir qu'il était en train d'enfiler.
Pendant un instant, Misha se demanda à quel point Grim serait plus grand que lui, s'il avait encore ses jambes, mais c'était une pensée si épuisante qu'il la repoussa au fond de son esprit.
— J'abandonne.

Grim insista pour pousser le fauteuil de Misha alors qu'ils commençaient à redescendre le long de la route asphaltée, et Misha n'avait même pas envie de discuter, car leur arsenal était rangé dans un grand sac noir qu'il gardait sur ses genoux.

Il garda le silence, de peur que parler ne les rende trop visibles. Ils portaient du noir et se fondaient dans l'obscurité. Pour une fois, même en fauteuil roulant, il serait celui qui se cachait dans la nuit, non celui qui en avait peur.

Une seule voiture passa devant eux, tout au long de ce qui semblait être une promenade agréable. Misha avait l'habitude d'avoir peur du noir, même quand il était encore valide et savait où il était. Mais avec la confiance de Grim sur laquelle s'appuyer, il était difficile de ressentir une quelconque détresse, et étrangement, ils avaient l'impression de se connaître depuis bien plus longtemps que deux nuits.

Grim lui fit traverser la route alors qu'ils approchaient d'une maison de taille moyenne entre les champs. Il y avait de la lumière qui filtrait par des fenêtres jumelles au rez-de-chaussée, et Misha se demandait s'il allait être témoin d'une sorte de transaction, ou peut-être rencontrer un ami de Grim. Mais là encore, il doutait que la batte soit là pour jouer au baseball.

— Tu as besoin que je fasse quelque chose ? chuchota Misha, complètement dépassé par les événements.

Il avait fait des choses louches quand il était encore en Russie, mais c'était il y avait des années, quand il avait encore des jambes pour le protéger.

Grim sourit et s'approcha de la maison, s'arrêtant à côté d'un pick-up garé devant. Le bâtiment était en mauvais état, avec de la peinture craquelée sur le revêtement en bois et une rampe cassée sur le porche, mais il pouvait voir le reflet d'un écran de télévision dans la fenêtre. Beaucoup de vert et de points en mouvement. Quelqu'un regardait du sport.

— Attends-moi ici, murmura Grim, et il sortit son masque.

Dans le pick-up, il avait jeté un peu de talc à l'intérieur, il n'eut donc pas beaucoup de mal à le mettre.

Misha acquiesça et ne perdit pas de temps pour enfiler le sien. Son cœur commença à tambouriner dans sa poitrine dans l'attente. Pourrait-il gérer ça ? Que diable faisait-il ici ? C'était de la folie.

Il suivit l'exemple de Grim et enfila ses nouveaux gants en cuir, mais avant qu'il ne puisse exprimer son inquiétude, Grim se pencha vers lui et l'embrassa doucement. Ce fut comme une flamme apparaissant soudainement dans l'air frais.

— Donne-moi cinq minutes.

Misha était tellement concentré sur le contact inattendu qu'il chassa inconsciemment les lèvres de Grim quand il s'écarta.

— Je vais m'en sortir, marmonna-t-il dès qu'il se fut calmé.

Il ne voulait pas être une ancre aux pieds de Grim.

Grim hocha la tête et ouvrit le sac sur les genoux de Misha. Il prit deux pistolets et les rangea dans des étuis d'épaule avant de s'éloigner dans la nuit. Misha observa sa silhouette, hypnotisé par le balancement de ses épaules. Il avait beau le vouloir, il ne pouvait nier l'intensité du lien qu'ils avaient tissé en moins de trois jours. Si ce n'avait pas été lui, aurait-il ressenti la même chose pour celui qui l'aurait sauvé du sous-sol de Gary ? D'une certaine manière, il en doutait.

Il sortit son nouveau bien précieux, le Ruger, et lorsqu'il le prit en main, bien qu'il n'ait eu qu'une heure ou deux d'entraînement, il eut l'impression de pouvoir résister à la plus dure des attaques de balles et d'éliminer les ennemis un par un. Les ombres autour de lui se tenaient à distance, et il n'avait pas trop peur, trop concentré à observer la lumière de la fenêtre. Allait-elle s'éteindre ? Quelqu'un allait-il crier ? Y aurait-il des coups de feu ?

Un cri sourd fut une surprise, même s'il s'attendait à entendre *quelque chose*. Pendant un instant, le reflet de la télévision disparut, et il ne put entendre aucun autre bruit, tandis qu'il scrutait l'obscurité et patientait. Grim avait dû faire taire sa cible, car s'il y avait eu lutte, il entendrait d'autres cris.

Il était au milieu de nulle part, avec un biker assassin, pourtant il se sentait plus protégé ici que dans la fausse sécurité de sa chambre cauchemardesque. Il pouvait respirer ici. Il n'était pas condamné à suivre tous les caprices d'un homme qui lui avait ôté sa liberté et qui pouvait le vendre dès qu'il se lasserait de lui. Au moins, s'il mourait ici, dans le monde extérieur, il aurait une chance de se battre.

Il sursauta quand la porte d'entrée s'ouvrit et que Grim apparut sur le porche, le saluant comme si de rien n'était.

— Tout est prêt pour toi, dit-il, en marchant tranquillement.

Misha posa l'arme sur ses genoux et avança sur ses roues, bien qu'il ait du mal à rester stable sur le sol irrégulier. Il allait bientôt découvrir ce qui se passait, mais maintenant qu'il approchait de la maison, il n'était pas sûr de le vouloir.

— C'est quoi cette tête ? plaisanta Grim, qui avait dû remarquer son hésitation.

— C'est un masque, pas un visage, répondit sévèrement Misha, mais il n'avait aucun moyen de monter les deux marches du porche.

Il avait envie de rire et de pleurer en même temps. Il avait une arme et une batte de baseball, mais ne pouvait pas monter un escalier.

Grim se pencha, offrant ses bras.

— Bon sang, tu as raison. J'ai un complice si intelligent.

Misha sourit et le laissa l'asseoir sur la partie intacte de la balustrade.

— Je suis le cerveau.

— Mais es-tu aussi celui qui a du cran ? demanda Grim, l'aidant à s'installer sur le fauteuil dès qu'il l'eut tiré.

Ça, Misha n'en était pas sûr.

La voix d'un commentateur sportif était forte alors qu'il parlait du match qui était toujours en cours sur la télévision en arrière-plan. Les couleurs changeantes se reflétaient sur le mur au-delà de la porte grande ouverte d'une maison dans laquelle ils étaient clairement venus sans y être invités. C'était tellement surréaliste.

— Peut-être, marmonna Misha en roulant lentement à l'intérieur, se méfiant de ce qu'il trouverait, mais certain que Grim avait dégagé le chemin pour lui.

La maison sentait la nourriture brûlée et avait des photos jaunies accrochées aux murs, mais le canapé qu'il pouvait voir dans le salon était moderne, en cuir, et il abritait une grande boîte à pizza.

La batte de baseball lui brûlait les genoux lorsqu'il entra, mais la vue d'une paire d'yeux injectés de sang qui le fixait par-dessus un morceau de ruban adhésif gris enroulé autour d'une barbe blonde touffue le fit sursauter. Misha fut décontenancé jusqu'à ce qu'il reconnaisse le nez épaté et que son esprit comble les lacunes de ce visage. C'était le type qui avait essayé de les intimider dans ce centre commercial après qu'ils avaient acheté le fauteuil roulant !

Il dut y avoir eu une certaine reconnaissance dans le cerveau du gars, car il commença à marmonner quelque chose derrière le ruban adhésif. La respiration de Misha s'accéléra.

— Ma surprise... chuchota-t-il, étonné et pourtant étrangement reconnaissant.

Grim devait se sentir mal de ne pas avoir pu remettre ce satané homophobe à sa place au centre commercial, mais il n'avait pas oublié que ce salaud avait blessé les sentiments de Misha. Maintenant qu'il pouvait vraiment se venger de ce connard, il ne savait pas trop par où commencer.

Grim ferma la porte et entra dans le salon. Les vêtements noirs épousaient son corps aux bons endroits, et il semblait encore plus beau en se déplaçant, regardant une collection de voitures miniatures exposées sur plusieurs étagères étroites. Il posa la main sur le bord de la première et déplaça ses doigts sur la surface lisse, envoyant chaque objet par terre. Les minuscules pare-brise crissèrent en se brisant, et leur captif geignit, se repoussant contre la chaise à laquelle il était attaché avec encore plus de ruban adhésif.

Le fait de voir Grim endommager si négligemment des biens donna à Misha le courage dont il avait besoin, et il se retourna vers l'homme, serrant sa main sur la batte. Ses veines étaient remplies de chaleur. Pour une fois, c'était lui qui avait le pouvoir.

— Alors comme ça, tu crois que c'est bien de traiter un amputé de « court sur pattes » ?

Dès qu'il eut prononcé ces mots, une telle colère bouillonna dans sa poitrine qu'il se retourna et balança la batte en plein milieu de la télévision à écran plat.

Un cri fort et étouffé résonna dans son dos, mais comme le premier coup n'avait pas fait beaucoup de dégâts, il renvoya la batte à pleine puissance. L'écran s'abîma et les images se dissolurent en rangées colorées autour du creux de sa surface, mais Misha n'en avait pas encore fini. Il balança la batte encore et encore, alimenté par une énergie qui explosa dans sa poitrine. Il ne laisserait pas un seul endroit de cette foutue télé intact !

Le journaliste s'était tu.

— Tu vires vers le côté obscur, dit Grim avec un grand rire en s'approchant, touchant le coin supérieur de la télévision. J'aime ça.

Misha grogna et donna un nouveau coup aux restes de l'écran.

— Tu l'as dit ! Merde quoi ! Pourquoi c'est toujours moi qui suis censé me faire emmerder par tout le monde ?

Il se tourna vers l'homme attaché à la chaise et montra les dents.

— Tu m'entends ? Tu n'as pas le droit de me dire ce genre de conneries.

Il se rapprocha et poussa la batte contre la poitrine de l'homme. Elle s'enfonça légèrement tandis que l'homme essayait de s'éloigner, émettant de petits sons de supplication, mais s'il pouvait être un connard, Misha le pouvait aussi.

Les yeux de l'homme s'écarquillèrent alors qu'il regardait quelque chose derrière le dos de Misha, et une fraction de seconde plus tard, un bruit sourd se fit entendre en arrière-plan.

— J'espère que tu as une assurance, Pat, se moqua Grim, et en regardant derrière lui, Misha vit la télévision éclatée sur le sol.

Le sang de Misha bouillonnait d'adrénaline. Il ne s'était pas senti aussi vivant depuis une éternité. C'était comme s'il s'était réveillé d'un long cauchemar où il avait été poussé si loin dans son esprit qu'il ne restait que l'enveloppe extérieure de son corps.

— Tu penses que juste parce que tu es grand, tu peux dire à un homme en fauteuil roulant ce qu'il doit faire ?

Il lança la batte et frappa le côté du corps de Pat avec.

— Je suis une putain de personne, connard !

Pat se crispa, essayant de se recroqueviller, mais le ruban adhésif ne le laissa pas faire, et il cria dans le bâillon de fortune. En arrière-plan, Grim retourna vers les étagères et piétina les véhicules miniatures qui étaient tombés.

— Nous allons te donner une vraie raison de haïr un homosexuel maintenant, annonça-t-il en envoyant une petite voiture contre le mur.

Misha soupira, ses mains étaient moites autour de la batte qu'il tenait, et tout ce qu'il pouvait voir dans les yeux de Pat était un flou de tous les agresseurs de sa vie. Peut-être pas Zero. Personne n'était aussi mauvais que Zero.

— Je déteste les gens comme toi, cracha-t-il, et il poussa plusieurs assiettes de la table basse avec sa batte.

Le bruit du verre brisé fut comme la plus douce des symphonies.

— Je n'existe pas pour me conformer à ce que tu veux.

Grim s'assit sur le canapé et regarda la pizza d'un air renfrogné. Il ramassa un morceau et commença à retirer les tranches de pepperoni.

— C'est un de mes passe-temps, Pat. Certaines personnes ne comprennent pas la simple persuasion. Il faut leur faire entrer l'information dans le crâne, dit-il, regardant calmement Misha frapper à nouveau la batte contre la poitrine de Pat.

L'homme se débattit sur sa chaise, et à un moment donné, Misha crut qu'il allait tomber, mais Grim tendit la jambe pour maintenir le siège en position verticale.

— Birdie, tu dois me dire combien de dégâts tu veux infliger. Tu veux qu'il meure ? Lui exploser la rate ? Ou juste le laisser meurtri ? demanda-t-il avant de mâcher la pizza.

Misha se figea et laissa tomber la batte sur le sol comme si elle le brûlait. La convoitise meurtrière embrumait encore son cerveau, mais les mots de Grim faisaient écho à la raison qui semblait s'être recroquevillée quelque part au fond de son propre esprit.

— N-non. C'est assez, grommela-t-il.

Après tout, Pat était une brute, un enfoiré d'homophobe. Il n'était pas Gary ou l'un des autres hommes qui l'avaient physiquement blessé.

Pat sanglota et s'affaissa sur la chaise. Des larmes maculaient ses joues, et il semblait incapable de contrôler les respirations rapides qui secouaient son corps.

Grim avala la nourriture.

— Ouais, il a un peu de rembourrage, mais pas assez. Il faut que je te montre où frapper pour ne pas les tuer.

Pat leva la tête, les yeux écarquillés, et la secoua brusquement. Misha plissa les yeux.

— Je pense qu'il en a eu assez. Je n'ai plus l'air si *pédé* maintenant, hein ?

Grim laissa tomber la pizza par terre.

— Ça craint. Pat. Tu as vraiment besoin que quelqu'un prenne soin de toi ou tu vas mourir avec ce genre de merde qui bouche tes artères, dit-il en se levant et en s'étirant.

— A-t-il quelque chose de mieux dans la cuisine ? demanda Misha en renversant la pizza sur son chemin vers la table basse.

Il ne se souvenait pas s'être jamais senti aussi puissant. Son cœur battait si fort qu'il pouvait se persuader qu'il pouvait conquérir le monde. Grim, lui, une arme, et une batte de baseball. C'était tout ce dont il avait besoin.

Grim sourit et donna un coup de pied dans la chaise, envoyant leur prisonnier tomber sur le côté.

— Je vais chercher quelque chose. Va voir s'il y a de l'argent ou des objets de valeur cachés dans le coin.

Misha lui fit un signe de tête et fit rouler son fauteuil jusqu'à une commode, en sortant des papiers et des bibelots. Démolir des choses était plus thérapeutique qu'il ne l'aurait cru. Pendant si longtemps, il avait été un garçon calme et docile qui suivait tous les ordres, il avait oublié à quel point il était bon de faire ce qu'il voulait.

Pat le regardait de sa place pathétique sur le sol et ne protestait même plus. Il avait probablement compris qu'au moins l'un d'entre eux n'hésiterait pas à lui fracasser la tête. Il restait silencieux, l'enflure grandissant sur le côté de sa joue. Il y avait quelques sons provenant de la cuisine, le tapotement d'un couteau, puis le bruit du micro-ondes faisant sa magie. Misha pouvait sentir des tomates et quelques herbes, aussi.

— C'est un rendez-vous ? cria-t-il en se mettant à terre quand il ne put atteindre le dernier tiroir depuis son fauteuil roulant.

Son cœur tremblait d'excitation. Il n'avait jamais eu de rendez-vous avant de rencontrer son prince charmant meurtrier.

— Évidemment. Je t'ai promis une soirée pleine de surprises, non ?

— Tu vois, Pat ? dit Misha en regardant par-dessus son épaule. Un rendez-vous gay. Dans ta maison. Je suis gâté.

Pat grogna et appuya son visage contre le sol lorsque Misha commença à fouiller dans le tiroir, qui ne contenait que quelques DVD. Occupé à lire le dos des jaquettes, il ne remarqua pas le retour de Grim jusqu'à ce que son partenaire de crime parle :

— Le repas est prêt. Tu viens, ou je dois t'aider ?
— Non, ça va.
Misha se déplaça vers la table et s'assit par terre.
— Il n'a pas de bons films.
— De toute façon, tu as cassé sa télé. Maintenant, tu vas devoir regarder mon visage toute la soirée, plaisanta Grim en tapotant le canapé à côté duquel il était assis.

Il ramassa un briquet et fit un signe de tête en direction d'une bougie rouge intacte qu'il avait dû placer sur le bord extrême de la table basse.

— Tu veux avoir l'honneur ? Je ne suis pas doué avec le feu, mais un rendez-vous est un rendez-vous.

Misha poussa un soupir théâtral.
— Ton visage est masqué, chéri.

Il se rapprocha du canapé et s'installa, mais finalement, Grim l'aida également. Misha prit le briquet et se pencha sur la table pour allumer la bougie.

— C'est... agréable.

Il sourit à Grim et récupéra l'un des bols fumants de pâtes à la sauce tomate.

Grim lui sourit, mi-homme, mi-insecte aux yeux si noirs qu'il était impossible de lire ses pensées, même avec la bouche visible.

— Chéri ? Ça ressemble presque à une promesse, soupira Grim, s'enfonçant déjà. Je veux dire, Pat voudrait probablement nous voir nous embrasser à nouveau avant de partir. Puisqu'il a tellement aimé la première fois.

Misha n'avait même pas réalisé à quel point il avait faim avant de remplir sa bouche de pâtes. Il se sentait si puissant pour une fois, et il pouvait déjà voir pourquoi Grim en était si fier. Il aurait aimé pouvoir mettre la main sur tous les hommes qui l'avaient touché contre sa volonté. Mais si cela devait arriver un jour, il ne s'arrêterait certainement pas à laisser des bleus. Ils savaient tous qu'il était prisonnier et ils avaient payé pour avoir accès à lui. Il était impossible qu'ils ne sachent pas qu'il n'avait pas son mot à dire.

Grim lécha un peu de sauce rouge sur sa lèvre et regarda leur prisonnier.

— Pat, il faut que tu te reprennes en main si tu veux vivre ici. Je vais te mettre sur ma liste, et si jamais tu pollues ne serait-ce qu'anonymement Internet avec tes commentaires homophobes de merde, on reviendra te chercher.

Misha hocha la tête.

— Je suis un hacker. Je peux le faire, dit-il, bien qu'il ait encore trop peur d'accéder à Internet.

La visite ici était déjà cathartique.

Pat gémit, et cela ressembla à des excuses, mais Grim l'ignora, mangeant dans le bol.

— Pour être honnête, cet endroit a besoin d'un renouveau de toute façon. Qu'est-ce que tu en penses ? demanda-t-il à Misha.

— C'est vraiment moche, Pat, convint Misha en hochant la tête, aspirant le reste de la sauce directement dans le bol.

Il était un animal.

— Si tu pouvais avoir n'importe quelle maison, qu'est-ce que ce serait ? demanda Grim, la bouche pleine, et cette fois, cela ne ressemblait pas à une question moqueuse destinée à agacer Pat.

Misha prit une minute pour réfléchir en avalant le reste de son repas.

— Il faudrait qu'elle soit accessible. Avec un grand jardin.

Grim sourit.

— Cela semble bien. Tu aimerais mon appartement.

— On va toujours là-bas ?

Ça sonnait mieux chaque fois que Grim le mentionnait.

Grim hocha la tête.

— C'est à l'ouest d'ici.

Misha reconnut le mensonge avec un sourire.

— C'est le meilleur rendez-vous que j'ai jamais eu, et j'en ai eu deux.

Gim rigola.

— Tu l'as entendu, Pat. Nous, les homosexuels, sommes comme vous, les hétéros. On va à des rendez-vous romantiques, on essaie de coucher avec l'autre dès le premier rendez-vous, et nous aussi on peut se marier et avoir une clôture si on veut.

— Si j'avais de la vodka, je boirais à ça.

Misha hésita, mais posa sa tête sur le bras de Grim. C'était comme si la chaleur de ce corps puissant l'invitait à se rapprocher.

— Ah oui ? C'est ce que tu veux ? demanda Grim d'une voix étonnamment douce.

Misha hocha la tête. Il était certain qu'un toast à l'alcool aurait le goût de la liberté.

— Je veux dire, je prendrais même du whisky ou ce qu'il a.

Le premier jour, il n'était pas sûr de vouloir se saouler en compagnie de Grim, mais après avoir réussi ce coup, ses réserves fondaient comme neige au soleil.

Grim resta silencieux pendant plusieurs secondes, mais il retourna rapidement à la cuisine, revenant avec plusieurs bouteilles.

— Tout ce que tu veux. Tu sais que je suis là pour faire plaisir.

Misha renifla et récupéra une bouteille de cognac.

— Un dîner aux chandelles avec un invité surprise, et maintenant ça ? Tu te surpasses.

Grim sourit de toutes ses dents saines et versa du whisky dans une tasse à l'effigie d'un cheval.

— Je dois te garder heureux pour que tu ne me quittes pas à nouveau.

Misha secoua la tête et huma l'alcool, levant les yeux sur le corps puissant de Grim, tout de noir vêtu. Avec son masque, il ressemblait à un super-méchant de cinéma, mais dans le livre de Misha, il était le héros.

Ils burent, discutant de leur vie sexuelle imaginaire, juste pour rendre Pat encore plus malheureux, mais lorsque la tête de Misha fut trop imbibée pour supporter davantage d'alcool, Grim décida qu'il était temps de partir. Il aida Misha à remonter dans ses roues et rassembla les bols qu'ils avaient utilisés, les portant dans la cuisine. Misha le suivit dans la grande cuisine, pleine de toutes sortes de choses qui n'avaient rien à faire là. Il n'y avait plus une seule place sur la grande table, car elle était jonchée de boîtes ouvertes et d'outils. Faisant fi du flou dans son cerveau, Misha regarda Grim tout déposer dans le lave-vaisselle, puis mettre la machine en marche. Il se retourna et son regard se posa sur Misha pendant ce qui lui sembla un peu trop longtemps, puis il posa son index sur ses lèvres et lui fit un clin d'œil.

Misha inclina la tête, se penchant en arrière sur son fauteuil, alors que Grim ouvrait le réfrigérateur de Pat et en sortait une énorme bouteille à moitié remplie d'un liquide de couleur ambrée.

D'après l'étiquette, c'était du jus de pomme, mais au moment où Grim baissa sa fermeture éclair, Misha comprit quel était son plan et plaqua une main sur sa bouche pour faire taire son rire d'ivrogne. Pourtant, au moment où la main de Grim sortit cette monstrueuse colonne de chair, le vertige de Misha fut remplacé par un éclair de chaleur qui parcourut tout son corps alors qu'il regardait l'urine de Grim s'égoutter sur la paroi intérieure du récipient, se mélangeant au jus.

Une fois qu'il eut terminé, Grim tapota l'extrémité de son sexe contre le large goulot de la bouteille. Il sourit en regardant Misha et lui offrit lentement la bouteille embuée par la chaleur de l'urine de Grim. Misha se sentait coupable, mais l'idée de toucher le plastique chaud le rendait excité. Il sortit rapidement son sexe de son pantalon de survêtement et accepta le récipient. Le rire monta à nouveau dans sa gorge lorsqu'il se soulagea dans la bouteille, et il prit soin de l'agiter en l'air, pour s'assurer que l'urine se mélangerait correctement au jus. Il aurait aimé pouvoir rester un peu plus longtemps et regarder Pat étancher sa soif avec son jus de pomme préféré, tout en se demandant pourquoi il avait ce goût. Il partagea un petit rire avec Grim lorsque la bouteille fut remise à sa place, et ce fut tout.

Grim l'aida à descendre du porche et disparut à l'intérieur de la maison pendant encore quelques minutes avant d'en ressortir avec un doux sifflement. Ils continuèrent une conversation paresseuse tout le long du chemin du retour vers le camion, appréciant l'air frais et les étoiles brillantes au-dessus.

— Tu es sûr qu'il ne va pas porter plainte ? demanda Misha, agacé par l'affaissement de sa propre voix alors qu'il regardait les bords flous de la route devant lui.

— Il serait idiot de le faire, répliqua Grim.

— Je n'ai jamais pu frapper ceux qui m'ont fait du mal, marmonna Misha alors que Grim l'aidait à monter dans la cabine.

Sa tête était légère, mais ses membres lourds, et il appréciait qu'il y ait quelqu'un avec une tolérance à l'alcool bien supérieure à la sienne pour prendre soin de lui.

Grim ajusta soigneusement la ceinture de sécurité de Misha et enleva son masque et ses gants avant de le rejoindre à l'intérieur de la cabine. Il caressa la tête de Misha.

— Tu le feras à partir de maintenant.

Le monde tourna devant les yeux de Misha quand Grim démarra le pick-up.

— Il y a tellement de gens que je voudrais juste...

Il termina avec un grognement et serra un cou imaginaire devant lui.

Grim commença à s'éloigner de la scène de leur crime dès qu'ils furent de retour sur la route asphaltée.

— Qui ?

— Gary... non. Il est mort. Et merde. Les autres, termina-t-il, et le simple fait de le dire lui laissa un tel goût aigre sur la langue qu'il but une gorgée de cognac directement de la bouteille qu'il avait prise chez Pat.

Le silence qui suivit fut si écrasant qu'il aurait aussi bien pu les entraîner dans un trou noir.

— Quels autres ? finit par demander Grim.

Misha prit une bouffée d'air, luttant contre son chagrin et l'assaut de souvenirs qu'il aurait souhaité ne pas avoir.

— Après avoir perdu mes jambes. Avant que Gary me sauve – putain ! Il ne m'a pas sauvé pour rien. C'était un putain de connard.

Misha cacha son visage dans ses mains. Grim avait raison. Il *était* brisé.

— Misha ? appela Grim à voix basse, alors qu'ils roulaient entre les champs, sans aucune lumière en vue.

— Quoi ?

Misha regarda à travers le pare-brise, sûr qu'il avait l'air aussi misérable qu'il se sentait. Ça devait être une descente après la montée d'adrénaline.

— Quels autres ?

— Je ne connais pas leurs noms, répondit Misha, avant de prendre une nouvelle gorgée d'alcool, qui lui mordit la langue avec une telle force qu'il se mit à tousser. Les premiers ne s'intéressaient qu'aux moignons. Ils voulaient me voir nu, me faire ramper. Mais ensuite, il y a eu ce type qui est venu et qui en voulait plus. Il y en avait beaucoup comme lui. Pas des adeptes, juste des types qui me voyaient comme une nouveauté. On m'a dit que je devais être agréable avec les clients, mais j'avais peur. Je n'avais jamais fait l'amour avant, j'ai paniqué, et c'était si horrible. Je lui ai crié dessus, mais il m'a quand même baisé.

Le fait de raconter tout cela à haute voix le fit trembler de partout, et même ses dents commencèrent à claquer alors qu'il se recroquevillait contre la portière et s'accrochait à la bouteille comme si elle pouvait le protéger du fantôme d'un toucher indésirable.

Grim regardait devant lui, mais ses jointures semblaient plus définies lorsqu'il serra le volant.

— Et tu ne te souviens d'aucun nom ? Rien ? insista-t-il.

Misha secoua la tête.

— Rien. Il avait un… visage ordinaire, dit-il avec dégoût. Il pourrait être *n'importe qui*. J'ai été *disponible* pendant des mois. Et ils ne me disaient jamais si j'allais seulement être touché ou si l'homme en voulait plus. Je suis un tel lâche. Je ne me suis pas battu, je me suis contenté de faire ce qu'on me demandait. J'aurais dû faire quelque chose…

Il avait la nausée rien que d'y penser.

La main de Grim fut une présence stable et bienvenue sur son épaule.

— Non. Ils t'auraient tué. Tu as été intelligent. Tu ne serais pas ici en ce moment si tu t'étais battu. Penses-y, tu n'aurais même pas été capable de fuir.

— J'aurais peut-être pu en tuer un si j'avais vraiment essayé. Mais j'avais tellement peur. Les choses peuvent toujours devenir tellement pires, et puis ces deux gardes sont venus parce qu'ils étaient « curieux ». Ils ont voulu essayer la double pénétration, ils m'ont déchiré, j'avais mal, et je les ai suppliés disant que je ne pouvais plus le supporter. Alors quand Gary est venu avec son offre, j'ai eu l'impression que ma vie serait tellement mieux à partir de là. Comme si c'était un type bien. Mais il ne l'était pas.

Misha se frotta frénétiquement les yeux, surpris par les larmes qui n'arrêtaient pas de couler sur ses joues.

Grim appuya sur le frein, stoppant le pick-up au milieu d'une route droite entre des champs de maïs. Il respirait difficilement, puis, sans un mot, il ouvrit la portière et sauta hors de la cabine.

Misha renifla et s'essuya le visage avec son T-shirt. Grim réalisait-il qu'il n'y avait aucun moyen de le réparer ? Quel genre d'avenir pouvait-il même avoir ? Il se reprit quand le son d'un coup de feu déchira le silence, et dans la lumière vive de la lune, un épouvantail dépassant du champ comme un pouce endolori commença à se tordre comme une toupie. Son corps de paille et de chiffon fut déchiqueté par un assaut de balles et finit par tomber du bâton qui le soutenait.

Est-ce que révéler son secret à Grim avait été une erreur ? Il était trop saoul pour prendre une décision. Il s'affala contre la portière. Il n'était pas le garçon innocent que Grim voulait croire qu'il était.

Grim remonta dans le pick-up et rangea l'arme dans la boîte à gants. Sa respiration était lourde quand il claqua la portière et s'appuya sur le volant. Il prit une profonde inspiration et se cogna le front contre le haut du volant à plusieurs reprises, si fort que Misha tressaillit.

Misha voyait double, il était donc difficile de bien juger la distance, mais il réussit finalement à poser la main sur l'épaule de Grim.

— Je suis désolé de t'avoir contrarié.

Grim fit rouler sa tête au-dessus du volant et, le visage relâché, il fixa Misha.

— Tu es en sécurité désormais. Tant de mauvaises choses sont arrivées, mais ta vie va être différente à partir de maintenant, chuchota-t-il, ses yeux gris semblant presque translucides dans la lumière de la lune.

— C'est déjà différent. Je peux être *Misha* à nouveau.

Grim le regarda, et pour la première fois, il y avait une vraie tristesse sur son beau visage. Il glissa son bras autour des épaules de Misha et l'attira vers lui. Misha grimpa sur ses genoux, malgré le levier de vitesse qui s'enfonça dans sa jambe au passage. Il enroula ses bras autour du cou de Grim et le laissa le maintenir en place alors que sa tête tournait de façon incontrôlée.

— Tu as tué Gary pour moi.

Grim siffla et ses doigts se resserrèrent sur les cheveux de Misha.

— Je l'aurais mis en pièces si j'avais su.

Misha ne doutait pas un instant de cette déclaration. Grim n'avait même pas laissé un type comme Pat l'insulter. Bien sûr, Grim était dérangé, violent, et souvent inconsidéré, mais ce n'était pas comme si Misha était un putain d'ange parfait. Il y avait tant de péchés dans son passé qu'il oublierait volontiers, mais il n'y avait aucune chance qu'il se débarrasse un jour de toute sa honte.

— Au moins, je suis là maintenant.

Grim poussa une faible expiration et embrassa le front de Misha, le serrant contre son corps robuste.

— Je ne te ferai jamais de mal, chuchota-t-il. Je *ne te ferai jamais* ça.

— Tu me laisses dire ce que je pense. Tu ne sais pas à quel point ça compte pour moi. J'ai toujours dû être *gentil* avec Gary. Comme si je n'avais pas de putain d'âme.

Misha enroula ses doigts dans le tissu des manches de Grim.

Grim hocha la tête.

— À partir de maintenant, tu auras tout ce dont tu as besoin.

— Je t'apprécie vraiment, Grim, bredouilla Misha en se penchant pour l'embrasser. Mais j'ai *vraiment* besoin d'y aller lentement, d'accord ? Travailler sur ce que je veux.

Grim le fixait, les yeux écarquillés, et pendant un moment, Misha crut que Grim n'était pas là avec lui.

— Tu es sûr ? Je *ne* suis *pas* comme Gary. Tu n'as pas à...

Il s'arrêta, semblant perdu dans ce qu'il voulait communiquer.

— Je sais, gloussa Misha comme un ivrogne. Je ne pense pas qu'il y ait quelqu'un comme toi dans le monde. Si on s'était rencontrés dans un univers alternatif, je serais probablement déjà amoureux de toi, mais j'ai besoin de temps pour digérer tout ça.

Ils avaient déjà eu cette même conversation, mais cette fois-ci, Grim semblait vraiment écouter, tout absorber.

Grim regarda à travers le pare-brise la longue étendue de route sombre devant eux. Il continuait à masser le dos de Misha avec ses doigts, sans baisser une seule fois les yeux sur les moignons de Misha durant toute la conversation. C'était presque comme si Misha arrivait lentement à lui, au-delà de la couche épaisse de luxure.

— Je pense que nous devrions prendre un bon repas quelque part une fois que nous aurons franchi les frontières de l'État. On pourrait le commander à emporter et contempler le lever du soleil. Qu'est-ce que tu en dis ? finit par demander Grim.

Misha sourit et frotta les larmes qui traînaient encore dans ses yeux.
— J'adorerais ça.

Chapitre 12 – Grim

La semaine qui suivit leur visite de vengeance chez Pat fut parmi les plus calmes de la vie de Grim. Misha souhaitait un peu de paix, alors ils avaient loué une cabane dans la forêt. La propriété était principalement utilisée par des chasseurs, mais il y avait un lit double confortable dans l'une des deux chambres, et la maison avait tout ce dont ils pouvaient avoir besoin, y compris un générateur. Un hangar pour dépecer les animaux leur avait rappelé de nombreux souvenirs.

Après en avoir découvert plus sur le passé de Misha, Grim avait ressenti comme un échec. Il savait que, techniquement, il n'aurait pas pu intervenir lorsque ces choses étaient arrivées à Misha, car c'était avant même qu'il ne découvre la présence d'Andrey sur Internet. Il savait aussi que, très probablement, Misha n'était pas le seul garçon à subir cela, mais il ne pouvait toujours pas se débarrasser de l'impuissance qui ouvrait un vide dans sa poitrine et qui ne se refermait pas, peu importait à quel point il essayait de faire oublier à Misha toutes les mauvaises choses.

Même les moignons qu'il adorait tant étaient maintenant un autre instrument de la misère de Misha. Il y avait quelque chose dans l'image d'un homme sans jambes maltraité par des gens plus forts et plus grands que lui qui donnait à Grim des envies de sang. Il ne pouvait pas supporter l'idée que quelqu'un fasse du mal au garçon qui révélait chaque jour les nombreuses couleurs de sa personnalité. Il était spirituel et sarcastique, avec une tendance à l'humour noir à laquelle Grim ne pouvait pas résister. Il aimait discuter des choses et était têtu dans la poursuite de ses objectifs. Quand Misha lui avait dit qu'il devait apprendre à se défendre, Grim n'avait eu aucune idée du sérieux de Misha.

En trois jours, ils avaient consommé tellement de balles que Grim avait dû en racheter. Ils avaient effectué beaucoup d'entraînement de force et de techniques d'autodéfense, et plus ils étaient ensemble, moins Grim était surpris du désespoir au cœur des tentatives de Misha. Après avoir traversé tant d'épreuves, Misha préférait mourir plutôt que de se faire prendre à nouveau, et Grim ne pouvait pas se résoudre à le contester, même s'il était mal à l'aise face aux bleus qui apparaissaient sur tout le corps de Misha. La peur de Misha était aussi déraisonnable que la culpabilité de Grim.

Mais alors que Grim aspirait à quelque chose pour soulager la démangeaison dans ses os, la soif de sang qui s'insinuait plus loin dans son esprit conscient à chaque jour de paix, il ne voulait pas sacrifier son temps avec Misha pour prendre son pied. C'était l'éclat d'une lame contre la lueur vive dans les yeux de Misha et l'odeur du sang frais contre l'arôme du sperme et de la sueur de Misha. Pourtant, il aurait aimé que les Coffin Nails lui proposent un contrat et l'incitent à quitter le calme de la forêt et à sentir le sang chaud couler sur sa peau. Il était de plus en plus impatient. Nerveux. Mais Misha ne semblait pas sentir de changement dans son comportement, car il se réchauffait pour lui chaque jour.

Ce matin était tout aussi ensoleillé que les précédents, mais, au moins, il était moins humide. Les environs de leur bungalow étaient complètement isolés dans une vallée, avec un ruisseau en bas de la route, où Grim avait emmené Misha sur son dos plusieurs fois, et des animaux sauvages passant devant leur maison la nuit.

Ces moments où Misha explorait la nature, où il était dans le moment présent plutôt que dans sa tête, étaient les plus heureux que Grim avait vus jusqu'à présent. Loin des gens, il pouvait mieux s'adapter à être dehors après une si longue période de captivité. Cela fonctionnait. Misha s'était même endormi dans l'herbe une fois, par une journée ensoleillée, après avoir fini un énième livre de sudoku. Son anxiété décroissante avait probablement quelque chose à voir avec le fait qu'il n'y ait pas de technologie ici, pas de Wi-Fi, seulement une connexion cellulaire à peine existante que Grim avait réussi à capter sur le flanc d'une colline à proximité.

Sous un soleil de plomb, Misha s'était assis dehors, vêtu d'un simple short en jean, avec ses nouvelles lunettes de soleil, léchant une sucette glacée provenant de la réserve de leur congélateur. Au fil des jours, leurs relations sexuelles avaient atteint un plateau, mais ils dormaient ensemble, se touchaient, s'embrassaient et s'étaient masturbés plusieurs fois. Misha voulait y aller doucement, et il n'allait nulle part, donc Grim avait décidé de lui laisser le temps dont il avait besoin. À sa grande excitation, Misha était aussi moins timide à propos de ses moignons, et bien que la zone sous le genou soit toujours taboue, Grim pouvait au moins les voir, les toucher avec ses propres jambes au lit, et apprécier la pensée qu'un jour, il pourrait les lécher à nouveau.

— Hé, fainéant ! Arrête de jouer avec ton téléphone et viens t'entraîner avec moi, cria-t-il à Grim alors qu'il était encore en train de sucer sa glace.

Grim sourit et descendit la colline sans hâte, profitant de la chaleur du soleil sur sa peau. Pendant son temps libre, Grim avait préparé des équipements d'exercice de fortune adaptés à la taille de Misha. Ils les gardaient dans l'ombre d'un arbre à proximité, mais, manifestement, Misha n'était pas enclin à se déplacer dans cette direction pour le moment, à moins qu'il ne veuille que Grim le porte à nouveau. Il était d'accord avec ça récemment, surtout quand ils s'aventuraient plus loin de la cabane. Grim aimait la confiance que Misha lui offrait chaque fois qu'il le prenait sur son dos et partait en randonnée dans la forêt, donnant à Misha autant de possibilités de profiter de l'air frais que possible. La peau de Misha avait déjà un teint plus sain et ses taches de rousseur devenaient plus foncées.

Misha aspira le reste de sa glace, donnant à Grim l'envie de lécher toute la douceur qui coulait sur ses lèvres. Il descendit les escaliers, s'appuyant sur ses bras, et tendit la main à Grim.

Grim sourit et le souleva d'un bras, rendant le transfert dans le fauteuil roulant beaucoup plus facile pour Misha.

— Prêt pour plus, Birdie ?
— Allons-y.

Misha fit rouler son fauteuil vers l'avant. L'herbe étant courte et le sol uniforme, il avait beaucoup de liberté pour se déplacer dans la clairière entourant la cabane.

— Je veux m'entraîner à me tenir sur mes bras. Au moins, ça devrait être plus facile pour moi que pour les personnes qui ont plus de poids en dessous.

Grim acquiesça et prit la tête de Misha en coupe, caressant ses cheveux. Il aimait l'avoir assez bas pour pouvoir faire cela, et le faire le calmait instantanément.

— D'accord. Si c'est ce que tu veux. Je suppose que cela entraîne aussi l'équilibre.

— Ouais, et les muscles du ventre. Je ne veux pas être un flemmard, et tu m'as acheté trop de friandises.

Ils avaient fait une grande virée shopping avant de venir ici, et Misha avait passé des heures à lire les emballages et à regarder des centaines de produits qu'il n'avait jamais vus auparavant. Il avait avoué à Grim qu'il se gardait en forme pour ne pas perdre l'intérêt de Gary, mais c'était bien qu'il veuille toujours garder ses habitudes de fitness. Grim était flatté à l'idée que ce soit pour lui, même si Misha ne le disait pas.

— Tu as de très beaux muscles pour quelqu'un qui a vécu ces dernières années dans un sous-sol, déclara Grim, marchant à côté du fauteuil.

— J'ai fait des tractions et toutes sortes de choses que je pouvais. Je ne voulais pas avoir l'impression d'être inutile. Sinon, je pourrais tout aussi bien rester au lit toute la journée et attendre de mourir.

Rien de tel qu'une touche de morbidité dans une journée ensoleillée, mais Grim apprécia le commentaire.

— Tu sembles très vivant.

Misha s'arrêta une fois qu'ils eurent atteint la zone où ils s'entraînaient et leva les yeux vers lui, lui prenant les mains.

— Quand toute cette histoire se sera calmée et que je serai plus en sécurité avec les gens, tu me trouveras des prothèses, d'accord ?

Grim hocha la tête tandis qu'il fixait Misha, hypnotisé par l'honnêteté qu'il pouvait lire sur son visage. Misha était déjà en train de planifier leur avenir ensemble.

— Oui. Ce sera plus facile pour toi, parce que nous allons beaucoup bouger.

— Je n'aurai jamais de jambes, mais je pourrai entrer dans un magasin sans que tout le monde me regarde. Peut-être que je pourrais même obtenir ces sortes de lames et courir à nouveau.

Misha serra la main de Grim avec un sourire.

À ce moment-là, Grim voulait lui offrir tout ce qu'il pouvait désirer.

— OK.

— Et si mes moignons sont fatigués ou endoloris par la pression, tu pourrais les masser à la fin de la journée...

Misha se mordit la lèvre, sans jamais quitter le regard de Grim.

Grim soupira, serrant la main de Misha alors que son esprit vagabondait vers ces jolies jambes, chéries et scintillantes d'huile entre ses mains.

— Tu es un tel allumeur !

Misha éclata de rire et poussa la hanche de Grim.

— Tu aurais dû voir ta tête !

Grim se frotta les yeux.

— C'est entièrement de ta faute. Je devrais te donner une fessée pour m'avoir allumé comme ça.

— Désolé, s'excusa Misha et il détourna le regard tandis qu'il s'abaissait vers le sol, mais Grim aurait pu jurer l'avoir entendu murmurer « pas du tout ».

— Je les embrasserai si longtemps que ça te fera jouir, ajouta-t-il en regardant l'arrière de la tête de Misha avec un sourire narquois.

Il savait pertinemment que c'était possible.

— Tu vas laisser des suçons sur mes moignons ? demanda Misha en se soutenant sur ses mains et ses genoux.

Ce n'était qu'un badinage, mais Grim aimait que cette phrase soit conjuguée au futur. Comme si c'était une réelle possibilité. Comme si Misha le jugeait digne d'adorer ces divins moignons.

— Je peux, si c'est ce que tu veux, mais j'aime être très doux, chuchota Grim.

— Je ne veux pas de suçons dessus ! s'exclama Misha en frappant le tibia de Grim. Les gens les verraient et penseraient que je suis un monstre.

Le visage de Grim se transforma en une grimace.

— Je viens de te dire que je serais doux.

— OK, OK. Soutiens-moi.

Misha posa sa joue sur le sol et poussa ses hanches vers le haut, mais il retomba rapidement.

— Attends. Je vais y arriver.

— Ne te fais pas mal, dit Grim en observant les cicatrices roses qui sillonnaient le bas des moignons.

Il n'avait aucune idée de la raison pour laquelle elles ressemblaient à ça, et pourquoi elles étaient si nombreuses, mais peut-être que les médecins de Misha avaient été merdiques et bâclé le travail esthétique ? Il ne voulait pas demander.

Misha renifla.

— Je ne suis pas fait de verre. Et je suis plus fort chaque jour. Tout ce qu'il faut, c'est la force du haut du corps.

Il grogna et poussa à nouveau ses hanches vers le haut. Cette fois, Grim toucha ses cuisses dès qu'elles se soulevèrent et l'aida à relever son corps sans perdre l'équilibre.

Les moignons étaient si proches, Grim pouvait les voir en plein soleil. Même le petit bout de muscle sous le genou de Misha se tendit, et Grim avait tellement envie de le caresser qu'il avait du mal à se concentrer.

Mais il savait qu'il n'en avait pas encore le droit, alors il baissa les yeux vers Misha, qui l'observait à l'envers avec un visage étrangement sérieux. Les muscles de ses bras étaient tendus, tout comme son abdomen, mais avec un peu de soutien, Misha réussit à ne pas tomber.

— Aide-moi à descendre, grogna Misha, et une gouttelette de sueur provenant de sous son genou traîna jusqu'au doigt de Grim.

Grim serra les cuisses de Misha et le fit lentement descendre au sol.

— Bien joué.

— À toi maintenant.

Misha s'assit sur le sol et haussa les sourcils en signe de défi.

Grim sourit et s'inclina comme un artiste de scène. La chaleur frémit sous sa peau alors qu'il sentait ce regard brun curieux courir sur ses abdominaux. Il se pencha en arrière avant de se baisser vers le sol et d'appuyer tout le poids de son corps sur ses mains. Pendant une horrible seconde, il crut qu'il avait utilisé trop de force et qu'il allait tomber et se ridiculiser devant Misha, mais en contractant tous ses muscles, il réussit à garder son corps droit.

L'effort en valut la peine quand il vit Misha haleter et se mordre la lèvre.

— C'est chaud.

Grim se mit à rire, clignant des yeux contre le soleil, fier, comme si Misha caressait déjà ses abdos.

— C'est tout à toi, Petit oiseau.

Misha ne cilla même pas tandis qu'il reluquait Grim sans aucune honte.

— Regardez qui joue les allumeurs maintenant. Je n'arrive pas à croire que tu sois *encore* debout.

Grim boirait les louanges de Misha jusqu'à ce qu'il éclate.

— C'est parce que j'ai un corps de tueur, plaisanta-t-il avant de se baisser sur ses pieds lorsque le poids commença à devenir trop important.

Misha hésita un moment avant de parler :

— C'est vrai. Tu es vraiment mon type. Avant, j'aimais regarder des pornos avec des mecs vraiment bien bâtis. Peut-être parce que je suis taré, mais j'aime voir leurs membres en bonne santé.

Le sourire de Grim retomba, et il n'était pas sûr de ce qu'il devait répondre.

— Tu es un peu cassé. Pas taré.

Misha fit la moue et remua ses moignons.

— Je détestais de tout mon cœur être comme ça, mais je suppose que c'est grâce à eux que j'ai pu sortir et que tu t'es intéressé à moi en fin de compte, donc toute la douleur valait *quelque chose*.

Grim s'assit lentement sur le sol. Pour une fois, il était mal à l'aise face à ce qu'il ressentait en voyant combien Misha avait souffert. Il déglutit rapidement, repoussant l'obscurité loin dans son crâne. Il savait qu'il était un bon parti. Fort. Beau gosse. Mais il ne valait pas la peine d'endurer ce que Misha avait traversé.

Il ne trouva pas de réponse, alors il choisit de regarder l'horizon, surpris par le bruit d'une voiture qui s'approchait, son attention instantanément aiguisée. Il se leva, écoutant le moteur.

— Je me demande qui c'est, murmura-t-il en s'étirant en direction de la clairière qui bordait la forêt.

Misha rapprocha son fauteuil et s'y transféra avec un peu d'aide de Grim.

— Des touristes ? Des chasseurs ? Le propriétaire ?

— Il a dit qu'il viendrait chercher un truc la semaine prochaine. Peut-être qu'il en a besoin plus tôt, réfléchit Grim en se dirigeant vers le chemin de terre, qui révéla bientôt une camionnette bleue avec trois jeunes hommes assis à l'avant, tassés comme des sardines. C'était l'un de ces petits fourgons utilisés pour le transport, sans vitres à l'arrière et avec des rebords le long de la carrosserie sous les portes latérales à l'avant.

Misha devint silencieux quand Grim s'approcha de la route pour aller à leur rencontre. L'un des hommes sourit et leva la main en signe de salutation.

Grim hocha la tête et s'approcha du côté du conducteur, écoutant le bavardage des oiseaux au-dessus de leurs têtes.

— Vous cherchez quelque chose ?

— Tu t'en occupes, Bob, c'est toi qui nous as perdus. Je vais aller pisser, dit l'homme de l'autre côté de la cabine avant de sauter de la camionnette.

Il était habillé d'une chemise à carreaux rouge, comme un bûcheron stéréotypé – ou peut-être que c'était à la mode en ce moment.

Bob soupira et tourna la tête vers Grim en s'excusant.

— Nous nous dirigions vers Knappsville, nous avons pris une mauvaise direction, je pense. Vous savez comment aller à Calvan ? Nous nous retrouverons facilement à partir de là.

Grim fronça les sourcils. Le van avait une plaque d'immatriculation de l'Arizona, donc peut-être que ces hommes n'avaient aucune idée que conduire sur un chemin de terre dans les bois ne les mènerait nulle part. Ça l'énerva de devoir faire face à cette merde. Le bûcheron se cacha derrière la camionnette pour se soulager, et Grim aurait préféré qu'il le fasse quelque part dans les bois, pas dans son putain de jardin et celui de Misha. Pour ajouter l'insulte à la blessure, le type portant des vêtements noirs d'apparence inconfortable, qui voyageait écrasé entre les deux autres, se dirigeait maintenant vers la portière aussi. Ils se croyaient où ? Dans des toilettes publiques ?

— Si j'étais vous, je ne quitterais pas l'asphalte si vous voulez vous rendre dans une ville. Je ne suis qu'un touriste, donc le mieux que je peux faire pour vous est de vous dire de retourner au croisement le plus proche et peut-être d'essayer d'arrêter la voiture d'un habitant du coin. Ou bien continuez jusqu'à ce que vous atteigniez la station-service. C'est à quelques kilomètres au nord.

Bob hocha la tête, écoutant chaque mot de Grim comme s'il avait dit quelque chose de particulièrement intelligent. C'était juste du bon sens. Mais le corps de Grim se figea au moment où le bûcheron émergea de l'arrière de la camionnette en pointant un pistolet droit sur lui. Un vol à main armée ? Au milieu d'une putain de forêt du Tennessee ?

— Ne bouge pas, tu vivras peut-être, siffla le bûcheron, et le gars habillé en noir contournait déjà le van.

Les muscles de Grim se transformèrent en fil barbelé, griffant ses os et perçant sa peau. L'enfoiré mentait. Cela n'aurait aucun sens de les laisser partir après que lui et Misha avaient vu leurs visages. Ses pensées se tournèrent immédiatement vers Misha, mais il n'osa pas détourner son regard du métal scintillant autour du trou sombre de la bouche du pistolet. Le bûcheron était détendu, il semblait donc que ce n'était pas la première fois qu'il utilisait une arme à feu pour intimider quelqu'un. Il tenait la crosse droite, des deux mains, et il la pointait droit sur le front de Grim. Il était assez loin pour mettre trois morceaux de plomb dans le cerveau de Grim avant qu'ils se jettent l'un sur l'autre. C'était mauvais.

— Que voulez-vous ? demanda-t-il calmement. J'ai payé la maison en liquide, mais je n'ai pas plus de deux ou trois billets de 20.

Pour aggraver les choses, l'homme en noir quitta son champ de vision, se dirigeant sans doute vers Misha.

— Grim ? appela Misha d'un ton haut perché.

— J'obtiendrai plus que deux ou trois billets de 20 pour le garçon, ricana Bob en ouvrant la portière du conducteur et en s'installant sur l'étroit rebord au-dessus des roues.

Sa proximité était presque palpable, et les poings de Grim le démangeaient. Mais il ne pouvait pas prendre le risque, pas avec le bûcheron si sûr de lui avec son arme. S'il mourait, Misha n'aurait vraiment plus d'espoir.

Le malheur tomba d'un coup sur ses épaules, lui transperçant l'estomac et lui tordant les tripes. Ces gens avaient dû les traquer à cause des fichues photos qu'il avait prises à l'hôtel. Il avait dit à Misha qu'il était déraisonnable à l'époque, il s'était moqué de lui, mais Misha avait raison. Il n'y avait pas d'autre moyen pour qu'une équipe d'hommes ait retrouvé Misha au milieu de la forêt.

— Laissez-moi partir ! Lâchez-moi ! cria Misha dans son dos, donnant à Grim des envies de sang.

La poitrine de Grim se gonfla, calculant la distance, les chemins qu'il pourrait prendre, mais rien n'avait de sens. Il y avait trois hommes armés contre lui, et s'ils obtenaient ce qu'ils voulaient, Misha serait de retour à l'horreur dont il lui avait parlé avec réticence. Sans Gary, il serait à nouveau une propriété publique. Il brûlerait quelque part dans un autre sous-sol, et personne ne retrouverait jamais la trace des cendres qui resteraient de lui.

Des coups de feu firent hurler et fuir les oiseaux dans les arbres environnants, et pendant une fraction de seconde, Grim fut sûr qu'il était mort, mais ne le savait pas encore. Mais les trois coups de feu venaient de derrière lui, ainsi que le cri de Misha. Le bûcheron baissa son arme, confus.

— Il doit le prendre vivant, tu...

Grim plongea en avant, le corps tendu comme une flèche envoyée directement dans le cœur du bûcheron. Le bâtard cligna des yeux, le choc brièvement remplacé par la fureur quand il appuya sur la gâchette.

Grim se jeta sur la camionnette et changea de direction, fonçant droit sur l'ennemi, saisissant l'épais poignet du bûcheron. Son cerveau hurla. Et si Misha était blessé ? Déjà mort ?

Il enroula son bras autour de la tête du bûcheron et serra fort. Un cri s'échappa de sa bouche lorsque des dents acérées émergèrent du buisson frisé de la barbe de l'homme, tirant sur la chair de Grim alors qu'ils se débattaient, tombant contre le côté du van.

— Il m'a tiré dessus ! Ce putain d'estropié m'a tiré dessus ! hurla le type en noir, et la poitrine de Grim se remplit de fierté.

Alors que l'inquiétude concernant Misha s'apaisait, il concentra toute sa force sur l'homme qu'il tenait et les fit tous deux tomber dans la poussière.

Le sang se précipita dans son cerveau comme une inondation éclair, rendant sa vision rouge alors qu'il serrait le bûcheron avec ses cuisses tout en éloignant l'arme. L'homme frappait frénétiquement le flanc de Grim avec son poing, mais cela ne faisait que rendre le combat plus brutal, plus réel. Ça l'avait démangé d'avoir un peu d'action, eh bien, l'action était venue à lui. *Comme on dit, faites attention à ce que vous souhaitez.*

Avec un cri rauque, il tordit son corps, se jeta sur le bûcheron et utilisa tout son poids pour tourner la tête de l'enculé comme si c'était une capsule de soda. Avec un bruit sec, le bûcheron devint mou.

— Bouge pas, enfoiré, ou je te fais sauter la tête ! hurla Bob en armant son pistolet, mais il y avait dans sa voix une panique que Grim pouvait lécher aussi facilement qu'un loup léchait la patte saignante d'un mouton.

Il ramassa l'arme du bûcheron et tira directement dans la main droite de Bob. Le connard tira aussi, mais la balle toucha le van et ricocha quelque part entre les arbres. Il sursauta, lâcha son arme sans faire de bruit et se cacha derrière la camionnette comme la mauviette qu'il était.

Grim avala une grande bouffée d'air.

— Misha ?

— Je vais bien ! Il est à terre, et j'ai encore trois balles pour lui s'il bouge, putain !

Les lèvres de Grim s'ouvrirent sur un large sourire. Ce fut seulement à cet instant qu'il put penser correctement. Avec Misha en sécurité, il était autorisé à profiter de la chasse.

— Bon garçon !

Le bruit de la porte latérale de la camionnette s'ouvrant par glissement ramena toute son attention sur son environnement immédiat. Bob pouvait cacher n'importe quoi dans ce van, Grim devait agir vite.

Il ramassa l'arme que Bob avait abandonnée et essuya brièvement le sang sur son sweat-shirt avant de regarder dans la cabine. Il y avait une paroi blanche entre l'avant et l'espace de chargement de la camionnette. Il posa rapidement son pied sur le dessus de la roue, grimpant sur le capot. Avec une arme dans chaque main et le sang de Bob qui lui collait à la peau, il avait l'impression de pouvoir conquérir le monde. Il se pencha en arrière et sauta par-dessus le pare-brise, atterrissant directement sur le toit qui fit un bruit sourd.

Au moment où il fit un pas de plus en avant, une balle traversa le toit de la camionnette, manquant de peu son pied. Grim devint l'incarnation de la colère et se stabilisa tandis que ses doigts travaillaient simultanément sur l'acier froid dans ses mains. Le recul le poussait vers le capot, mais il était prêt à se battre contre la gravité elle-même si cela signifiait qu'il obtiendrait sa vengeance. Personne ne l'offenserait avec une balle aveugle.

— T'en as assez, Bob ? cria-t-il, et il courut le long du toit, sautant du côté de la porte arrière. Il lui restait une dernière munition, et ce serait sa solution à l'intérieur.

Il tira sur la serrure de la porte pour l'ouvrir et révéler Bob sur le sol, affalé dans une mare de sang. Ses doigts tremblaient encore, et il semblait haleter pour ses derniers souffles.

Grim mit sa main à l'intérieur, sur le point d'entrer et de s'assurer que l'enfoiré était mort, quand un coup de feu se fit entendre de l'autre côté du van.

— Grim ! hurla Misha, et le cri de l'autre assaillant suivit.

Toute l'attention de Grim fut suspendue à ce seul appel qui semblait le tirer vers Misha par la gorge. Il courut immédiatement vers leur gymnase extérieur. Ses jambes volaient si haut qu'il avait l'impression de pouvoir atteindre son oiseau en quelques secondes, mais il était encore loin, si loin.

L'homme en noir luttait avec Misha sur le sol, et Misha se battait, mais l'arme gisait loin dans la terre sèche. Les moignons de Misha donnaient des coups dans les côtés de l'homme, mais malgré toutes ses tentatives, il était toujours du côté des perdants.

Grim se jeta sur Black comme une harpie. Il accrocha son coude autour de la gorge de l'homme et tira si fort qu'il aurait pu lui briser les os s'il était allé un peu plus loin.

— Tu es le seul qui reste, espèce de merde, grogna-t-il, retirant Black de Misha.

Les égratignures et les bleus qui se formaient sur les bras et le torse de Misha firent basculer Grim dans une crise de rage, alimentée par le sang qui coulait sur ses doigts depuis l'amas rouge de chair dans l'orbite de Black.

— D'autres viendront ! cracha Black, se tordant dans l'emprise de Grim.

Grim fit un signe de tête à Misha et tira l'un des bras de Black pour le traîner brutalement jusqu'à leur cabane. Son cœur aspirait à un festin de sang, et cet homme en serait l'occasion.

— Tu ne sais pas qui je suis, n'est-ce pas ? murmura-t-il en traînant le corps affaibli de Black pour monter les quelques marches du porche.

Misha suivit à quatre pattes, une fois qu'il avait récupéré l'arme, avançant assez rapidement pour que Grim puisse supposer qu'il allait bien. Black, par contre, saignait de l'épaule et du bras et atteignait cet état de lucidité que Grim appréciait dans la chasse.

— Va te faire foutre ! aboya-t-il, et il essaya de lui cracher dessus.

Au moment où la salive atteignait la peau de Grim, le dégoût le fit grogner. Il balança Black par terre, l'attrapa par les cheveux et lui claqua la tête contre le sol si fort que l'homme fut assommé sans avoir besoin de répéter.

— Merde, marmonna Grim en se précipitant à l'intérieur.

Il revint avec une paire de menottes et traîna Black jusqu'à la balustrade du porche. L'homme étant encore évanoui, il lui fut facile de l'attacher à l'un des épais balustres en bois.

— Je suis désolé, dit Misha, le souffle court quand il atteignit les escaliers. J'ai tiré, mais ça l'a seulement effleuré, et j'ai perdu l'arme.

Le moteur du van tournant à plein régime hérissa les poils des avant-bras de Grim. Bob n'était-il pas mort ? Il n'avait pas pu vérifier quand Misha avait crié à l'aide.

— Putain de merde, grogna-t-il, et il se précipita à nouveau dans la maison.

Il gardait toujours plusieurs armes chargées à portée de main, il fouilla donc dans le sac noir et en sortit deux. Le temps qu'il franchisse la porte, la camionnette bleue disparaissait entre les arbres.

— Que faisons-nous ? Il sait où nous sommes maintenant, gémit Misha, suivant la camionnette du regard, mais Grim ne voulait pas abandonner maintenant.

Il courut vers sa moto, qui se trouvait sous un auvent sur le côté de la maison. Le simple fait de la monter lui donna l'impression de revivre, et lorsque le moteur démarra, il envoya du sang riche en octane dans ses veines.

— Grim vient te chercher ! hurla-t-il, et il décolla à toute vitesse, son cerveau complètement concentré sur la bulle sonore devant lui.

Il détestait être pris pour un idiot.

L'odeur du sang sur sa peau n'avait été qu'un amuse-gueule, il ne laisserait pas sa proie lui échapper. La moto était rapide, maniable, et il serait capable de s'engager dans un chemin étroit si nécessaire. Il se déplaçait plus vite que la camionnette, avec beaucoup plus d'espace à disposition, et même avec le sable crissant sous les roues, il allait plus vite, exprimant son excitation en riant lorsqu'il vit l'arrière de la camionnette émerger de derrière les arbres.

— Ton sang est à moi, cria-t-il.

Bob ne l'entendait peut-être pas, mais son esprit savait que la Faucheuse était là pour l'attraper. Les yeux de Grim furent attirés par un grand sycomore sur sa gauche, et le sourire s'élargit sur son visage quand il réalisa où il était. Le chemin de terre traversait un terrain bas, serpentant entre les collines, mais il y avait un sentier, un raccourci qui passait devant cet arbre, et Grim le savait, car c'était le chemin que lui et Misha avaient emprunté pour aller au lac voisin.

L'étroite clairière entre les arbres se profilait sur sa gauche, et il ralentit avant de prendre un virage serré vers la colline. Le chemin était étroit, il devait donc garder sa moto stable, mais cela lui donnait assez de marge pour éviter les racines qui dépassaient du sol. Il ne pouvait pas rouler aussi vite que lorsqu'il suivait le van, mais la route faisait une grande boucle autour de plusieurs collines, ce qui offrait à Grim juste assez de temps pour prendre son raccourci.

L'odeur forte et chaude du pin pénétrait ses poumons tandis qu'il roulait, complètement concentré sur le mur vert d'arbres et de buissons des deux côtés. Le grand arbre émergea brièvement quelque part à l'horizon, mais il n'eut pas le temps d'y prêter attention. Ses artères pompaient à un rythme régulier et son esprit se détendait comme lorsqu'il était jeune et qu'il assistait son père lors d'une partie de chasse. Seulement maintenant, Grim ne chassait pas des innocents. Chaque once de chair des hommes dont il avait pris la vie était imprégnée de leur caractère brutal. Et Bob méritait de mourir comme tous les autres sur la liste interminable de Grim. Il ralentit lorsque le chemin de terre se profila devant lui, et il descendit rapidement de sa monture, l'appuyant contre un arbre sur le sol qui semblait plus ou moins plat.

Le bruit de la camionnette qui s'approchait fut immanquable sur la route autrement vide, et à l'avantage de Grim, elle ne pouvait pas aller plus vite si Bob ne voulait pas risquer de casser le véhicule et d'être laissé en rade et en sang au milieu de nulle part, près de ses ennemis. Le rythme cardiaque de Grim s'accéléra proportionnellement à la proximité de l'impact. Il se tenait derrière un arbre et comptait les secondes avant que le van le dépasse. Il voulait que Bob soit vivant et lui dévoile tous leurs plans. Comment Grim et Misha avaient été retrouvés. Avec les blessures par balle dont Bob et Black avaient souffert, Grim ne pouvait pas se contenter d'un seul d'entre eux, car ils pouvaient mourir trop vite.

Dès qu'il sentit le bout de ses doigts picoter, la camionnette fut juste à côté de lui, et dans un saut digne d'une panthère, il bondit en avant et s'agrippa à la portière. Dès que ses pieds furent stabilisés sur le rebord, il attrapa Bob par la gorge, le regardant droit dans les yeux. Ses deux coudes appuyaient maintenant sur la portière du conducteur de l'intérieur, une main pointant une arme sur Bob, l'autre s'enfonçant dans sa pomme d'Adam.

Il y avait une hésitation paniquée dans les yeux de l'homme, et Grim pouvait déjà voir le reflet des arbres qui se rapprochaient.

— Je vais te tirer dessus avant que tu m'écrases, grogna-t-il en plaquant le canon contre la tempe moite de Bob.

Chaque fois que le van tremblait sur la route inégale, la prise de Grim sur le van devenait moins stable. Il devait descendre rapidement.

— Ralentis. Doucement, et il se pourrait que je te laisse en vie.

Un mensonge pour un mensonge.

Bob haleta, et c'est seulement maintenant que Grim remarqua qu'il manquait un doigt sur sa main ensanglantée.

— Je n'étais que le conducteur, geignit-il, et à ce moment-là, Grim sut qu'il avait gagné.

Bob ralentit, son visage était en sueur, ses dents claquaient.

— Le frein à main, ordonna sèchement Grim, et au moment où Bob obtempérait, Grim fracassa l'arme contre la tête du bâtard, l'assommant.

Dix minutes plus tard, il avait menotté Bob à l'arrière de la camionnette et se dirigeait vers la maison, où Misha était assis à une distance sûre de l'homme menotté, et malgré les tremblements visibles dans ses membres, il restait sur place, gardant le prisonnier ensanglanté.

Grim se glissa hors de la cabine, certain que Bob ne pourrait pas s'enfuir cette fois, et se précipita vers Misha, sa soif de sang soudainement remplacée par une sensation de tendresse qui lui donnait envie de prendre Misha dans ses bras et de le bercer jusqu'à ce qu'il se calme.

— Tu vas bien ?

Misha déglutit.

— Je voulais me cacher. Partir dans un endroit sûr et isolé, loin de ce genre de merde, bredouilla-t-il, manquant de s'étouffer avec une énorme bouffée d'air. Mais s'il se libérait, tu aurais pu être en danger...

Grim resta immobile, observant Misha d'en haut, et seulement alors, l'épuisement du combat s'installa lentement dans ses muscles, et il s'agenouilla devant Misha.

— Merci. Tu n'avais pas à faire ça.

Misha posa l'arme à côté de lui et s'avança en trébuchant pour serrer Grim dans ses bras.

— Tu saignes, chuchota-t-il avant d'embrasser Grim sur la joue.

Grim fronça les sourcils et baissa les yeux, même s'il s'accrocha à Misha, tellement soulagé d'avoir à nouveau ce corps chaud dans ses bras. Il y avait une petite blessure de chair sur le flanc de Grim, mais elle ne semblait pas sérieuse, alors il se blottit contre Misha, laissant ses yeux fermés pendant un moment alors qu'il mémorisait la silhouette de Misha.

— Je vais bien. Et toi ?

Misha hocha la tête, mais il n'y avait pas de joie sur son visage. Pas de sourire victorieux.

— Je t'avais dit qu'ils me retrouveraient. Je ne serai jamais en sécurité.

Ses mots rouvrirent un trou dans la poitrine de Grim, mais il hocha la tête.

— Je vais devoir découvrir comment ils nous ont traqués. Tu ferais mieux d'aller à l'intérieur.

— Pourquoi ?

Grim prit une grande inspiration et joua avec une mèche de cheveux, l'une des nombreuses qui s'étaient échappées du chignon de Misha pendant la bagarre.

— Ce ne sera pas agréable à regarder, Birdie.

Misha leva les yeux sur Grim et serra ses doigts sales.

— S'ils travaillent pour ceux qui m'ont gardé prisonnier, crois-moi, ils méritent ce que tu vas leur faire. Je veux voir.

Il y avait une profondeur obscure dans ses yeux bruns avec des ombres que Grim ne pouvait pas entièrement comprendre. Il ne restait rien du garçon heureux qui suçait une glace une demi-heure auparavant.

Grim hocha la tête et regarda Bob, qui semblait toujours inconscient dans l'arrière ouvert du van. Grim en avait peut-être fini avec la chasse, mais il avait encore du temps pour se nourrir.

Chapitre 13 – Misha

Le couteau à dépecer était comme un insecte rampant sous la peau de Black. L'homme s'étouffait, se tordait et criait si fort que les oreilles de Misha commençaient à lui faire mal, mais, suspendu la tête en bas à un crochet à viande dans le hangar, les mains attachées à une grosse pierre qui le rendait moins mobile, il n'avait aucun moyen d'échapper à la torture de Grim, qui séparait lentement sa peau de la chair. L'odeur du sang frais envahissait les sens de Misha tandis que Grim travaillait, répétant ses questions encore et encore. Black s'était déjà évanoui plusieurs fois, mais il ne serait pas épargné par la torture. Un peu d'eau glacée suffisait à le ramener vers les mains fortes et ensanglantées de Grim et les couteaux de chasse que le propriétaire de la cabane gardait ici.

Bob se tenait près de lui, encore indemne, mais un bleu furieux s'étalait sur son front, et la blessure par balle qu'il avait reçue lors de la fusillade avec Grim était comme un trou béant dans sa chair. Il tressaillait tandis qu'il sanglotait, versant des larmes qui roulaient sur ses tempes et sur le sol.

Assister à la torture était... une expérience étrange. Rien à voir avec les nombreuses horreurs que Misha avait vues dans l'enceinte où il avait été détenu. En repensant aux nombreux prisonniers innocents mutilés, tués et violés, il ne pouvait s'empêcher de penser que la souffrance de cet homme était juste. Grim était une main de la justice elle-même, reportant le tourment sur les personnes qui voulaient le causer. Après tout, quel aurait été le sort de Misha s'ils l'avaient enlevé ? Si Zero l'avait récupéré, lui aurait-il coupé les doigts ? Les bras ? L'aurait-il écorché aussi ? Aveuglé ? L'aurait-il gardé dans une cellule jusqu'à ce qu'il meure de faim ou devienne fou ?

Misha n'avait aucune compassion dans son cœur pour les hommes qui travaillaient pour un monstre comme Zero. Il imaginait les nombreux visages de ses violeurs au lieu de celui de Black, et cela rendait le fait de le regarder se tortiller et pleurer d'autant plus agréable. Misha se mordit la lèvre et serra les poings, enfermé dans un coin sombre de l'abri de chasse, en sécurité derrière le large dos de Grim.

— Tu ne coopéreras pas, hein ? demanda Grim en frappant le visage de Black avec sa main ensanglantée.

Le bois sous leurs pieds absorbait rapidement tout l'excès de sang, comme il l'avait fait toutes les fois où les chasseurs avaient dépecé et vidé leurs prises. Misha se sentait en sécurité à sa place, avec une couverture roulée sous lui, et il ne pouvait s'empêcher de contempler les reflets rouges sur le dos de Grim. Il avait essuyé le sang sur son propre corps, l'étalant sur sa peau et laissant des traces abstraites chaque fois qu'il se touchait. Il était stable et calme, comme si séparer la peau d'un homme de ses muscles ne représentait rien pour lui, comme si les appels à l'aide ne le dérangeaient pas du tout. Et pourtant, savoir que Grim faisait cela pour lui chatouillait la fierté de Misha.

Black toussa et secoua violemment la tête. Misha savait pourquoi. Black mourrait s'il leur révélait quoi que ce soit. Il mourrait de la manière la plus horrible qui soit ou pire encore, il deviendrait une marchandise, sa famille serait kidnappée et torturée. Si l'homme avait des couilles, il ne parlerait pas.

Grim se détendit puis attrapa le sexe ratatiné de Black et tira dessus tandis que sa main se resserrait autour du manche d'une lame dentelée.

— Tuez-moi... dit Black dans un râle, un crachat sanglant coulant sur ses lèvres.

Bob se mit à sangloter violemment.

— Je ne savais rien, je le jure !

Misha observa le corps meurtri et nu de Bob, repensant à l'époque où il avait été aussi vulnérable, disponible pour être violé par quiconque avait l'argent et les relations pour venir le voir.

— Vous avez accepté de kidnapper un amputé, chuchota-t-il.

Grim jeta un coup d'œil derrière lui avec un petit sourire, puis, avec des gestes précis, sépara les parties génitales de Black du reste de son corps et les jeta dans la petite baignoire en métal, qu'il rapprocha rapidement sous l'homme en sang.

Bob essaya de s'écarter, mais il devait savoir qu'il n'y avait aucun moyen de le faire, et il se balança un peu dans les airs.

— Oh non, mon Dieu, non, hurla-t-il, hystérique, criant assez fort pour noyer les gémissements de Black. Quel genre de monstre es-tu ? C'est de la folie !

Grim effleura les stries de sang qui coulaient le long de la poitrine de Black, de la chair à vif où se trouvaient ses parties intimes.

— Je suis le gardien de ce garçon. Vous êtes venus ici en pensant que vous étiez tous les trois des prédateurs en quête de proies. C'est ce qui arrive quand on ne connaît pas sa place dans la chaîne alimentaire.

Les entrailles de Misha se réchauffèrent en entendant Grim se montrer si protecteur envers lui. Il n'avait jamais eu de vrai gardien. Il avait toujours été seul. Enfant, avec des parents alcooliques, il n'avait jamais connu la sécurité. Désormais, il y goûtait pour la première fois.

Grim tournant le couteau vers Bob suffit pour que celui-ci se remette à parler, bien que l'homme soit à peine intelligible à travers ses violents sanglots.

— Je vais parler, je vais le faire ! Demande et je répondrai !

— Comment nous avez-vous trouvés ? questionna calmement Grim en poussant le corps de Black dans un doux balancement au-dessus de la baignoire.

— Une puce. Il y a une puce dans son moignon. On ne pouvait capter le signal que de temps en temps, alors ça a pris du temps.

Il parlait si vite que Misha mit quelques secondes à comprendre ses paroles.

Misha cria et baissa les yeux vers ses moignons, terrorisé.

— Où ? Où ? Il est à ma recherche ! Il me traque depuis le début ! Non, non, non.

Le bout de ses doigts parcourait les nombreuses cicatrices tandis que sa respiration devenait erratique, et bientôt c'étaient ses ongles qui grattaient le moignon.

— Enlève-le ! Enlève-le !

Grim se rapprocha et attrapa rapidement Misha de ses mains ensanglantées.

— Ne fais pas ça. S'il te plaît, arrête.

— Il pourrait me traquer en ce moment ! Comme si j'étais un putain d'agneau perdu.

Misha essaya de ramener ses mains vers ses jambes, mais la prise ferme de Grim l'en empêcha.

— Calme-toi. Il pense que ces connards s'en occupent. Nous avons plusieurs heures devant nous. Ça va aller, l'apaisa Grim en se penchant pour pouvoir le regarder dans les yeux.

C'était terriblement calme tout d'un coup, et quand Misha jeta un bref regard vers les crochets à viande, il vit du sang couler des entailles sur les gorges de Black et Bob.

— S'il te plaît, j'ai besoin que ça parte. Il a laissé quelque chose en moi. Je vais vomir. C'est comme la semence de Satan, et c'est en moi, il sait où je suis.

Grim serra plus fort ses mains, les souillant du sang de leurs agresseurs.

— Nous allons l'enlever. Il n'y a pas de chapitre ici, mais à Charleston, ils ont un médecin de garde.

— Non, non ! Je ne peux pas le garder en moi...

La trachée de Misha se resserra tellement qu'il ne pouvait plus respirer. Il avait l'impression qu'une tumeur se développait dans ses os, prête à l'étouffer au moment où il s'y attendrait le moins.

Les muscles de la mâchoire de Grim se contractèrent.

— Tu ne peux pas te gratter. C'est dangereux.

Misha réussit à prendre une demi-respiration.

— Alors coupe-le. Tu as les couteaux. Coupe-le !

Grim secoua la tête et l'attira dans ses bras.

— Nous ne savons pas où elle est. Je ne peux pas le faire. Nous allons aller chez un médecin et il s'en occupera.

— Même un médecin pourrait être son espion ! Tu n'en sais rien ! s'écria Misha en flanquant un coup de poing à l'épaule de Grim et en essayant de s'éloigner.

Grim le regarda droit dans les yeux et lui serra les bras.

— C'est pourquoi nous irons chez quelqu'un dont je me porte garant. Tout ira bien. Je les enterrerai, je me débarrasserai de la camionnette, et nous partirons.

Misha sanglota comme s'il était à nouveau le gamin faible de dix-sept ans, incapable de se battre pour sa vie. Il n'était pas au courant de l'existence de la puce, mais à présent, il pouvait presque la sentir palpiter sous sa peau comme un cafard vivant se nourrissant de sa peur.

Il hocha la tête, complètement frénétique à l'intérieur. Peut-être qu'il pourrait distraire Grim et atteindre les couteaux ? S'ouvrir les jambes et trouver ce putain de truc ? Sa peur de Zero était bien plus grande que sa peur des lames.

Grim expira et se frotta le front, abattu.

— Putain de merde ! Ces enfoirés ont foutu un tel bordel, grogna-t-il, et il commença à se déshabiller rapidement.

Le nez de Misha était bouché, alors il continuait à prendre de grandes respirations, bouche ouverte, à fixer les couteaux, attendant le bon moment.

Grim jeta ses vêtements sur le sol et récupéra une bâche de plastique épais qu'il posa près de la baignoire. En traînant un peu les pieds, il déposa le cadavre de Black sur la bâche et la rassembla autour de lui.

Misha se rapprocha et, lorsque Grim fut occupé avec le corps de Bob, il s'empara d'une des dagues. Même maintenant, avec son objectif si sûr, il pouvait difficilement supporter de tenir quelque chose d'aussi tranchant, pensant instantanément à la façon dont cette lame pourrait entailler sa chair et gratter ses os. Il tourna le dos à Grim et posa la lame contre sa peau, suppliant des dieux sans nom de lui donner le courage d'aller jusqu'au bout.

— Misha ?

Il eut l'impression que la question provenait de derrière un mur de verre, assourdie, terne, le seul objet en vue étant celui dans sa main. Il baissa le couteau, espérant que la puce serait dans ce moignon, pas dans l'autre. La première douleur le fit siffler, mais avant qu'il puisse faire autre chose, une grande et forte main enserra son poignet si fort qu'il laissa tomber le couteau avec un glapissement.

Grim se jeta sur Misha avec un grognement qui n'avait pas sa place dans la gorge d'un humain. Les stries rouges sur son visage et sa poitrine le faisaient ressembler encore plus à une bête sauvage alors qu'il poussait Misha contre le plancher en bois.

— Qu'est-ce que tu fais, hein ? Je t'ai dit qu'on allait voir un médecin !

— Il sera trop tard ! hurla Misha. S'il vient pour moi, je préfère me tuer !

Le beau visage de Grim se tordit de colère.

— Qui ? De qui as-tu si peur ?

Misha s'effondra sur le sol, la panique trop dure à supporter pour son corps.

— L'homme qui a pris mes jambes. Il les a coupées avec une scie à métaux. Et s'il arrive jusqu'à moi, il me coupera à nouveau. Je ne peux pas repasser par là, je ne peux pas !

Les mains de Grim se serrèrent sur celles de Misha encore plus fort et ses yeux brûlèrent.

— Il a fait quoi ? Il... les a coupées ? Quoi ?

Les larmes s'accumulèrent dans les yeux de Misha jusqu'à ce qu'elles se répandent, et il eut envie de rire. Alors qu'il pensait qu'il n'avait plus beaucoup de larmes en lui, il semblait juste qu'elles étaient enfermées avec ses émotions et qu'elles se déversaient maintenant par litre.

— J'étais en bonne santé, en forme, j'avais tout pour moi. Et il a tout pris. Il m'a coupé les jambes et a tout filmé pour que d'autres monstres cruels comme lui puissent regarder. Il avait l'intention de me tuer, mais j'ai survécu. Maintenant que j'y pense, il m'a tué. Il a assassiné tout ce que j'étais.

Misha laissa ses moignons se rapprocher de ses cuisses et leva la tête vers Grim, se demandant s'il pouvait comprendre ce qu'il disait.

Grim était immobile et ses yeux perçaient des trous dans le cou de Misha tandis qu'il prenait des respirations profondes et lourdes.

— Qui est-il ? murmura-t-il, regardant finalement le visage de Misha avec une rage brûlant derrière le gris calme de ses yeux.

C'était si cruel que Misha avait envie de la voir se déchaîner sur tous ceux qui l'avaient blessé.

— Il se fait appeler « Zero », chuchota Misha, apaisé par l'expression intense de Grim. Il dirige l'organisation qui possédait la base que les Coffin Nails ont attaquée. Il tourne des vidéos de torture.

Il les distribue sur le dark web. Il ne sait pas ce qu'est la pitié. Il est malade dans sa tête, il a ruiné ma vie.

Grim serra les mains de Misha, le fixant férocement.

— Et quand je le trouverai, que veux-tu que je lui fasse ? demanda-t-il doucement.

— Je ne veux pas que tu le retrouves. Il est dangereux. Il te ferait du mal. Il détruit les gens.

— Il ne me verra pas arriver. Personne ne me voit, assura Grim en caressant doucement la joue de Misha avec ses doigts maculés de sang.

— Je veux qu'il souffre. Et qu'il brûle, jusqu'à ce qu'il ne reste plus rien de lui.

Étrangement, même si Misha doutait qu'il y ait une chance que cela se produise, le fait de le dire à voix haute le fit se sentir mieux.

Un frisson traversa Grim et il hocha la tête, contemplant les yeux de Misha avec une chaleur qui pouvait faire fondre la glace de la peur autour du cœur de Misha.

— Il mérite ce qui va arriver. Il t'a brisé, il doit payer.

Misha laissa échapper une profonde inspiration et caressa l'épaule de Grim.

— Merci.

Grim posa son front contre celui de Misha et l'attira dans la protection de ses bras.

— Tu es à moi maintenant. Tout à moi.

Et malgré leur relation née d'un cauchemar, Misha ne put s'empêcher de hocher la tête, serrant Grim dans ses bras.

— Oui, je le suis.

Grim déposa un doux baiser sur la tempe de Misha.

— Tu dois emballer nos affaires pour qu'on puisse partir rapidement, tu comprends ?

— Oui. Je suis désolé, je suis une épave. Je vais faire des efforts.

Misha caressa la nuque de Grim, et il ne s'aperçut même pas que sa respiration était redevenue régulière.

Grim moula son visage à celui de Misha, sa main effleurant son dos.

— J'ai besoin de savoir que je peux te faire confiance, OK ? Ne te fais pas de mal. Je m'occupe de tout.

Misha soupira, mais finit par hocher la tête.

— Je te fais confiance.

Et le poids de ces mots fut comme une lourde couverture sur ses épaules. Ils étaient importants, il les pensait, et il ne laisserait pas tomber Grim.

Chapitre 14 – Misha

Le docteur analysa les radios des moignons de Misha. Les os sur les photos étaient coupés court dans la masse grise de chair. Cela semblait si peu naturel que Misha dut détourner les yeux et serrer la main de Grim sous le bureau où ils étaient assis. Il ne pouvait pas supporter qu'ils regardent tous l'intérieur de son corps.

Le médecin d'âge moyen, Frank, les avait attendus, et il ne s'était écoulé qu'une demi-heure depuis l'arrivée de Misha et Grim dans un grand hôpital de Charleston, en Virginie occidentale. Le voyage depuis leur cachette du Tennessee avait pris sept heures, et ils avaient réussi à rassembler toutes leurs affaires et à noyer les trois corps et leur van dans le lac isolé au milieu des bois en deux heures.

Tout se passait comme prévu, mais avec la puce en lui, Misha avait l'impression d'être une bombe à retardement. Tant que cette chose ne serait pas extraite, il ne pourrait pas se calmer.

— Je la vois, annonça Frank, en hochant la tête pour lui-même. Ce n'est pas très profond, alors ne t'inquiète pas.

Sa voix était neutre, on aurait dit qu'il allait offrir une sucette à Misha pour être resté assis calmement. Misha n'avait aucune idée de la façon dont Grim connaissait le docteur, mais si Grim faisait confiance à cet homme, Misha était certain que cette confiance avait été méritée.

— Bien. Des gens en ont après lui, nous devons nous débarrasser de ça le plus vite possible, dit Grim, en tirant Misha plus près de son corps.

Malgré la hâte de leur départ du Tennessee, Grim avait réussi à trouver un peu de temps pour se raser et se laver. Il était extrêmement soigné et sentait toujours bon, ce que Misha appréciait vraiment, car il n'en avait pas eu autant avec Gary.

Frank soupira.

— On pourrait la jeter dans la rivière Kanawha. Ils seraient à la poursuite d'un fantôme.

Misha acquiesça, surpris de se sentir aussi intimidé par un homme qui était de leur côté. Son cerveau savait qu'il était en sécurité, mais ses sens étaient tout agités.

— Je veux qu'on me l'enlève le plus vite possible.

— Tu peux le faire maintenant ? demanda Grim, en massant doucement le bras de Misha.

Les sourcils broussailleux de Frank se haussèrent.

— Donne-moi juste une seconde, dit-il, et il sortit.

Misha relâcha une longue inspiration et se pencha sur Grim.

— Je déteste avoir des lames près de moi. Je sais que ce n'est pas logique, mais je ne les supporte pas. Je suis tout en sueur, et je ne peux pas me concentrer. C'est pathétique que je ne m'en sois pas encore remis, expliqua-t-il en passant une main sur son visage. C'est pour ça que je t'ai attaqué avec une fourchette, et que j'ai toujours ces cheveux de merde que Gary voulait me faire pousser. Putain !

Les sourcils de Grim se froncèrent.

— Tu ne les aimes pas comme ça ?

— Je ne suis pas Raiponce, putain ! Avant, je portais une courte queue de cheval, mais pas comme ça.

Il montra le chignon sur sa tête.

— Ça me fait ressembler à une fille. Gary m'a même fait épiler. Je m'en fous si ça te plaît, mais je vais laisser repousser.

Grim éclata de rire et tira sur le chignon de Misha.

— Je m'en fiche de toute façon. Tout ce qui te rend confortable, Birdie.

Ces mots enlevèrent un peu de morosité dans le cœur de Misha.

— Veux-tu... veux-tu les couper pour moi ? Je ne sais toujours pas manier les ciseaux.

Grim haussa les épaules et se pencha en avant, posant ses avant-bras sur ses genoux.

— Il y a un barbier que j'aime bien en ville. On pourrait y aller.

Misha s'humecta les lèvres.

— Je panique à cause d'un étranger avec une lame près de moi. Je vais faire une bêtise, ou dire quelque chose, et il y aura beaucoup de monde... Je ne préfère pas. C'est bon si tu ne veux pas le faire.

— Je veux bien les couper, mais ne te plains pas si tes cheveux ne ressemblent à rien quand j'en aurai fini avec eux, plaisanta Grim.

Misha fit glisser le bout de ses doigts sur le biceps de Grim.

— Ça ne me dérange pas. Je les attacherai en queue de cheval la plupart du temps de toute façon.

Le regard de Grim balaya les doigts de Misha, pour remonter vers son visage.

— Très bien.

Leurs yeux se verrouillèrent.

— Je sais que tu es doué avec les lames, chuchota Misha.

Il avait vu à quel point la veille. Pourtant, il n'avait pas peur de Grim. Il savait que ces couteaux ne se retourneraient jamais contre lui dans les mains de Grim.

La porte s'ouvrit, et Frank rentra, verrouillant derrière lui.

— Très bien. Monte là-dessus, dit-il en indiquant le lit médicalisé près du mur, déjà recouvert d'une couche de papier provenant d'un rouleau à une extrémité.

— Mais il peut rester, non ? demanda Misha en désignant Grim, tandis qu'il se dirigeait à contrecœur vers le lit.

Frank jeta un coup d'œil à Grim, enfilant du latex violet sur ses mains.

— Tant qu'il ne riposte pas.

Grim sourit et se leva de sa chaise.

— Tu devras être très doux avec lui.

Frank abaissa le lit pour Misha, et bientôt, il fut allongé, fixant son moignon avec un froncement de sourcils. Son pauvre corps avait déjà subi tant de souffrances, mais il fallait encore une fois l'ouvrir. Son souffle s'accéléra à la vue du scalpel brillant dans la lumière froide, et il ferma les yeux, imaginant qu'il était ailleurs, en sécurité.

— Tu as aussi peur des aiguilles ? demanda Frank. J'aimerais utiliser une anesthésie locale.

Misha serra les poings.

— Je n'aime pas les aiguilles, mais je n'aime pas non plus la douleur. Je préfère ne pas sentir la coupure.

Grim s'assit sur le lit derrière Misha et le ramena contre sa large et solide poitrine. La moitié de la peur de Misha disparut, comme si elle avait été balayée par magie. Misha avait besoin de faire enlever la puce, mais avec la nausée qui montait dans sa poitrine, il était reconnaissant pour tout le soutien qu'il pouvait obtenir. L'aiguille était pointue et s'enfonça facilement alors que Misha retenait son souffle. Ce n'est que lorsque Frank commença à injecter le liquide dans le moignon que la douleur devint plus forte.

— Vous vous connaissez depuis longtemps ? demanda Frank.

Misha savait que c'était pour faire diversion, mais il était néanmoins reconnaissant.

— Trois semaines peut-être. C'était... un moment difficile.

Les muscles du moignon se tendirent à la fois au contact et à l'aiguille qui s'enfonçait à nouveau, mais si Grim faisait confiance au docteur, Misha le ferait aussi, même si le fait qu'un étranger le touche comme ça lui faisait ressentir un autre niveau de peur.

Frank massa le moignon, tandis que l'engourdissement se répandait dans la chair de Misha, et il n'était pas sûr d'aimer ça ou non. Avec le moignon engourdi, c'était comme s'il cessait d'exister, comme si la jambe qu'il pouvait encore sentir en bas avait complètement disparu.

— Je préfère ne pas regarder, si ça ne vous dérange pas, dit-il en recroquevillant ses épaules devant Grim.

Mais l'image ne disparaissait toujours pas. Zero, le découpant sans pitié et se nourrissant de ses cris.

Grim resserra son emprise sur Misha, calant sa tête sous son menton.

— Tout ira bien, murmura-t-il. Je regarde, il ne t'arrivera rien, promit-il alors que Misha frissonnait à l'ombre d'un contact sur son membre.

— Merci.

Misha prit une profonde inspiration, se fondant dans la chaleur de l'étreinte de Grim. Pour une fois, il y avait quelqu'un qui veillait sur lui.

Il essaya d'engourdir son cerveau pendant qu'on ouvrait son moignon. Ça ne lui faisait pas mal, mais il sentait la pression, et son corps se rigidifiait dans l'attente du choc et de la douleur.

Quelque chose heurta le métal, et Frank annonça :

— Elle est sortie.

Le soulagement fut immense, comme s'il venait de se faire enlever une tumeur. Il appuya sa tête en arrière contre Grim et ses muscles se relâchèrent. Le docteur semblait ne pas se soucier de la sexualité de Grim, alors Misha n'était pas gêné de ne pas cacher leur proximité. Il n'ouvrit pas les yeux jusqu'à ce que l'entaille dans sa jambe soit refermée avec des points de suture et bandée.

— Tu connais la procédure, Grim, dit Frank, en versant de l'eau propre sur le morceau de plastique ensanglanté avant de le ranger dans une petite pochette. Je vais lui donner une ordonnance d'antibiotiques à ton nom, au cas où.

Grim hocha la tête et aida Misha à s'installer dans le fauteuil roulant, faisant très attention au moignon bandé. Pour une fois, c'était presque comme s'il avait peur de le toucher.

Misha remercia une nouvelle fois le docteur, il avait du mal à croire à la chance qu'il avait d'être entré dans la vie de Grim. Qui d'autre aurait eu la patience de s'occuper de lui ? Qui aurait combattu trois hommes armés pour le garder en sécurité ? N'importe quel autre homme l'aurait simplement abandonné et se serait épargné les tracas, mais pas Grim.

Ils échangèrent quelques plaisanteries, mais Grim était inflexible ; il ne voulait pas rester en ville, même pour la nuit. Frank fit ses adieux en promettant de se débarrasser de la puce, et ils partirent, s'éloignant des horreurs de l'existence de Misha. Où qu'ils aillent, tant que c'était avec Grim, il se sentait en sécurité.

Dans le camion, Misha récupéra de son insomnie de la nuit précédente. Sans la puce, son corps s'était relâché, et la présence de Grim était suffisamment rassurante pour qu'il s'endorme dès que Grim l'avait bordé avec la ceinture de sécurité. Mais quand la voix de Grim pénétra dans ses rêves, ce fut comme être bercé par une paire de bras chauds dans une étreinte encore plus forte.

— Birdie, on est arrivés.

Misha cligna des yeux à plusieurs reprises et regarda Grim.

— Oh... oh !

Il bâilla, heureux de revoir de la verdure.

— Où sommes-nous ? Quelle heure est-il ?

Grim sourit et fit courir ses doigts sur le front de Misha.

— Tu as dit que tu voulais voir ma maison, rappela-t-il en se glissant hors de la cabine.

L'excitation explosa dans la poitrine de Misha à l'idée de voir où Grim passait son temps libre, et il poussa la portière.

— Mais il n'y a personne ici, non ?

Grim s'approcha de Misha et le souleva hors du camion, aussi stable que jamais.

— Non. Les voisins les plus proches vivent en ville. Il n'y a que moi ici... du moins, quand je suis là, dit-il en se retournant avec Misha dans ses bras.

Entre les arbres se dressait une petite maison aux murs gris et aux épais barreaux d'acier aux fenêtres et devant la porte. Le soleil brillait entre les feuilles, peignant le plâtre et le toit d'une lumière vive qui ne faisait qu'ajouter à la sérénité du tableau.

Grim désigna sa maison d'un coup de menton.

— Qu'est-ce que tu en penses ? demanda-t-il avec un empressement dans la voix.

Misha enroula ses bras autour du cou de Grim et ses jambes autour de sa taille.

— Ça a l'air... sûr.

Il renifla et regarda autour des grands arbres, vers les décombres sombres où devait se trouver une plus grande maison à quelques centaines de mètres de là.

— C'est très sûr. Il y a une salle d'urgence et des réservoirs d'oxygène à l'intérieur, au cas où quelqu'un voudrait me brûler, expliqua Grim en le portant vers la maison.

Il fouilla dans sa poche, tenant un moment Misha d'un bras, et en sortit un jeu de clés.

Misha le serra plus fort dans ses bras, aimant la quantité rassurante de force que Grim avait.

— Est-ce que quelqu'un t'a déjà traqué ici ?

Il pourrait jurer que Grim lui avait serré les fesses, mais ça ne le dérangeait pas.

— Impossible. Les gens ne savent pas que je vis ici. Et je viens trop rarement pour être suspect. De plus, il n'y a plus de voisins depuis que l'autre maison a brûlé, dit-il en déverrouillant les barreaux, puis la lourde porte elle-même.

— C'était un incendie criminel ?

Misha donna à Grim un baiser sur l'oreille, bouleversé par la rapidité avec laquelle ses sentiments pour Grim se développaient. Était-ce l'intensité de ce qu'ils vivaient ensemble ? Ou le fait qu'il soit le premier homme que Misha ait choisi ?

Grim se raidit et poussa la porte, laissant échapper l'air vicié.

— Non. Les gens qui vivaient là... c'étaient des clochards. Ils ne payaient pas l'électricité à temps et utilisaient des bougies pendant des soirées crystal meth. La maison a fini par brûler, raconta-t-il en entrant dans un salon bien rangé et peu décoré.

Le sol était fait d'une sorte de résine brune, recouverte d'un tapis fané, mais la pièce était meublée d'un canapé noir et d'une table basse. Il y avait également quelques livres sur un bloc d'étagères et des photographies de paysages sur les murs. Cet endroit ne reflétait pas non plus qui était Grim. C'était presque comme s'il refusait de laisser une empreinte de sa personnalité, même dans les espaces les plus intimes.

— Ce n'est pas la maison de ta famille, n'est-ce pas ?

Misha caressa le cou de Grim, essayant de ne pas penser à l'étrange sensation de picotement dans son moignon, qui était toujours engourdi par la chirurgie.

Grim secoua la tête et fit visiter Misha, entrant dans une chambre avec un grand lit sur un cadre noir et un ensemble de linge de maison plié sur la couette, comme si c'était un hôtel.

— Non. Mon ancienne maison a disparu depuis longtemps. Et il n'y avait pas grand-chose à voir de toute façon. Tout ceci est à moi.

Misha sourit.

— Enfin, amené au château du prince. Ou... la tanière du dragon ? Où il entasse toutes ses choses précieuses ?

Grim lui rendit son sourire.

— Tu serais surpris. Je suis bien trop avare pour amasser des choses dont je n'ai pas besoin, dit-il en montrant à Misha une petite salle de bain.

Elle n'était pas assez large pour un fauteuil roulant, mais il y avait une baignoire et tout ce dont on pouvait avoir besoin.
— Je parlais de moi, répliqua Misha sans ambages.
Peut-être n'était-il pas si précieux après tout.
Grim cligna des yeux.
— Oh... d'accord ? Je pensais que tu voulais dire... des vêtements ou... une collection de timbres ?
Misha secoua la tête. On dirait que ses tentatives de drague n'atteignaient pas leur cible, il ferait mieux de se taire. Discuter avec des mecs en rut via une webcam était beaucoup plus facile.
Grim lui caressa la mâchoire.
— Tu n'appartiens pas à une collection. Tu es unique en ton genre.
Les entrailles de Misha se réchauffèrent aux mots de Grim, et il prit son temps pour apprécier l'odeur de l'eau de Cologne de Grim.
— Flatteur.
— Peut-être, accorda Grim, en le portant au-delà de la cuisine et à nouveau dehors.
C'était beaucoup plus agréable sans l'air vicié dont ils devaient se débarrasser avant que la nuit arrive.
— Nous réfléchirons à la manière de rendre la maison plus accessible à l'avenir.
— J'aimais être proche de la nature. Même si ça s'est terminé de façon si horrible, murmura Misha en observant un écureuil qui grimpait dans un grand arbre. J'ai été enfermé si longtemps, j'ai encore du mal à croire que je suis sorti.
Grim le serra dans ses bras et les assit lentement sur l'herbe. Elle semblait si fraîche, si vivante, Misha n'arrivait toujours pas à comprendre qu'il pouvait rester allongé là aussi longtemps qu'il le souhaitait.
— Pourquoi sont-ils après toi ? demanda Grim, une fois qu'il avait posé Misha sur le sol, faisant attention au moignon bandé.
Misha prit une profonde inspiration, comprenant qu'il était temps de dire la vérité.
— J'ai volé une clé USB à Gary. Je pense qu'il y a des informations confidentielles sur l'organisation. Mais ils ne sont peut-être même pas au courant. Avant de te le dire, je... je veux juste que tu saches que ce n'est pas grave si tu décides que je suis un trop gros fardeau.

Tu as ta vie, et je comprends. J'apprécie tout ce que tu fais pour moi, et je ne m'attends pas à ce que ça dure éternellement.

Le visage de Grim se décomposa et il le regarda dans les yeux, beau comme une star de cinéma des années 1940 avec ses cheveux gominés et ses traits masculins.

— Ce n'est pas bien. Ne me mens pas.

— D'accord, ça ne me ferait pas plaisir, mais il m'est arrivé des choses bien pires que d'être abandonné. Je ne veux pas que tu te sentes obligé de m'aider.

Il arracha quelques brins d'herbe, aimant l'odeur fraîche des pins qui les entouraient.

Grim prit la main de Misha et traça l'intérieur de sa paume du bout des doigts.

— Tu n'es pas un chien. Je ne vais pas t'abandonner. Je resterai toujours avec toi.

Misha ressentit à nouveau ce picotement heureux dans sa poitrine, malgré le fait qu'il savait qu'un jour Grim pourrait toujours changer d'avis, peu importait à quel point il croyait ce qu'il disait maintenant.

— Tu es très gentil pour un homme qui écorche les gens.

Grim rit bruyamment.

— C'est parce que je n'écorche que les gens que je n'aime pas. Et ces gars qui sont venus pour toi, c'étaient les pires. Je veux dire... attaquer un handicapé ?

— Alors... Je sais pourquoi ils en ont après moi, et ce n'est pas seulement par vengeance pour être parti avec l'ennemi. Quand j'avais dix-sept ans, j'étais vraiment doué avec le codage, tu sais, comme un hacker. Je serais probablement capable de faire beaucoup de choses même maintenant, mais je serais rouillé avec les nouveaux systèmes. J'ai beaucoup utilisé le dark web. Tu sais ce que c'est ?

Les sourcils de Grim s'arquèrent.

— Bien sûr.

Évidemment. C'était un tueur professionnel.

— Donc, entre toutes les offres de vente de drogues et autres trucs louches, j'ai trouvé cette... énigme. Elle m'a attiré, parce que j'aime vraiment les énigmes, et il était censé y avoir un grand prix pour celui qui la résoudrait, et c'était juste un *mystère*. Au début, je devais déchiffrer un code numérique simple pour obtenir l'indice suivant, et quand je l'ai fait, j'ai dû passer un appel téléphonique, puis résoudre une autre énigme numérique qui était un mélange de langage de codage et de problème de maths. Cela a duré quelques semaines. C'était... *intense.*

Grim caressa l'épaule de Misha et retira l'élastique, libérant ses cheveux. Ils restèrent légèrement dressés, mais Grim commença à les peigner pour les libérer de la forme dans laquelle ils étaient figés.

— Donc... tu as cru qu'un type aléatoire sur le dark web te ferait gagner quelque chose ? Je veux dire... c'est un endroit louche. Quel était le prix pour que tu le veuilles à ce point ?

Misha soupira, sachant qu'il avait l'air naïf, mais il n'avait pas été aussi expérimenté à l'époque.

— Je ne savais pas quel serait le prix à gagner, je me suis perdu dans la course. J'avais l'impression d'accomplir quelque chose. J'ai déchiffré des codes. Pour l'un des indices, j'ai dû me rendre dans la cuisine d'un restaurant coréen et extraire une clé USB d'un foutu poisson. Tu perds toute perspective, tu as l'impression de faire partie de quelque chose de grand, comme si tu étais sur le point de faire partie d'une organisation Super-Mensa[1]. Et je n'en ai pas eu beaucoup en grandissant, alors c'était excitant et addictif.

Grim embrassa l'arrière de la tête de Misha, enroulant tous les longs cheveux autour de sa main et les démêlant doucement.

— En guise d'un de mes derniers indices, j'ai trouvé beaucoup d'argent étranger – des dollars – et un numéro de téléphone. Je l'ai appelé, et un homme a décroché, me félicitant d'avoir un esprit unique, des capacités étonnantes, bla bla.

---

1. Mensa (prononcée /'mɛn.sa/) est une organisation internationale dont le seul critère d'admissibilité est d'obtenir des résultats supérieurs à ceux de 98 % de la population à des tests d'intelligence (homologués par Mensa International, le plus souvent, un test de QI). Elle fait donc partie de la catégorie des sociétés à QI élevé.

Misha s'affaissa. Il avait été tellement idiot de croire ces conneries, peu importait le nombre de problèmes mathématiques qu'il pouvait résoudre.

— Il a dit qu'ils me paieraient beaucoup d'argent pour pirater leur système afin que je puisse les aider à trouver toutes les failles dans leur sécurité. Mais comme ils étaient très secrets, ils ont dit que je devais le faire depuis leur siège social. Je me suis senti si apprécié, si fier, que je n'avais plus toute ma tête. Pour une fois, j'avais réussi quelque chose, et je croyais qu'il y avait plus pour moi. Ils parlaient de *gros* sous pour ce service. Le genre d'argent avec lequel je pourrais partir pour Moscou, ou n'importe où ailleurs, et commencer une vie qui ne consisterait pas à travailler à l'usine d'extraction de sel, à manger des nouilles et à passer des nuits dans des cybercafés.

Grim embrassa l'épaule de Misha et attacha lâchement ses cheveux en une queue de cheval basse.

— Que s'est-il passé ? chuchota-t-il, comme s'il y avait quelqu'un ici pour les écouter.

— Je l'ai fait. J'ai fait le voyage jusqu'à leur quartier général, on m'a offert de la bonne nourriture, et ils m'ont même proposé une prostituée en guise d'avantage. J'ai euh… refusé. Ça devenait bizarre, mais je me suis plongé dans la tâche. Je sentais sous ma peau que quelque chose n'allait pas, mais quand j'ai vu ce qu'ils voulaient que je protège avec un système de sécurité, je n'ai pas pu revenir en arrière. C'était un réseau fermé, donc je ne pouvais pas envoyer de message pendant que j'étais là-bas.

La nausée frappa Misha au souvenir des vidéos interminables d'hommes, de femmes, d'enfants et d'animaux violés, torturés et mutilés de manière horrible.

Il n'avait jamais oublié ces images. Elles le hantaient encore dans la sécurité relative de l'appartement de Gary, dans des cauchemars qu'il dessinait à la hâte dans des carnets de croquis que Gary emportait toujours dès qu'il ne restait plus de pages vides. Misha ne savait pas ce qui leur était arrivé par la suite, il n'était pas sûr de vouloir le savoir.

Grim expira et attira Misha plus fort contre sa poitrine. L'odeur de son eau de Cologne, mélangée à l'air frais et à l'arôme des fleurs sauvages qui poussaient tout autour d'eux, apporta à Misha la paix nécessaire pour ne pas se laisser abattre.

— Ils ont réalisé que tu étais au courant ? demanda Grim.

— Oh, ils m'ont laissé le découvrir. Pour sécuriser le tout, j'ai dû fouiller dans certains de ces trucs et ça m'a foutu la trouille, alors… j'ai fait le meilleur travail possible pour eux. J'ai souri, hoché la tête et codé jusqu'à ce que mes doigts soient douloureux. Je voulais sortir. Je ne voulais pas d'argent. Je voulais juste oublier tout ça. Je pouvais à peine dormir. J'ai tellement honte à présent. Tous ces gens qui ont été blessés plus tard parce que je les ai aidés à garder un système sécurisé…

Misha secoua la tête, évitant de penser à son moment le plus honteux et à sa plus grande culpabilité, bien plus récente que toute cette histoire de piratage.

Grim fit glisser ses mains le long des bras de Misha et entrelaça leurs doigts.

— Ils t'ont kidnappé, chuchota-t-il en connaissance de cause.

Ce n'était même pas une question. Grim savait que c'était la façon dont ce monde fonctionnait.

— Une fois que j'en ai eu fini avec le système, que j'ai fermé ma bouche et que j'ai souri encore un peu, espérant qu'ils ne remarqueraient pas la folie dans mes yeux, je n'ai pas reçu d'argent et je n'ai pas pu partir. Tu as dû voir des photos de ces étonnants dômes de la cathédrale Saint-Basile à Moscou. Ils avaient été commandés par Ivan le Terrible, et l'architecte avait fait un si beau travail que lorsqu'il a eu terminé, le tsar l'a fait énucléer pour que rien de tel ne puisse plus jamais être construit. Je connaissais leurs secrets. Ils ne voulaient pas me laisser partir. Quand je pense à tout ce que j'ai traversé, je ne sais pas si j'ai de la chance d'être encore en vie ou si c'est une sorte de punition pour mes crimes. Je suppose que j'ai un joli visage, alors ils m'ont gardé.

Il haussa les épaules, souhaitant, pas pour la première fois, être plus laid. Mais alors, il aurait probablement été tué et il n'aurait jamais rencontré Grim.

Grim resta silencieux pendant plusieurs secondes et finit par retirer ses mains.

— Comment t'ont-ils fait entrer aux USA ?

Misha regarda par-dessus son épaule.

— Dans un conteneur sur un cargo.

— C'est fini maintenant, dit calmement Grim en empoignant la queue de cheval de Misha.

Puis vint une légère pression à l'arrière de sa tête et sa peau se mit à grouiller de fourmis, sentant une lame sans même la toucher.

Il cessa de respirer et se raidit, mais il n'y avait aucune peur en lui malgré la réaction viscérale de son corps. Grim ne le découperait pas.

— La puce est sortie, et j'aimerais croire que je suis libre, mais je ne sais pas s'ils abandonneront un jour. Je me souviens encore des moyens de craquer leurs fichiers, leurs enregistrements et leurs vidéos, tout. Si j'étais courageux, je donnerais tout ça à la police pour qu'elle puisse retrouver ces salauds.

Les quelques cheveux restants de la longue queue de cheval tirèrent lorsque Grim les coupa, mais immédiatement après, la tête de Misha se sentit incroyablement légère et des vagues douces retombèrent contre sa mâchoire.

— Tu es courageux, affirma Grim. Si tu n'avais pas été là, je n'aurais pas pu ramener le premier type au Tennessee. Tu les as distraits.

Misha sourit et toucha les pointes de ses cheveux, extatique devant le poids qui avait été enlevé à son cœur avec cette seule coupe.

— Non, tu aurais réussi.

Il inclina la tête en arrière et donna un baiser à Grim.

Grim sourit et déposa les cheveux coupés, toujours attachés ensemble avec l'élastique, dans la main de Misha.

— Pour toi.

— Merci.

Il observa le paquet de cheveux qui avait été un fardeau pendant si longtemps, juste pour le plaisir de Gary. Il secoua vigoureusement la tête, appréciant la légèreté qu'elle dégageait à présent.

— Tu vois... c'est pour ça que j'ai dit que je comprendrais si tu voulais partir. Parce que j'ai une cible sur le dos, je pourrais ne jamais la faire disparaître.

Grim sourit, posant son menton sur l'épaule de Misha. Même maintenant, il était si ridiculement bien soigné. Et il ne le faisait pas parce que quelqu'un lui disait de le faire. On aurait dit qu'il aimait simplement avoir les cheveux lisses et le visage bien rasé.

— Personne ne pleurera si je ne suis plus là de toute façon.

— Je suppose que non, puisque je serais mort avec toi, souffla Misha en s'approchant et en caressant la joue lisse de Grim.

Grim rit et rangea son grand couteau à l'air méchant dans une pochette à sa hanche.

— C'est agréable d'avoir quelqu'un à la maison. Ça fait des années que je n'ai pas eu d'invité.

— On peut faire un petit feu de camp ? J'aimerais les brûler, dit Misha en désignant les cheveux. J'ai aussi quelque chose d'autre de Gary dont j'aimerais me débarrasser.

Grim se raidit.

— Un feu ? Pourquoi ne pas simplement… les enterrer ?

— Je n'aurai pas l'impression que c'est vraiment… fini, tu comprends ? Comme la clé USB de Gary. Maintenant que la puce est partie, je vais rester discret, et je veux que tout ça soit derrière moi. Disparu.

Grim grimaça.

— Pourquoi ne pas la donner à la police ?

Misha secoua rapidement la tête et serra sa main autour de ses cheveux.

— Ils sauraient que c'était moi et se vengeraient. Je pense que maintenant, ils pourraient juste m'oublier. Je sais que c'est égoïste de ne pas le dire à la police, mais j'en ai tellement marre de vivre dans la peur, de me demander si je suis assez divertissant pour Gary, ou si je lui apporte assez d'argent, ou si je vais rencontrer Zero à nouveau.

La pomme d'Adam de Grim rebondit, mais il accepta finalement d'un signe de tête.

— Mais nous prendrons des précautions. Je ne veux pas d'un autre feu par ici.

— Oui, chef scout. Nous le ferons.

Misha se retourna et déposa un baiser sur les lèvres de Grim.

Chapitre 15 – Misha

Avant que le soleil se couche, Grim rassembla quelques pierres et des morceaux de briques cassées et les plaça en cercle entre les murs restants de la maison incendiée. Le deuxième étage avait dû être en bois, car le squelette noirci du premier étage était tout ce qui restait, le sol ayant brûlé jusqu'au ciment des fondations. Il y avait une couche éparse de mousse et d'herbe qui poussait sur toute la structure, mais Grim enleva toute verdure d'une section du plancher qu'il avait l'intention d'utiliser comme cheminée. Pour quelqu'un qui ne voulait rien avoir affaire avec les flammes, il était plutôt doué pour préparer un feu de camp. Misha prépara des sandwichs dans la maison de Grim, car ce dernier avait insisté, affirmant ne pas avoir besoin d'aide, s'activant dans les ruines pendant deux heures au crépuscule.

Misha ne comprenait pas pourquoi Grim insistait pour préparer le feu à cet endroit, mais il ne discuta pas et se laissa porter par Grim jusqu'aux restes carbonisés de la maison. Ils entrèrent par une porte effondrée dans un espace étroit et long qui, dans le passé, avait dû être le salon. Les murs de briques avaient perdu leur couleur, recouverts d'une couche de suie, et il ne restait pas grand-chose dans les ruines, pas même les gravats et les détritus aléatoires auxquels il se serait attendu dans un tel endroit. Grim étendit une couverture sur une toile imperméable, plus loin du cercle du foyer improvisé que ce que Misha aurait considéré comme raisonnable, mais il ne voulait pas le faire remarquer et suggérer que Grim était surprotecteur.

— J'ai pensé que nous pourrions rester ici pour la soirée, dit Grim en se baissant et en asseyant Misha sur la couverture, qui cachait un rembourrage supplémentaire en dessous.

Misha hocha la tête, serrant la queue de cheval coupée dans sa main.

— J'aime les environnements naturels, même la nuit. Il n'y a personne ici. Seulement toi et moi.

Grim se gratta la tête et lui passa un paquet d'allumettes.

— Ce sera confortable ici. Et je visite toujours ces ruines quand je suis dans le coin.

Misha se mit à genoux et rampa vers la pile de bois sec que Grim avait préparée. Il secoua la tête et sourit, appréciant la liberté de sa nouvelle coupe de cheveux, plus légère.

— Est-ce que quelqu'un est vraiment mort dans l'incendie ? demanda-t-il, grattant une allumette.

Quand il la jeta dans le feu de camp, le bois s'embrasa immédiatement, Grim avait dû verser un liquide inflammable dessus.

Grim fredonna derrière lui, et Misha entendit le bruit d'une canette qui s'ouvrait. Une bière à la main, Grim s'appuyait contre le mur, loin des flammes qui se reflétaient dans ses yeux. Le pendentif en verre avec le petit crâne scintillait dans la lumière, posé à plat sur sa poitrine.

— Une personne.

Misha retourna sur la couverture et se blottit dans le gros sweat à capuche de Grim qu'il portait toujours, malgré le fait qu'il en ait deux à lui. Il sentait la peau de Grim et l'eau de Cologne épicée qu'il préférait, et Misha l'enfilait pour sentir la présence de Grim, même quand il n'était pas là.

— Qui ?

Grim soupira et passa un bras autour de Misha en sirotant sa bière, observant le feu pendant un moment.

— Le gamin handicapé dont je t'ai parlé. Il vivait ici.

Les yeux de Misha s'écarquillèrent, et il dévisagea Grim.

— Oh.

Il resta silencieux un moment, son esprit devenant blanc et vide. Il aurait dû faire le lien plus tôt.

— Alors c'est comme ça que ton intérêt s'est développé ? En observant le voisin ?

Grim haussa les épaules, et un étrange sourire effleura ses lèvres sans atteindre ses yeux.

— Qui sait. Il est mort dans cet incendie quand j'étais encore très jeune.

Misha jeta la queue de cheval dans le feu, et elle s'enflamma comme une offrande aux dieux anciens.

— C'est horrible.

Grim engloutit ce qui semblait être la moitié de la canette de bière, recroquevillant ses jambes plus loin du feu éclatant.

— Il était très proche de Logan, son petit cousin. Il y avait un... truc entre eux.

— Quoi ? Tu les as espionnés ? plaisanta Misha en giflant le bras de Grim.

Grim sourit.

— Je les ai aperçus de ma fenêtre une fois. Ils ne se comportaient pas comme des cousins, mais ils étaient toujours ensemble. Je suppose qu'avec son cousin confiné à la maison, Logan était toujours à ses côtés pour l'aider. Le gars avait des douleurs terribles dans ses moignons, alors Logan le réconfortait. C'est peut-être comme ça qu'ils ont cessé d'agir comme des cousins. Ce n'était pas prévu, c'est juste arrivé.

Misha se blottit contre lui, son visage se réchauffant à cause du feu qui dansait loin d'eux.

— J'avais aussi de très mauvaises courbatures après que mes jambes avaient été rafistolées. Mais ça va beaucoup mieux maintenant. J'ai juste... froid parfois. C'est cette douleur fantôme qui descend jusqu'à mes orteils, et j'ai l'impression que mes jambes sont gelées. C'est pire la nuit, quand je suis allongé dans mon lit et que j'ai cette sensation de froid. Je regarde parfois sous la couverture pour vérifier si elles ne sont pas là. Elles ne le sont pas, pourtant j'ai l'impression d'être dans mon lit avec mes jambes coupées, mortes... termina-t-il doucement, mal à l'aise avec cette pensée.

Grim soupira et l'enlaça plus étroitement.

— Mais ça ne fait pas mal au moins ?

— Très rarement.

Misha se racla la gorge, ne voulant pas continuer sur ce sujet morbide.

— Tu as dit que la maison avait pris feu pendant une fête. Logan était-il aussi un drogué ?

Grim se frotta le front, fixant les flammes.

— Non. Il avait quatorze ans la dernière fois que je l'ai vu et n'a jamais voulu toucher à cette merde. Il était dans les bois cette nuit-là et n'est revenu en courant que lorsqu'il a vu la lueur de l'incendie au loin. La maison brûlait et tout le monde était dehors, regardant le feu jaillir par les fenêtres. La seule personne manquante était Coy, raconta Grim, tournant lentement la tête vers Misha. Il a voulu courir à l'intérieur, mais ils l'ont retenu. Et il a fixé la maison pendant que Coy brûlait à l'intérieur.

Grim se racla la gorge.

— Je pouvais même l'entendre crier depuis chez moi.

Misha respira l'air qui sentait encore le charbon.

— C'est horrible…

Il posa sa joue contre la poitrine de Grim, écoutant le son régulier des battements de son cœur.

— Il avait un oiseau de compagnie, il s'est envolé de la maison. Coy a dû le laisser sortir de sa cage. Logan ne pouvait plus l'aider. Ce connard d'égoïste l'a laissé seul dans cette maison pourrie. S'il avait été là, Coy serait encore en vie, siffla-t-il entre ses dents.

— C'est pour ça que tu es si sensible aux gens… comme lui ?

Misha se serra contre la poitrine de Grim, regardant la tension danser dans les muscles de sa mâchoire.

Grim ne se retourna pas vers lui tandis qu'il répondait :

— C'était l'une des meilleures personnes que j'ai connues, mais il a eu le mauvais rôle. Tout ce qu'il avait, c'était ce fauteuil roulant minable et bon marché. La maison n'était pas accessible, mais son père ne voulait pas céder la chambre du premier étage pour que Coy puisse se déplacer facilement. Ce salaud avait un problème de dos, tu vois, et son confort était une priorité, alors Logan portait Coy dans les escaliers tous les jours. Ils faisaient des plans pour partir dès qu'ils seraient assez grands, commencer une nouvelle vie quelque part, mais ensuite Coy est mort si brutalement. Quelqu'un aurait dû l'aider, chuchota Grim.

Misha caressa le bras de Grim, triste de le voir si bouleversé.

— C'est vraiment affreux. Quel âge avais-tu quand c'est arrivé ?

— Le même âge qu'eux.

Grim se pinça l'arête du nez et vida le reste de la bière.

— C'était un putain de désastre. Logan ne voulait pas pardonner à sa famille, et je ne lui en veux pas. Ils ont déménagé dans une maison plus proche de la ville. Elle était délabrée, mais ils n'avaient pas grand-chose, alors le fermier qui la possédait a accepté de les laisser s'y installer quelques semaines. Logan les a aidés avec les chevaux.

Grim jeta un coup d'œil à Misha et caressa doucement son cou alors que la lumière éclatante du feu projetait des ombres sur son beau visage.

— Il s'est avéré qu'il volait des tranquillisants pour animaux et il les a utilisés pour endormir toute sa famille. Il les a tous brûlés. Tous les membres de la famille. Même les enfants.

Misha fronça les sourcils et se tourna vers le feu, ayant l'impression que les flammes rampaient sur sa peau.

— Seigneur...

Grim embrassa la tempe de Misha et regarda les murs noircis, qui étaient maintenant éclairés par le feu.

— Mais chaque fois que je suis ici, il n'y a pas de mauvaises vibrations. C'est presque comme si Coy était toujours là.

— Tu te souviens si bien de lui, parce que tu as cet... intérêt pour les moignons ? Ou est-ce que c'est parce que ces jeunes de ton âge étaient gay, comme toi ?

Grim déglutit et prit la main de Misha, jouant avec.

— Coy était beau. Il avait ces boucles blondes qui montaient au lieu de descendre directement, comme si elles défiaient la gravité. Et il souriait toujours, même quand il avait mal. Je suppose que... J'étais attiré par lui, et il n'avait pas de jambes. Je me souviens avoir été fascinée par leur aspect, par la façon dont les moignons se contractaient lorsqu'il bougeait ses muscles. Donc je pense que ça a commencé à cause de lui.

Misha remonta son pantalon, révélant le moignon qui n'était pas enveloppé de bandage, et tendit le muscle du mollet qui n'était plus là, même s'il avait l'impression qu'il l'était.

— Comme ça ? le taquina-t-il, avant de déposer un baiser sur la mâchoire de Grim.

Il voulait rendre la pareille à Grim en s'ouvrant à lui et en lui permettant de toucher les parties les plus vulnérables de son corps.

Il ne put manquer la façon dont le souffle de Grim se bloqua, et ses yeux se focalisèrent soudainement sur la chair que Misha détestait tant.

— Oui. Juste comme ça. Il me laissait parfois masser ses moignons, parce que je voulais aider, et ça soulageait sa douleur.

La tension entre eux devint plus chaude que le feu de camp, et pour une fois, Misha sentit que l'intérêt pour ses moignons ne venait pas d'une fascination morbide pour quelque chose d'endommagé et de laid. Il était né d'un béguin d'adolescent qui, manifestement, avait encore du pouvoir sur le cœur de Grim, le rendant beaucoup plus humain que son apparence dure ne le laissait supposer.

— Montre-moi.

Misha tourna le dos au feu et, la jambe enroulée entre eux, il ancra ses yeux dans ceux de Grim.

Celui-ci se mordit la lèvre en s'éloignant du mur et sa main se posa sur le moignon nu.

— Je... je serais doux et je ferais bouger la chair entre mes doigts.

Misha déglutit, la tension croissante le tuait. Que ressentirait-il si la caresse était prodiguée par quelqu'un que Misha désirait tant ?

— Tu peux me toucher, je te fais confiance.

Pour une fois, il était avec quelqu'un qui trouvait son corps excitant, mais semblait aussi l'apprécier pour ce qu'il était. Grim voulait passer du temps avec lui, qu'il soit autorisé à toucher les moignons ou non, et cette réalisation pétilla dans le crâne de Misha comme le champagne le plus cher.

Pendant une fraction de seconde, Grim sembla trop choqué pour bouger, puis il s'agenouilla et caressa du bout des doigts le moignon intact de Misha, les déplaçant doucement de haut en bas. Ses yeux étaient concentrés et son souffle rauque alors qu'il pressait lentement la chair un peu plus fort, comme pour vérifier quel genre de pression Misha pouvait supporter.

— Ils sont si... mous, dit-il avec un petit sourire.

Misha dut se mordre la lèvre pour ne pas rire de la sensation de chatouillement.

— Merci. Belle façon de renforcer ma confiance. Mous. Je n'arrive pas à y croire.

Mais ses joues chauffaient déjà en pensant à Grim qui s'excitait et à son sexe massif qui durcissait.

Grim rit et s'assit en croisant les jambes, ce qui rendit sa bosse encore plus proéminente à l'intérieur du jean délavé qu'il portait. Ses doigts coururent de haut en bas du mollet de Misha, glissant sous le short pour taquiner la peau couverte, avant de glisser à nouveau vers le moignon.

— J'aime cette sensation. Vas-tu encore bouger tes muscles ? ajouta-t-il dans un murmure, son regard se tournant vers le haut.

Misha sourit, et pour la première fois dans une situation fétichiste, il n'eut pas l'impression d'être maltraité. Il partageait une partie de lui-même qui excitait son partenaire. Il tendit le muscle, tandis que Grim tenait le moignon dans sa paume.

Le faible gémissement qui sortit de la gorge de Grim fut toute l'appréciation dont il avait besoin. Grim se décala et s'allongea sur le flanc, face au moignon, qu'il caressa, sans jamais retirer sa main. Il y avait un désir intense dans ses yeux quand il se pencha et renifla la peau cicatrisée.

— Oh, mon Dieu. Est-ce que ça pue ?

Misha s'écarta, embarrassé et tremblant, malgré le fait d'avoir participé à de nombreuses reprises à des scénarios sexuels mille fois plus laids et sales.

Le visage de Grim suivit le moignon sur la couverture, jusqu'à ce qu'il y appuie à nouveau son nez.

— Non… ça sent ton odeur, et celle du bois et du savon. C'est si délicat, si doux, chuchota-t-il, en regardant Misha dans les yeux.

Avec Grim le touchant de cette nouvelle façon intime, le sang de Misha commença à se précipiter dans ses veines, sans aucun moyen de l'arrêter. Il tombait trop vite amoureux de Grim, et avec ces grandes mains bien informées qui le touchaient, même ses moignons se sentaient dignes d'être adorés.

— Merci. Je pense.

Il prit une profonde inspiration.

— Je te trouve vraiment sexy, lâcha-t-il.

Le sourire de Grim s'élargit, et il donna un baiser aussi léger qu'une plume au bas du moignon de Misha.

— Je pourrais dire la même chose de toi.

Avec le feu de camp et le temps clément, l'air était agréablement chaud autour d'eux, mais Misha avait toujours l'impression que c'était sa peau qui rayonnait avec autant de chaleur qu'un réacteur nucléaire. Mais il avait besoin d'en savoir plus sur Grim pour que cela aille plus loin.

— Tu as dit que tu aimais la façon dont les amputations rendaient quelqu'un impuissant. De la même manière que le bondage ? Que quelqu'un ne puisse pas bouger comme tu le fais ?

Grim leva les yeux, chatouillant doucement le moignon avant de le taquiner avec sa langue.

— C'est compliqué. J'ai l'impression que le gars a besoin de moi. C'est pour ça que j'aime te porter. Et, oui, j'aime te regarder te démener à genoux aussi. Je n'ai pas rencontré beaucoup de gays sexy qui avaient... ce que j'aime, alors je scotchais parfois les mollets des hommes à leurs cuisses.

— Mais avec moi, tu n'as pas à le faire, parce que je suis déjà parfait ?

Misha effleura son moignon sur les lèvres de Grim, se sentant plus audacieux chaque seconde.

Grim sursauta et suça doucement la chair cicatrisée, ses yeux se fermant tandis qu'il avançait son visage, se frottant contre la peau sous le genou de Misha.

— Oui. Quand je t'ai vu pour la première fois, j'ai su que tu étais parfait, même si je ne savais encore rien de toi. J'adore te regarder traîner tes jambes sur le lit. C'est tellement sexy que j'ai envie que tu les tiennes contre mon visage pendant que tu te masturbes.

Misha inspira et pressa son sexe à travers son short. La façon dont Grim le léchait faisait monter l'excitation le long de ses jambes.

— Tu peux. Sois juste doux avec celui qui est rapiécé.

— Je ne le toucherai pas encore. Je ne veux pas te faire de mal, Petit oiseau, murmura Grim en faisant pleuvoir de doux baisers bouche ouverte sur le moignon de Misha.

Ses cheveux étaient légèrement ébouriffés à cause de tous ces frottements, mais il ne semblait pas s'en soucier, envahi par le besoin d'adorer Misha.

Le voir si excité, dans cet endroit isolé près du feu de camp, permit à Misha d'expérimenter l'intimité à un tout autre niveau.

Grim pouvait être si vicieux, si cruel et implacable, mais avec lui, il était doux. Comme un puma de compagnie, prêt à déchiqueter n'importe qui sauf son maître.

Les baisers aguicheurs et le bref contact qui remontait le long de la cuisse de Misha se transformèrent lentement en un bourdonnement qui se propagea dans tout son corps, faisant vibrer son cul et s'enroulant autour de son érection. Le visage de Grim rougissait tandis qu'il promenait sa bouche sur le moignon, pressant son nez sous le genou de Misha et mordillant doucement les bords de la chair cicatrisée. On aurait dit qu'il voulait suivre chaque cicatrice avec sa langue, et le voir se déhancher dans le vide montrait à quel point cela l'excitait.

La respiration de Misha devint lourde, et il glissa sa main dans son short, se caressant paume ouverte.

— Je veux en voir plus de toi...

Grim aplatit sa langue contre le moignon de Misha et la fit glisser jusqu'à son genou.

— Tu veux que j'enlève ma chemise ? demanda-t-il en s'étirant devant lui alors qu'il s'asseyait sur ses talons.

Sa verge semblait si énorme dans son jean que Misha se sentit désolé qu'elle soit si confinée.

Il caressa des yeux le torse puissant de Grim, puis son beau visage.

— Oui, répondit-il, serrant son membre dans son short, sentant encore les baisers fantômes sur sa jambe.

Grim dévoila ses dents blanches et retira son haut. Il dézippa son pantalon avec un gémissement audible.

— Tu aimes ? Que veux-tu que je fasse ? demanda-t-il en caressant à nouveau le moignon, si intéressé, si désireux de faire plaisir.

Sans la lourde masse de cheveux, Misha se sentait à nouveau lui-même, même s'il avait encore besoin d'établir qui était vraiment ce nouveau lui. Il n'était pas sûr de savoir quoi faire avec la liberté d'être interrogé sur ses préférences, alors il prit quelques secondes pour contempler le ventre dur et les pectoraux galbés de Grim.

— Je...

Il s'arrêta, son esprit inondé par toutes les possibilités, et il prit son temps pour faire glisser ses doigts sur la poitrine de Grim.

La main chaude était de retour sur son moignon, le tenant doucement et massant les muscles qui s'étaient ramollis avec le plaisir. Grim se pencha et tira quelques cheveux de Misha avec ses dents, et sa respiration résonna dans les oreilles de Misha.

C'était si calme ici, avec juste les sons de la forêt et le crépitement du feu, que chaque bruit que faisait Grim semblait être un gémissement fort.

— Je suppose que tu bandes ? dit Misha en regardant la fermeture éclair ouverte à l'avant du pantalon de Grim.

La luxure obscurcissait tellement son cerveau qu'elle poussait les mots hors de sa bouche avant qu'il ne puisse y penser.

— Je veux la voir.

Grim se mit à rire et tira la main de Misha vers son sexe, qui pulsait à travers le jean, comme s'il appelait Misha à l'aide.

— Vas-y, dit Grim.

Les oreilles de Misha étaient chaudes comme le feu, et il avait du mal à croire qu'il était aussi nerveux après tous les ébats auxquels ils s'étaient livrés.

— Je suppose que dire des cochonneries devant une webcam n'est pas la même chose qu'être réellement avec quelqu'un que j'aime bien.

Il se pencha plus près pour embrasser le pectoral de Grim et plongea son pouce sous la ceinture du sous-vêtement de Grim. Il frissonna en sentant la peau chaude, impatient d'en voir plus une fois qu'il aurait tiré le tissu vers le bas et révélé davantage les muscles ciselés des abdominaux de Grim.

— Je te fais perdre tes mots ? Merci, mon Petit oiseau, dit Grim avec un large sourire, conduisant la main de Misha de haut en bas sur son ventre dur comme de la pierre.

Les poils foncés chatouillèrent la paume de Misha, l'invitant à descendre plus bas.

— Je ne pensais pas que quelqu'un d'aussi beau que toi puisse un jour me désirer vraiment.

Et pendant un moment, Misha perdit même le souffle quand il poussa le jean et le sous-vêtement plus bas, révélant l'érection massive de Grim, déjà raide et sombre, avec un gland lourd qui incitait Misha à le lécher, l'embrasser, l'idolâtrer.

Grim fredonna et poussa ses hanches en avant, tout en caressant le moignon dans un mouvement similaire à celui qu'il utilisait parfois lorsqu'il se masturbait sur Misha. Une goutte de liquide clair perlait au sommet de l'extrémité pourpre de la verge de Grim, et quand Misha baissa les yeux, il sut qu'il n'avait jamais été avec quelqu'un d'aussi massif avant Grim. Il devinait que ça pouvait être à la fois un euphorisant et un moyen de dissuasion pour les mecs.

— Tu me fais me sentir en sécurité.

Misha se pencha et embrassa les lèvres de Grim, tandis que ses doigts trouvaient leur propre chemin autour de l'épaisseur de Grim.

Les narines de Grim s'évasèrent et ses yeux scintillèrent dans la lumière chaude du feu alors qu'il courbait le cou, frottant son nez contre celui de Misha.

— C'est la chose la plus douce que tu puisses me dire, murmura-t-il en faisant glisser les doigts de son autre main dans le dos de Misha.

Misha baissa les yeux sur le membre de Grim et le caressa lentement de haut en bas.

— C'est parce que je n'ai jamais ressenti ça avec un homme. J'étais Andrey, je devais jouer un rôle et c'est devenu une seconde nature. Avec toi, je peux être moi-même, même si cela signifie que je suis un peu plus maladroit.

Grim sourit et attrapa les lèvres de Misha dans le plus bref des baisers.

— J'aime que tu sois maladroit et troublé. Ça me donne de l'espace pour te sauver.

Misha sourit, devenant de la gelée en fusion alors que ses doigts traînaient jusqu'au cou de Grim.

— Et me guider ?

Pour lui, la seule présence de Grim était assez excitante pour créer un vide géant dans son corps, un vide qu'il devait remplir de chair chaude, de sperme et de l'arôme épicé du corps de Grim.

— Mieux encore, je pourrais te porter où je veux, taquina Grim en se frottant doucement à la main de Misha avant d'atteindre le panier, qu'il utilisait pour transporter la nourriture.

Visiblement, il avait prévu plus qu'un repas, car il en sortit un tube de lubrifiant.

Misha fredonna et posa sa joue contre le cou de Grim, caressant sa pomme d'Adam. Ses muscles étaient détendus, et quand il pensa aux cheveux brûlés, à la clé USB et à la puce qui avait finalement disparu de son corps, il ne pouvait pas se sentir plus libre. Libre de vivre et d'explorer avec un homme qui était prêt à le soutenir malgré son handicap.

Grim retira la main de Misha de sa hampe et lui donna le lubrifiant avec un large sourire.

— Tu dois me rendre la pareille maintenant, ou je te ferai dormir ici, dit-il d'un ton bon enfant, et il caressa à nouveau le moignon de Misha.

Misha se mordit la lèvre et leva les yeux.

— Je peux te sucer ? demanda-t-il, même s'il devina que c'était une question stupide au moment où il l'avait posée.

Bien sûr, Grim en aurait envie. Qui ne le voudrait pas ?

Les pupilles de Grim s'écarquillèrent, avalant les anneaux gris qui les entouraient.

— Oui, murmura-t-il, le souffle court.

Il serra le moignon et le bras de Misha, se déplaçant tandis qu'il fixait son visage.

Misha posa le lubrifiant de côté pour le moment, mais avec la taille de Grim, il était sûr que cela lui serait utile plus tard. Il s'agenouilla et allongea Grim sur la couverture. Celui-ci offrait une si belle image, avec la lueur orange sur sa peau, que Misha prit une seconde pour le lécher du regard, jusqu'à l'érection massive et raide qui laissait une traînée de liquide séminal sur son ventre. Misha enjamba les cuisses de Grim et se pencha pour faire courir sa langue tout le long du membre épais, de la base à la pointe, où il goûta la perle collante et salée. Un frisson d'excitation descendit jusqu'à sa verge et tira sur ses testicules.

Les abdominaux de Grim se contractèrent sous Misha, et une longue expiration s'échappa de sa gorge. C'était un homme tellement grand et fort que Misha ne pouvait s'empêcher de fixer son corps masculin, souhaitant boire tout son sperme et se reposer dans ses bras après. Il n'était plus dérangé par le contact sur son moignon, car chaque fois que leurs lèvres se touchaient, Grim semblait complètement *présent* avec lui, et pas seulement concentré sur les parties du corps que Misha avait sans le vouloir.

Il suivait ses gestes du regard, beau comme un tigre attendant d'être servi et caressé.

— C'est tellement sexy, chuchota Grim.

— Je ne crois pas avoir déjà vu une star du porno avec une bite aussi grosse.

La voix de Misha était devenue rauque, et il eut du mal à lutter contre sa propre excitation quand il aspira le gland. Lisse, chaude, et palpitant juste pour lui. Parce que son corps ne le supportait pas.

Grim gémit et attrapa la main de Misha. Il la déplaça entre ses cuisses légèrement écartées et la posa contre ses lourdes bourses.

— Ça ne me dérangerait pas qu'elles soient un peu plus petites, plaisanta-t-il avec un sourire, déjà rosé autour de sa poitrine.

Misha malaxa doucement les testicules et lécha la longueur de Grim, enveloppant sa bouche autour de la base depuis le dessous.

— J'aimerais avoir encore des jambes. On n'a pas toujours ce qu'on veut. Bien que je pense que tu as fait la meilleure affaire ici.

Il pressa le bout de sa langue contre l'une des veines et gémit en voyant comment elle palpitait.

— Je sais, mais tu ne pourras pas la prendre profondément, murmura Grim en traçant le visage de Misha avec son pouce.

Sa chair était si chaude à cause du feu et de la chaleur interne de son corps que le sucer lui donnait l'impression de goûter aux flammes de l'enfer, et Misha était heureux de danser avec le diable si cela lui permettait de continuer.

— Je ferai de mon mieux.

Il glissa son genou plus près de la cuisse de Grim et y frotta son moignon, jouant sur les besoins les plus intenses de Grim. Le réflexe de haut-le-cœur de Misha n'était plus qu'un lointain souvenir à ce stade, et il était habituellement bon pour la gorge profonde, mais il était sûr que la circonférence de ce sexe s'avérerait problématique. Il essaya de prendre plus que le gland cette fois, enduisant la verge de Grim de sa salive chaude alors qu'il suçait la peau salée.

Les yeux de Grim se révulsèrent, et il gémit dans la nuit, caressant l'oreille de Misha. Il essaya d'observer Misha, mais il prenait trop de plaisir pour continuer.

Le gland dur frotta contre son palais, et il ouvrit la bouche aussi grand que possible, respirant par le nez et chatouillant la couronne avec sa langue. Il avait un tel goût charnu et frais.

Misha resta prudent quand il descendit le long de l'érection de Grim. Cela prenait du temps, il respirait lentement par le nez et détendait ses muscles autant qu'il le pouvait avant de descendre. Jamais auparavant une fellation n'avait été aussi viscérale, l'extrémité épaisse forçant la mâchoire de Misha à s'élargir jusqu'à ce que les articulations lui fassent mal et qu'il ne puisse plus respirer. Il toussa, la recouvrant d'encore plus de salive alors qu'il se retirait, amadouant l'énorme hampe avec des coups de langue aguicheurs. Grim ne plaisantait pas quand il disait que sa taille serait un obstacle, et Misha avait survécu à trop de choses dans sa vie pour mourir étouffé par une bite.

Il lécha le gland et poussa avec le dos de sa langue, tout en tapotant la couverture jusqu'à ce qu'il trouve du lubrifiant. Il n'allait pas lâcher ce monstre chaud avant d'avoir avalé le sperme de Grim. Il était frénétique d'excitation, comme s'il était un succube, incapable de survivre sans une queue dans un de ses trous. Ses épaules tremblaient, et dès qu'il eut versé un peu de lubrifiant dans sa paume, il saisit la base de l'érection de Grim et commença à la caresser avec des mouvements rapides coïncidant avec le rythme de sa tête. Chaque fois que la couronne se rapprochait de la pointe de sa langue, il jouait avec son dessous sensible.

Les hanches de Grim faisaient de petites poussées saccadées et ses cuisses fortes se contractaient, tandis qu'il luttait pour le contrôle. Misha pouvait maintenant comprendre pourquoi son homme regrettait d'avoir un sexe aussi massif. Il semblait que, trop souvent, il ne pouvait pas se laisser aller, devant toujours se contrôler pour le bien de son partenaire, parce que pendant les séances de branlette où il pouvait se laisser aller, Grim avait toujours un faible pour une stimulation plus rapide et plus brutale.

Dans la lumière du feu, Misha pouvait voir clairement les poils foncés de Grim contre sa peau alors qu'il suçait la chair dure, sans oublier les bourses de Grim. Il aurait pu adorer le membre de Grim toute la journée et dormir avec sur son visage. C'était le seul de sa vie qui ne ressemblait pas à une arme d'assaut, bien qu'il soit plus gros que tous les autres.

Chacun des gémissements de Grim le rendait heureux et enthousiaste. Il remua la tête plus rapidement, avalant négligemment l'érection de Grim, imaginant ce que ce serait de le voir pénétrer entièrement en lui, de le prendre dans son corps alors que Grim le tiendrait serré, ou de le chevaucher avec Grim caressant ses cuisses et se penchant pour ces baisers à couper le souffle.

Grim gémit et balança ses hanches vers le haut, glissant une main le long de la cuisse de Misha, si près de sa hampe que tout son corps frissonna. Sa tête roula sur la couverture tandis qu'il regardait Misha à travers des cils papillonnants.

— Plus fort, murmura-t-il.

Misha suivit instantanément la demande, suçant plus intensément tandis qu'il serrait son poing plus fort autour de la partie inférieure de l'érection de Grim. Il imaginait qu'il trayait Grim pour qu'il jouisse en lui et sa gorge anticipait déjà la semence chaude. Il n'avait jamais désiré quelqu'un de cette façon. Bien sûr, il avait convoité des hommes avant de faire l'erreur de tomber dans les griffes de Zero, mais jamais de cette manière charnue et viscérale, maintenant qu'il avait de l'expérience pour alimenter ses fantasmes. Les pectoraux de Grim se contractaient tandis qu'il tendait les mains vers le visage de Misha et alternait entre le caresser et le tenir, comme s'il n'était même plus sûr de ce qu'il voulait.

Mais Misha ne recula pas, il suçait goulûment et respirait fort par le nez. Il enroula sa main glissante autour de la base de l'érection de Grim, et quand le sperme commença à remplir sa bouche, il n'eut aucune envie de s'écarter de Grim, désireux d'avaler chaque goutte. Il osa lever les yeux vers son visage, et l'extase pure gravée sur ses beaux traits le rendit tout étourdi. Le sperme n'était même pas aussi amer que celui de Gary, et il avala tout, comme le garçon avide qu'il était.

Grim haleta bruyamment et serra son poing dans les cheveux de Misha, tremblant alors que son sperme éclaboussait le fond de la gorge sensible de Misha. C'était génial. Il aurait souri autour de l'érection si elle n'avait pas été si épaisse. Une fois que la dernière giclée de sperme avalée, Misha le libéra finalement de sa mâchoire légèrement douloureuse et lança à Grim un sourire rêveur.

Celui-ci soupira et tira sur les bras de Misha, ses yeux pétillant de joie.

— Viens ici, Petit oiseau. Je vois que tu as besoin d'aide.

Misha s'agita et repoussa ses cheveux, seulement pour se rendre compte qu'il l'avait fait avec la main glissante et lubrifiée. Il geignit et rampa sur le corps de Grim à quatre pattes, haletant d'excitation alors qu'il baissait son short, désespéré de sortir son sexe.

— Je suis tellement excité.

— Bien. Je vais aspirer tout ce venin hors de toi, dit Grim avec un rire éclatant.

Il tira sur les cuisses de Misha dès qu'elles furent à sa portée et le positionna au-dessus de son visage, se jetant droit sur ses testicules. Elles plongèrent dans sa bouche chaude et veloutée, et un doux bourdonnement les caressa de vibrations alors qu'elles étaient prises en sandwich entre la langue et le palais de Grim.

Misha gémit, adorant la perspective qu'il avait maintenant sur le visage digne d'un modèle de Grim.

— Non, suce-moi, râla-t-il, et il empoigna son érection, impatient de marquer la peau de Grim avec son sperme.

Sa tête pulsait si rapidement qu'il avait l'impression que son membre pouvait éclater à tout moment.

Grim ouvrit les yeux, le regardant d'entre ses cuisses, le nez enfoui contre la base de sa queue, tandis qu'il caressait ses bourses avec sa langue.

Misha avait fait jouir d'autres hommes trop de fois sur lui pour pouvoir les compter, mais il n'avait jamais été capable d'en faire autant. Il avait toujours trouvé ça excitant dans les films pornos et il imaginait ce que ça serait de le faire avec un partenaire consentant, pour le plaisir, pas pour dégrader quelqu'un ou lui montrer sa place, comme Gary le faisait avec lui.

Il se masturba avec des coups rapides et vicieux et jouit dans un long gémissement, faisant gicler sa semence sur le joli visage de Grim.

Les yeux de Grim se fermèrent et il prit une grande inspiration, libérant les testicules de Misha de sa bouche. L'air était si frais maintenant, même avec la langue de Grim qui tournait toujours doucement sur ses bourses.

— C'est... nouveau, dit Grim en tournant son visage pour embrasser l'intérieur de la cuisse de Misha.

Misha haleta, exalté et heureux, tandis qu'il se penchait pour se soutenir sur une main à côté de la tête de Grim.

— Mais bon ? demanda-t-il en frottant le sperme sur la joue de Grim avec son pouce.

Grim essuya sa paupière et leva les yeux vers lui.

— J'aurais préféré que tu me le demandes, mais ça sent délicieusement bon, répondit-il en caressant les côtés des cuisses de Misha.

Misha se figea, l'esprit vide.

— Oh. Je... nous étions dans l'action et tout ça.

Personne ne lui avait jamais demandé la permission. Et personne ne l'avait jamais fait dans le porno.

Grim fit un geste brusque et le fit rouler sous lui sur la couverture avec ses bras forts et efficaces.

— C'est bon. Je suis juste... surpris. Qu'est-ce qui te plaît là-dedans ? demanda-t-il en s'essuyant le visage sur la cuisse de Misha.

Misha sursauta quand le monde tourna autour de lui.

— Tu es... je veux dire... si beau. Je voulais voir tout ça sur ton nez droit et tes sourcils sombres.

Il soupira, encore tendu par l'orgasme.

— J'ai toujours trouvé ça sexy. Un joli visage avec du sperme dessus.

Était-ce offensant ? *Était-il* grossier ?

Grim rit et lui mordit la cuisse, mordillant la peau avant de remonter pour couvrir Misha de son corps.

— Je suppose que personne d'autre n'a osé faire ça avec moi avant toi.

Misha se sentait petit et impuissant dans cette forte étreinte, mais il en aimait chaque seconde. Il enroula les bras autour du cou de Grim.

— Sérieusement ? Je suis le premier ?

Il essaya de ne pas le faire, mais il gloussa quand même.

Grim lui caressa la joue avec un large sourire.

— Il n'y a que toi qui peux te permettre de me taquiner comme ça. Mais c'est bon. J'ai mis mon sperme en toi pour la première fois aujourd'hui.

Misha sentit des picotements dans tout son corps à ces mots.

— Avec toi, j'ai l'impression de pouvoir essayer des choses à ma façon pour la première fois.

Il leva sa jambe et frotta le bas du dos de Grim avec son moignon.

Grim se mordit la lèvre, se cambrant contre la jambe et souriant à Misha.

— Tu es mon doux oiseau. Si beau et si doux, chuchota-t-il, en mordillant les lèvres de Misha.

Son souffle taquina son visage alors qu'ils s'embrassaient à nouveau.

— Je sais que c'est ringard, mais tu m'as vraiment laissé voler.

Misha fit glisser ses mains sur les flancs de Grim, appréciant toutes les crêtes des muscles.

— Je vais adorer ma cage.

— Bien, parce que je ne te laisserai pas partir.

Misha, de son côté, trouva finalement la force de le faire. Il jeta la clé USB dans le feu et la regarda fondre sans même savoir ce qu'elle contenait. Une voix au fond de sa tête lui disait qu'il était un lâche, qu'il aurait dû la remettre à la police, mais il voulait égoïstement être libre.

Pour lâcher prise.

Chapitre 16 – Misha

Le corps bronzé de Grim brillait de sueur tandis qu'il étirait ses muscles, levant la hache au-dessus de sa tête. Son visage était fraîchement rasé, mais Grim laissait pousser les poils de son torse, et les voir comme ça, sur ces pectoraux glorieux, donnait à Misha l'envie de lécher tout le sel de Grim. Il gesticula de désir quand Grim balança la hache vers le bas et fendit un morceau de bois en deux.

Misha se blottit sous une couverture et se réchauffa les mains avec une tasse de café en regardant Grim travailler depuis le porche. Plus de deux semaines s'étaient écoulées depuis qu'ils étaient arrivés chez Grim, et ils n'avaient fait qu'une seule petite course depuis. En dehors de cela, il avait l'impression d'avoir voyagé dans une autre dimension, où le temps s'était arrêté et où ils pouvaient profiter de la compagnie de l'autre. C'était exactement le genre de guérison dont Misha avait besoin. Du beau temps, de l'air frais, et quelqu'un qui se souciait de lui. Il en avait dit plus à Grim sur sa famille, quand le sujet avait été abordé, et qu'ils n'étaient pas des gens avec qui il voulait rester en contact. Ce chapitre de sa vie était clos.

— Mmm… plus vite ! Coupe ce bois ! cria-t-il, un rire s'échappant de ses lèvres.

Il n'arrivait toujours pas à croire à la chance qu'il avait eue de rencontrer Grim. Il n'était pas du genre à croire au destin, mais il reconnaissait lentement que leur rencontre fortuite était un tournant qui allait changer sa vie à jamais.

Grim montra ses dents d'un blanc éclatant, qui brillaient au soleil, tandis qu'il balançait la hache en arrière et reposait le manche contre son épaule.

— Je parie que tu as hâte de me voir scier dans ce bois jusqu'à ce que les éclats volent partout, ricana-t-il en se tournant vers Misha.

Le corps de Grim était si fin, si lisse, si ce n'était les cicatrices qui zébraient sa peau en plusieurs endroits. C'était le corps de quelqu'un qui n'avait pas peur du danger, et cela donnait à Misha l'envie d'embrasser chaque imperfection qui avait conduit Grim à ses côtés.

— En quelque sorte, répondit Misha en reluquant Grim. Je parie que tu pourrais scier ce bois *vraiment* bien.

Il aimait tout du jeu avec Grim, et il le connaissait depuis assez longtemps pour savoir qu'il n'irait pas plus loin que ce que Misha souhaitait. Grim pouvait être obsessionnel, arrogant et narcissique, mais Misha était convaincu qu'il écouterait un « non » dès qu'il serait prononcé. Il était aussi si désireux de s'occuper de Misha, et son simple enthousiasme suffisait à faire disparaître toute la gêne de Misha à l'idée d'être lavé par quelqu'un d'autre. Ils se promenaient dans les bois – avec Grim qui faisait la marche – et pêchaient dans la rivière voisine. C'était si serein avec juste eux deux ici, et toutes les mauvaises choses qui s'étaient produites, seulement quelques semaines auparavant, semblaient être un lointain souvenir.

— Tu vas devoir te rapprocher.

Misha se pencha en avant avec un sourire.

— Je ne sais pas... J'ai peur du grand méchant loup dans les bois.

Grim haussa les sourcils.

— Mais je suis si charmant.

— Mais tes dents sont si pointues.

— Pas toutes, répliqua Grim, avant de balancer à nouveau la hache et de pousser les plus petits morceaux de bois de la souche qu'il utilisait pour couper.

Cela faisait un moment que Misha pensait à pratiquer la sodomie avec Grim, mais il était encore trop intimidé par la taille de ce dernier pour lui donner le feu vert. Jour après jour cependant, il était de plus en plus à l'aise avec l'idée, et il savait qu'il avait eu assez d'expérience pour savoir comment se détendre. Sans compter que Grim avait sûrement de l'expérience dans l'utilisation de son... outil.

Et puis il y avait cette voix insistante dans sa tête, lui disant que Grim était un dévot et que tout ce qui lui importait était d'avoir un partenaire sans jambes. Rien d'autre n'avait d'importance pour lui, il serait tout aussi attentif si Misha était n'importe quel autre amputé. Misha n'aimait pas particulièrement cette voix, mais elle continuait à le harceler comme un clou rouillé planté dans sa tête. Il voulait que le sexe avec Grim soit différent de ses rencontres pathétiques avec des violeurs. Il voulait une vraie connexion et de l'honnêteté.

— J'ai peur d'avoir des échardes à cause de la sciure.

— Je pense que la sciure de bois te démange déjà et qu'un bon lavage s'impose, dit Grim en posant un autre morceau de bois sur la souche et en le cassant en deux avec sa hache.

Misha soupira d'admiration devant les muscles de Grim, encore une fois. Il était sur le point de demander à Grim de l'emmener dans la baignoire pour un long bain avec des bulles parfumées au pin quand le téléphone de Grim sonna. Un événement rare ces derniers temps.

Grim planta la hache dans une bûche et regarda l'écran de son téléphone. Ses sourcils se haussèrent, et il jeta un regard fugace à Misha avant de prendre l'appel.

— Ouais ?

Misha le regarda gémir et s'affaler. La conversation fut rapide, et d'après le ton de la voix de Grim, il devina qu'elle n'était pas agréable.

— Je serai là, assura Grim avant de raccrocher et de ranger le téléphone dans sa poche.

Son regard erra sur l'herbe, jusqu'à Misha, et il se dirigea lentement vers lui.

— Qu'est-ce qu'il y a ? demanda Misha, crispé, et il repoussa la couverture de ses épaules.

Le visage de Grim se transforma en une grimace.

— Nous devons retourner à Charleston. Il y a un travail pour moi, annonça-t-il, et il s'accroupit devant Misha, traçant ses doigts parfumés au bois le long de son nez.

Misha tendit la main pour attraper ses doigts.

— Je vais devoir rester seul ?

Il s'était habitué à compter sur la présence de Grim, et si le fait d'être ensemble dans cette maison abandonnée était une expérience fantastique, la seule pensée de rester seul dans les vastes bois faisait ramper les fantômes de son passé à l'arrière de sa tête.

La bouche de Grim tressaillit.

— Non, Birdie, bien sûr que non. Tu vas venir avec moi.

— Suis-je prêt à être ton sniper ?

Grim embrassa doucement Misha et fit glisser ses doigts sur son moignon.

— Tu as encore beaucoup à apprendre. Cette fois, je vais te laisser avec mes frères.

Misha eut instantanément la nausée.

— Oh. OK. Tu es sûr que c'est sans danger ?

Il serra sa prise plus étroitement autour des doigts de Grim.

Grim s'assit à côté de lui, tout parfumé d'une sueur fraîche, qui attirait Misha avec la testostérone s'évaporant de la peau bronzée de Grim.

— Bien sûr. Ils prendront bien soin de toi pendant mon absence.

Misha fit courir ses doigts sur le pec de Grim.

— OK, si tu leur fais confiance...

Grim tira en arrière une partie des cheveux de Misha, l'observant pendant un bref instant, un sourire se dessinant sur son visage.

— C'était mon club d'origine. C'est là que j'ai prospecté et obtenu mes patchs. Je confierais ma vie à ces gars-là.

Misha hocha la tête.

— Est-ce que nous serons partis longtemps ?

Grim entrelaça leurs doigts, ses yeux si intenses qu'on aurait dit qu'il essayait de plonger dans l'âme de Misha.

— Je ne sais pas. Il ne peut pas me donner les détails par téléphone. Il pourrait être sur écoute par le FBI.

— Alors, c'est quoi ce travail ? Tu peux me le dire ?

Cela faisait un moment que Misha essayait de lui soutirer des informations, mais ce dernier était secret sur les détails de son travail, et cela faisait toujours remonter les insécurités relationnelles de Misha.

Grim glissa sa langue sur ses lèvres et serra la main de Misha.

— Tu sais ce que je fais, répondit-il simplement.

Misha aimait oublier tout ça quand ils se pelotonnaient sur le canapé et regardaient des films. Il ne savait pas ce que le travail de Grim lui faisait vraiment ressentir. L'autodéfense était une chose. Tuer des gens pour vivre ? C'en était une autre.

Il hocha la tête, ne voulant pas gâcher le temps de Grim avec ses problèmes.

Chapitre 17 – Misha

Ils roulaient sur l'autoroute, entre de belles collines boisées et une rivière, et Misha était de plus en plus agité à l'idée de ne pas être le bienvenu dans le monde de Grim. C'était presque comme s'il était une sorte de trophée de la mafia. Mais sans jambes, gay, et pas franchement dans la mafia.

— Alors, comment es-tu entré dans le MC ? demanda-t-il, incapable de se caler sur son siège.

La perspective de rencontrer d'autres personnes était si soudaine qu'il devait se concentrer sur un autre sujet afin de rester calme pour le bien de Grim.

Celui-ci haussa les épaules.

— J'étais en prison pour vol, et j'ai rencontré un gars là-bas qui était membre. On a sympathisé, et il m'a parrainé quand j'ai voulu être un prospect pour le club.

Pendant quelques instants, il resta silencieux, puis un sourire se dessina sur son beau visage.

— Je n'ai plus aucune famille, tu sais. J'étais seul au monde jusqu'à ce que je devienne un Coffin Nail. Je faisais enfin partie de quelque chose de plus grand. Pour Thanksgiving, ou Noël, je sais qu'il y aura une place pour moi à la table de quelqu'un. Je sais que si j'ai des problèmes, mes frères me soutiendront.

Misha tourna la tête vers Grim, frappé par son ton direct. Il était sûr que la réponse à sa prochaine question ne serait pas aussi facile.

— Et ton travail actuel pour le club ? Est-ce qu'il a été facile pour toi de commencer à faire ce que vous faites ?

Grim se mordilla la lèvre.

— Non. Ça a été *très* facile. J'ai toujours été agressif. Le club m'a offert un moyen de canaliser cette partie de moi.

— Tu crois que... que tu es né avec ?

— Tu détesterais ça ?

Misha fronça les sourcils et prit le temps de réfléchir avant de répondre.

— Pas tant que tu le contrôles. Je suppose que c'est un peu comme un super pouvoir. On peut l'utiliser pour faire le bien.

— Je pense que je pourrais être un psychopathe, dit Grim.

Les lèvres de Misha s'ouvrirent et il le fixa, ne sachant pas quoi répondre. Grim ralentit le pick-up, et juste au moment où il quitta la route, Misha remarqua une enceinte de béton gris avec le nom du club de Grim au-dessus de l'entrée. Il la franchit et se dirigea vers la porte fermée d'une haute clôture métallique avec des pointes sur le dessus.

Un type aux cheveux noirs, à l'allure débraillée, vêtu d'un gilet en cuir noir, s'approchant en courant de la porte et, après avoir longuement examiné le camion, commença à l'ouvrir. Il adressa un petit signe de la main à Grim. Misha voulait rester calme, car il n'y avait aucun danger, mais la seule présence de personnes qu'il ne connaissait pas le mettait sur les nerfs.

Grim entra dans une cour qui abritait plusieurs voitures et tout un essaim de motos. Le bâtiment de l'autre côté de la cour avait plusieurs portes, et il ressemblait à une sorte de garage. Grim ne prit pas la peine de s'y rendre et arrêta le camion près de la clôture.

— Je vais d'abord chercher ton fauteuil, l'informa-t-il, et il sauta de la cabine.

Misha lui fit un bref signe de tête, regardant de grands hommes en cuir se déverser hors du bâtiment gris en forme de brique. Il récupéra le pantalon le plus long et l'épingla avec des épingles à nourrice, de sorte que ses moignons ne soient pas visibles, mais cela ne l'aida pas à se sentir moins vulnérable face à la possibilité que des inconnus le scrutent. Et ces hommes semblaient si durs, avec leurs tatouages qui dépassaient de leurs vêtements et leurs visages méchants.

L'un d'eux, un homme avec une barbe grise et une bedaine, s'approcha de Grim et lui tapa dans le dos.

— C'est bon de te revoir dans cette partie des bois.

— C'est bon d'être à la maison, Spike, assura Grim, et il serra l'homme dans ses bras avant d'échanger des salutations similaires avec plusieurs autres personnes.

Chaque seconde loin de Grim, loin du fauteuil roulant, poussait Misha plus près du bord de la panique, et il laissa échapper un soupir de soulagement quand Grim sauta sur la plate-forme du pick-up et revint en portant le fauteuil roulant.

Spike suivit Grim et examina Misha comme s'il était un nouveau jeu de jantes sur des roues.

— Je me demandais aussi pourquoi tu étais venu dans cette grosse boîte, plaisanta-t-il en tapotant le camion.

Pour la première fois depuis très longtemps, Misha fut gêné lorsque Grim le prit dans ses bras pour l'aider à sortir de la cabine. Tous les autres bikers regardaient la scène comme des spectateurs dans un zoo, et il était à bout de souffle.

Grim l'assit dans le fauteuil roulant avec tant de soin que ce fut comme s'il pensait que Misha pouvait se briser à tout moment dans ses mains d'homme maladroit, que Misha savait ne pas être maladroites. Lorsque leurs regards se croisèrent, Grim lui fit un signe de tête et un clin d'œil avant de se redresser pour reporter son attention sur ses frères d'armes. Mais immédiatement après, il dit quelque chose qui glaça le sang dans les veines de Misha.

— Les gars, voici Misha, ma propriété, annonça-t-il en chatouillant la nuque de Misha.

Misha cligna des yeux plusieurs fois, ne sachant pas trop quoi dire, il se recroquevilla dans le grand sweat à capuche noir de Grim, qui était devenu dernièrement sa couverture de sécurité préférée. C'était une façon inattendue d'être présenté, d'autant plus que les visages de certains des gars exprimaient un malaise similaire à celui qu'il ressentait à l'intérieur. Est-ce que Grim venait de leur annoncer qu'il était son prisonnier ? Cela pourrait être pour sa protection, mais après avoir été littéralement une propriété pendant les cinq dernières années de sa vie, il ne put s'empêcher d'avoir les yeux qui piquent et le cœur qui bat la chamade.

Misha se racla la gorge.

— Propriété ?

Il n'attendrait pas qu'ils soient seuls pour éclaircir cette question.

Grim le regarda, un sourire éclatant illuminant son visage.

— Oh, ça veut juste dire que si quelqu'un te touche, je lui arrache la gorge et la lui enfonce dans le cul.

Malgré la peur froide qui l'avait saisi quelques secondes plus tôt, Misha réprima un sourire et hocha la tête. Il pouvait vivre avec ça.

Spike fronça les sourcils et passa ses doigts dans ses cheveux gris.

— Je ne pense pas qu'on en aura besoin.

Un des autres bikers croisa les bras sur sa poitrine.

— Ouais, pas de pédés ici.

Le visage de Grim se tourna vers le gars, qui semblait le plus jeune de tous, avec quelques boutons rouges sur le front, et à l'avant de son gilet, il n'y avait qu'un seul patch. Après toutes les conversations qu'il avait eues avec Grim au cours des dernières semaines, Misha avait vaguement compris que « prospect » signifiait un candidat à l'adhésion à part entière dans un club de bikers. Spike s'éloigna du type avec un soupir et leva les yeux au ciel.

— Comment tu m'as appelé ? demanda Grim, et juste à côté de Misha, sa main caressa le manche d'un couteau qu'il portait à la hanche.

Le prospect sembla un peu perdu, sans le soutien de ses amis auquel il s'était clairement attendu. L'un des hommes secoua même la tête, prononçant quelque chose qui ressemblait à « il a fallu que tu l'ouvres, bordel ! ».

Le prospect écarta les bras, son visage pâle devenant rouge vif.

— Je veux dire... c'est ce qu'il en est.

— Si tu ne le connais pas, tu devrais peut-être passer du temps avec Grim, suggéra un biker avec une coupe mohawk et une cicatrice autour de l'œil.

Les doigts de Grim se recroquevillèrent et il appela sans mot dire le jeune homme.

Le prospect se tourna vers Spike alors qu'il faisait un pas de plus vers Grim.

— Prez ?

Spike plissa les yeux et le poussa en avant.

— Fais ce qu'on te dit, prospect.

Le prospect se posta devant Grim, et d'un côté, Misha ne lui enviait pas la peur qu'il pouvait lire dans les muscles tendus de l'homme, mais d'un autre côté, au moins, l'idiot serait puni pour ses paroles haineuses. Grim était venu ici pour effectuer un travail pour le club de ce type, et c'était l'accueil qu'il recevait ?

— Tout ce que je dis, c'est que je ne suis pas gay, grogna le prospect.

— Tu vois ? Tu apprends déjà, ricana Grim, puis ses bras bougèrent soudainement, rapides et compétents pour attraper sa proie.

Misha ne put voir exactement ce qui se passait avec les hommes qui obscurcissaient sa vue, mais il entendit un fort craquement, et le prospect hurla de terreur, trébuchant hors des bras de Grim avec ses mains crispées sur la partie inférieure de son visage.

— La prochaine fois, *excuse-toi*, aboya Grim. Les mots magiques gardent la douleur à distance.

Spike n'accorda pas beaucoup d'attention au prospect, mais il tapa dans ses mains et invita Grim à entrer d'un geste.

— Maintenant que c'est fait, passons aux choses sérieuses.

Grim saisit les poignées du fauteuil roulant de Misha et le poussa nonchalamment vers l'entrée. Un des bikers tira sur le dos du gilet du prospect et l'entraîna dans une autre direction, mais à en juger par l'absence d'intervention, tout le monde semblait penser que les actions de Grim étaient justes. Et en regardant ces hommes, leurs corps tatoués, leurs muscles et leurs visages sévères, Misha supposa que Grim ne devait pas avoir la vie facile en tant qu'homme ouvertement gay. Il y avait des choses qu'il devait faire pour que ces machos continuent à le respecter.

L'intérieur était composé d'une grande pièce avec plusieurs canapés déglingués, une collection d'alcools dans une haute bibliothèque et une table de billard. Le vieux tapis qui recouvrait le sol empestait la poussière et la pisse. Misha n'était pas ravi que les roues de son fauteuil aient à rouler dessus, mais là encore, son fauteuil avait vu pire.

— Est-ce qu'il est, genre, un mari par correspondance ? plaisanta un des plus vieux hommes en donnant un coup de coude à Grim.

Grim fronça les sourcils.

— Juste parce qu'il est Russe ? Non. Nous nous sommes rencontrés en Louisiane.

Les yeux de Spike balayèrent Misha, c'était la première fois qu'un des bikers croisait son regard. On parlait de lui comme s'il était un meuble, pourtant complètement invisible.

— Tu veux rester ici, ou aller dans une des chambres d'amis ? Grim m'a dit que vous passiez la nuit ici.

D'après son ton, Misha devinait que Spike essayait d'être gentil, mais qu'il serait mal à l'aise si Misha restait dans le salon. Ce n'était pas grave. Il ne voulait pas non plus rester avec eux. Il voulait une chambre qui se ferme de l'*intérieur*.

Grim se pencha et baissa les yeux vers lui.

— Qu'est-ce que tu en penses ? J'ai besoin de leur parler du bon vieux temps et du travail. Et si tu allais dormir un peu ?

Misha hocha la tête avec plus d'empressement qu'il ne voulait en exprimer.

— Mais tu viendras avant de partir ? demanda-t-il, douloureusement conscient que tout le monde l'écoutait.

— Bien sûr. Je dois reprendre contact avec les gars et obtenir quelques informations, expliqua Grim.

Il n'échappa pas à Misha que les bikers communiquaient sans mots quand Grim mentionna un « travail ». Clairement, tous les détails n'étaient pas pour les oreilles d'un étranger.

Misha serra la main de Grim et hocha à nouveau la tête, même si une rougeur apparut sur son visage. Peut-être qu'il ne devrait pas exprimer librement sa tendresse, mais avec un protecteur comme Grim, il n'avait pas peur qu'on lui lance des mots haineux.

Peu importait le nombre d'épisodes de *Wife Wars* que Misha regardait sur la petite télé de la chambre d'amis, l'une des dernières phrases que Grim lui avait adressées dans le camion ne quittait pas son esprit et revenait comme un boomerang.

« Je pense que je pourrais être un psychopathe. »

Que voulait-il dire exactement ? Était-ce un autre indice pour Misha que s'impliquer avec lui était une grosse erreur et qu'il devrait travailler sur son indépendance au lieu de tomber amoureux de lui jour après jour ? Était-il même intelligent de planifier un avenir avec quelqu'un qui tuait pour gagner sa vie en premier lieu ? C'était ce que Grim faisait après tout. Il parcourait le pays pour effectuer des sales boulots pour différents chapitres du Coffin Nails MC. Et, en plus de cela, il avait avoué avoir un passé de comportements agressifs. Et si ses poings se retournaient contre Misha un jour ?

Cette dernière question était floue, même dans la tête de Misha. C'était la partie rationnelle de son cerveau qui essayait de se battre avec son cœur. Jusqu'à présent, Grim avait maintes et maintes fois prouvé combien il était prêt à se sacrifier pour lui. Mais était-ce parce qu'il avait réellement des sentiments pour lui, ou parce que Misha était l'exutoire sexuel parfait pour son fétichisme ?

Il laissa tomber la télécommande quand la porte s'ouvrit, et Grim entra, portant deux de leurs sacs. Il grimaça et les déposa sur le matelas avant de pousser Misha sur le lit et de rouler à côté de lui.

— Tu as l'air de t'ennuyer.

Misha prit une profonde inspiration de l'air parfumé par Grim, aussi accablé par sa présence qu'il l'était toujours.

— Moi ? Pas du tout. Debbie disait justement à Kathy que ses enfants étaient des hippies gâtés. Un truc génial.

Grim éclata de rire et embrassa la main de Misha, le fixant dans les yeux.

— Tu dois *vraiment* t'ennuyer pour regarder ce genre de merde.

— J'aime bien la télépoubelle. Ça fait ce bruit dans mon cerveau qui m'aide à ne pas trop penser et devenir fou.

Lorsque Misha regardait Grim, tout ce qu'il voyait, c'était le type qui l'avait sauvé, celui qui l'avait aidé à apprendre à faire le poirier, et celui qui lui donnait de formidables orgasmes. Il était difficile maintenant de se concentrer sur les pensées qui l'occupaient depuis quelques heures.

— Tu ne ressembles pas à tes amis, finit-il par dire.

Les épais sourcils noirs de Grim se haussèrent, et il se redressa sur ses coudes.

— Comment ça ?

Misha se mordilla les lèvres, espérant ne pas insulter Grim.

— Tu es toujours si... propre.

Lorsque Grim commença à se mettre à genoux, Misha gémit, mécontent de son choix de mots.

— Je ne dis pas qu'ils sont sales ou quoi que ce soit. C'est juste que tu as l'air d'un mannequin en cuir, et qu'ils ressemblent à… l'image qu'on se fait des bikers.

Grim grogna et massa la paume de Misha avec ses pouces.

— C'est bon ?

— Oui. Tu sens toujours si bon aussi, et tu te rases tous les jours… tu es si soigné que j'ai honte de vouloir abandonner la routine que Gary m'a fait suivre.

Misha soupira et déplaça ses doigts sur l'avant-bras de Grim, jouant avec les poils qui s'y trouvaient.

— Et ils ont tous des tatouages. Tu n'en as pas un seul.

Grim haussa les épaules, un instant perdu dans ses pensées, et il effleura de ses doigts le pendentif de verre et d'os qu'il portait au cou.

— Je n'en veux pas, c'est tout. Mon père et mon oncle avaient tellement de tatouages, ils portaient des jeans déchirés et des débardeurs amples, et ils étaient débraillés. Je suppose que je ne veux leur ressembler en aucune façon. Je ne vais pas non plus leur ressembler, ajouta Grim, et sa voix glissa dans cet accent plus épais qu'il prenait parfois à la limite de l'orgasme. J'ai eu la chance d'avoir un nouveau départ, je vais être qui je veux être, pas quelqu'un que je suis né pour être. Je suis peut-être un biker, mais je ne suis pas une ordure.

Il y avait une intensité dans les yeux gris acier de Grim qui fit ravaler à Misha la boule qui était apparue dans sa gorge. Oh, il pouvait s'identifier à cela. Ayant eu des parents alcooliques, il avait toujours mis un point d'honneur à surveiller ses habitudes de consommation et à apprendre des compétences réellement utiles, pour ne pas se contenter de n'importe quoi. Cela avait finalement conduit à son enlèvement, mais il avait vraiment l'impression que sa vie était de nouveau sur le bon chemin.

Grim se pencha pour un baiser, puis traça le front de Misha avec ses lèvres.

— Mon travail doit être fait aussi vite que possible. Je veux partir ce soir.

Misha hocha la tête.

— Tu es sûr que je suis en sécurité ici ?

Grim fit glisser sa main le long du dos de Misha.

— Oui. Mes frères ne laisseront personne prendre ma propriété.

— Comment en es-tu arrivé à faire ton premier travail pour eux ? demanda Misha, espérant avoir l'air décontracté.

Grim s'étira et enroula son bras autour de Misha.

— Ils ont juste remarqué que j'étais doué pour tuer. Et je n'avais pas peur, comme les autres. Je suis excité quand il y a du danger. C'est comme une bonne montée d'adrénaline.

Misha observa les yeux de Grim pour détecter tout signe de mensonge.

— Alors tu aimes ça.

Comme Zero, ou les autres sadiques que Misha avait vus en action. Était-il l'herbe à chat du mal ?

— Le danger ? Oui, bien sûr, dit Grim, et il se remit lentement en position assise avant de rouler.

— Non. Faire du mal aux gens.

Grim fronça les sourcils, ses mains déjà sur le sac qu'il avait apporté avec lui.

— Oui. Pourquoi me poses-tu cette question ? Tu l'as vu.

— Est-ce que ça t'excite ? insista Misha en pinçant les lèvres, s'efforçant de mettre des mots sur ses pensées.

Grim se renfrogna.

— Putain non. Je veux dire... pas de cette façon, assura-t-il en faisant un geste entre lui et Misha alors qu'il sortait son masque de crâne, qui n'avait plus l'air aussi effrayant quand il était soigneusement plié.

— Est-ce que tu cherches des cibles juste parce que tu aimes les blesser ?

Misha courba les épaules, inquiet de ce qui pourrait arriver si ses questions touchaient une corde sensible.

Grim expira et sortit ses vêtements de travail, qui étaient emballés dans un grand sac à fermeture éclair.

— Le club le fait pour moi. Je ne veux pas blesser des gens qui ne le méritent pas. Mais s'il n'y a pas de travail pendant un long moment, je peux toujours partir pour une petite chasse dans des endroits où je m'attends à trouver quelqu'un digne de mes poings et de mes couteaux.

C'était au moins un peu rassurant.

— Comment ça a commencé pour toi ?

Grim haussa les épaules, légèrement tendu, en s'asseyant sur le lit, et retira son pantalon.

— J'étais un enfant en colère, expliqua-t-il en remontant le pantalon noir que Misha savait qu'il utilisait au travail. Mes parents étaient des enfoirés de mauvais payeurs, et la plupart du temps, il n'y avait même pas assez de nourriture pour moi. J'étais ce gamin qui volait la tarte du voisin sur le rebord de la fenêtre, et ce n'était pas seulement parce que je voulais un dessert. Je me suis battu, j'ai été suspendu, j'ai fait de la prison pour mineurs. Je suppose que cette colère a toujours été là, attendant juste quelque chose pour se nourrir. Cette partie sombre de moi qui pourrait me satisfaire si je la laissais prendre le dessus.

Misha hocha lentement la tête, rangeant les informations dans des compartiments.

— Donc tu ne ressens pas de compassion pour les autres ?

Bien que ce qu'il voulait vraiment savoir était si Grim la ressentait. S'il la ressentait pour lui.

Grim lui jeta un regard par-dessus son épaule après avoir retiré sa chemise.

— Parfois. Je ne suis pas très doué pour ça. C'est plus facile si je sais qui je ne veux pas blesser. Ça m'évite d'avoir des doutes.

— As-tu déjà été amoureux ? interrogea Misha, avec l'impression de ressembler à un journaliste ennuyeux du *Killer Times*.

Grim se mit à rire et tira sur sa longue manche noire.

— Oui. Et toi ?

Misha parcourut ses souvenirs, mais il n'y trouva aucun homme à part Grim pour être considéré comme un gentil partenaire. Il avait eu des béguins, mais ils étaient tous assez innocents.

— Non, marmonna-t-il en baissant les yeux vers ses mains. De qui étais-tu amoureux ?

Grim se leva et étira son cou, attrapant le masque et les gants. Ses pas furent bruyants alors qu'il se dirigeait vers le sac qui stockait toutes ses armes. Il lui fallut un long moment pour reprendre la parole.

— J'ai besoin de me concentrer sur le travail pour le moment. Tu ne veux pas que je me fasse tuer, n'est-ce pas ? demanda-t-il en fixant Misha sur le lit d'un regard perçant.

Il enfila le masque, cachant finalement tous les indices que Misha pouvait lire en lui.

— Désolé.

Misha leva les yeux vers les orbites vides du masque de crâne, mais ils ne l'effrayaient plus. Tout ce qu'il voyait, c'était la personne qui l'avait sauvé du sous-sol de Gary, celle qui avait promis de ne pas le tuer. Ça devait compter pour quelque chose.

Grim haussa les épaules et regarda à l'extérieur dans les lampes brillantes de l'autoroute.

— Ils t'apporteront de la nourriture plus tard. Je pourrais être en retard, en fonction de la rapidité avec laquelle j'attrape le gars. Il a des *serviteurs*.

Misha renifla et secoua la tête.

— Je suis ton larbin ?

Grim s'approcha et l'attrapa, pas trop doucement, par la mâchoire.

— Non. Toi, mon joli petit oiseau, tu es ma propriété.

Le souffle de Misha se coupa, et tout à coup, il ne savait plus si sa cage était encore ouverte ou non, mais il savait qu'il avait trop peur pour vérifier la serrure. Il passa son pouce sur les lèvres de Grim.

— Je t'attendrai.

Les yeux d'insecte du masque ne trahirent rien, mais Grim ouvrit la bouche et mordilla doucement le doigt.

— Fais de beaux rêves, bébé, dit-il, et il sortit de la pièce, laissant Misha confus.

Malgré toutes les révélations de Grim, Misha s'inquiétait encore plus de son retour sain et sauf que du sort du pauvre type qui se retrouverait sous son couteau. Après tout, il s'agissait forcément de quelqu'un qui était impliqué dans des activités criminelles d'une manière ou d'une autre. Et Grim était le meilleur dans ce qu'il faisait. Le respect avec lequel il était traité en disait long sur ses compétences.

Et pourtant, alors que Misha était allongé dans son lit et continuait à regarder le marathon *Wife Wars*, il continuait à lui manquer des détails tandis que ses pensées erraient vers Grim, qui était parti sans une seule personne en renfort. Pas même un sniper pour le couvrir. Vers Grim, qui prétendait avoir déjà aimé, mais ne voulait pas révéler qui. S'il était vraiment un psychopathe, peut-être savait-il simplement que dire à Misha qu'il était capable d'aimer le rendrait plus sympathique ? Peut-être qu'il jouait avec ses sentiments, tout ça pour obtenir le genre de sexe dont il avait envie avec un amputé consentant, qui resterait avec lui aussi longtemps qu'il le voudrait.

Une fois, Misha avait demandé à Gary de lui commander un livre sur les psychopathes, simplement parce qu'il pensait que cela pourrait potentiellement l'aider à gérer toute la merde avec laquelle il devait vivre, et si le livre avait raison, l'intelligence de Grim pourrait lui permettre d'être plus malin que lui. Assoiffé d'affection comme il l'était, Misha serait une proie facile pour un psychopathe, qui le piégerait dans une toile de mensonges dont il ne se libérerait plus jamais.

Aucune quantité d'adoration ne pouvait ressembler à de l'amour. Aucune quantité de super sexe ne pouvait ressembler à de vrais sentiments d'attention et d'affection. Misha ressentait toujours la peur que Grim puisse le quitter pour un rien s'il s'ennuyait. Aucune promesse n'était vraiment incassable.

Un coup frappé à la porte le sortit de ses sombres pensées, et il éteignit rapidement le son de la télévision, surveillant la porte comme si elle retenait une meute de loups assoiffés de sang. Il se rappela les paroles de Grim et finit par demander à l'étranger d'entrer.

L'homme à la crête et à la cicatrice sous l'œil jeta un regard à l'intérieur, mâchant un chewing-gum assez fort pour que Misha l'entende depuis le lit.

— Logan est toujours au club ?

Misha le fixa, le cerveau incapable d'appréhender ce que son cœur savait déjà.

— N-non. Il est parti.

Et juste comme ça, il comprit de qui Grim avait été amoureux, et il savait, par la façon tendre dont Grim avait parlé de Coy, que leur amour avait été réel. Grim n'était pas un psychopathe qui essayait de jouer avec lui pour son plaisir malsain. Il y avait quelque chose de brisé chez Grim aussi, mais un cœur brisé était toujours un cœur.

Chapitre 18 – Grim

Grim entra dans le club sur des jambes molles. Il s'était déjà entretenu avec Spike de la mission, il était donc libre de soigner les bleus sur ses côtes et de se rouler dans le lit à côté de Misha. Ce travail lui avait pris plus de temps que prévu. Ça avait dégénéré, et il s'était retrouvé engagé dans un combat au corps à corps. Trois voyous ordinaires n'auraient pas pu l'abattre si facilement, et il y avait du sang sur ses vêtements pour le prouver, mais la soirée avait été épuisante. Sachant que Misha l'attendait au club-house, tous les enjeux étaient soudainement plus élevés, un effet secondaire de cette relation naissante que Grim n'avait pas pris en compte.

Cela l'avait frappé lorsqu'il avait eu quelqu'un sur lui, un canon se balançant au-dessus de sa tête, une balle se fichant dans le sol alors qu'il le repoussait de toutes ses forces. Il n'aimait pas faire mal, il n'avait jamais voulu mourir, mais tout d'un coup, il y avait quelqu'un qui dépendait réellement de sa présence. Il n'aurait pas été juste pour Misha de lui offrir sa protection puis de disparaître, le laissant en plan. Mais c'était la réalité à laquelle Grim devait faire face maintenant. Misha n'avait aucun papier d'identité, ils n'étaient en aucun cas liés, et si quelque chose arrivait à Grim, Misha souffrirait bien plus qu'une perte émotionnelle.

Grim était épuisé lorsqu'il ouvrit la porte de la chambre d'amis et pénétra dans l'obscurité qui n'était dispersée que par la faible lueur d'un lampadaire à proximité. Il se débarrassa de ses gants, posa l'arme qu'il n'avait pas utilisée, et s'accorda un moment pour savourer son contact froid en regardant la petite silhouette recroquevillée sur le lit. Sa responsabilité. Pour une fois, la force obscure en lui se battait avec quelque chose d'autre.

Misha remua sur le lit et repoussa la couverture de ses épaules, levant la tête pour le regarder.

— Tu es rentré. Tu vas bien ? murmura-t-il, comme s'il craignait qu'un seul ton plus fort ne brise la nuit.

Grim déglutit fortement, le regardant à travers le filet sur ses yeux, et cela ne lui sembla pas normal. Cette vue étroite et sombre était la façon dont il voyait ses victimes juste avant de porter le coup fatal. Pour une fois, il n'était pas sûr de ce qu'il devait dire. Il finirait par s'en sortir, mais la confusion était comme une entaille dans ce qu'il était. Il avait toujours désiré des hommes comme Misha. Il désirait toujours Misha, mais maintenant qu'il connaissait l'odeur de sa peau et la façon dont sa voix changeait lorsqu'il était heureux, le garder ainsi avait cessé d'être un moyen d'arriver à ses fins.

— Je survivrai, finit-il par répondre en s'approchant du lit.

— Tu viens ? demanda Misha en rampant jusqu'au bord du lit, s'échappant de dessous la couverture.

Ses grands yeux bruns brillaient dans la faible lumière avec une intensité qui portait un sens que Grim ne pouvait pas déchiffrer. Cela lui donnait la chair de poule, mais il n'était pas sûr que ce soient des frissons de plaisir ou d'anxiété qui parcouraient son dos.

Il enleva ses chaussures et attrapa le dessous de son masque en s'approchant, impatient d'être de nouveau aux côtés de Misha.

— Ne le fais pas, l'interrompit Misha en attrapant son bras. Je te veux tel que tu es.

Les doigts de Grim s'immobilisèrent et il fixa Misha pendant plusieurs secondes, goûtant l'air qui avait la saveur de l'électricité. Était-ce bien *lui* ? Il y avait tellement de facettes qui le composaient, et il avait tendance à les garder séparées. Le Grim qu'il était la plupart du temps, charmant, toujours avec un sourire pour Misha, n'était pas tout ce qu'il était. Mais Grim le tueur n'était pas tout à fait lui non plus. Le masque qui représentait son côté sombre était lié à l'obscurité. Il était fragmenté et il n'était pas certain que Misha le comprenne vraiment.

Il se tint près du lit.

— Tu ne dors pas. Tu étais inquiet ?

Misha entrelaça leurs doigts. Le contraste entre sa peau chaude et la main froide de Misha fut un autre déclencheur pour ses sens, l'appelant à se blottir autour de Misha et à le réchauffer.

— Bien sûr que je l'étais. J'avais peur que, s'il t'arrivait quelque chose, la dernière chose que tu te rappellerais de moi serait un visage aigre.

Grim remonta les mains de Misha et embrassa chaque articulation, regardant brièvement le moignon où il était recroquevillé dans le drap.

— Je suis revenu. Je suis toujours revenu.

Misha soupira, et les vagues désordonnées qui retombaient autour de son visage le faisaient paraître encore plus jeune qu'il ne l'était.

— Grim ? Quand tu me regardes, est-ce que tu me *vois* ? Quand nous faisons l'amour, est-ce que c'est à propos de *moi*, ou de mes amputations ?

Misha ne cilla même pas, et Grim n'était pas sûr d'où venait cette atmosphère dense, mais elle était là, refusant de le laisser respirer.

Il ne savait pas ce que Misha voulait obtenir en posant cette question. Surtout que maintenant qu'elles avaient été mentionnées, l'attention de Grim se porta inévitablement sur les jolies jambes uniques de Misha.

— Je crois que je te vois de plus en plus chaque jour.

Lorsqu'il avait rencontré Misha pour la première fois, il ne s'était pas beaucoup soucié de qui il était, tant que la disposition de Misha restait agréable, mais ce n'était plus le cas.

— Surtout la partie ennuyeuse, plaisanta-t-il avec un sourire en coin.

Misha lui donna un coup de poing ludique dans la hanche.

— Je t'ai menti aujourd'hui.

Il tira sur la main de Grim, l'invitant à se coucher.

Grim le suivit comme un loup appelé par le bêlement d'un mouton.

— Quoi ? Quand ?

Tout ce que Misha portait était un pyjama composé d'un débardeur et d'un short, aussi les pensées de Grim commencèrent à se disperser dès qu'il s'assit sur le matelas chaud où Misha dormait quelques instants auparavant.

— Quand je t'ai dit que je n'avais jamais été amoureux.

La prise de Misha sur sa main se resserra, déclenchant une explosion de pensées envahissantes que Grim voulait repousser.

— Gary ? demanda-t-il à la fin.

Misha s'assit, repliant ses moignons sous ses cuisses.

— Non. Je suis amoureux de toi.

La poitrine de Grim se comprima, et il serra les mains de Misha, observant son beau visage dans l'obscurité. La déclaration semblait venir de nulle part, même si Misha était si à l'aise avec lui ces derniers temps. Grim ne pensait pas que quelqu'un lui dirait à nouveau ces mots, pourtant il n'y avait que de la sincérité dans les yeux de Misha. Il fut pris d'une douloureuse impression de *déjà-vu* en se remémorant ce moment dans les hautes herbes, avec des mains chaudes qui longeaient sa mâchoire et des lèvres douces qui murmuraient à son oreille.

Il déglutit fortement, un peu perdu dans cette nouvelle réalité où un amputé lui offrait plus qu'une gratification sexuelle.

— Je ne suis pas un ange. Il y a du sang sur mes vêtements en ce moment, et il y en aura encore plus à l'avenir.

Misha hocha la tête, faisant courir ses mains sur la poitrine de Grim.

— Je sais, mais avec les monstres toujours après moi, j'ai besoin d'une bête, pas d'un ange.

Il prit une profonde inspiration.

— Je t'aime, *Logan*. Pas seulement l'homme qui me dorlote et m'apporte des cadeaux, mais aussi tous les petits détails désordonnés.

Grim ne pouvait plus respirer. Cela faisait longtemps que personne ne l'avait appelé par ce nom, pourtant, cela donnait aux mots de Misha une toute nouvelle signification. S'il savait qui il était, et ce qu'il avait fait, il ne parlait pas seulement de l'ombre qu'était Grim.

— Comment sais-tu... ?

Misha se rapprocha et enlaça la taille de Grim, posant sa joue sur son cœur.

— J'ai entendu un des gars ici dire ton nom. J'ai relié les points. Tu portes un pendentif avec un crâne d'oiseau.

Grim frissonna alors que la douleur se propageait à travers les bleus nouvellement formés sur son corps.

— J'ai tué le dernier lien que j'avais avec lui.

— Tu as tué l'oiseau ? demanda Misha, le serrant plus fort dans ses bras, et son accent russe fut comme une mélodie en soi. Pourquoi ?

Grim glissa ses bras autour de Misha et l'attira contre lui, appréciant l'étreinte ferme qui semblait le maintenir en un seul morceau.

— Je ne pouvais pas supporter qu'il puisse vivre alors que Coy ne le pouvait plus. C'est le seul morceau de lui que j'ai. Tout le reste est parti.

— Ce n'était pas ta faute, affirma Misha en déposant un baiser sur son pectoral, et Grim ne pouvait rien imaginer de plus apaisant.

— Si. J'ai été égoïste, je l'ai laissé seul avec ces drogués. J'aurais pu le mettre en sécurité si j'avais été là. Il n'avait personne d'autre que moi sur qui compter.

— Tout le monde fait… de mauvaises choses parfois, des choses qu'ils regrettent.

Les doigts de Misha dessinèrent les côtés de Grim.

— Tu n'aurais pas pu prédire tout cela.

— Tu dis ça, mais tu n'as jamais rien fait de tel. Tu étais une victime.

Misha ne répondit pas, mais Grim put entendre sa respiration s'accélérer. Sa voix se fit entendre juste quand Grim était sur le point de parler à nouveau.

— En fait, si. J'ai fait quelque chose de vraiment mauvais que je ne peux pas effacer.

Grim le fixa, surpris.

— C'est vrai ?

Misha courba les épaules.

— J'ai respecté beaucoup de choses qu'on me demandait de faire, mais il y a quelques mois, j'ai fait quelque chose d'horrible.

Misha s'éloigna et se redressa. Ses lèvres frissonnèrent jusqu'à ce qu'il les presse étroitement l'une contre l'autre.

— Gary m'a transmis un message de Zero. Il voulait que je parle à un type en ligne. Je devais faire semblant de vouloir le rencontrer et l'obliger à se rendre à un certain endroit pour que Zero et ses hommes puissent l'enlever. Je lui ai parlé face à face par webcam plusieurs fois. J'ai souri et je lui ai dit que c'était un type tellement cool que je voulais le rencontrer et parler, même si je savais qu'il allait probablement subir une mort atroce. Putain !

Misha se frotta les yeux, se bornant à garder la tête basse.

— Je suis un lâche et une personne horrible.

Grim soupira alors que le choc s'enroulait autour de ses muscles.

— Pourquoi ? Pourquoi as-tu fait ça ?

— Parce que sinon, Zero s'en serait pris à moi. Alors j'ai poussé ce garçon sous le bus par égoïsme, même si c'était une personne innocente qui voulait juste me rencontrer. Je ne pouvais pas supporter de revoir Zero. Je ne pouvais pas. Et ce type pourrait être en train de se faire torturer en ce moment même. À cause de moi.

L'esprit de Grim explosa dans une vague de haine qu'il ne put contenir. Il frappa le matelas, essayant de se calmer en ralentissant sa respiration. Zero. L'enfoiré qui avait torturé Misha. Qui lui avait coupé les jambes et l'avait transformé en un paquet d'anxiété. Les gens comme Zero, la plupart du temps, obtenaient exactement ce qu'ils voulaient et avançaient dans le monde. Des gens sans conscience ni regret. Les vrais prédateurs supérieurs qui devaient être abattus s'ils s'attaquaient aux faibles.

Il ne pouvait qu'imaginer les souffrances de Misha aux mains de ce maniaque, attaché à un engin, réveillé chaque fois qu'il s'évanouissait, frappé, brutalisé, brûlé. Grim avait vu trop de merdes dans sa vie pour pouvoir les compter, mais ça, il ne pouvait pas le supporter.

— Parfois, nous ne pouvons pas empêcher les mauvaises choses d'arriver, même si nous pensons que nous aurions pu, chuchota Misha en levant les yeux vers lui. Nous avons seulement ce qui est en face de nous. Je ne vois pas un monstre dans ton masque. Je vois seulement mon sauveur.

Grim soupira et repoussa les cheveux de Misha, caressant son visage en embrassant son front, l'arête de son nez et ses joues. Comme si tout cela pouvait effacer l'horreur que Misha avait vécue. Il aurait dû savoir que quelque chose n'allait pas chez Andrey. Il ne faisait jamais de chats en direct et ne filmait que dans sa minuscule chambre qui ne recevait pas la lumière du jour.

Grim n'avait vu que ce qu'il voulait voir, parce qu'il appréciait trop Andrey pour remettre en question l'illusion.

— Je suis désolé.

— Tu n'as pas à l'être. Tu m'as fait me sentir vivant à nouveau. Tu m'as donné *envie* d'être en vie.

Misha entrelaça leurs doigts une fois de plus, et cette fois, ses mains étaient si chaudes que Grim ne put s'empêcher de ressentir un certain soulagement. Au moins, il n'avait pas échoué.

— Ça ne changera pas. Je suis là.

Misha l'attira vers le matelas, s'allongeant lentement sans jamais détourner le regard.

— Je veux te sentir en moi, chuchota-t-il contre les lèvres de Grim.

Le cœur de Grim fit un saut périlleux et un faible gémissement quitta sa bouche alors qu'il s'appuyait sur Misha, luttant contre l'envie de frotter son entrejambe contre l'un des moignons qui reposaient maintenant à côté de ses genoux. C'était une demande très directe qu'il ne recevait pas souvent. D'habitude, il ne s'agissait que de sa queue et de la façon dont son partenaire voulait la sentir en lui. Ils n'avaient jamais invité tout de lui.

Il baissa les yeux sur le contour du devant de son pantalon et le sentit grandir, prêt à répondre à la demande de Misha. Mais quand il regarda Misha et pensa à combien il était petit sans ses jambes, comment il avait lutté pour le sucer, il n'était pas sûr que Misha puisse le supporter. Comme beaucoup d'autres, Misha était excité, mais il n'y avait aucune garantie qu'il ne finirait pas par le supplier d'arrêter. C'était presque comme si son sexe était un instrument de torture, non un instrument de plaisir, et penser à Misha qui l'arrêterait de cette façon le rendait malade d'inquiétude.

— Elle est vraiment grande, insista-t-il d'une voix creuse.

— Je sais, murmura Misha, avec enfin un petit sourire sur les lèvres. J'ai utilisé de gros jouets. Peut-être pas aussi grands, mais suffisamment. Euh... tu as probablement vu ça. Je pense qu'avec le temps et le bon lubrifiant, on va s'amuser.

Grim se mordit la lèvre inférieure alors que des images érotiques envahissaient son esprit. Il y avait une vidéo particulière d'Andrey qu'il aimait vraiment. Elle montrait un gros plug noir qu'Andrey avait chevauché, s'enfonçant lentement dessus et le laissant glisser hors de son anus tendu. Il hocha la tête et embrassa les lèvres de Misha.

— Je… j'en ai envie aussi.

— J'espérais que tu dises ça, ronronna Misha en se léchant les lèvres. Je me suis préparé pendant que tu étais parti. Je veux dire, juste comme… propre et tout ça. La pénétration me manque.

Grim rit de soulagement. Au moins, c'était une décision consciente de la part de Misha, pas une décision motivée par le moment.

— Oh… waouh… Je ne m'attendais pas à ça, mais si ton corps est prêt, alors le mien l'est aussi, dit-il, et il fit glisser doucement ses mains de haut en bas sur les cuisses de Misha.

Le visage de Misha se décomposa.

— Ce n'est pas quelque chose que tes amants font habituellement ? Ou disent ?

Grim rit et pinça le menton de Misha, le poussant à plat contre le matelas, les deux mains coincées au-dessus de sa tête.

— Toujours gêné par cette histoire d'éjaculation faciale ?

— Je suis désolé. Je ne savais vraiment pas que j'aurais dû te le demander, geignit Misha, mais il ne montra pas le moindre soupçon d'inconfort lorsque Grim le retint.

— Ce n'est rien, le rassura Grim en embrassant le côté de son visage avant de faire courir ses lèvres sous sa mâchoire.

Il avait besoin que Misha soit aussi détendu que possible.

— Non. En général, ils disent que c'est la plus grosse qu'ils aient pris ou que je vais les déchirer.

Il expira, savourant l'odeur de la sueur de Misha.

— Ou ils me demandent de les étouffer pendant qu'on baise.

Misha le dévisagea, les lèvres entrouvertes.

— Je veux juste te sentir partout. Je veux que tu viennes en moi.

Les orteils de Grim se recroquevillèrent et il frissonna, faisant glisser sa langue sur les lèvres de Misha alors que l'excitation rougeoyante imprégnait la matière grise de son cerveau.

— Tu ne veux pas que ma bite. Tu *me* veux, moi, n'est-ce pas ? murmura-t-il en se balançant entre les cuisses de Misha, et il sursauta lorsque son sexe durcissant s'écrasa contre celui de Misha.

Celui-ci hocha la tête et enroula ses bras autour de son cou.

— Personne ne me connaîtra jamais comme toi.

Il s'arqua pour un baiser alors que son corps s'accordait au rythme de Grim.

Grim rapprocha l'une des cuisses de Misha et effleura le moignon, concentré sur ces lèvres succulentes.

— Non. Personne, mon petit oiseau. Tout comme personne d'autre ne saura jamais qui je suis vraiment. Je ne l'ai dit à personne d'autre.

Il cligna des yeux, contemplant le visage de Misha sortir de l'ombre et rouler sur le côté, vers la fenêtre.

— Personne ne sait qui a mis le feu à cette deuxième maison. Seulement toi.

Misha ferma les yeux pendant qu'ils s'embrassaient, et il passa ses doigts sur le cuir à l'arrière du masque de Grim.

— C'est comme si nous avions déjà fondu ensemble.

Grim souleva l'ourlet du débardeur de Misha et enfouit son visage entre ses pectoraux, embrassant la peau chaude. Même en le touchant à travers une couche de cuir, le contact lui semblait plus réel qu'avec n'importe quel autre prostitué auquel il pouvait penser.

— Tu veux des capotes ?

— Non. Je veux être à nu avec toi.

Le souffle de Misha se coupa, puis il éclata de rire.

— Oh, putain. Je viens d'avoir cette sensation de chaleur fantôme dans les orteils.

Le cœur de Grim fit un bond.

— C'était bon ? demanda-t-il en chatouillant le mollet de Misha alors que l'excitation montait en flèche dans ses veines. Tu sens que je les touche ?

— Je ne sais pas. Mais c'était bon. Comme mettre ses pieds près du radiateur par une soirée froide.

Le muscle de l'un des moignons se contracta contre les doigts de Grim.

Grim sourit et referma ses dents sur le téton de Misha, tirant sur la chair salée.

— Je vais te bouffer le cul. Tu en as envie ?

Les doigts de Misha se crispèrent contre la nuque de Grim, et il enfonça son érection dans le ventre de Grim.

— Oh, oui, s'il te plaît... On ne me l'a jamais fait.

Sa voix était douce et suppliante, juste comme Grim l'aimait.

— Non ? J'ai envie d'y goûter depuis la première fois que je l'ai vu à l'écran, murmura Grim, en traçant le mamelon de Misha avec sa langue. Il expira et pressa le membre de Misha à travers son short. Il était aussi dur que le sien.

— Je parie que c'est chaud à l'intérieur.

— C'est vrai ? chuchota Misha, s'agitant sous lui de la manière la plus douce qui soit et poussant contre la main de Grim comme un chiot avide.

Sa peau avait un goût frais, avec l'arôme du gel douche qu'il avait dû utiliser, mais l'excitation s'évaporait déjà de lui.

Grim lui sourit.

— Oui. Quand tu es bien ouvert après avoir utilisé un jouet, tu es si rose et juteux à l'intérieur. Et maintenant, je vais enfin pouvoir y goûter moi-même, dit-il en tirant sur le haut de Misha.

Il leva les bras pour faciliter la tâche de Grim et se glissa hors du vêtement avec un sourire et des joues rouges.

— J'ai aimé les jouets. Je pouvais faire les choses à mon propre rythme.

Ce fut comme une alarme qui se déclenchait dans la tête de Grim.

— On devrait peut-être t'en trouver alors, proposa-t-il en retirant son T-shirt moulant à manches longues.

Misha tendit la main vers le masque de Grim, qui ouvrit la bouche comme s'il voulait dire quelque chose, mais il ravala ses mots lorsque le cuir tira sur ses lèvres et son nez, décollé par les doigts de Misha. Une fois le masque enlevé, il put sentir l'air frais sur sa peau en sueur, et il peignit ses cheveux indisciplinés.

— Je te veux tellement...

— Je sais que ça peut paraître bizarre à cause de ce que j'ai vécu, mais j'aime la sensation d'une bonne baise bien dure.

Misha fit courir ses paumes le long du ventre de Grim. Tout ce que Grim devait faire maintenant était de baisser son short, et il aurait Misha nu devant lui.

— Ce qui m'a gâché ça, ce sont généralement les gens avec qui j'ai été.

Grim couvrit Misha de son propre corps, haletant lorsque leurs torses se touchèrent, créant un vide de chaleur.

— Ne pense pas à eux maintenant. Je vais faire ça bien. Je vais jouir si profondément en toi, promit-il.

Dès qu'il aurait retiré le short des jambes de Misha, l'érection parfaitement érigée et foncée serait toute à lui.

— Oui... souffla Misha en serrant Grim dans ses bras et en l'embrassant. Aïe, ta ceinture.

Grim se mit à rire et porta la main de Misha vers sa boucle, aimant la sensation de ces doigts chauds contre son sexe.

— Tu vas devoir t'en occuper toi-même, Birdie. Déballe-la.

La luxure indéniable dans les yeux de Misha chatouilla l'ego de Grim. Misha ne perdit pas de temps, débouclant la ceinture et la retirant avant de dézipper le pantalon, relâchant la pression autour de la verge raide de Grim.

— Putain, c'est bon, gémit-il, et il se retourna brièvement pour se débarrasser des vêtements qui lui restaient.

Il était de retour au-dessus de Misha en quelques secondes, le cœur léger.

— Donne-moi tes mains, dit-il en attrapant la ceinture tombée et en se calant entre les cuisses écartées, qui paraissaient déjà plus masculines avec les poils du corps de Misha qui commençaient enfin à repousser.

Misha sursauta, mais tendit les mains avec une confiance infinie dans les yeux. Grim pourrait l'avaler tout entier, comme le grand méchant loup qu'il était, et Misha ne saurait même pas ce qui l'avait frappé.

— Bon garçon, le félicita-t-il, et il passa la ceinture autour des poignets de Misha, la resserrant autour.

Si Misha en avait envie, il pouvait facilement se libérer, mais il ne s'agissait pas d'une vraie captivité. Grim voulait voir un autre signe de sa prétention sur le bel oiseau qui resterait avec lui, même s'il laissait la porte de sa cage grande ouverte.

— Écarte les jambes, dit-il, en se penchant vers la queue de Misha, ses yeux se concentrant sur les ombres sous le scrotum, son nez captant déjà l'odeur musquée de la luxure.

Il frissonna en imaginant son érection enfouie sous les testicules de Misha, veinée et ferme alors qu'elle se frayait lentement un chemin en lui.

Les yeux de Misha parcouraient tout le corps de Grim, et celui-ci contracta son ventre pour paraître plus grand, plus sexy, pour la seule paire d'yeux qu'il voulait voir le suivre pour toujours. Mais au moment où Misha écarta les jambes, Grim ne pouvait que penser au jeune corps qui s'ouvrait à lui si volontiers.

Il ne put réprimer le faible grognement qui sortit de sa gorge, et il commença à masser les jambes de Misha en petits cercles, déplaçant le toucher jusqu'aux moignons et à l'arrière. Les cuisses de Misha se contractèrent lorsque Grim se pencha, suivant l'odeur musquée de l'excitation, et rapprocha un épais oreiller.

Grim fit courir son nez et ses lèvres contre le dessous du sexe de Misha et lécha ses bourses, les vénérant, avant de descendre plus bas, traçant sa raie du bout de son nez. L'anus froncé de Misha se contracta légèrement au contact, et Grim avait hâte de le taquiner, imaginant tous ces jeunes muscles se resserrant autour de sa queue, les yeux innocents de Misha avalés par la luxure et leurs lèvres partageant un air sans oxygène.

Il embrassa l'une des fesses de Misha, puis se pencha à nouveau, suçant la peau lâche autour de ses bourses, tandis qu'il soulevait les hanches de Misha, juste assez pour pousser l'oreiller. Il commença à caresser les fesses de Misha avec le léger contact de ses doigts. Lorsqu'il ouvrit les yeux, il put voir tout de Misha – l'érection qui frétillait, là où elle reposait sur son ventre, ses yeux suppliants et ses mains qui restaient fermement attachées à la ceinture.

L'excitation poignarda l'estomac de Grim de plein fouet lorsque Misha gémit et écarta ses jambes en guise d'invitation. Il était le plus doux des plaisirs sexuels que Grim pouvait imaginer, mais cela le frappa également de voir à quel point il se sentait lié à Misha. Comment il ne pouvait pas comparer cela même au plus sexy des prostitués. Il y avait une tendresse qui s'accrochait à sa gorge chaque fois que ses yeux rencontraient ceux de Misha, et le sexe, bien que sale et charnel, les faisait aussi fondre ensemble.

Il passa son doigt à l'entrée du corps de Misha, tout en léchant son gland, savourant le liquide séminal amer, en désirant déjà plus.

Quand il s'abaissa, ramenant son visage vers ces fesses rondes et succulentes, il put entendre la respiration de Misha s'accélérer. Il leva le regard vers ses yeux brillants et brumeux et souffla de l'air chaud sur l'anus de Misha.

— Oh, putain, siffla celui-ci, et il reposa sa tête sur l'oreiller, son visage hors de la vue de Grim.

Quand il suivit sa raie du bout de sa langue, Misha resserra les cuisses, coinçant la tête de Grim. Il sourit quand les cheveux de Grim chatouillèrent la peau sensible.

— C'est bon ? demanda Grim, et il déposa un baiser humide à l'intérieur de sa cuisse avant d'écarter ses fesses.

Il leva les yeux, et au lieu d'aller directement vers la chair musquée, il traça de sa langue la peau lisse où les fesses s'inclinaient vers l'anus de Misha.

— Beaucoup. J'aime faire de nouvelles choses avec toi.

Misha cambra ses fesses vers le haut, et malgré le fait qu'il ait pris son temps pour le taquiner, Grim était impatient de voir l'extrémité de son sexe pousser en lui. Il ne manquerait pas l'occasion de regarder le visage de Misha lorsque cela se produirait.

Sa langue fit un petit plongeon dans l'orifice froncé, et quand il se contracta en résistance, Grim lapa autour, gémissant au goût salé de la peau. Il rendait Misha si frénétique qu'il le suppliait de l'enfoncer.

Mais quand Misha cala ses jambes sur les épaules de Grim, reposant ses moignons sur son corps, ce dernier gémit et en redemanda. Pendant des années, il avait désiré une relation sexuelle réciproque avec un amputé, et maintenant il l'avait enfin, avec non pas un, mais deux moignons se frottant contre sa peau.

Grim gémit avec envie et offrit à la peau plissée un baiser humide et exigeant, se cambrant contre le contact doux des jambes de Misha. Il les voulait partout. Il les voulait sur sa queue, mais surtout, il les voulait autour de son visage. Il était si dur qu'il eut besoin de soulever les hanches du lit pour ne pas jouir de toutes les sensations combinées.

— Plus... supplia Misha, et Grim eut hâte d'exaucer son souhait.

Chaque centimètre de sa langue avait envie de pénétrer et de détendre le sphincter de Misha pour ce qui allait venir plus tard.

— Oui ? Plus de ça ? susurra-t-il, en traçant l'orifice serré avec des coups de langue aguicheurs et en maintenant Misha en place quand il essaya de se déhancher.

— Oui. Vas-y.

Les mouvements des moignons sur le haut de son dos rendaient son cerveau brumeux de désir. Chacun de ses sombres besoins serait satisfait ce soir.

Il fredonnait et transperça l'anus de Misha avec sa langue, massant les fesses charnues tandis qu'il crachait sur l'orifice et faisait tournoyer sa langue sur les petits plis de peau autour de la chaleur qu'était l'entrée de Misha. Pousser sa langue à travers le sphincter semblait toujours susciter une réaction. Grim avait hâte de découvrir quelle serait cette réaction une fois qu'il aurait remplacé ses lèvres par son sexe.

À un moment donné, Misha tendit les fesses, et Grim les empoigna plus fort, seulement pour qu'un des moignons glisse sur sa nuque. Il était au paradis, et il voulait offrir la même chose à Misha, donc après quelques secondes de taquineries incessantes, il plongea sa langue, profondément cette fois, directement dans la chaleur en fusion de ce trou merveilleusement serré. L'anneau de muscles allait plus tard palpiter tout autour de sa queue et le tirer, de la même façon que les mots doux de Misha pouvaient tirer sur les cordes sensibles qu'il pensait avoir perdues. Il avait hâte de se retourner et de sucer sa propre sueur sur l'un des moignons glissant sur son dos.

Saisissant les hanches de Misha, il fit entrer et sortir sa langue, la poussant à l'intérieur et la faisant glisser de temps en temps pour taquiner l'entrée. Le corps de Misha se détendait à un rythme rapide, et tout ce que Grim pouvait penser était que cet orifice se dilatait largement pour l'accueillir.

Normalement, il pourrait jouer comme ça pendant des heures, mais s'il voulait finir à l'intérieur de Misha et non sur les draps, il devait faire vite. Il fit glisser sa langue, embrassa l'anus de Misha, ses bourses et sa verge, puis se pencha vers la table de chevet où il avait laissé le lubrifiant.

— Tu es si chaud.

— Dis-m'en plus, murmura Misha dans un souffle.

Grim avait beaucoup plus à dire sur le corps de Misha. Il l'avait regardé pendant des années, bavant devant l'écran et espérant au moins obtenir une réponse à ses lettres, alors que maintenant il avait Misha haletant, se tortillant, et prêt à prendre sa queue.

— Tu acceptes qui je suis, poursuivit Grim en versant du lubrifiant dans sa main et en balançant ses hanches pour que son érection frotte contre les bourses de Misha. Rien que ça, ça le fit frissonner.

Misha se redressa et le contempla, le visage rouge.

— Oui. C'est vrai... Putain, c'est si bon.

Son regard se posa sur la hampe de Grim, et avec ses mains liées, pendant une fraction de seconde, Grim l'imagina sans bras également, sans défense et prêt à prendre tout ce qu'il choisirait de lui donner. Grim ne voulait pas ça, pas vraiment. Il voulait que Misha soit souriant et heureux, et tandis que le fantasme faisait frémir sa verge d'excitation, il se retint de le partager avec son amant traumatisé.

— Ça vient, ronronna Grim en chatouillant l'entrée de Misha de ses doigts lubrifiés.

— Enfonce-les.

Cela ressemblait à une plainte impatiente, et Misha arqua les fesses, les remuant contre les doigts. Il laissa ses moignons reposer sur la poitrine de Grim, essayant délibérément d'alimenter le feu en Grim.

— Tu es un tel allumeur, gloussa Grim, mais après quelques frottements supplémentaires, il enfonça deux de ses doigts, sachant que Misha pouvait le supporter.

Le moignon était une présence brûlante sur sa poitrine. Un jour, il baiserait Misha sur la table, et embrasserait ses moignons partout tout en transperçant ce corps chaud et frissonnant.

Tout ce qu'il obtint en réponse fut un gémissement, et Misha ferma les yeux, les lèvres encore ouvertes. Il avait l'air différent des vidéos pornographiques qu'il avait faites avec Gary. Dans ces scènes, il était plus bruyant et utilisait un langage plus obscène, et quand Grim y repensait maintenant, ces réactions lui rappelaient davantage le porno que le sexe dans la vie réelle. Ici, dans l'obscurité, Misha était l'image de l'extase tranquille, et c'était seulement pour ses yeux.

— Oui ? C'est bon ? demanda-t-il, faisant tournoyer ses doigts à l'intérieur tandis qu'il se penchait sur Misha, embrassant ses mains liées, qui étaient jointes, comme s'il priait un dieu invisible.

— Oui. Prends ton temps...

Un sourire s'épanouit sur les lèvres de Misha, mais il garda les yeux fermés.

Grim sourit et fit des mouvements de ciseaux avec ses doigts, touchant la tache de naissance de Misha avec son pouce.

— Je pense que tu devrais te branler.

Misha lui jeta un regard à moitié flou et baissa les mains vers son érection, la coinçant entre ses paumes. Il était un prisonnier très consentant.

— Lentement. Je ne veux pas que tu jouisses tout de suite, murmura Grim, fasciné par la façon dont le prépuce de Misha découvrait et recouvrait le gland chaque fois qu'il bougeait ses paumes.

Il plongea un doigt de plus dans l'orifice de Misha, le faisant remuer contre la main qui l'envahissait. Cela donnait à Grim l'envie d'aller toujours plus loin, dans les endroits secrets du corps de Misha qu'il était le seul à pouvoir découvrir.

— C'est... dur.

Misha haleta et se caressa plus lentement, tandis que les pensées de Grim dérivaient vers les vidéos dans lesquelles il se branlait et se doigtait en même temps. Elles semblaient toujours plus personnelles que celles où Andrey se produisait avec son « petit ami » masqué.

Il appuya sa main contre l'entrée de Misha et observa ses réactions, le souffle coupé lorsqu'il remarqua une perle de liquide fuyant du méat. Il recommença encore et encore, s'assurant d'appuyer doucement sur la prostate, pour ne pas submerger tout de suite Misha de sensations. Mais une fois qu'il eut trouvé le point sensible, les gémissements de Misha se firent plus forts, et Grim put sentir les muscles internes de son amant se contracter autour de ses doigts, bien qu'il soit plus détendu que jamais.

— Putain ! Oh putain... gémit Misha, et son moignon glissa jusqu'aux genoux de Grim, se posant contre son érection.

Ce fut presque comme être touché par un tisonnier brûlant, mais en même temps presque assez bon pour envoyer des jets de sperme partout sur sa jambe. Grim saisit les mains de Misha et les éloigna de sa hampe, respirant difficilement en regardant dans ses grands yeux bruns.

Misha fit glisser son moignon sur le membre de Grim de la base au gland. C'était le paradis et l'enfer combinés.

Grim gémit et appuya sur la prostate de Misha avec un peu plus de force, le faisant se tortiller encore plus. Il embrassa les lèvres de Misha et ajouta lentement son petit doigt aux trois autres, qui étaient déjà à l'intérieur. Il ne rentra pas aussi facilement, mais après un moment de poussées et de torsions, ses quatre doigts s'enfoncèrent presque jusqu'à la jointure.

Grim se figea en entendant un cri plus aigu, mais Misha continua à gémir et à se tortiller, sentant délicieusement la sueur et l'excitation. Grim ajouta plus de lubrifiant pour faire bonne mesure et prit son temps pour faire tournoyer ses doigts dans le trou glissant. Il ne semblait pas y avoir de douleur, et il sourit, embrassant le gland de Misha avant de lécher un peu de l'humidité qu'il répandait sur le ventre tremblant de Misha.

— Dis-moi quand tu seras prêt, prononça-t-il en attrapant la base de sa queue pour se calmer.

L'attente était exaspérante, et il espérait ne pas jouir tout de suite, comme un adolescent trop pressé.

— Quand…

Ce fut à peine audible alors que la poitrine de Misha se gonflait et que ses lèvres tremblaient. Misha se mit à quatre pattes une fois que Grim avait retiré ses doigts. Son orifice rose tressaillit quand il cambra le bassin, présentant à Grim ses fesses rondes et ses jambes uniques.

C'était un si beau spectacle que Grim ne put résister et embrassa son coccyx, caressant l'une de ses fesses tout en reposant sa main glissante sur sa propre érection.

— Tu es prêt ? Tu veux bien te retourner vers moi ?

Misha regarda par-dessus son épaule, quelques mèches collant à son visage.

— Je sais que tu seras doux.

Grim embrassa à nouveau la peau de Misha et se redressa, récupérant le lubrifiant. Il laissa retomber sa bite épaisse entre les fesses de Misha et haleta, la regardant monter et descendre dans la raie tandis qu'il balançait les hanches. Il savait déjà que Misha serait serré autour d'elle.

— Oui, regarde-moi, mon petit oiseau, demanda-t-il, en versant le lubrifiant directement sur son membre.

— Que pourrais-je faire d'autre ? Tu es mieux que le porno. J'aime la façon dont les muscles de ton ventre bougent quand tu respires fort. Ta queue est déjà si bonne.

Les moignons de Misha continuaient à se déplacer et à se contracter, rendant l'excitation de Grim plus difficile à contenir.

Il enduisit son érection et positionna son gland contre l'entrée gonflée, poussant doucement et regardant Misha à travers la brume d'excitation qui s'enroulait autour de ses bourses.

— Doucement, bébé.

Le langage corporel de Misha l'invitait à entrer. Ils étaient peau contre peau, et son sperme resterait dans le corps serré de Misha. Rien que le fait de pouvoir enfoncer l'extrémité dans le canal de Misha le rendait tout chaud. Ce garçon était tout à lui. Pas un copain de baise, pas un coup d'un soir. Seulement à lui.

Il poussa, avec plus de force cette fois, et le corps de Misha s'ouvrit, l'aspirant dans sa chaleur infinie. Grim gémit et serra sa main sur le dos de Misha tout en gardant une prise ferme sur la base de sa verge. Son esprit était un fouillis de bruits blancs, bloquant tout ce qui n'était pas l'écho des pulsations de leurs corps réunis.

Quand il contempla le visage de Misha, leurs regards s'ancrèrent, et il y avait tellement de besoin caché derrière les yeux de Misha que Grim ne voulait plus jamais se retirer de cette chaleur palpitante.

— C'est gros, mais ça fait du bien, chuchota Misha, à bout de souffle.

— Oui... c'est génial, putain, murmura Grim, tirant les hanches de Misha vers lui.

Son amant devait être aussi ouvert que possible lorsqu'il le pénétrerait plus profondément, introduisant lentement une plus grande partie de sa longueur dans cet orifice bien étiré. La prochaine fois, ils le feraient en pleine lumière pour qu'il puisse admirer la chair autour de lui devenir un peu plus pâle. Pour l'instant, il se contenterait d'apprécier la vue de sa queue disparaissant dans le cul de Misha. Si torride. Et Misha avait toujours ses mains coincées sous lui dans la boucle de ceinture. Si Grim le voulait, il pouvait faire n'importe quoi à ce garçon. Lui arracher les plumes une par une. Il ne le ferait jamais, mais il mentirait s'il disait qu'il n'appréciait pas le sentiment ultime de puissance que cela lui offrait.

Le canal de Misha se crispa autour de son érection, l'enserrant déjà, et quand Grim se retira un peu pour relâcher la pression, les hanches de Misha le suivirent, comme s'il suppliait pour en avoir plus.

Grim râla son plaisir et caressa la cuisse de Misha, s'enfonçant lentement, se méfiant de toute gêne qu'il pourrait voir sur ce beau visage. Mais même s'il était difficile d'empêcher ses hanches de pousser plus fort et de donner à Misha plus qu'il ne pouvait supporter, lentement mais sûrement, il s'enfonça dans ce fourreau étroit qui ne semblait rien avoir perdu son appétit.

Misha haleta et souleva légèrement les hanches, ce qui amena Grim à se demander s'il ne cherchait pas un espace pour se caresser.

— Elle est énorme. Merde ! gémit-il avant de cacher son visage dans un oreiller.

Grim s'esclaffa, et son cœur rata un battement quand il donna une claque ludique sur le cul de Misha.

— Je te l'avais dit, haleta-t-il, en se retirant, seulement pour pousser plus profondément, mais finalement, il décida de ne pas aller plus loin que la première fois et saisit la partie restante de son sexe, se balançant d'avant en arrière dans le corps de Misha.

La chair semblait s'étendre sur toutes ses veines, si chaude et douce autour de lui.

— Je sais, marmonna Misha dans son oreiller. Mais le voir, le *ressentir* ? Ce sont deux choses différentes. Tu n'as pas fait grand-chose d'autre que de la faire glisser, pourtant j'ai déjà l'impression de me faire *vraiment* baiser.

Il écarta les jambes en guise d'invitation, alors Grim n'hésita pas et alla et vint à un rythme plus rapide, sa main libre fermement plantée sur la hanche de Misha.

Grim dessina un petit cercle d'un mouvement de bassin, trouvant un autre angle, et à partir de là, ça ne fit qu'empirer. Ne voyant aucun signe de douleur chez Misha, il se laissa aller et le baisa un peu plus fort, tandis que la chair souple avalait sa hampe sans même une trace de protestation. Elle s'étirait pour l'accueillir, et il avait presque l'impression d'être sucé, attiré plus profondément.

— Allonge-toi sur moi. Serre-moi fort, quémanda Misha, remuant sous lui et faisant trembler son membre.

Ses cheveux couvraient son visage, mais Grim était maintenant certain qu'il se masturbait pendant qu'il le pénétrait.

Il se laissa tomber en avant, soutenant son poids d'une main, et lâcha la base de sa verge pour passer un bras sous Misha et le plaquer contre sa poitrine. Le monde devint incontrôlable, il poussa fort et Misha cria. Grim se retira un peu et l'embrassa, effleurant de ses dents la peau chaude et moite du dos de son amant.

— Je suis là, mon petit oiseau. Je ne te laisserai pas partir.

— C'est si bon. Je vais jouir, gémit Misha, et quand Grim embrassa son oreille, il put la sentir brûler de chaleur.

Maintenant qu'il était allongé sur Misha, il pouvait sentir tous les petits mouvements de ce corps charmant, chaque contraction de son cul et chaque tension de ses muscles.

Il n'était jamais allé aussi loin avec Coy. À l'époque, ils étaient jeunes et ne faisaient que s'amuser. Il avait souhaité du sexe plus brutal plus tard, mais aucun autre partenaire n'avait réussi à créer le genre de connexion qu'il avait partagé avec son premier amour. Jusqu'à maintenant.

Personne d'autre n'était aussi vulnérable avec lui que Misha, et personne d'autre n'avait le corps de rêve pour lui, avec des moignons lisses et léchables. Le simple fait que les jambes de Misha soient plus courtes rendait l'expérience unique. Comme quand il les avait posées sur la poitrine de Grim d'une manière qui n'aurait pas fonctionné avec un membre entier. La façon dont le moignon avait glissé sur sa queue, son toucher différent de toute autre partie du corps. Et maintenant qu'un lien de confiance avait été forgé, Misha s'abandonnait à lui si magnifiquement.

Quand Misha atteignit la jouissance, poussant son cul encore plus fort sur l'érection de Grim, les contractions de son fourreau furent comme une explosion d'excitation. Grim cria, l'attirant contre lui et léchant son omoplate, à bout de souffle, alors que l'orgasme le balayait également, le transformant en un désordre tremblant. Il se pelotonna sur Misha, embrassant sa peau avec ferveur jusqu'à ce que les explosions de plaisir se calment, le laissant avec un bourdonnement persistant qui lui donnait l'impression qu'il ne pouvait pas être plus heureux.

— Misha ?

— Oui ? répondit celui-ci après quelques respirations irrégulières.

Grim réfléchit aux choses qu'il pourrait dire, mais il se contenta de dire :

— Tu veux que je me retire maintenant ?

Misha tourna la tête et le regarda, tout rougi et la respiration lourde.

— Je veux juste... être.

— OK, chuchota Grim, et il roula très lentement sur le côté, gardant son sexe à l'intérieur de Misha tandis qu'il le tirait.

Ils étaient en sueur, et il aimait ça.

Misha gémit et posa son moignon sur le genou de Grim.

— Oh... Cette position est différente aussi.

Grim sourit et tendit son bras, retirant la ceinture de ses mains et saisissant l'une d'elles doucement. Il n'avait pas pensé que c'était possible, mais la rémanence, alors qu'ils étaient si étroitement enlacés, pouvait être encore meilleure que le sexe lui-même. Misha plaqua son dos contre Grim, murmurant quelque chose avec un sourire flottant sur sa bouche.

— Qu'est-ce que tu dis ? demanda Grim, appréciant la façon dont sa verge ramollissait dans le corps encore serré de Misha.

— Je ne me souviens pas de la dernière fois où je me suis senti aussi bien, répéta Misha en entrelaçant leurs doigts.

Un étrange sentiment de picotement se répandit en Grim, et il posa sa tête sur celle de Misha, buvant la chaleur de ses joues.

— Je vais faire en sorte que tu te sentes comme ça plus souvent alors.

Misha porta la main de Grim à ses lèvres et embrassa ses doigts.

— Tu m'aides à oublier.

Grim soupira et se retira lentement du corps de Misha avant de se blottir contre lui pour de bon. C'était agréable de s'allonger ensemble comme ça. Si paisible.

— Tout se passera bien. Je te le promets.
— Je pense que je dois encore m'habituer à ne pas avoir à m'inquiéter tous les jours.
— Ah oui ? Tu m'as dit que toutes tes journées étaient les mêmes, murmura Grim, en respirant l'odeur du sperme de Misha.

Il ne pouvait pas imaginer à quel point une telle vie lui aurait semblé étroite, lui qui était habitué à parcourir les routes ouvertes et à trouver sans cesse de nouveaux endroits où rester.

— Chaque jour, Gary aurait pu changer d'avis à mon sujet. Chaque jour, il aurait pu me vendre s'il en avait eu envie. Personne ne m'aurait consulté à ce sujet, alors ça aurait pu arriver.

Grim tira sur l'épaule de Misha et le fit rouler sur le dos pour qu'ils puissent se regarder.

— Comment c'était ? De vivre avec lui ? interrogea-t-il, car il voulait soudain vraiment savoir.

Non pas parce qu'il avait besoin d'encore plus de raisons de haïr cet homme, mais parce qu'il voulait mieux comprendre Misha.

— Je m'étais tellement habitué à lui que j'ai cessé de le voir comme le méchant, expliqua Misha en tendant la main pour caresser la joue de Grim. Il y avait des jours où je me sentais heureux, juste parce qu'il me laissait errer dans son salon, ou quand il m'offrait quelque chose de bêtement insignifiant. Et parfois, je faisais abstraction de tout et j'aimais le sexe. Il n'était pas trop brutal.

Misha détourna le regard, toujours rouge et les cheveux ébouriffés, mais avec une tristesse malvenue dans son regard.

— Je suis un tel idiot. Je n'aurais pas dû aimer ça.

Grim prit une profonde inspiration et poussa à nouveau le visage de Misha vers lui, complètement concentré malgré la paresse post-coïtale qui fondait dans ses muscles.

— Pourquoi ? Ne dis pas ça. Tu étais là pendant quoi... cinq ans ? Je serais devenu fou. Peut-être que tu ne l'as pas fait parce que tu as trouvé des choses positives sur lesquelles te concentrer ?

Misha hocha la tête, ses yeux devenant légèrement brillants.

— Je devais trouver des choses qui me rendraient heureux. Et si j'étais sage, il m'offrait de nouveaux livres, des films, quelque chose de bon à manger. Je pense que je suis en colère de ne pas avoir fait plus pour le contrarier. Mais s'il m'en voulait, il aurait pu me rendre à Zero...

— Est-ce qu'il l'aurait fait ? Ne t'aimait-il pas... à un certain niveau ? demanda Grim en déposant un lent baiser sur le front de Misha.

Il n'était en aucun cas un homme bon, mais cela le rendait malade de penser que quelqu'un puisse traiter son partenaire de cette façon.

— Je ne sais pas. Je pense qu'il aimait mes moignons plus que moi. Il était juste heureux d'y avoir accès.

Grim se renfrogna. Misha l'avait accusé de la même chose au début de leur relation. Mais était-il comme ça ? Serait-il toujours intéressé par Misha s'il n'avait pas de moignons ? Il n'avait aucun moyen de le savoir vraiment.

— Je suis gêné d'avoir aimé certaines parties de lui, mais je devais m'accrocher à quelque chose. C'était plus facile de ne pas le voir comme un monstre.

Misha laissa échapper un long soupir.

— Il est mort maintenant. Il a eu ce qu'il méritait.

Grim fit courir ses doigts de haut en bas sur la poitrine de Misha.

— Et moi, alors ? Est-ce que c'est aussi le syndrome de Stockholm ? demanda-t-il en levant le regard vers Misha, son estomac se serrant dès que leurs yeux se rencontrèrent.

Le visage de Misha devint froid et sérieux.

— Non. Je t'ai choisi. Pas seulement parce que j'aurais eu du mal à me débrouiller seul. Être avec toi est quelque chose de complètement différent. C'est comme avoir un loup domestiqué. Bien sûr, il peut faire des bêtises, parce que c'est un loup, mais il est toujours à toi et il te protégera.

Il s'empourpra au moment où Grim plissa les yeux.

— Désolé, je ne voulais pas dire que tu es un chien...

Grim ricana et l'embrassa sur la bouche, roulant partiellement sur lui et poussant sa jambe entre ses cuisses.

— Tu es en train de dire que tu m'as domestiqué ? Mes frères se moqueraient de moi.

Misha déplaça ses mains vers la nuque de Grim.

— Tu es toujours un loup.

Grim le regarda, une tendresse s'emparant de sa gorge.

— Et un loup protégera toujours sa chienne.

Misha déglutit et l'attira pour l'embrasser.

— Je ne devrais pas aimer entendre ça, mais c'est le cas.

— Tu n'es pas juste une salope. Tu es *ma* salope. Il y a une différence, dit Grim, jouant avec les lèvres de Misha.

Misha ouvrit la bouche en signe d'invitation et enroula les jambes autour de la cuisse de Grim. Et peu importait à quel point Misha pouvait être un emmerdeur parfois, il était l'incarnation de tout ce dont Grim avait besoin chez un partenaire.

Mais quelque chose traînait toujours au fond de l'esprit de Grim, même si le baiser était une distraction bienvenue. Il embrassa Misha et se racla la gorge.

— Ce garçon dont tu m'as parlé... l'ont-ils déjà enlevé ?

Misha se figea, mais il n'avait nulle part où aller pour éviter les yeux de Grim quand il était sous lui.

— Je ne sais pas. C'était il n'y a pas si longtemps, puis tout le raid est arrivé... Je veux croire qu'il est en sécurité.

Grim sourit et se pencha sur lui. S'ils ne faisaient rien, Misha continuerait à se tourmenter jusqu'à la fin des temps, et c'était la dernière chose que Grim voulait.

— Sais-tu comment le contacter ?

— En quelque sorte. Mais je n'ai vraiment pas envie d'aller sur Internet. Je parie qu'ils sont toujours en train de pirater son ordinateur.

Misha resta silencieux pendant un moment, avant d'ajouter :

— Mais je sais où il habite

— Où ?

— À Betsville. Je me souviens de l'adresse exacte. J'ai... une mémoire anormalement bonne. Parfois, j'aimerais ne pas en avoir, mais j'en ai une.

— Où est-ce que c'est ? Quel État ? demanda Grim, son esprit reprenant sa fonction normale dès qu'il y avait un travail à faire.

— Au nord de l'Ohio. Pourquoi ?

Grim se redressa et regarda la lune à l'extérieur, un petit sourire s'étendant sur sa bouche.

— On pourrait y arriver en une journée. Nous devrions y aller.

— Pour l'avertir. S'assurer qu'il va bien... S'excuser. J'aimerais vraiment ça. Tu ferais ça pour moi ?

L'expression sur le visage de Misha et la confiance que Grim pouvait y voir rendirent son humeur encore plus légère.

— Bien sûr que oui. Je ne peux pas te laisser t'angoisser pour le reste de ta vie.
— Merci ! Ce ne sera pas une longue visite. On entre et on sort.
— Entrer et sortir ? Ça a l'air pervers, plaisanta Grim, en se retournant pour s'allonger à côté de Misha.

Il était en sueur, il y avait du sperme sur ses cuisses et des bleus sur ses côtes, mais il ne s'en souciait pas du tout.

Chapitre 19 – Grim

La route jusqu'à Betsville, Ohio, fut longue et sans heurts, mais cela ne dérangea pas Grim le moins du monde. Misha passa la plupart du temps à résoudre tranquillement quelques dizaines de sudokus et à bavarder avec lui. Au fond de son esprit, Grim savait que Dennis irait probablement bien, mais il voulait quand même vérifier et prévenir le gars si nécessaire.

Ils passèrent devant une station-service qui ne semblait pas avoir beaucoup de trafic à cette heure de la journée, puis descendirent la route, suivant les instructions du système de navigation. Avec la lumière du soleil qui rendait l'asphalte orange foncé, une satisfaction paresseuse remplissait les os de Grim alors qu'il passait son bras sur les épaules de Misha et le tirait vers lui. Ils étaient restés à Charleston pendant quelques jours, profitant des avantages d'avoir de la compagnie pour une fois, et il était heureux de voir Misha se réchauffer en présence d'inconnus. Il semblait vraiment faire confiance au jugement de Grim quand il s'agissait de personnes, ce qui était une sorte de progrès, si l'on considérait la peur qu'il avait de tout étranger il y avait quelques semaines.

Le poids de la déclaration de Misha était encore frais dans l'esprit de Grim, et il avait du mal à ne pas sourire chaque fois qu'il regardait son doux et joli petit ami. Misha avait été le premier depuis Coy à lui avouer son amour, mais même si Grim ne voulait pas les comparer injustement, il avait l'impression que les mots de Misha étaient plus sincères. Ils étaient tous deux adultes, et la vérité était que Misha était prêt à l'aimer malgré le côté sombre qu'il avait toujours caché à Coy, par peur du rejet.

Et il l'aurait été. Coy avait été une personne trop bonne, trop pure pour accepter l'amour d'un vrai prédateur, même s'il était lui-même à l'abri des dents acérées de Grim. Misha, par contre, était prêt à le prendre comme il était. Il souriait toujours, murmurait des mots doux, et le suçait, peu importait comment Grim gagnait sa vie ou comment il *aimait* gagner sa vie d'ailleurs. C'était bien plus que ce que Grim n'aurait jamais pu espérer.

Misha lui caressa la cuisse avec un sourire.

— Je suis triste de devoir le décevoir au sujet de la réunion que je lui avais promise.

— Ne voulait-il pas vous voir de toute façon ? Ce sera encore mieux. Sa star du porno bien-aimée apparaît sur le pas de sa porte ! dit Grim en serrant Misha d'un bras.

Misha tapota ses doigts sur le jean de Grim.

— Avec un grand méchant petit ami.

Grim se mordit la lèvre, appréciant la façon dont Misha le touchait presque tout le temps. L'affection physique n'était pas quelque chose qu'il avait beaucoup reçu au cours de sa vie.

— Est-il... un dévot ?

Misha resta silencieux pendant un moment.

— Je pense que c'est un simulateur. Tu sais, il aime faire semblant d'être en fauteuil roulant. Je pense. Il était excité d'apprendre comment je fais certaines choses sans le bas de mes jambes.

Grim fronça les sourcils.

— Comme quoi ?

— Comment j'atteins un truc sur une étagère plus haute. Si je peux bouger sur mes genoux, si j'ai des douleurs fantômes... ce genre de choses.

Grim avait toujours trouvé ce genre de choses étranges, mais qui était-il pour juger ?

— Ça te fait peur ? Que quelqu'un veuille agir comme s'il était handicapé ?

Misha fit la moue et haussa les épaules.

— Pas vraiment, non. C'est bizarre, mais inoffensif. Les dévots peuvent être beaucoup plus dangereux à mes yeux. Sans vouloir t'offenser.

— Ouais, certains gars sont un peu... harceleurs, je suppose. C'est une bonne chose que tu aies fini avec un homme aussi bien.

Misha renifla.

— Un si beau spécimen. Et si modeste aussi.

Grim rit et serra sa main sur la nuque de Misha.

— Ouais, moque-toi de moi, on verra comment tu chanteras quand je te monterai à nouveau.

Les joues de Misha furent éclaboussées de rouge, mais cela devenait maintenant moins visible avec sa peau dorée par le bronzage.

— C'était... intense.

Grim lui massa le dos, se rappelant combien il avait été bon d'être enfoui dans le corps serré et souple de Misha, à peine quelques jours auparavant. Misha avait gémi, crié, et frissonné, empalé sur sa queue, et il le ferait à nouveau bien assez tôt. Mais pas aujourd'hui. Grim ne voulait pas le blesser à long terme, et il était satisfait de ne pouvoir le prendre que de temps en temps, d'autant plus qu'il n'était même pas sûr que cela se produise *un jour*. Tout le monde n'aimait pas être pénétré, encore moins par un sexe aussi énorme que celui de Grim, et il ne renoncerait pas à quelqu'un d'aussi parfait que Misha pour une raison aussi insignifiante. Ce n'était pas sa façon habituelle de faire l'amour de toute façon, et il se contenterait de pouvoir faire *toutes les autres choses tant que* Misha resterait à ses côtés.

— Tu as encore mal ?

— Non, mais je peux encore me rappeler viscéralement le sentiment, répondit Misha, lui envoyant un baiser aérien.

Grim rit, mais son attention se reporta sur la route lorsqu'il remarqua qu'ils approchaient de leur but. Dennis vivait en dehors de la ville, et les maisons étaient un peu éparpillées ici, mais lorsqu'il vit le numéro à l'avant d'un petit bungalow sans garage, il entra dans la cour avant et arrêta le camion.

— Je pense que c'est ici.

Bien qu'il s'agisse d'une visite préventive, Grim ne pouvait s'empêcher de ressentir un frisson dans le dos et d'aiguiser son attention. Juste au cas où.

Misha prit une profonde inspiration.

— OK, allons-y.

Grim sauta de la cabine, atterrissant sur le gravier blanc.

— Il est parti ? Il ne devrait pas y avoir une voiture.

— Comment suis-je censé savoir ? grommela Misha en ouvrant la portière et se tournant de côté, attendant Grim.

Grim haussa les sourcils, mais laissa tomber et sortit le fauteuil roulant de l'arrière du camion, contemplant sa moto avec nostalgie. Il fallait qu'il trouve une voiture pour Misha et qu'il reprenne la route, sinon il finirait par devenir fou à force d'être enfermé dans une boîte, même en si bonne compagnie.

— Je ne sais pas… parce que tu es ami avec lui ?

— Je n'irais pas jusque-là. Et ça fait quoi ? Plus d'un mois maintenant, répliqua Misha en le regardant avec un petit sourire.

Grim ne put s'empêcher de sourire en retour alors qu'il le soulevait doucement du siège et le maintenait debout bien plus longtemps que nécessaire.

— Un mois. C'est passé vite.

— C'est un pouvoir spécial que les amputés détiennent. Nous pouvons accélérer et ralentir le temps, dit Misha en gardant son sérieux et en poussant les roues de son fauteuil vers l'avant une fois qu'il y était assis.

— Créatures magiques. Pas étonnant que vous m'ayez tous ensorcelé, plaisanta Grim en le suivant jusqu'à la porte.

Il mit la main sur l'une de ses armes, mais il ne s'attendait pas à une compagnie indésirable sans voiture dans les parages.

— Et les gays sont encore plus rares. Les licornes, c'est ça ?

Misha était près de la porte, mais il s'arrêta, comme s'il avait oublié comment frapper.

Grim donna un léger coup de pied à sa roue.

— Tu ne peux pas atteindre la sonnette ?

Misha soupira et prit quelques secondes de plus, mais finit par appuyer sur le bouton, croisant les bras sur sa poitrine lorsqu'ils entendirent une forte mélodie à l'intérieur.

— Pourquoi es-tu si nerveux ? Il ne t'arrivera rien avec moi ici, chuchota Grim, ricanant avec fierté.

— Je sais, c'est juste que… ça me ramène à la vie avec Gary et ça me met mal à l'aise. Je suis sur le point de rencontrer une autre personne qui m'a vu à l'envers. C'est embarrassant.

— Je devrais vraiment te montrer ces films que j'ai faits. Comme ça, on sera deux, suggéra Grim en lui ébouriffant les cheveux, même s'il n'était pas fier de son travail dans le porno.

Il n'avait pas été si bon, et il avait eu du mal à rester dur avec tout ce monde qui le regardait. Il préférait retourner cambrioler des maisons plutôt que de retourner sur un plateau de tournage.

— Peut-être que tu devrais, ricana Misha, puis il sonna à nouveau, plus longtemps cette fois.

Un malaise s'installa dans l'estomac de Grim.

— A-t-il dit où il travaillait ?

— De chez lui.

Misha leva les yeux vers lui et sonna quelques fois de plus à la porte.

— Il est un peu tard, fit remarquer Grim en regardant sa montre.

Il était presque vingt heures. Lorsque son regard se porta vers la route, il remarqua la boîte aux lettres et s'en approcha à grandes enjambées. Il n'eut même pas besoin de l'ouvrir pour constater qu'elle était pleine, et son estomac se tordit lorsqu'il tira le rabat et la vida de toute une pile de lettres.

Le visage de Misha blêmit, mais il resta silencieux. Il entrelaça ses doigts sur ses genoux et fit craquer ses articulations.

Grim feuilleta le courrier, l'espoir ne mourant en lui que quand il nota un avis avec une date datant de trois semaines en arrière.

— Putain, marmonna-t-il, se sentant soudainement vide.

Il ne voulait pas regarder Misha, mais le souffle rauque à proximité lui rappelait que Misha était là, attendant des réponses que Grim ne pouvait pas fournir.

— Écoute... peut-être qu'il est en vacances, suggéra Grim, même s'il n'y croyait pas vraiment.

C'était un putain de cauchemar. Misha ne se pardonnerait jamais si ces enculés avaient enlevé quelqu'un à cause de lui.

— Il n'avait pas assez d'argent pour aller où que ce soit. Ce voyage pour me rencontrer était censé être ses premières vacances en trois ans.

La voix de Misha était devenue plus aiguë, et Grim se résolut à le regarder.

— Tu as son numéro de téléphone ? Son e-mail ?

Il se sentait malade rien qu'en y pensant. Et même s'il ne pouvait pas blâmer Misha de vouloir se sauver, il ne pouvait pas mentir et dire qu'il ne se souciait pas de ce qui avait pu arriver à Dennis.

Un autre garçon allait être mutilé. De la même façon que Misha et cette fille du chapitre de Louisiane.

Misha lui dicta le numéro de téléphone et l'e-mail. Il avait vraiment une mémoire étrangement bonne. Grim remit le courrier où il l'avait trouvé et écouta le bip de son téléphone portable, tandis que son estomac se retournait de colère. Il n'était pas un chevalier en armure brillante, mais couper les membres des gens lui déclenchait des réactions viscérales, qu'il ne pouvait pas arrêter.

— Il va mourir, chuchota Misha. Et je l'ai entraîné là-dedans.

Grim jura et se frotta le front, puis laissa finalement tomber l'appel. Misha avait raison. Personne ne décrocherait. Il croisa les bras et regarda Misha, ne sachant pas quoi dire. C'était fini. Zero, et le garçon d'ailleurs, pouvait être n'importe où.

— Il va le découper... murmura Misha d'une voix aiguë et sourde, tandis qu'il passait ses doigts sur la porte.

Grim baissa les yeux sur lui, sachant qu'il devait se reprendre et aider Misha à oublier. Ces choses-là arrivaient parfois. Ils étaient venus trop tard. Tout comme il avait été trop tard pour sauver Misha. Pour sauver Coy.

— Tu n'en sais rien. Peut-être qu'ils ont besoin de lui pour autre chose.

— Ouais, comme un viol, siffla Misha en serrant les poings, si petit dans le fauteuil roulant malgré ses bras bien définis.

Grim pinça les lèvres et donna un coup de pied dans un morceau de gravier plus sombre contre le mur.

— Il n'y a rien que nous puissions faire. Peut-être que la police finira par faire une descente, dit-il, même si ce n'était qu'un vœu pieux.

Misha se lécha les lèvres, et le silence se prolongea dans ce qui lui sembla être une éternité.

— Peux-tu entrer dans cette maison ? demanda Misha.

Grim fronça les sourcils et regarda à nouveau la porte.

— Tu penses qu'il est là-dedans ?

— Non, mais je peux peut-être fouiller dans son ordinateur et trouver une solution.

Les bras de Grim se détendirent, et ce fut comme si l'adrénaline alimentait à nouveau son système sanguin.

— Oui, tu es un hacker.

Il s'approcha rapidement de la porte, sortant sa propre version du couteau suisse. Entrer par effraction ne lui prit même pas une minute. Les maisons à la campagne avaient tendance à être des proies faciles, avec leurs serrures simples et la confiance trop grande accordée aux étrangers.

— Une grande partie de ce que je sais devrait encore être valable. Je me souviens de la façon dont j'ai piraté leur système, j'avais juste... espéré que je n'aurais pas à utiliser ces connaissances.

Grim le regarda, un peu en conflit avec tout cela, sachant que Misha revivrait ce jour encore et encore. Mais, d'un autre côté, s'ils n'essayaient pas, Misha ne se pardonnerait jamais. Ou lui, d'ailleurs. Grim savait une chose ou deux sur le regret, et il ferait beaucoup pour épargner cette douleur à Misha.

Il poussa la porte et grimaça à l'odeur de poussière et de produits avariés. Ce n'était pas la maison de quelqu'un qui partait en vacances. Un cahier et plusieurs morceaux de papier étaient éparpillés par terre, et en avançant plus loin, toute une série de stylos jonchait le tapis, à côté d'une tasse tombée.

— Merde, murmura Grim en arrêtant Misha avant qu'il ne puisse rouler à l'intérieur. Ne laisse pas d'empreintes digitales.

Misha hocha la tête et fouilla dans son sac pour en sortir les gants que Grim lui avait achetés pour la visite chez Pat l'homophobe.

— As-tu laissé des empreintes sur les lettres ? demanda Misha en roulant dans le couloir.

Grim se massa le nez.

— Probablement, mais elles sont arrivées après la disparition de Dennis, rappela-t-il en le suivant à l'intérieur et en enfilant lui aussi ses gants.

La puanteur de la nourriture provenait de la grande pièce sur le côté gauche, et le paysage à l'intérieur de la maison criait à la lutte avec des chaises tombées sur le plancher en bois et de grandes taches de liquide séché sur les panneaux. Il y avait une assiette de nourriture sur la table basse, maintenant recouverte d'un duvet gris et blanc.

— J'ai trouvé son ordinateur, annonça Misha de loin, et égoïstement, une partie de Grim souhaita qu'ils ne soient pas venus ici pour voir comment allait Dennis.

Misha n'aurait alors pas à faire face à l'horreur de ce qu'il avait vécu une fois de plus. C'était la faute de Grim. C'était lui qui lui avait mis cette idée en tête, et maintenant ils allaient tous les deux en subir les conséquences. Il passa devant une chambre ouverte avec un lit double bien rangé et entra directement dans la porte ouverte de ce qui ressemblait à un bureau à domicile. Il s'arrêta dans son élan quand il aperçut un fauteuil roulant dans le coin. Ce devait être celui de Dennis.

Misha jeta un regard à Grim par-dessus son épaule et ramena ses cheveux en une courte queue de cheval. Il sortit le clavier de dessous le bureau et alluma l'ordinateur, fixant l'écran en silence. Une fois que le formulaire de connexion apparut à l'écran, il tapa quelque chose et se connecta après quelques tentatives.

— Tu connais son mot de passe ? demanda Grim, et il se lécha les lèvres, mal à l'aise à l'idée que Misha puisse tout aussi bien se faufiler dans sa tablette.

Misha secoua la tête.

— J'ai essayé « password », puis « drowssap », puis la même chose avec un zéro à la place du « o ». Ça a marché. J'avais quelques autres suppositions que je pouvais essayer, mais sinon, j'aurais renoncé à le craquer et serais carrément passé outre le système d'exploitation.

Grim se renfrogna, fixant Misha avec un sentiment d'inadéquation. Il lui fallut plusieurs secondes pour comprendre que « drowssap » était « password » écrit à l'envers. Il n'avait pas non plus la moindre idée de la façon dont on pouvait contourner un système, mais là encore, chacun avait ses forces. C'était celle de Misha, même s'il avait jusqu'à présent fait tout son possible pour enterrer ces compétences et la souffrance qu'elles lui apportaient.

Même avec les gants, il était rapide sur le clavier, et Grim ne comprenait pas tout ce qu'il faisait, car il ouvrait plusieurs fenêtres dans lesquelles il écrivait en code, donc tout ce que Grim pouvait faire était de regarder et d'attendre.

Il rapprocha lentement le fauteuil roulant vide et s'y assit, regardant par-dessus l'épaule de Misha, le cœur dans la gorge, comme s'il s'agissait d'une course à sensations fortes.

— Tu vas consulter ses e-mails ?

Misha secoua sa tête.

— Je n'y trouverai rien. Je m'infiltre dans leur système et j'essaie de le trouver. Ils ont peut-être une localisation pour lui. Ou un flux vidéo s'il est gardé quelque part. Je sais que son nom de code était Denny.

Les mots semblaient froids et détachés, mais la sueur perlait sur le visage et le cou de Misha. Ses doigts tapaient sur le clavier à une vitesse croissante.

Grim expira bruyamment et lui serra l'épaule, hypnotisé par les lettres et les signes qui changeaient rapidement dans une fenêtre noire sur l'écran.

— C'est bon. Je suis avec vous. Nous pouvons disparaître s'ils te localisent d'une manière ou d'une autre.

La seule reconnaissance de Misha fut un hochement de tête, et son visage resta tendu tandis que ses yeux parcouraient ligne après ligne ce qui apparaissait sur l'écran. Lorsqu'une nouvelle fenêtre apparut à l'écran, Grim pensa qu'il s'agissait d'une autre fenêtre dans laquelle Misha exécutait son charabia numérique, mais celui-ci se figea, la peau de son bras brûlant Grim même à travers le gant. Il y avait une phrase dans la nouvelle fenêtre.

[Tu cherches quelque chose, Misha ? 0]

Grim put physiquement sentir le sang descendre plus bas dans son corps, et cela laissa sa tête légère et étrangement chaude.

— Misha ? chuchota-t-il, fixant la fenêtre et sentant la peur de Misha.

— Ne dis rien que tu ne veuilles pas qu'il entende, siffla Misha, déjà essoufflé en posant sa main sur une caméra intégrée à l'écran de l'ordinateur.

[Je pensais qu'il n'y avait pas de secrets entre nous. Nous avons traversé tellement de choses ensemble, après tout. 0.]

— Il peut nous entendre ? demanda Grim en se levant précipitamment, cherchant frénétiquement autour de lui un endroit où Zero aurait pu cacher un mouchard.

Comment auraient-ils pu savoir que Misha visiterait cet endroit ?

[Est-ce que c'est ce que tu cherches ? 0]

Une autre fenêtre apparut sur l'écran. Cette fois, c'était une vidéo d'un jeune homme, nu, recroquevillé dans une pièce vide. Il avait encore tous ses membres intacts.

[Ou es-tu venu pour te souvenir ? 0]

Une autre fenêtre apparut à côté de ce qui semblait être un direct de la captivité de Dennis. L'image semblait tournée par une caméra portative, et Misha poussa un cri fort, s'éloignant de l'ordinateur et lâchant l'écran.

— Misha ?

Grim le stabilisa, attirant sa tête contre sa poitrine, mais son regard se tourna vers la vidéo, et tandis qu'il regardait, le film passa à un gros plan de cuisses qui étaient attachées à deux planches lisses avec toute une série de sangles en cuir, mais elles tressautaient toujours autour d'un sexe nu et flasque.

Misha montra les dents et tendit le bras pour éteindre l'écran de l'ordinateur.

[Je ne ferai pas ça, sauf si tu veux voir Denny blessé. 0]

[Et tu ne le veux pas, n'est-ce pas ? 0]

Les épaules de Misha tremblaient, mais il répondit :

[Ne lui faites pas de mal.]

— Qu'est-ce que c'est ? murmura Grim, alors que la caméra de la vidéo remontait le long de la poitrine nue. Son corps le savait déjà, mais lorsque le visage de Misha, tellement plus jeune, apparut, il ne pouvait même plus respirer.

[Qui est ton ami ? 0]

— Personne, marmonna Misha.

[La même personne qui t'a aidé à sortir de l'hôpital de Charleston sans être fiché ? 0]

Grim sourit.

— Tout le monde a un prix, dit-il, mais sa bouche se resserra lorsque la caméra passa à un plan plus large, et cette fois, un homme en costume blanc se tenait entre les jambes écartées et attachées de Misha. Un masque en caoutchouc blanc couvrait sa tête, la faisant ressembler à un chewing-gum de la vieille école. Et d'un seul coup, Grim comprit ce qui allait se passer dans la vidéo. Puis il repéra un éclat de métal dentelé. Avant que le cri d'effroi du jeune Misha déchire l'air et poignarde Grim en plein cœur, il savait ce que Zero voulait qu'ils voient.

Cet enfoiré était un maniaque.

[Une promenade dans le passé... ah. 0]

[Non pas que tu puisses marcher, mais tu as un fauteuil roulant, je vois. 0]

— Va te faire foutre, siffla Misha en enfouissant son visage contre l'abdomen de Grim alors que les appels à l'aide s'intensifiaient, hurlant dans les haut-parleurs.

[Surveille ton langage. Tu ne veux pas que le pauvre Denny subisse tout ça lui aussi, n'est-ce pas ? 0]

Grim expira et tourna lentement la tête vers l'écran, remarquant enfin la lumière jaune de la webcam. Cet enfoiré les avait trouvés. Les réflexes de Grim lui hurlaient de cribler l'ordinateur de balles, de prendre Misha, qu'il le veuille ou non, et de partir loin, très loin, là où personne ne pourrait les trouver. Mais il savait qu'il ne pouvait pas faire ça. Cela ne résoudrait rien. Devait-il fuir toute sa vie parce qu'un sadique taré trouvait la chasse amusante ? Ce type ne comprenait pas à qui il avait affaire. Encore un autre animal sanguinaire qui croyait être le plus grand prédateur du monde.

Ses pensées se figèrent lorsque la scie à métaux toucha le tibia de Misha, et qu'une traînée de sang coula lentement sur la peau pâle.

— Coupe la vidéo, gémit Misha, les larmes roulant sur ses joues et tremblant sous le bras de Grim. Je me souviens de ce que tu as fait.

[Si beau quand tu pleures. 0]

Grim expira et fixa droit dans la caméra.

— N'aggrave pas ton cas, gronda-t-il en combattant l'envie de briser l'ordinateur à mains nues.

Il ne pouvait pas faire ça, pas avec Misha qui tremblait si fort dans ses bras.

Le jeune Misha à l'écran hurla jusqu'aux cieux, une fois que la scie à métaux mordit dans son corps, et commença un calvaire éreintant. Misha serra les doigts dans le T-shirt de Grim.

[Vous ne savez pas à qui vous avez affaire. 0]

[Mais j'ai une offre qui pourrait vous sauver la vie. 0]

Grim sourit, même s'il avait l'impression que c'était plus une grimace qu'un sourire, car il ne pouvait pas détourner son regard de l'homme en blanc qui sciait tranquillement la jambe de Misha alors que le garçon se débattait et hurlait, délirant sous la douleur.

— Qu'est-ce que tu veux ? demanda Misha dans un râle, jetant seulement un coup d'œil à l'écran de temps en temps.

[Tu as survécu à l'amputation, survécu au raid dans le complexe. Je suppose que même un cafard mérite d'avoir une autre chance. 0]

Grim se mordit la langue, ne voulant pas donner à Zero un indice de qui il avait affaire vraiment. Il avait peut-être déjà bêtement révélé trop de choses. Il prit une profonde inspiration et caressa doucement le dos de Misha. La vue du bas de la jambe de Misha se détachant et s'accrochant à un morceau de tissu lui fit remonter la nourriture dans la gorge. Seule une volonté sans faille lui permit de la garder en bouche.

[Tu as accès à des informations sensibles sur moi. J'ai besoin d'en savoir plus sur vous. Je ne peux pas compter longtemps sur ta conscience pour garder Denny en vie. 0]

[Je veux une vidéo de toi et de ton nouveau meilleur ami en train de tuer quelqu'un. Je me fiche de qui. Vos visages doivent être sur la photo. Pas de masques. 0]

[Si tu peux obtenir ça pour moi, je te laisserai partir. 0]

— Et Denny ? demanda Grim d'une voix tendue.

[Vous pouvez le reprendre. Il n'est qu'une mesure de sécurité pour moi. Je peux prendre un autre garçon. 0]

Le sang qui s'écoulait du moignon brut sur l'écran n'avait rien de l'attrait des victimes habituelles de Grim.

Le jeune Misha s'était évanoui, et Grim lui en était déjà reconnaissant. Dans la vidéo, l'homme masqué détachait ses jambes tandis que le sang s'écoulait lentement sur la table malgré un garrot appliqué au-dessus de la blessure. C'était écœurant à regarder, mais peut-être, au moins, ils n'auraient pas à assister à la prise de l'autre jambe.

— Je vais le faire, accepta Misha, ne levant la tête vers Grim qu'une fraction de seconde, les yeux injectés de sang.

[C'est votre téléphone ? 0]

Le téléphone de Grim sonna une fois, ce qui lui mit les nerfs en ébullition.

[Bien. Je reste en contact. Vous avez une semaine. 0]

Toutes les fenêtres de l'écran se fermèrent.

Grim soupira, regardant Misha, puis se précipita en avant et fracassa l'ordinateur du bureau : la tour, l'écran, la caméra et tout le reste. Il le balança par terre dans un cri de plastique cassé et de verre brisé. Pourtant, ce n'était pas suffisant. Il donna un coup de pied au bureau et l'envoya valser sur les appareils électroniques cassés.

— Putain !

Misha se recroquevilla en boule dans son fauteuil, sanglotant, et le voir ainsi fit regretter à Grim d'être venu ici.

— Ça ne finira jamais, gémit-il.

La réaction naturelle de Grim fut de le serrer dans ses bras, de lui dire que tout irait bien, mais il ne le ferait pas ici, pas maintenant.

— Birdie, allons-y, dit-il, et il prit les rênes, poussant le fauteuil de Misha dans le couloir, puis tout droit vers la sortie.

Ses articulations étaient si raides qu'il avait l'impression qu'elles se briseraient s'il continuait à marcher, mais il le ferait pour Misha, qui avait besoin d'aide bien plus que lui, même si ça lui faisait mal de voir son adorable garçon brutalisé. Zero en paierait le prix. Il serait traqué et malmené comme n'importe qui d'autre qui oserait encore faire du mal à Misha.

Misha ressemblait à l'ombre de lui-même quand Grim l'aida à monter dans la cabine. Ses yeux avaient cette expression hantée et craintive, comme lorsque Grim l'avait trouvé sous le bureau dans sa chambre en Louisiane. Grim devait l'emmener loin d'ici le plus vite possible, sinon son oiseau s'enfermerait à nouveau dans son propre esprit.

Il conduisit directement vers la ville, mentalement épuisé alors qu'ils passaient devant le centre communautaire, la station-service et une petite école. Cela faisait une heure qu'ils n'avaient pas vu ces endroits, pourtant rien n'était pareil. Peu importait ses efforts, Grim ne pouvait pas effacer l'image de l'os sectionné de Misha et le sang jaillissant de son corps ouvert. L'écho des cris de Misha se mêlait à son cerveau, et bien qu'il ait voulu apporter son soutien, chaque fois qu'il essayait de dire quelque chose, il ne pouvait s'y résoudre.

Misha lui tapota le bras.

— Arrête le camion, marmonna-t-il.

Grim regarda instinctivement dans le rétroviseur, pensant qu'ils étaient peut-être suivis, mais il n'y avait personne. Juste une route sombre et vide entre les arbres. Il s'arrêta et se tourna Misha, désireux de faire quelque chose, même s'il se sentait douloureusement impuissant.

Misha ouvrit la portière et se pencha dehors. Quelques secondes plus tard, il vomit, son corps entier tremblant.

Grim lui caressa le dos, se déplaçant sur le siège pour être plus près. Il l'embrassa entre les omoplates et glissa ses bras autour de son torse. Ce fut la première chose qui lui apporta une sorte de soulagement depuis qu'ils étaient partis.

— Je suis là.

Cela prit un certain temps, mais Misha se redressa finalement, se lavant d'abord la bouche avec de l'eau, puis se tournant vers Grim pour le serrer dans ses bras.

— Il est *malade*, chuchota-t-il. Qui fait des choses comme ça ?

— Il aime ça, répondit Grim, à bout de souffle, le serrant aussi fort qu'il le pouvait sans lui briser les os.

Ce ne fut qu'à ce moment-là qu'il se rendit compte à quel point il avait été tendu et à quel point son corps avait besoin de ce moment de tendresse.

— Mais il ne te touchera plus. Je te le promets.

— Il veut qu'on tue quelqu'un. Je ne peux pas tuer quelqu'un d'autre pour me sauver et sauver Denny. Si ? Est-ce que c'est moi ? Je ne sais pas...

La voix de Misha était douce et tremblante, et il ne voulait pas s'éloigner de Grim, même d'un pouce.

— Nous ne tuerons pas n'importe qui. Je peux obtenir un contrat. Quelqu'un de méprisable qui ne manquera à personne, chuchota Grim.

Misha le regarda avec de grands yeux pleins d'espoir.

— C'est vrai ?

Et avec ces mots, Grim se sentit finalement à nouveau capable. Il repoussa les cheveux du visage de Misha et hocha la tête, lui souriant du mieux qu'il pouvait.

— Je ferais n'importe quoi pour toi.

Chapitre 20 – Grim

Les cris de Misha résonnaient dans le crâne de Grim dès qu'il n'avait rien pour le distraire. Il les avait entendus pendant tout le trajet jusqu'à Détroit, car Misha avait été distant et avait passé tout le temps à faire semblant de dormir. Grim pouvait encore les entendre quand il s'assit à la table ovale du chapitre du Coffin Nails MC. Il faisait lentement plus sombre dehors, et avec les stores partiellement ouverts, la pièce semblait avoir été recouverte d'un voile de veuve – grisâtre et plat. Certains des membres du club étaient déjà là.

Don, le plus âgé, était terré dans un coin, la fumée de cigarette se mêlant à la blancheur de ses longs cheveux fins. Le crâne chauve de Blitz reflétait la faible lumière provenant de la fenêtre derrière lui. Le président, Priest, était assis en bout de table, les bras croisés sur la poitrine, le duvet de poils blancs sur ses avant-bras trahissant son âge bien plus que ses yeux brillants et attentifs qui scrutaient Grim sous des sourcils méchamment froncés. Tout le monde semblait retenir son souffle depuis que Grim était arrivé, pour une fois au volant d'un camion, et non de sa vieille moto qui n'était plus entre ses jambes depuis bien trop longtemps.

Ce chapitre était peut-être le premier à avoir un membre permanent ouvertement gay, mais cela ne signifiait pas que tous les membres étaient complètement à l'aise avec le fait que Grim se montre avec un homme pour la première fois. Il pouvait sentir leurs regards critiques alors même qu'ils lui donnaient la clé d'une chambre au deuxième étage et acceptaient de tenir une réunion quand il le demanderait. Il était tellement en colère de sentir la chaleur derrière ces regards sur sa peau et pourtant trop crevé pour en faire toute une histoire. Au moins, ils faisaient un effort et ne disaient pas de conneries.

Un nouveau type, grand et aux cheveux longs, lui jetait de temps en temps un regard sans dire un mot, et un prospect anonyme était appuyé contre le mur, se rongeant les ongles et les crachant par terre. Grim était sur le point de le gifler pour ça et de lui dire de ramasser tous ses déchets biologiques, mais vu qu'il était venu demander une faveur, il devait se montrer gentil.

— On peut commencer ? geignit Milk, un blond d'une trentaine d'années avec un gros nez et une bouche encore plus grosse.

Grim avait entendu pas mal d'histoires sur les escapades stupides de ce type.

Priest soupira.

— Tooth est en chemin. Joue avec ton téléphone si tu es si impatient.

Grim sourit malgré l'atmosphère morose. Pendant longtemps, Tooth avait été le seul gay des Coffin Nails que Grim connaissait, et ils avaient même partagé de bons moments lorsqu'ils étaient encore tous deux sans attaches. Ce serait bien de le revoir.

Mais Milk n'allait pas pouvoir jouer à Candy Crush. Le bruit des lourdes bottes de Tooth résonna à l'extérieur, et il entra quelques secondes plus tard, ses cheveux bruns sauvages en désordre, partiellement aplatis par le port du casque, mais la barbe toujours aussi impeccable. Un des avantages d'avoir un barbier comme petit ami.

Grim se leva et tendit la main à Tooth, qui la regarda, retira son gant et serra fermement sa paume.

— Qu'est-ce qu'il se passe ? demanda-t-il en faisant un signe de tête au prospect, qui sortit en trombe de la pièce, fermant la porte derrière lui.

Priest se pencha en arrière.

— Grim voulait parler à tout le club. Assieds-toi avec nous, apparemment ça va prendre un certain temps.

Tooth jeta un regard à Grim et se glissa dans sa chaise aux côtés de Priest.

— Quoi de neuf ?

Don souffla un nuage de fumée qui pourrait tuer un enfant de trois ans par sa seule toxicité.

— Grim a un homme maintenant. Il l'a amené ici.

Grim serra la mâchoire, mais ne répondit rien, sachant qu'il ne pouvait pas se permettre une violente dispute, alors que Don n'était pas ouvertement conflictuel. Pas à un moment comme celui-ci.

Lorsque Tooth fronça les sourcils, Grim s'adossa à sa chaise, se concentrant sur le VP.

— C'est vrai. Je l'ai rencontré le mois dernier.

Tooth posa ses avant-bras sur la table.

— Tant mieux pour toi. Tu nous as fait venir ici pour nous parler de vos projets de mariage ?

— Pourquoi, tu veux l'organiser ? Je ne serais pas contre une belle coupe de cheveux, dit Grim, gardant un visage impassible, lorsque Milk laissa échapper un gloussement étranglé.

Tooth se pinça l'arête du nez.

— Arrête avec tes conneries. Tu ne nous convoquerais pas tous à une réunion si ce n'était pas important. Crache le morceau.

Grim fit tambouriner ses doigts sur le verre d'eau qui lui avait été offert et leva les yeux sur tous les hommes présents. Tout humour avait disparu de son esprit.

— Vous avez sûrement entendu parler du problème avec un gang de trafiquants en Louisiane, commença-t-il, et juste comme ça, tous les regards se tournèrent vers lui.

Il s'assura d'omettre certains des détails les plus intimes, mais il raconta toute l'histoire de l'enlèvement de Misha, de la traque, de la puce dans sa jambe, des abus, de la torture et, enfin, du tout dernier développement de Zero. Lorsqu'il eut terminé, le besoin de retrouver Misha et de le serrer contre lui était si fort qu'il dut se convaincre de ne pas y aller.

Il n'y eut pas de blagues gay idiotes, pas même un soupçon de sourire sur le visage de ses frères. Priest hocha la tête.

— Que pouvons-nous faire ?

Grim enfonça ses doigts dans les accoudoirs et regarda Priest droit dans les yeux, le feu brûlant dans sa poitrine.

— Je ne peux pas laisser cet enfoiré en vie. Personne ne me manquera de respect, et personne ne tourmentera ma propriété. Mais pour me rapprocher de lui, j'ai besoin de ce meurtre.

Priest échangea un regard avec Tooth.

— Nous avons des ennemis, mais personne que nous pouvons faire disparaître pour le moment. Il va falloir en discuter, réfléchir aux options, demander si un autre État a quelqu'un en vue.

— Pas besoin que ce soit quelqu'un d'important, dit Grim. Allez, il y a toujours un dealer véreux ou un type qui vous regarde de travers.

Tooth fronça les sourcils.

— Nous ne sommes pas une machine à sous pleine de cadavres potentiels. Nous devons réfléchir de manière stratégique.

Grim souffla.

— Il n'y a vraiment personne que vous voulez baiser, mais que votre morale ne vous permet pas de toucher ? Je suis votre homme. Utilisez-moi.

Milk se pencha plus près de la table au moment où Tooth allait répondre.

— Je connais un type qui le mérite, putain.

Le regard acéré de Priest le fit taire avant même que Grim puisse l'interroger.

— Tais-toi. Nous ne pouvons pas le laisser s'occuper d'une petite vendetta personnelle.

— Eh bien, j'ai besoin de tuer quelqu'un. Ça pourrait aussi bien être un type qui doit 100 dollars à Milk. Je m'en tape, grommela Grim, de plus en plus agité.

— Je n'approuverais pas ça, grogna Tooth. Tu es bien trop précieux pour que le club prenne un risque pour une chose insignifiante.

Les doigts de Grim avaient envie d'étrangler et de mutiler. Tout ce dont il avait besoin était une cible. Ensuite, une fois qu'il serait à proximité de Zero, il trouverait un moyen de tuer cette enflure.

Milk souffla et s'adossa à sa chaise.

— Nous trouverons un moyen, assura Priest, et visiblement, ce serait le dernier mot sur le sujet.

Tooth hocha la tête, se caressant la barbe avec un air de plus en plus renfrogné.

— Ce Zero et toute son organisation... C'est la merde.

— Sans blague, marmonna Grim en jouant avec son verre.

La fichue clé USB qui avait brûlé dans le feu lui vint à l'esprit, le faisant se renfrogner. Si seulement Misha ne s'était pas débarrassé de ces données, ils auraient peut-être pu s'en prendre à Zero plus facilement.

— Cet enfoiré est un sadique. Il va devenir encore plus impitoyable s'il reste impuni.

— Vu le raid en Louisiane, nous sommes pratiquement déjà entrés en guerre avec eux, soupira Priest en secouant la tête. Je comprends ta soif de vengeance, mais nous devons y réfléchir.

— Vous deux, vous pouvez rester ici en attendant. Tu sais que vous y serez en sécurité, ajouta Tooth.

Grim hocha la tête, pas tout à fait convaincu. Il ne lui restait que quelques jours pour satisfaire les exigences de Zero, et si le club ne lui donnait rien, il devrait choisir une personne au hasard, ce qu'il n'avait pas fait depuis des années. Depuis qu'il avait rejoint le club, les gars de Charleston l'avaient formé. Ils lui avaient fait comprendre qu'attaquer des gens au hasard n'était pas la solution. Il y avait trop de bâtards sans pitié qui devaient être exécutés à la place. Grim s'en tenait à cette règle, ne tuait que lorsque le club le lui demandait, mais la sécurité de Misha et la disparition de Zero étaient de la plus haute importance désormais. Grim briserait le cou d'une vieille dame si cela lui permettait de se rapprocher de Zero.

Une fois qu'il fut décidé que la réunion était terminée, Tooth se leva et tapota le dos de Grim.

— On va arranger ça pour toi, mon frère. Il faut juste être intelligent.

Grim soupira, mais accepta le geste. Tooth était tellement coincé parfois. Il était à cheval sur les règles, et bien que cela soit parfois bénéfique, ce n'était pas une de ces situations.

— Les gars, vous avez réglé le problème dont je vous ai parlé ?

Tooth s'attarda, et derrière lui, Grim nota que Milk soutenait son regard, mais pour l'instant, il était plus sage de l'ignorer.

— Les documents... ils étaient pour ce garçon ? Ton... petit ami ?

Grim acquiesça, et Tooth croisa les bras sur sa poitrine.

— Nous sommes proches de finaliser tout ce que tu as demandé.

Le reste des hommes se levèrent également, certains étant déjà partis, mais l'atmosphère était sombre. Il semblait que personne n'avait vraiment envie de parler de torture et d'oiseaux brisés sans pattes.

Grim hocha la tête et sourit à Tooth, soulagé qu'au moins quelque chose aille dans son sens.

— Merci, mon frère. J'apprécie.

Tooth lui fit un signe de tête.

— Venez prendre un verre dans la soirée. Je devrais être au club.

Grim tapota l'épaule de Tooth.

— Je vais essayer de convaincre Misha de venir avec moi.

Ils échangèrent quelques mots de plus, mais ensuite Don demanda à s'entretenir avec Tooth au sujet de la comptabilité, et Grim fut libre d'aller voir comment allait Misha. Ses pieds le guidèrent vers le haut des vieux escaliers grinçants, mais au lieu d'un couloir vide, il trouva Milk, appuyé contre le mur près de la porte de Grim, fumant une cigarette.

Grim s'étira et s'approcha lentement du frère.

— Tu as quelque chose à dire ?

Milk hocha la tête et regarda derrière Grim pour s'assurer qu'ils étaient seuls.

— Je me fiche de ce que disent Tooth et Priest. J'ai un meurtre pour toi.

— Ah, ouais ? demanda Grim en s'appuyant contre le mur, sentant déjà le bourdonnement d'une piste au fond de son esprit. Qui est-ce ?

— Il y a un type qui a agressé des enfants et qui s'en est sorti grâce à un détail technique. Ces mômes étaient dans la même classe que ma fille. Ça aurait pu être mes enfants que ce malade a ciblés.

Milk serra les poings et frotta le mégot de sa cigarette contre le mur.

— Je veux que justice soit faite, mais j'ai une famille, mec. Si je m'en occupe et que je laisse des preuves, je suis foutu.

Grim sourit.

— J'aime ça, dit-il, le cœur léger pour une fois. Dis-moi tout ce que j'ai besoin de savoir, et je m'occupe de son cas. Devra-t-il simplement disparaître ?

Milk sortit une feuille de papier et la lui passa.

— Il est préférable que le corps ne refasse pas surface.

Grim lut la petite carte et tapa dans le dos de Milk.

— Tu me sauves la vie. Merci.
Milk lui rendit son sourire.
— Non. *Merci.*
Il mit ses mains dans ses poches et s'en alla rapidement.
Grim n'hésita pas et se précipita dans la chambre qu'il partageait avec Misha, le cœur battant la chamade.
— On a réussi. Je nous ai trouvé une victime, annonça-t-il en fermant la porte.
Misha était assis sur le lit avec un autre livre de sudoku. Il lança un léger sourire à Grim.
— Qui ?
Grim se mit à rire et roula sur le lit, s'étalant sur le ventre et s'amusant à attraper le moignon de Misha.
— Un pédophile.
Le muscle du moignon se contracta, et Grim jeta un coup d'œil à l'autre, où la cicatrice fraîche guérissait bien.
— C'est bien. Je suppose.
Grim se rapprocha, posant sa joue sur le moignon et respirant paresseusement son parfum pur.
— Il suffit de ne le dire à personne. Ce n'est pas dans les livres.
Misha fronça les sourcils.
— Je ne le ferai pas.
— Je veux dire, ne le dis à personne ici, clarifia Grim en tirant sur le livre de sudoku, cherchant l'entière attention de Misha.
Pourquoi n'était-il pas plus heureux ? Grim pouvait comprendre qu'il soit nerveux pendant le trajet jusqu'ici, mais tout irait bien à partir de maintenant.
— C'est bon. Je comprends.
Misha rangea le livre et regarda Grim dans les yeux, comme s'il cherchait une réponse à une question qu'il n'avait pas posée.
Grim passa ses doigts sur l'abdomen de Misha, levant les yeux vers son visage crispé.
— Qu'est-ce qu'il y a ? Tu n'es pas heureux ?
— Je ne sais pas. Nous serons comme ces gens qui ont payé pour me voir souffrir. Ils ne sauront pas que c'est une mauvaise personne qui a eu ce qu'elle méritait. Ils auront juste une autre chose horrible pour se branler.

— Je ne peux pas tuer tous les malades de la planète. Mieux vaut lui que quelqu'un d'innocent. Tu ne crois pas que c'était le mérite des exécutions publiques ? Apparemment, les gens aimaient cette merde. Les humains sont assoiffés de sang. Encore maintenant.

— Bien sûr, je voudrais voir la cervelle de Zero éclaboussée partout sur le mur, mais ce n'est pas ce que je dis. Nous allons être un autre rouage dans le broyeur à viande de Zero. Il fait ce qu'il veut, putain.

Grim se mit à genoux et saisit la main de Misha.

— Je ne vais pas le laisser vivre après... avoir vu ce qu'il t'a fait, dit-il doucement, chassant les souvenirs du film. Tu le sais, n'est-ce pas ?

Mais Misha détourna le regard.

— Je ne pense pas qu'on puisse l'arrêter. Je pense qu'il va obtenir ce qu'il veut, me vider totalement, et partir pour blesser quelqu'un d'autre. On aura de la chance si on arrive à récupérer Dennis en un seul morceau.

La colère couvait quelque part au fond de Grim.

— Pourquoi crois-tu plus en lui que tu ne crois en moi ?

— Il ne s'agit pas de ça, gémit Misha, et il retira sa main de celle de Grim. Je veux juste que tout ça cesse de faire mal, de revenir encore et encore. Je veux l'oublier, et je ne peux pas. Il ne me laisse pas faire. Je veux aider Dennis, parce que c'est ma faute s'il est maintenant prisonnier, mais je ne sais plus vraiment si je veux que tu t'en prennes à Zero.

— Vraiment ? Et ce que je veux ? siffla Grim en serrant les dents.

— Qu'est-ce que *tu* veux ? demanda Misha en croisant les bras sur sa poitrine.

— Je veux le saigner et baiser son cul avec sa propre bite, grogna Grim en le dévisageant d'un regard dur, incapable de comprendre ce revirement. S'il vit, il pourra toujours revenir. La mort est la seule solution permanente qui existe. Vois ça comme une lutte contre les parasites.

Misha n'objecta pas, mais il n'avait pas l'air très heureux non plus.

— Quand est-ce qu'on y va ?

Ses yeux étaient comme un mur, bloquant Grim à l'extérieur.

Celui-ci souffla, ne sachant pas quoi faire face à ce genre de rejet. Ne lui avait-il pas déjà prouvé qu'il était plus que capable de le protéger ? Mais encore une fois, il ne pouvait pas le protéger de cette ignoble vidéo.

— Je ne sais pas... demain ?

— Tu as un endroit pour... le filmer ?

Misha reprit son fichu livre, comme s'ils parlaient d'aller déjeuner demain, mais Grim le lui arracha des mains et le jeta plus loin sur le matelas. Cela eut le mérite d'attirer l'attention de Misha.

— Je trouverai un endroit.

Pendant un moment, Misha fixa le sudoku.

— Bien. C'est bien que tu penses à tout, que tu sois invincible.

Grim se raidit, essayant de jeter un regard noir à Misha, sans effet.

— Tu te moques de moi ?

— Désolé, s'excusa Misha, ce qui, au moins, semblait honnête. Je ne suis pas dans un bon état d'esprit.

Grim se détendit et s'assit sur ses talons, incapable de se débarrasser de l'écrasante colère que lui inspirait le fait que Misha le juge si légèrement. C'était comme si Misha ne pouvait pas voir toutes les bonnes choses que Grim faisait pour lui et ne se concentrait que sur les aspects négatifs. Mais ce n'était pas Grim qui fuyait.

— On peut le faire ce soir ? demanda Misha après un long silence, faisant glisser le bout de ses doigts sur la petite cicatrice rose de son moignon.

— Il y a une fête ce soir. On ne peut pas disparaître comme ça, ou le président va se douter que je fais ça derrière son dos.

Il observa Misha attentivement. Cela provoquerait-il une nouvelle crise de colère passive-agressive ?

— Je ne suis pas obligé d'y aller, si ? soupira Misha en s'éloignant sur le lit.

Grim attrapa la couette. Il ne se contenterait pas de ça.

— Peut-être que si tu n'avais pas brûlé la clé USB, nous aurions déjà trouvé Zero.

Cela mit le feu aux poudres et embrasa Misha, comme s'il avait été frappé par une allumette.

— Oh, excuse-moi d'essayer d'oublier comment j'ai eu les jambes sciées et de tenter de mettre des années d'abus derrière moi !

— Bien sûr. C'est tellement plus important que de sauver des centaines de personnes dans ta situation.

Misha le gifla.

Il le gifla franchement.

Il frappa le visage de Grim, paume ouverte. Ce fut un tel choc pour Grim que, pendant un moment, il fut trop choqué pour parler. Il inspira de l'air par le nez, fixant Misha tandis que sa joue brûlait comme si quelqu'un l'avait touchée avec un fer chaud.

— Je ne vais pas aller à une fête stupide, siffla Misha, et il s'éloigna sur le lit, n'osant pas lever les yeux vers Grim.

Grim rit et se massa la joue, suivant Misha du regard, même si les fondations fermes de leur relation qu'il construisait dans sa tête semblaient soudain bien trop fragiles.

— Je tue pour toi. Je te protège. Je te nourris. Je te donne toute mon attention, mais dès que je dis quelque chose qui ne te plaît pas, c'est tout ce que tu as pour moi, petit ingrat ?

Misha frappa le mur avec l'arrière de sa tête et cacha son visage dans ses mains.

— Parce que tu as raison. J'aurais dû garder cette putain de clé USB, mais j'avais trop peur d'utiliser un ordinateur pour même vérifier ce qu'il y avait dedans. Putain !

— C'est ma faute donc ?

— Tu es si confiant et courageux. C'est comme si tout le courage que j'avais était dans mes jambes. Zero me l'a arraché. Je suis maintenant un paquet de peur vivant et respirant, et je ne peux pas m'en empêcher.

Grim prit une profonde inspiration.

— Je ne sais toujours pas comment j'ai pu mériter ça.

— Je suis obligé de te regarder et de voir tout ce que je ne suis pas. Ce n'est pas ta faute, mais je ne me sens pas bien non plus.

Misha gardait son visage dans ses mains, comme si ne pas regarder Grim pouvait en quelque sorte le sauver des conséquences de ses actes. Ou du monde qui l'entourait.

— Alors tu me frappes parce que je suis tellement génial que tu me détestes pour ça ? proposa Grim, plus abattu à chaque seconde.

Ce n'était pas comme ça qu'il imaginait leur période de lune de miel.

Misha leva la tête avec un nouveau feu dans les yeux.

— Tu as été méchant.

— Non. Je suis déçu, putain, aboya Grim, et il roula hors du lit.

Il n'arrivait pas à croire que tout cela venait de l'homme qui lui avait récemment déclaré son amour.

— Tu sais que je me sens coupable pour toutes ces autres personnes, c'est là que tu frappes.

— Peu importe. Tu peux faire ton sudoku, dit Grim en remplaçant son vieux T-shirt par un nouveau.

Misha montra les dents et récupéra son livre.

— Et tu peux aller à ta fête.

Grim lui lança un regard par-dessus son épaule et quitta la pièce en claquant la porte aussi fort que possible. Il allait se prendre une cuite ce soir et oublier toutes les qualités amères de son petit ami. Mettre en pièces le pédophile n'arriverait jamais assez tôt.

Chapitre 21 – Grim

Grim n'aurait pas pu être plus à cran. Comme si vingt-quatre heures entières sans l'affection de Misha étaient une goutte de sang dans l'eau, aiguisant son appétit mais ne lui permettant pas de mordre dans quoi que ce soit. Il avait du mal à croire qu'il avait tant de sentiments, et qu'il n'en voulait aucun. Une partie de lui souhaitait tout faire pour plaire à Misha, et une autre le déchirait de colère pour avoir eu ces pensées. Une autre débordait de luxure, maintenant que ses attentions étaient bienvenues. Putain de *tourmente*. Comment un petit oiseau pouvait-il causer autant de désordre ? La seule réponse qu'il avait était que son oiseau était à l'agonie, blessé et désespéré. Dans cet état, même un canari pourrait arracher les yeux de quelqu'un s'il ne faisait pas attention.

C'était une chaude soirée à Détroit, et Grim aurait dû être plus heureux de faire cette bonne action pour Milk, mais comme Misha l'ignorait complètement, il mit de la musique forte dans la voiture qu'il avait empruntée au garage des Nails, voulant pour une fois en finir avec ça. Peut-être que le fait de voir Grim travailler à nouveau amènerait Misha à reconsidérer son comportement ? Peut-être sourirait-il à nouveau sans cette pointe de moquerie dans la bouche ?

Il gara la voiture à quelques maisons de celle appartenant à leur cible et étira ses muscles dès qu'il s'élança hors du véhicule. Pour la première fois, il s'en voulait de devoir aider Misha avec le fauteuil roulant, mais il le fit quand même, essayant de ne pas trop le regarder. Misha portait une tenue noire élégante et des gants, mais rien de tout cela ne l'aiderait à rester méconnaissable. Grim lui avait même suggéré qu'il ne devrait pas y aller, et qu'ils pourraient juste filmer ensemble, mais Misha était têtu comme une bourrique et avait insisté pour aller avec lui. Donc Grim était là. Un assassin avec un acolyte en fauteuil roulant.

Ce n'était pas un quartier complètement démuni, et même si les maisons étaient mal entretenues par ici, les gens pouvaient toujours fournir une description d'un nouvel arrivant suspect dans le secteur, alors Grim enroula une fine écharpe noire autour de la partie inférieure de son visage et portait une casquette de baseball qu'il avait volée au club-house. Ses oreilles captèrent des bruits de musique et de voix étouffées, le tout accompagné du bruit régulier des roues à côté de lui. Il n'avait vraiment pas envie de faire ça avec Misha ce soir. Tout ce qu'il voulait, c'était un meurtre rapide. Un soulagement rapide. Mais il ne l'aurait pas eu, même sans Misha qui le suivait comme une sorte d'examinateur muet qui prenait des notes sur sa performance. Ils devaient filmer cette foutue chose, et même si Grim était sûr que la vidéo ne verrait pas la lumière du jour, cela le mettait toujours mal à l'aise.

— Tu peux entrer par la fenêtre, et moi par l'arrière ? suggéra Misha.

Super, maintenant Grim, Faucheuse des Coffin Nails, recevait des conseils d'un débutant.

— C'est peut-être toi qui devrais t'approcher par devant ? Tu as l'air tout à fait inoffensif, dit-il alors qu'ils s'approchaient de la petite maison délabrée avec des panneaux de bois pourris en guise de décoration.

— Le noir n'est pas un indice suffisamment révélateur ? railla Misha, l'air beaucoup plus innocent qu'il ne l'avait été depuis un moment maintenant, compte tenu de son attitude merdique.

Grim fronça les sourcils en le regardant.

— Tu es dans un fauteuil roulant. Personne ne soupçonne un handicapé de quoi que ce soit.

Misha poussa un long soupir de mécontentement.

— Je peux encore faire des choses. Je ne suis pas inutile, siffla-t-il comme si c'était de cela qu'il s'agissait maintenant.

— Personne n'a dit ça.

Grim prit une profonde inspiration et examina la maison dont la lumière blanchâtre et pulsée se reflétait dans la fenêtre. Le pédophile regardait la télévision.

— OK.

Misha s'éloigna en roulant, droit vers l'allée et un chemin pavé menant à la porte d'entrée.

Grim l'observa pendant plusieurs secondes avant de s'engouffrer dans le jardin de l'homme en passant par un portail cassé. Le jardin n'était pas entretenu et les mauvaises herbes de la taille de jeunes arbres léchaient ses jambes alors qu'il se précipitait vers l'arrière de la maison. Et comme il y arrivait, il devint clair qu'il n'aurait même pas à tenter sa chance avec une fenêtre, parce qu'avec une porte aussi basique que celle qu'il trouva, il doutait que rentrer à l'intérieur soit un problème.

Il sortit ses outils quand le son aigu d'une sonnerie lui fit regarder à l'intérieur de la pièce sombre. L'évier qu'il remarqua au clair de lune confirma ses soupçons qu'il allait entrer dans la cuisine de leur cible. Avec Misha qui parlait sûrement déjà au pédophile, Grim devait agir vite, alors il ouvrit la porte, se glissant à l'intérieur en retenant sa respiration.

Il était dans son élément tandis qu'il se glissait dans le couloir obscur comme une ombre de plus, mais lorsqu'il atteignit le salon, d'où il pouvait voir la porte d'entrée, il s'arrêta. Il pouvait entendre Misha de l'extérieur et voir l'homme à qui Misha parlait, toujours à l'intérieur de la maison.

Tomas Ornish était en fauteuil roulant. Juste assis là. Et quand Grim étudia la maison, il remarqua tout de suite les petits indices révélant que l'endroit était accessible à une personne handicapée. Les meubles étaient bas, tout comme les tableaux accrochés au mur dans le couloir. Lorsqu'il regarda le vieux fauteuil roulant, qui grinçait probablement à chaque mouvement de l'homme, les membres de Grim se paralysèrent et son cerveau se vida, étouffant toute volonté d'aller jusqu'au bout du plan. Il commença à reculer sur ses traces avant même de prendre consciemment cette décision, son cerveau ressemblant à une éponge froide de cristaux de glace qui le rendait inutilisable. Sa respiration ne se ralentit qu'une fois qu'il fut de retour en toute sécurité dans l'affreux jardin qui était probablement en si mauvais état parce que Tomas ne pouvait pas s'y déplacer librement.

C'était une sorte de blague.

Il se précipita dans la maison, la tête lui tournant lorsqu'il retrouva Misha, souriant à Tomas comme si tous deux partageaient déjà une sorte de connexion. Lorsqu'il arriva à leur hauteur, Misha s'arrêta au beau milieu d'une phrase, tandis que Tomas, un homme rondouillard d'une quarantaine d'années, ajustait ses lunettes.

— Je peux vous aider ? demanda-t-il à Grim.

Celui-ci se força à sourire et posa sa main sur l'épaule de Misha.

— Tu es là. Je me suis complètement perdu, dit-il, en essayant de ne pas regarder Tomas.

Était-il vraiment l'homme qu'ils étaient venus chercher ?

— Je... ouais, je demandais notre direction, bredouilla Misha, lui rendant son sourire, et même si son visage semblait honnête, Grim savait que rien dans cette douce expression n'était sincère.

— C'est bon. Je l'ai déjà trouvée, dit Grim, espérant que Misha n'avait pas donné de détails à Tomas. Allons-y.

Misha hocha la tête et serra la main de l'homme.

— Merci quand même. Passez une bonne soirée.

Grim l'éloigna de la maison plus brutalement qu'il ne l'avait prévu, son sang bourdonnant de manière agressive alors qu'il s'élançait vers la voiture, avec Misha à l'avant.

Misha s'agrippa aux accoudoirs en hoquetant.

— Qu'est-ce que tu fais ? Que s'est-il passé ?

— Ça ne peut pas être lui. L'enfoiré a dû bouger, expliqua Grim à bout de souffle en s'arrêtant à côté de leur voiture.

Cette soirée avait été un tel échec.

— Tomas Ornish. C'était lui. chuchota Misha en se précipitant déjà sur le siège.

— Comment le sais-tu, si tu as demandé ton chemin ? demanda Grim, de plus en plus nerveux.

C'était comme si son cerveau refusait de fonctionner comme il le faisait normalement. À un autre moment, il ne mettrait pas en doute l'identité d'une cible, même si elle n'était pas confirmée par une photo.

— Je lui ai demandé si la maison appartenait à quelqu'un d'autre, prétendant que je cherchais cette autre personne, et il m'a répondu que j'avais tort, qu'il s'agissait de Tomas Ornish, et qu'il vivait là, expliqua Misha, le fixant les yeux grands ouverts.

Grim plaqua les mains sur le toit de la voiture, aspirant de longues respirations éparses.

— Allez... il n'a pas pu faire ça.

— Quoi ? Pourquoi pas ? Ce n'est pas quelqu'un du club qui t'a donné cette information ? demanda Misha en se transférant dans le siège.
— Ouais, c'est Milk. Mais il y a quelque chose qui cloche, assura Grim en fourrant le fauteuil roulant dans la voiture, sautant sur le siège conducteur comme si l'asphalte lui brûlait les pieds.

Misha tourna la tête vers la vitre quand ils partirent et il ne lui posa plus aucune question.

Grim entra dans le parking près du garage du club dans un crissement de pneus. Misha était à nouveau silencieux, mais Grim n'avait même pas pris la peine de mettre de la musique, car son cerveau était la source de suffisamment de bruit. Sortir de cette boîte métallique fut à la fois un soulagement et une raison supplémentaire d'être en colère. Milk serait là ce soir, il aurait des explications à fournir.

— Je vais me débrouiller, contente-toi de le rapprocher, marmonna Misha alors que Grim allait chercher son fauteuil roulant en pilotage automatique, même si son cerveau était encore en train de ressasser ce qui s'était passé.

Il posa le fauteuil roulant à côté de Misha lorsque la tête blonde de Milk apparut dans l'embrasure de la porte menant aux arrière-salles du garage. Grim se précipita vers lui, essayant de garder les mains basses pendant qu'il s'approchait. Dès que Milk le vit, il s'avança également.

— Comment ça s'est passé ? chuchota Milk un peu trop fort, les yeux écarquillés, mais au moment où la chaleur explosait dans les profondeurs de la poitrine de Grim, il attrapa Milk par les épaules et le plaqua contre le mur.

— Tu m'as donné le mauvais gars !
— Quoi ? Non. J'ai vérifié l'adresse plusieurs fois. Montre-la-moi. Tu as blessé quelqu'un d'innocent ? bredouilla frénétiquement Milk alors que Misha s'approchait.

Grim sortit le morceau de papier froissé de la poche de son jean et le poussa dans la main de Milk.

— Bien sûr que non, mais j'aurais pu, et le gars est déjà en fauteuil roulant.

Milk baissa les yeux sur le papier, puis les releva vers Grim avec une expression abasourdie.

— Ça doit être lui. Il est en fauteuil roulant.

Grim prit une grande inspiration qui ne sembla pas remplir suffisamment ses poumons. Il lâcha Milk.

— Impossible...

Milk fronça les sourcils.

— Ce sont des enfants. Il n'avait pas besoin de les pourchasser ou de les enfermer dans une cave.

Grim déglutit difficilement, le regardant, une lourdeur se répandant dans ses membres.

— Mais... il est sans défense, murmura-t-il.

Milk écarta les bras.

— Ça aurait dû être d'autant plus facile de s'occuper de lui ! C'est quoi ce bordel ? Je me suis cassé le cul pour t'obtenir ça.

Le grincement des roues représentait une présence insistante derrière lui, mais tout ce sur quoi il pouvait se concentrer était le sentiment grinçant de l'échec et la pensée qu'il devrait blesser quelqu'un comme Misha.

Il fit un lent signe de tête à Milk et repoussa ses cheveux en arrière, se détournant de lui seulement pour voir Misha aller et venir dans son fauteuil roulant.

— Je vais y réfléchir, murmura-t-il, et il se dirigea lentement vers le pavillon.

D'après le son, Misha ne le suivait pas, Grim jeta donc un coup d'œil derrière lui pour voir ce qui se passait avec lui.

— On y va.

Misha s'immobilisa dans la cour, pour reprendre après quelques secondes et faire rouler le fauteuil dans la direction de Grim. Il ne prononça pas un mot en passant devant Grim, et ses cheveux cachaient ses yeux.

Grim enfouit ses mains dans ses poches et regarda Misha qui essayait d'entrer par la porte. Grim finit par l'ouvrir et lui fit signe d'entrer. Misha regarda le salon vide, prudent, comme s'il était en terrain ennemi.

— C'est la seule raison pour laquelle tu pensais que ce n'était pas lui ? Parce qu'il était handicapé ? demanda-t-il doucement, et il gémit dès qu'il se mit à rouler vers les escaliers raides du deuxième étage.

Il marmonna plusieurs jurons dans sa barbe.

Grim sourit. Peu importait à quel point Misha était en colère, il avait toujours besoin de son aide. Mais la question restait suspendue dans l'air comme un gaz toxique, faisant se retourner l'estomac de Grim.

— Tu as un truc à me dire ?

Misha frappa le mur.

Grim s'appuya contre le mur et fixa Misha sans un mot.

— J'étais tellement stressé à propos de ça. Être en fauteuil ne fait pas de lui un type bien, grogna Misha en croisant les bras sur sa poitrine, faisant comme s'il n'y avait pas d'escaliers à conquérir.

Grim déglutit difficilement.

— Je... ne fais pas ce genre de choses. Il est faible. Il ne peut pas se défendre. Comme un oiseau avec des ailes cassées qui ne peut pas s'éloigner d'un chat.

Misha regarda les escaliers puis reporta son attention vers Grim.

— Moins il y a de défis, mieux c'est. Il ne s'agit pas de s'amuser. On doit attraper ce type pour sauver Dennis. Et c'est un pédophile, bordel de merde !

— Peut-être que tu aurais dû le poignarder alors, si tu penses que c'est si facile, putain ! siffla Grim en croisant les bras.

— Peut-être que je l'aurais fait si je ne comptais pas sur toi. Pourquoi n'installes-tu pas des couteaux dans mon fauteuil roulant ? Ça rendrait les choses tellement plus faciles.

Grim fronça les sourcils, et tout à coup, il put voir de nombreux endroits qui pourraient être utilisés pour cacher des armes afin que Misha soit toujours en sécurité, même sans Grim autour.

— Et alors ? Si tu découvres que Zero a une jambe de bois, tu ne le tueras plus ? grommela Misha.

— Mais il n'en a pas ! insista Grim, en s'éloignant de lui.

— Ce n'est pas la question !

Grim détourna le regard. Il ne pouvait pas expliquer pourquoi, mais l'idée de blesser quelqu'un qui ne pouvait pas se déplacer librement avait toujours été quelque chose qu'il trouvait méprisable, et voir Misha se décharger sur lui comme ça était encore plus déprimant, surtout après l'échec de la veille.

— Non ? Je pense que oui.

— Ce n'est pas le cas ! S'il avait des prothèses de jambes ou autre, ça ne ferait pas de lui une bonne personne. Putain !

Une porte dérobée s'ouvrit non loin de là, et Priest leur jeta un coup d'œil.

— Est-ce que tout va bien ?

Et voilà, Misha se rapprocha instantanément de Grim, et la main de Grim caressa sa nuque. C'était un immense soulagement de le toucher à nouveau.

— Oui. Tout va bien. Je n'ai pas beaucoup d'expérience en matière de querelles amoureuse.

Priest gloussa et secoua la tête.

— Et toi, petit gars ?

Grim ne put s'empêcher de sourire, mais Misha ne fut pas impressionné.

— Je ne suis pas *petit*. Je suis petit parce que je n'ai pas de putain de jambes !

Priest leva les mains.

— OK, OK, dit-il, et il disparut de nouveau derrière la porte.

Grim secoua la tête.

— Il nous laisse rester ici. Il nous offre une protection. Montre-lui un peu de respect.

Misha prit une profonde inspiration, sans toutefois le regarder dans les yeux.

— Tu peux m'aider à monter les escaliers, s'il te plaît ? marmonna-t-il.

Grim se plaça devant lui et caressa son genou.

— Bien sûr. Embrasse-moi.

Le visage de Misha se teinta de culpabilité, et il se pencha vers l'avant du fauteuil pour enrouler ses bras autour du cou de Grim.

— Je n'ai pas l'habitude d'être autorisé à dire ce que je pense, je ne sais pas quand m'arrêter parfois, chuchota-t-il.

La bouche de Grim s'élargit en un sourire, et il glissa ses bras autour de Misha, l'étreignant avec un soulagement inondant ses muscles.

— Tu apprendras, assura-t-il, et il le souleva, l'attrapant par les fesses.

— Je suis tellement stressé. Chaque minute que Dennis passe avec Zero est une minute où il pourrait être blessé, et tout est de ma faute. Et si on ne fait pas cette vidéo, il va probablement le tuer, et il n'arrêtera pas de me traquer.

Misha le serra dans ses bras, et ce n'est que maintenant qu'il le tenait, que Grim réalisa qu'il tremblait de partout.

Il regarda le salon vide, impuissant, et appuya sa tête contre celle de Misha.

— Des gens ont blessé Coy parce qu'il était sans défense. Je ne veux pas être comme ça. Je ne suis pas un homme bon, mais je ne veux pas être comme ça, murmura-t-il.

Misha embrassa l'oreille de Grim.

— Aidez-moi à l'éliminer, je ferai ce qui doit être fait.

Grim prit une profonde inspiration et resserra ses bras autour de Misha, le poussant contre le mur, pour ne plus le lâcher. Le cœur de Grim galopa sans prévenir, le laissant confus et avec une brûlure à l'intérieur de son crâne.

— Très bien.

— On réessayera demain, d'accord ? dit Misha en resserrant ses cuisses autour de Grim et en caressant sa nuque. Je suis désolé de t'avoir crié dessus.

Grim se pencha en arrière pour le regarder, incertain de ce qu'il pouvait dire. Il se sentait si nu et hors de sa zone de confort pour une fois.

— J'ai détesté ça. Ce n'est pas toi.

— Je sais. J'essaie toujours de trouver qui je suis maintenant, et ça va prendre un moment. Suis-je un nerd tranquille qui aime les jeux et le sudoku ? Suis-je la star du porno amputée et sexy qui se fait enculer tous les mardis ? Ou suis-je un immigrant russe qui aime observer les oiseaux depuis une couverture ? Parfois, je ne sais pas quelles parties sont réelles.

Lentement, Grim commença à monter les escaliers, les yeux fixés sur Misha et le cœur dans la gorge.

— Ils sont tous vrais. Bon, tu n'es plus une star du porno, mais tu es très sexy, et je peux te prendre tous les mardis. Ça compte, non ?

— Je suppose. J'ai juste besoin de me recomposer.

Misha se pencha pour ouvrir la porte.

— Merci de ne pas encore me larguer. J'ai du mal à contenir mes émotions parfois.

Grim entra et claqua la porte avec son pied, portant lentement Misha vers le lit.

— Je ne vais pas te plaquer. Tu es irremplaçable.

— C'est juste que tu fais tellement pour moi, et je n'ai pas grand-chose à donner en retour.

— Ce n'est pas vrai. Tu me laisses te sauver, murmura Grim en l'allongeant doucement et en se penchant sur lui, coincé entre le besoin d'aller chercher le fauteuil roulant et la douceur du corps chaud de Misha.

Misha lui lança un sourire timide et caressa son bras.

— Merci. Il semble que je le dise souvent, mais je suppose que ça ne te dérange pas.

Grim sourit et déposa un baiser sur son nez.

— Non. J'aime ça.

— Et ça ne te dérange pas de me porter. Je parie que ça deviendrait vite ennuyeux pour la plupart des gars.

Misha prit une profonde inspiration, et Grim fut heureux de le voir beaucoup plus calme.

Quelques centimètres plus bas, et Grim déposa lentement des baisers sur la mâchoire de Misha, grisé par sa proximité.

— Non. Je veux toujours t'aider.

Quelqu'un frappa à leur porte.

— C'est ton fauteuil roulant qui traîne ?

Blitz.

— Milk s'amuse dedans dans le salon. Juste pour que tu le saches.

Misha gémit et enfouit son visage dans ses mains.

— Seigneur.

Grim leva les yeux au ciel.

— Ah, nous sommes un peu occupés en ce moment. J'apprécierais que tu le ranges dans un endroit sûr pour moi.

Les pas de Blitz résonnèrent comme s'il faisait exprès de piétiner pour faire savoir à Grim ce qu'il pensait de cela.

— Grim... S'il te plaît, va chercher mon fauteuil. Ce n'est pas un jouet, supplia Misha en faisant cette irrésistible moue triste.

Grim enfouit son visage dans le creux du cou de Misha et gémit.

— Bien, grogna-t-il, et il se releva.

— Tout ira mieux demain, offrit Misha avec un baiser sur le dessus de la tête de Grim.

Il aurait préféré avoir un baiser sur sa *tête de son sexe* à la place.

Grim lui caressa la jambe avant de se lever.

— Trouve quelque chose à la télé, d'accord ? Je reviens tout de suite.

Misha sourit.

— Ne sois pas trop long. Je n'ai plus de sudoku.

Chapitre 22 – Misha

Misha observait le salon du pédophile depuis son emplacement sûr dans la voiture de l'autre côté de la rue. Ce soir, tout se passerait comme prévu, même si l'idée de devoir torturer et tuer cet homme lui retournait l'estomac. Grim était agité depuis hier, probablement contrarié par ses propres réactions face au handicap de leur cible, et cela avait fait comprendre à Misha que c'en était assez. Grim ne pouvait pas porter le poids du monde à sa place. C'était Misha qui avait attiré Dennis, et c'était Misha qui avait ramené l'épée Zero au-dessus de leurs têtes. C'était aussi lui qui avait brûlé la clé USB par lâcheté et giflé Grim alors qu'il ne lui avait dit que la vérité. Amputé. Victime. Ces mots ne le définiraient pas pour le reste de sa vie, il devait montrer à Grim qu'il pouvait être bien plus. Qu'il *pouvait* agir.

Son souffle se bloqua dans sa gorge lorsque la silhouette sombre de Grim se profila dans le couloir sombre à l'arrière du salon de leur cible. Grand et agile, il se plaqua au mur en se rapprochant de Tomas, que Misha ne pouvait pas voir d'où il était. Sa bouche était sèche de stress. Dans quoi s'était-il fourré ? Grim avait été tellement contrarié d'avoir à tuer un handicapé qu'il semblait logique que Misha propose de le faire lui-même, mais maintenant qu'il y pensait, la perspective de mettre fin à la vie de quelqu'un lui serrait la poitrine et l'empêchait de respirer. Il le ferait pourtant. Il devait arrêter de dépendre de Grim tout le temps.

Au moment où Grim fit un pas dans la lumière, quelque chose bougea, et il s'écroula comme une bûche, assommant Misha, le souffle coupé.

Quelque chose n'allait pas. Carrément pas. Y avait-il une autre personne à l'intérieur ? Misha n'avait entendu aucun coup de feu, alors qu'est-ce qui avait pu frapper Grim si fort ? Cela ne pouvait pas arriver. Misha regarda la banquette arrière et le fauteuil roulant qui y était rangé. Il n'y avait pas le temps de le sortir.

Il ouvrit la portière de la voiture et enclencha l'arme qu'il avait reçue de Grim dans la poche avant de son sweat à capuche. Il grimaça en voyant la route asphaltée devant lui, mais se laissa rapidement glisser hors de la cabine. Il était peut-être incapable de courir, mais avec une arme à la main, il pouvait au moins tenir quelqu'un en joue ou même lui tirer dessus, dans le pire des cas. Mais s'il voulait aider Grim, il devait d'abord arriver jusqu'à lui.

L'asphalte était rugueux contre sa peau nue, mais il savait qu'il n'avait pas le choix et se précipita à quatre pattes, cognant ses genoux contre la surface dure à chaque mouvement. Son corps lui criait qu'il pouvait simplement se relever, que ses pieds étaient là pour le soutenir, mais ce n'était qu'un sentiment fantôme, et il serra les dents de peur. Il pouvait pratiquement entendre le tic-tac de l'horloge qui comptait les secondes qui restaient de la vie de Grim.

Le sang lui montait à la tête, et la cour non entretenue de la maison de Tomas ne pouvait pas se rapprocher assez vite. Lorsque Misha regarda par la fenêtre, dans l'espoir de voir un visage familier, tout ce qu'il remarqua, ce fut la lumière qui s'éteignit soudainement. Son cerveau fut inondé d'images de Grim abattu, étranglé ou poignardé, se vidant de son sang sur le sol de cette putain de maison, et il ne pouvait pas moins se soucier d'érafler ses genoux sur un putain de chemin de gravier. Comment avait-il pu suggérer à Grim de faire ça pour lui ? Avaient-ils vraiment atteint le point de non-retour ? Peut-être que Misha devait disparaître, prendre contact avec Zero, et se rendre, avant qu'il ne parvienne à ruiner la vie de Grim.

Il était presque à la porte, et si Tomas devait s'échapper, il devrait sortir par ici, car la porte arrière était trop petite pour un fauteuil roulant. À moins qu'il ne soit encore dans le salon en train de poignarder Grim à plusieurs reprises pour être sûr qu'il soit mort. Un sanglot paniqué quitta sa gorge, mais il lutta contre les frissons dans ses membres et continua, ignorant les graviers qui lui déchiraient la peau.

Il monta la rampe en bois sur le côté de l'escalier menant au porche et tendit la main vers la poignée lorsqu'une voix masculine lui déchira le cerveau de derrière la porte. Ce n'était pas celle de Grim, mais le son se rapprochait à chaque mot que Misha avait du mal à comprendre avec le bourdonnement du stress au premier plan de son cerveau.

Il recula et sortit son arme, enlevant rapidement la sécurité. Si cet enculé blessait Grim, il mourrait *maintenant*. Pas sur une putain de vidéo pour pervers sadiques.

La porte cogna contre le mur extérieur en s'ouvrant, et le fauteuil roulant noir roula vers la rampe, mais dès que les yeux brillants de Tomas se fixèrent sur le canon de l'arme de Misha, son visage se crispa et son corps s'affaissa, comme si tout espoir en lui avait disparu.

— Pourquoi faites-vous cela ? Je n'ai rien qui puisse vous intéresser. J'ai traversé tellement de choses, laissez-moi partir !

Lorsque Misha regarda dans les yeux brillants de l'homme d'âge moyen et vit son visage rouge et paniqué, son désir de le tuer pour avoir blessé Grim faiblit, mais pas sa prise sur l'arme. Il avait déjà rencontré des hommes aux visages agréables. Des hommes qui ressemblaient beaucoup au gentil oncle qui visitait fréquemment la maison de Misha quand il était enfant. Mais d'une certaine façon, ces hommes n'avaient rien à voir avec son oncle et n'avaient aucune pitié pour pousser Misha face contre terre et le violer.

— Ne bouge pas et ferme-la, ou je te tire dessus, aboya-t-il, se surprenant lui-même de la stabilité de sa voix.

Tomas frissonna, serrant ses mains sur les roues, comme s'il y avait encore de l'espoir pour lui.

Le gémissement provenant de l'intérieur de la maison donna à Misha l'envie de ramper à l'intérieur et de chercher Grim tout de suite, mais quand Grim parla, il devint clair qu'il n'était pas encore mort.

— Putain de merde. Fais rentrer cet enculé !
— Tu l'as entendu. À l'intérieur.

Misha désigna le couloir de la tête, sans jamais détourner le canon de sa cible. Il se fichait que Tomas pleure. Ce connard méritait de souffrir pour tout ce qu'il avait fait aux enfants qui étaient devenus ses victimes.

Tomas pinça la bouche et commença à reculer, suivi par Misha, qui rampait lentement, mais veillait à ne jamais le perdre de vue. Il ferma la porte d'un coup de moignon et ils entrèrent finalement dans le salon, où Grim se précipita aux côtés de Tomas et lui planta l'aiguille d'une petite seringue dans le cou. Le corps de leur victime se relâcha immédiatement et ses yeux se révulsèrent.

Misha laissa échapper un long soupir et mit la sécurité sur l'arme avant de s'affaisser sur le sol. C'était comme si l'énergie qui alimentait son corps s'échappait par un trou béant.

— Tu vas bien ?

Grim déplaça sa main sur son abdomen. Quelque chose était collé à l'avant de sa chemise.

— Ce connard avait un pistolet paralysant, dit-il en grimaçant.

Misha se rapprocha à quatre pattes, instantanément en alerte.

— Tu as mal ? As-tu besoin d'aller à l'hôpital ?

Grim se renfrogna.

— Non, mais il y a des putains de crochets dans ma peau.

Il leva les yeux, et pour une fois, la tension semblait quitter son corps.

— Un peu d'aide ?

— Quoi ? Montre-moi, exigea Misha en s'approchant avec un froncement de sourcils. Je suis désolé, je ne sais pas comment ça marche. J'ai eu tellement peur quand je t'ai vu à terre.

— Cet enfoiré m'attendait. Il a dû remarquer qu'il y avait quelque chose de louche hier, marmonna Grim en découvrant lentement son ventre, où deux fils sortaient de sa chair. Au moins, il ne m'a pas frappé dans la bite.

Misha renifla, envahi par un tel soulagement qu'il ne put s'arrêter de rire une fois qu'il avait commencé.

— Ta queue est si grosse qu'il est difficile de la rater.

Il examina les méchants petits crochets de près et commença à les retirer doucement, en changeant l'angle plusieurs fois. Les abdominaux de Grim bougeaient sous son contact, et ils furent tous deux soulagés une fois qu'il avait terminé.

— Merci, dit Grim, et il enroula les fils, les fourrant avec l'arme elle-même dans un sac de chips vide qu'il récupéra sur le canapé. Peux-tu le menotter ? demanda-t-il, se levant rapidement et sortant du salon.

Misha acquiesça, ignorant la douleur dans ses genoux lorsqu'il revint vers Tomas et tira les bras de l'homme derrière son dos.

Il put entendre des éclaboussures, mais au moment où il en avait fini avec les menottes, Grim revint avec le devant de son haut noir accroché à son corps.

— Je ne peux pas croire qu'il m'ait eu comme ça.

— Je suis désolé. C'était une mauvaise idée. Je n'aurais pas dû t'entraîner là-dedans.

Grim le regarda, et un bref sourire passa sur ses lèvres.

— Allons-y et occupons-nous de ça, dit-il, et il repoussa le fauteuil roulant dans le couloir.

Misha le suivit en silence, décidé à ne pas se plaindre de ses genoux. Il y avait des choses bien pires à venir ce soir.

Les genoux de Misha piquaient, et il y avait même des morceaux de peau déchirée qu'il pouvait voir dans la semi-obscurité alors que Grim conduisait à travers des terrains désaffectés couverts de mauvaises herbes et d'herbe, avec, de temps en temps des parcelles d'arbres à l'horizon. La forme solide de l'usine de papier abandonnée se profilait devant eux, beaucoup plus sombre que le ciel éclairé de la ville. Ils avaient un homme dans le coffre, et Misha serait celui qui mettrait fin à sa vie. D'une certaine manière, après l'attaque de Grim, cette perspective semblait un tantinet moins horrible.

Grim était resté silencieux pendant la majeure partie du trajet, observant l'asphalte mal entretenu avec des trous émergeant de l'obscurité dans la portée de leurs phares. Malgré l'étrange moment d'humour à la maison, les nerfs de Misha étaient comme des fils électriques, prêts à faire des étincelles si la mauvaise chose les touchait. Grim lui avait montré les couteaux qu'il pouvait utiliser pendant la mission, mais cela ne le rendait pas moins mal à l'aise. Il se languissait de la paix qu'ils partageaient dans la maison de Grim dans la forêt, d'être ensemble avec Grim sans la pression et la peur constantes.

Lorsqu'ils atteignirent le portail ouvert de l'usine, Grim passa la clôture et arrêta la voiture près du plus grand bâtiment sur le terrain, où la production devait avoir lieu. Au moment où le moteur fut coupé, Grim se pencha en arrière sur le siège et prit plusieurs profondes respirations.

— Très bien. Nous y sommes. Il n'y a pas d'autres véhicules.

— Et c'est un espace sûr et isolé, non ?

Misha ouvrit la portière pour mieux voir.

Outre la grande entrée, il y avait une vieille maison qui avait dû être construite au début du siècle et un bâtiment en forme de bloc qui aurait pu contenir des bureaux et des espaces communs où les travailleurs auraient pu prendre leur repas. En ce moment, cependant, tout semblait désolé. Cela sentait même la pourriture.

— Ça devrait, dit Grim, et il quitta l'habitacle, le contournant pour s'approcher du côté de Misha.

— Combien de temps va-t-il rester inconscient ? demanda Misha en désignant le coffre de leur voiture.

Toute cette histoire était surréaliste. Comment en était-il là ?

Grim ouvrit la portière et tendit le bras à l'intérieur pour prendre Misha.

— Nous avons encore un peu de temps. Ces tranquillisants pourraient endormir un cheval, répondit-il, soulevant Misha dans les airs et dans la sécurité de son étreinte.

Misha s'empressa d'enrouler ses bras autour du cou de Grim et de respirer l'odeur de son eau de Cologne, qui à ce stade était comme une potion apaisante pour ses sens agités. Quelques bouffées et la chaleur du corps de son amant suffisaient à le faire se sentir beaucoup mieux.

— Je tiens à atteindre Zero. Je veux vraiment qu'il meure, avoua-t-il, le cœur lourd. J'aimerais juste que ça n'implique pas de te mettre en danger.

Grim le regarda, ses yeux accrochant la lumière de la lune tandis qu'ils arboraient une expression concentrée.

— Je suis en danger tout le temps, Birdie, dit-il, et il utilisa sa main libre pour ouvrir la portière arrière.

— Mais c'est différent. C'est à cause de moi. Qu'est-ce que tu fais ? demanda-t-il lorsque Grim le déposa sur la banquette arrière au lieu de prendre le fauteuil roulant, mais le froncement de sourcils de Grim lui ordonna de rester immobile.

Une seconde plus tard, les doigts chauds et rugueux de Grim tracèrent les abrasions sur le genou de Misha.

— Je suis vraiment désolé. J'aurais dû le remarquer plus tôt, mais j'étais trop distrait.

Misha baissa les yeux vers les blessures peu profondes avec surprise et jeta un coup d'œil à ses paumes rugueuses également.

— Ce n'est rien. C'est bien pire pour toi.

— J'aurais dû y penser, insista Grim en s'accroupissant devant lui, appuyant ses lèvres sur son genou, ses doigts effleurant le moignon.

Misha resta immobile et serra les cuisses. Après tout ce que Grim avait traversé à cause de lui, il était toujours là pour s'occuper de lui.

— J'ai peur, murmura-t-il, regardant un autre tendre baiser se poser sur son genou sale.

Grim leva les yeux vers lui et chercha sa main dans l'obscurité.

— De quoi ?

Misha se cramponna à celle de Grim et la serra, déjà nerveux et en sueur.

— Que cette nuit me change.

Grim le dévisagea et se releva lentement, se penchant à l'intérieur de la voiture en caressant le visage de Misha.

— Elle le fera probablement.

Misha déglutit, posa ses mains sur les joues de Grim, et l'attira dans un baiser dont il avait si désespérément besoin.

— Mais tu seras avec moi.

Le souffle de Grim cahota quand il pressa ses lèvres contre celles de Misha.

— À chaque étape du chemin, mon bel oiseau.

Même la douleur dans ses mains était atténuée quand ils s'embrassaient. Quand la langue de Grim explorait la sienne, la douleur du passé et du présent devenait floue, car tout ce qui comptait était d'être dans le moment présent avec son Logan.

Grim le repoussa sur le siège et se glissa à l'intérieur, étalant son corps puissant sur le sien. Sa langue roula dans la bouche de Misha, le privant de son souffle alors que leurs hanches se heurtaient, envoyant des étincelles de plaisir dans tous leurs corps.

— Tu m'as tellement manqué, haleta Grim, en passant son pouce sur les lèvres de Misha.

Misha n'aurait pas pu mieux le formuler. Il avait été si stressé, si épuisé par le voyage, par le fait d'avoir été retrouvé par Zero, et même par les disputes stupides qu'il avait eues avec Grim ces derniers jours. Chaque jour, il avait l'impression de s'éloigner de Grim, et il avait besoin de se reconnecter autant qu'il avait besoin de dormir après tout cela.

— Je ne peux pas faire ça sans toi.

Misha enroula ses jambes autour des hanches de Grim, cherchant désespérément à le serrer contre lui. Quand le corps ferme de Grim s'installa entre lui et le monde, tout semblait plus lumineux.

Grim plaça son bassin entre les cuisses de Misha, faufilant ses mains sous le dos de Misha et le serrant contre lui tandis qu'ils s'embrassaient. Grim était toujours si chaud, comme si son corps produisait deux fois plus de chaleur que le sien, et c'était une autre chose qui enflammait la peau de Misha, même avec leurs vêtements.

— Je sais, mais tout va bien se passer. Nous sommes immortels, chuchota Grim.

Et avec Grim sur lui, c'était exactement ce que Misha ressentait. Rien ne pouvait l'atteindre, même les crochets que Zero continuait à planter en lui étaient inexistants, ne serait-ce que pour un instant. Il avait tellement envie de Grim, comme si la dernière fois qu'ils avaient fait l'amour était dans une autre dimension, et qu'une autre occasion ne se présenterait peut-être jamais.

Grim lui mordilla la joue, puis le bord de sa mâchoire et son cou. Son appétit semblait insatiable, et aucun d'entre eux ne se souciait de l'homme enfermé dans le coffre. Le bruit d'une fermeture éclair s'ouvrant lui fit baisser les yeux, mais avec l'épaule de Grim bloquant la vue, il n'y avait pas grand-chose à voir. Grim prit sa main et la tira plus bas, jusqu'à ce que ses doigts frôlent une peau douce et veloutée.

Misha aspira sa lèvre inférieure en enroulant ses doigts autour de la circonférence épaisse de Grim. Déjà raide comme une barre d'acier, Misha se souvenait de chaque fois qu'ils avaient fait l'amour. De la masturbation mutuelle aux fellations, en passant par la sodomie qui l'avait laissé conscient de la taille de Grim pendant des jours. Il n'aurait pas osé le lui avouer, mais même la première fois où ils avaient été ensemble, la nuit où Grim l'avait sauvé, n'était pas un regret. À l'époque, les lignes de leur relation avaient été floues, et Misha ne se souciait pas d'essayer de plisser les yeux pour mieux les voir.

Il se cambra, avide d'un autre baiser, tout en caressant l'érection de Grim, perdu dans le moment et mourant d'envie d'ouvrir lui aussi son pantalon.

Grim fredonna dans sa bouche et ondula des hanches, poussant son membre dans le poing de Misha. Il déplaça ses doigts puissants vers le visage et les cheveux de Misha, le caressant et le chatouillant partout où il pouvait l'atteindre tandis qu'ils partageaient des baisers essoufflés et tremblants, complètement isolés des réalités du monde extérieur.

Misha avait besoin de voir plus de Grim, de le sentir plus, d'avoir son poids sur lui, et de ne plus pouvoir respirer. Baiser était hors de question, car cela demandait trop de préparation, et ils n'avaient pas le temps pour cela, mais Misha ne voulait pas attendre. Il avait besoin de Grim maintenant. Il avait besoin de se gaver de lui jusqu'à ce qu'aucun d'eux ne puisse bouger.

Juste au moment où il était assez désespéré pour exprimer sa requête, la bouche de Grim s'ouvrit sur un sourire, et ses dents blanches brillèrent dans la lueur de la lune.

— Retourne-toi, Petit oiseau.

Misha lui donna un baiser rapide.

— Je ne suis pas sûr... Je veux dire, tu sais, c'est un peu gros, dit-il, mais il se retournait déjà sous Grim.

Tout son corps était chaud, ses joues brûlaient, et sa verge palpitait. C'était exactement ce dont il avait envie.

Sa bouche s'ouvrit lorsqu'il sentit le nez de Grim au bas de son dos, puis la ceinture de son short fut baissée sur ses hanches lorsque Grim tira dessus avec ses dents, tandis que ses deux mains étaient sur le haut du dos de Misha, pétrissant le muscle.

— Je n'en ai pas après ton cul.

— Non ?

Misha se redressa sur ses coudes et jeta un coup d'œil par-dessus son épaule, sans se soucier des cheveux qui lui tombaient dans la figure.

— J'ai besoin de toi.

Grim sourit et lécha le côté de la fesse de Misha, qui était maintenant découverte après que le short et les sous-vêtements avaient été tirés sous son cul.

— J'ai besoin de toi aussi. J'attends ça depuis des jours maintenant. Je veux juste être près de toi.

— Je suis désolé. Cette vidéo m'a tellement glacé, avoua Misha en contractant ses fesses, regardant le gros gland de Grim, complètement hypnotisé par sa puissante beauté.

Si Misha ne contemplait jamais un autre sexe de sa vie, ça ne le dérangerait pas.

Grim mordilla la chair de ses fesses et la caressa avec impatience.

— Tu es prêt ? demanda-t-il, en baissant les vêtements de Misha jusqu'à ses genoux avant de grimper sur lui.

Misha hocha rapidement. Son membre palpitait entre le siège et son abdomen. Il était plus que prêt à sentir Grim partout.

— Oui.

Grim rit et caressa les cuisses de Misha.

— Serre-les pour moi. Je vais te baiser si fort, dit-il, comme si c'était la plus douce des promesses.

Misha comprit finalement ce que Grim voulait faire, et il n'aurait pas pu être plus impatient de rapprocher ses cuisses. Il cambra même son cul plus haut, juste pour taquiner Grim. Il allait sentir l'érection de Grim entrer et sortir sans l'effort qu'ils auraient dû fournir s'ils avaient voulu aller jusqu'au bout.

Le souffle de Misha s'accéléra et il appuya son front contre le siège, excité au-delà des mots, même s'il sentait la légère odeur des produits de nettoyage que quelqu'un avait dû utiliser sur la sellerie. Il entendit le bruissement du plastique derrière lui et se retourna à temps pour voir Grim presser le contenu d'un paquet de lubrifiant sur sa queue. Le gel transparent coula le long de la longueur impressionnante, et Grim l'étala sur toute sa dureté en quelques coups de poignet. Il gémit, ancrant son regard dans celui de Misha.

— Je vais te recouvrir si minutieusement que tout le monde pourra me sentir sur toi, murmura-t-il, se penchant en avant et poussant ses genoux contre les côtés des jambes de Misha.

Au moment où le gland glissant écarta la fente des cuisses de Misha, juste sous son cul, tous les poils de son corps se hérissèrent, et il en eut le souffle coupé.

— Je t'obligerai à me marquer si c'est ce qu'il faut pour être à toi.

La bouche de Grim s'ouvrit, et il émit un gémissement tremblant, poussant lentement cet énorme outil entre les cuisses de Misha.

— Si tu es à moi, traite-moi avec respect, mon petit oiseau. Montre-le-moi par tes actions, pas par des mots. Plus de gifles, dit-il, mordant la chair de la nuque de Misha alors qu'il s'enfonçait plus profondément.

Misha serra ses cuisses l'une contre l'autre, tout excité de sentir cette bite palpitante entre ses jambes.

— Plus de gifles, promit-il avec empressement, tellement gêné d'avoir fait ça à la personne qu'il aimait.

Grim le maintint pendant que son membre se frayait un chemin entre les jambes de Misha. Il cognait dans ses bourses, sa peau chantait, suppliait Grim de les toucher. Les poils du corps de Grim lui chatouillaient la peau, et quand ces lourds testicules claquèrent contre la peau de Misha, il ne put s'empêcher de frissonner, serrant ses cuisses autour de la hampe chaude pulsante qui répandait le lubrifiant gluant entre elles.

— C'est ce que je veux entendre. Tu es à moi.

Misha attrapa sa main et la tira sous son T-shirt, vers sa poitrine, impatient d'être caressé.

— Et toi, es-tu *à* moi ? chuchota-t-il, son corps entier picotant d'excitation face à la possessivité de Grim.

Le souffle de Grim dansait contre sa peau alors qu'il reculait les hanches, allant et venant dans l'espace étroit que Misha avait créé pour lui.

— Je suis à toi, aussi, Birdie. Tu ne le sais pas encore ?

Misha aurait pu s'envoler en entendant cette déclaration.

— Baise-moi plus vite, marmonna-t-il en réponse, excité de pouvoir sentir chaque mouvement de Grim.

Avec le poids de Grim sur lui, ça n'avait pas d'importance que son érection ne soit pas *à l'intérieur* de lui. Ils étaient ensemble, et Grim n'aurait pas à se retenir. Il n'y aurait pas de douleur si les choses devenaient trop dures.

Grim râla le nom de Misha et l'attrapa par les épaules, poussant dans la crevasse avec force, jusqu'à ce que le gland heurte la chair sensible derrière les bourses de Misha. C'était si bon que pendant un moment Misha crut qu'une main invisible caressait son scrotum, mais tout devint clair quand Grim poussa à nouveau, se laissant complètement aller.

Misha haletait, sachant déjà que ce genre de baise deviendrait un élément essentiel de leur relation. Grim pouvait le baiser vite et fort, sans retenue, et Misha appréciait le sentiment d'urgence que cela produisait. S'il avait pu se branler pendant ce temps, les choses auraient été encore meilleures, mais la pression autour de sa verge l'atteignait quand même. Il remua ses mollets, essayant de toucher Grim avec ses moignons, le poussant encore plus loin dans la frénésie lascive.

La hampe de Grim tressaillit, et il la fit claquer encore plus fort entre les cuisses de Misha, les rendant à la fois engourdies et étrangement hypersensibles à la pression.

— Tu es si serré pour moi, bébé. J'ai tellement envie de jouir en toi, chuchota-t-il, en faisant courir ses dents sur le dos de Misha, tandis qu'il poussait fort, faisant claquer ses testicules contre la chair de Misha, comme s'il voulait qu'ils suivent son sexe à l'intérieur de l'espace étroit.

Misha s'agita sous lui, impatient, alors que sa propre excitation s'emballait à cause du parfum intense de Grim. Il tendit le bras et écarta ses fesses, à peine capable de former une phrase cohérente. Il voulait être couvert du sperme de Grim, le sentir partout.

— Jouis sur mon cul.

Grim laissa échapper un faible halètement et le baisa à un rythme furieux, luttant pour avoir de l'air alors qu'il pénétrait le creux de ses cuisses, le faisant rayonner d'un plaisir intense qui s'enroula autour du membre de Misha. Mais il se retira, laissant les cuisses de Misha étrangement vides.

— À quatre pattes, ordonna Grim à bout de souffle, et le son de sa main allant et venant de haut en bas sur son érection mit l'esprit de Misha en ébullition.

Il se releva en un instant, et la légère douleur dans ses paumes et ses genoux n'empêcha pas la luxure de parcourir son corps. Il aimait la liberté totale qu'il pouvait avoir avec Grim, certain que son amant ne lui ferait jamais de mal. Ne pas savoir ce qui allait se passer n'était plus effrayant, mais c'était une aventure.

Grim empoigna sa fesse et écarta son cul avec ses doigts. Il se pencha plus près, et Misha glapit lorsque le gland massif frôla son entrée.

— Ouvre, demanda Grim. Détends-toi.

Il était difficile de se détendre quand son corps entier était un grand enchevêtrement d'excitation. Son anus se contractait chaque fois qu'il pensait au sexe de Grim, non pas parce qu'il craignait qu'il veuille le pénétrer, mais parce que son corps savait comment il se sentirait. C'était presque comme s'il pouvait déjà enserrer cette épaisseur en lui, l'attendant avec les cuisses glissantes et la queue dégoulinante de liquide séminal.

Mais Grim se positionna contre son orifice et se masturba furieusement, frappant son poing contre le cul de Misha encore et encore, jusqu'à ce qu'il hurle et se cogne la tête contre le toit alors que le sperme se répandait dans l'anus de Misha.

Misha se mordit les lèvres et ferma les yeux, profitant de l'orgasme de Grim, bien qu'il soit lui-même encore tout palpitant. Le gland de Grim s'éloigna de son anus, mais ce sexe épais se cala dans sa raie, tandis que le corps frissonnant de Grim se plaqua sur le sien. Et elle fut là, cette main forte caressant l'intérieur de ses cuisses et finalement serrant son érection.

— Jouis pour moi, Petit oiseau. Jouis sur le siège...

Un « oui » essoufflé lui échappa, et avec les doigts épais de Grim enduits de lubrifiant le masturbant à un rythme effréné, Misha explosa en quelques secondes, frottant son cul contre le ventre de Grim. Il aimait la prise ferme que Grim avait sur sa hampe quand il le branlait. Comme s'il savait exactement ce qu'il faisait.

— C'est ça, chevauche ma main, chuchota Grim, et il lécha toute la longueur de sa fesse moite.

Son poing se resserra autour du membre de Misha.

— Si bon. Tu es si bon pour moi, chuchota Misha, ajoutant son propre sperme au lubrifiant sur les doigts de Grim.

Son rythme cardiaque était erratique, et il ne voulait pas qu'il en soit autrement.

Avant que son cerveau n'ait pu enregistrer ce qui se passait, Grim le retourna et posa son corps lourd et chaud sur le sien, se blottissant contre lui et tirant son moignon plus haut pour qu'il repose sur la cuisse de Grim. Il déposa des baisers fervents sur tout le visage de Misha et le serra dans ses bras, l'enfonçant dans le siège étroit.

Misha le serra contre lui et frotta son moignon sur l'arrière de la cuisse en sueur de Grim. Il n'avait même pas réalisé à quel point il avait besoin de cette libération. Il donnerait à Grim tout ce qu'il pourrait vouloir.

— Tu as aimé, dit Grim avec un rire dans la voix.

— Putain, oui, j'ai aimé, répondit-il en lui lançant un sourire rêveur. J'aime la lourdeur de ton corps sur moi. J'aime sentir chaque poussée de ta queue.

Grim sourit et pressa ses lèvres contre le front de Misha, regardant le ciel par la fenêtre.

— Toi aussi, hein ? demanda Misha, sachant qu'il n'avait pas besoin de demander, mais qu'il avait quand même besoin d'une confirmation.

— Ouais. J'aime vraiment baiser comme ça. C'est tellement sans stress.

Misha glissa ses mains sous le T-shirt de Grim, sur son dos, et écrivit son nom en caractères cyrilliques sur la peau humide.

Grim sourit et caressa lentement les cheveux de Misha, se concentrant sur quelque chose sur son visage.

— Quoi ? interrogea Misha en balayant une mèche de cheveux. Je suis sale ?

— Non, assura Grim, le visage sérieux. Je pensais juste que tu serais blessé si tu tuais cette ordure. Je préfère que ce soit moi qui sois blessé. Je vais le tuer pour toi, Birdie. N'aie pas peur.

Le cœur de Misha recommença à battre la chamade, et même s'il voulait dire à Grim qu'il allait bien, qu'il pouvait aller jusqu'au bout, tout ce qu'il avait en lui était des yeux brillants et des « Merci ».

Grim l'embrassa et se blottit contre lui.

Chapitre 23 – Grim

Grim barbouilla son visage de traces de boue sombre. Après s'être agenouillé devant l'un des rétroviseurs latéraux de leur voiture, ses traits disparurent progressivement, atténués par l'épaisse couche de pâte brune qu'il massa jusqu'à ses clavicules. Misha était derrière lui, couvrant son dos et ses flancs de coups de pinceau irréguliers qui étalaient la boue sur la peau pour cacher toute cicatrice potentiellement identifiable. Tomas étant déjà suspendu à un balcon rouillé au deuxième étage de la vieille maison, des gémissements et des supplications venaient troubler la paix de Grim, mais cela ne le dérangeait pas. Cela lui donnait la nausée de documenter un meurtre sur une caméra, et il avait donc besoin de toutes les motivations possibles, y compris l'agacement de sa future victime.

Et le pire de tout, c'était que Misha devait également figurer dans la vidéo. Si tout se passait comme prévu, ils détruiraient le petit film plus tard, mais Grim préférait ne pas prendre de risques. Il jeta un coup d'œil à son amant dans le miroir.

Les joues de Misha étaient rougies, mais elles pâlissaient de minute en minute. Il était un survivant. Il serait probablement capable d'aller jusqu'au bout de la mise à mort s'il le fallait, mais si Grim pouvait lui épargner un traumatisme de plus et laisser au moins une partie de Misha entière, il le ferait.

— Sois juste dans l'image une fois que tu auras commencé l'enregistrement, d'accord ? dit Grim avant de ramasser plus de boue et de se tourner vers Misha pour l'étaler sur sa joue lisse.

Misha grimaça, mais ne dit rien. Grim ne voulait pas qu'il se désensibilise à ce genre de scènes. Il aimait la vulnérabilité qui restait en lui, même après tout ce qu'il avait traversé, et il serait triste de la voir disparaître.

Grim prit son temps, ignorant les appels à la pitié, tandis qu'il recouvrait Misha de boue, puis ajustait la couverture sur ses genoux. Ils récupérèrent les chaussures de Tomas et les posèrent sur les repose-pieds du fauteuil roulant de Misha afin qu'il ne soit pas immédiatement identifiable comme amputé dans la vidéo. Une fois que Grim eut terminé, il sortit un foulard noir de son sac et l'attacha sur la tête de Misha comme un bandana, couvrant ses cheveux longs. Même dans le pire des cas où Grim serait reconnu, Misha ne pourrait pas l'être. Il ne survivrait pas à un autre type de prison.

Tout en serrant la main de Misha, son regard se dirigea vers la silhouette grassouillette de Tomas, qui se balançait à un mètre du sol, comme un énorme pendule.

Les yeux de Misha étaient écarquillés, mais il était calme, lorsqu'il posa la caméra sur un mur bas, partiellement effondré, et se rapprocha de Grim lorsque la lumière rouge s'alluma. C'était l'heure du spectacle, et cela ne ravissait pas du tout Grim. Les meurtres étaient généralement une affaire intime entre lui et sa victime. Il se voyait comme un prédateur nocturne, chassant sa proie jusqu'à ce qu'elle soit prise dans son piège où elle pouvait être consommée dans l'obscurité. Pourtant, il était maintenant coincé devant les phares éblouissants de la voiture.

Les yeux de Tomas s'ouvrirent en grand lorsque Grim s'approcha avec tous ses couteaux attachés à des endroits visibles, au-dessus de ses vêtements. S'il devait donner un spectacle à Zero, qu'il en soit ainsi.

Ses yeux se promenèrent sur les jambes fines et inutiles de l'homme, qui étaient maintenant partiellement découvertes, après que le pantalon de survêtement avait été tiré jusqu'à ses genoux par la gravité. La nausée s'installa dans la gorge de Grim tandis qu'il s'avançait, sachant qu'il enfreindrait l'une de ses règles fondamentales au moment où il poserait le couteau contre la peau de Tomas. Bien sûr, il aurait pu chercher une autre victime, mais ils étaient à court de temps, et cet enfoiré n'était pas innocent.

Grim le frappa dans l'estomac.

Tomas poussa un gémissement brisé, et un autre flot de larmes coula sur ses joues, se répandant sur les poils courts. Grim avait juste besoin d'oublier à quel point Tomas était différent de ses prises habituelles, et tout irait bien. La chair flasque autour de l'abdomen de Tomas n'était pas différente de celle de Gary, et si Tomas souffrait de son propre handicap, cette expérience ne le rendait pas plus compatissant envers les enfants qu'il ciblait.

— S'il vous plaît, je peux vous retirer de l'argent de mes comptes ! Laissez-moi partir..., cria-t-il, essayant de se tortiller inutilement dans les airs.

Grim garda le silence, ne voulant pas que sa voix soit enregistrée, mais il se pencha et regarda droit dans les yeux de Tomas, tirant sur les cheveux au sommet de la tête de l'homme. Tomas avait deux choix maintenant : accepter son destin et se donner le temps de faire la paix avec ce en quoi il croyait ou lutter jusqu'à sa mort, ce qui lui ferait beaucoup plus de mal que s'il laissait Grim faire son travail en paix. Grim connaissait l'exercice mieux que quiconque. Ses yeux se posèrent brièvement sur Misha, mais le point rouge de la caméra le détourna de ce doux visage couvert de boue.

Ils n'étaient pas tout à fait conformes aux exigences de Zero, qui voulait que leurs visages soient découverts, mais il n'avait pas parlé de « maquillage ». Grim et Misha étaient comme cette fille d'un vieux conte de fées, qui venait voir un prince, à la fois nue et habillée en se couvrant d'un filet de pêcheur. Avec le goût de Zero pour le spectacle, Grim pensait qu'à un certain niveau, le bâtard apprécierait leur approche créative.

Par contre, ce ne fut pas le cas de Tomas. Il dut être bâillonné après avoir vu de près la lame dentelée de Grim. Une fois que Grim avait tiré le premier sang, une fois que la chair de Tomas s'était ouverte à lui, tout devint beaucoup plus facile. Tous les problèmes qui l'avaient retenu s'effacèrent, remplacés par la montée d'adrénaline, l'excitation sombre, et le flot de rouge.

Il fit de belles entailles régulières le long du torse de Tomas, l'ouvrant comme un poisson à griller. Il était complètement concentré, perdu dans un monde où le sang rouge collait à ses avant-bras et dont l'odeur cuivrée le faisait planer comme rien d'autre au monde. Tomas était à l'agonie, mais une fois son corps fatigué de la lutte, il perdit connaissance, et Grim croisa ses lames contre sa gorge, puis trancha les vaisseaux sanguins pour le saigner comme le porc qu'il était.

Seul un souffle derrière lui lui rappela que Misha était ici, avec lui, à la limite du monde entre l'ombre et la lumière, son visage sans expression tandis qu'il regardait le sang couler sur le visage de Tomas et former une flaque sur le sol.

Grim se détendit quand il vit que la caméra était éteinte. Misha la rangea lentement dans le sac attaché à son fauteuil.

— Misha ?

— Oui ?

Ces grands yeux attentifs se posèrent Grim, et ils ne contenaient pas même l'ombre d'un jugement ou d'un dégoût.

Grim essuya les couteaux ensanglantés contre son pantalon et les remit dans les fourreaux, se redressant lentement.

— Tu vas bien, Petit oiseau ?

— Oui. Je me suis concentré sur ce qu'il a fait. Quand je te vois faire ce que tu fais, je vois les visages de tous ceux qui m'ont fait du mal dans les yeux de la personne que tu tues. Ça me fait me sentir bien. Je ne sais pas ce que ça dit de moi.

Misha tendit la main et serra celle de Grim.

Grim ne put s'empêcher d'afficher un sourire en coin alors qu'il s'agenouillait et tapotait la joue de Misha avec son nez croûté.

— Tu les tues par procuration.

— J'ai vu tellement de malades dans le monde que je ne peux pas trouver ne serait-ce qu'un soupçon de compassion pour le type de racaille qui existe. Ceux qui n'ont aucune pitié pour les autres ne méritent pas d'en avoir quand c'est leur tour de souffrir.

Misha entrelaça ses doigts avec ceux gantés de Grim, marquant ses propres mains avec le sang de Tomas. La vue était plus excitante que Grim ne l'aurait cru, mais avec l'agréable rémanence du sexe sauvage qu'ils avaient eu il y avait seulement une heure, il était encore satisfait.

— J'aimerais pouvoir faire ça à tous les hommes qui t'ont fait du mal. Peut-être que je peux faire en sorte que Zero révèle leurs noms.

— Si Zero cesse d'être une menace, je pourrais creuser dans leur système, et je parie que j'en trouverais au moins quelques-uns.

Putain de salauds. Payant pour baiser un enfant sans jambes, comme si j'étais un monstre de foire.

Les sourcils de Misha se creusèrent.

Grim ricana et donna un baiser à Misha à travers leurs deux masques de boue, s'enfonçant lentement dans ses bras accueillants. Il ne pouvait jamais se reposer après un tel massacre, alors avoir quelqu'un qui l'embrassait à travers l'état d'euphorie latent était incroyable. Même si Misha ne pouvait pas être son sniper, il pouvait certainement lui offrir cela.

Une fois que Grim s'était fondu dans l'étreinte, même les jambes de Misha se joignirent à lui, et Misha s'enroula autour de lui. C'était un cocon d'affection sûr que Grim n'avait jamais reçu dans cette ampleur.

— Est-ce que le sang te fait du bien ? chuchota Grim.

Misha regarda sa propre main.

— Oui, parce que c'est son sang. C'est comme si je pouvais tenir sa vie.

Une chaleur en fusion se répandit dans la poitrine de Grim, et il caressa les doigts tachés de rouge.

— Tu me comprends si bien.

— Parce que tu es à moi.

Misha sourit, ne quittant pas des yeux leurs mains entrelacées.

— Je fais attention à ma propriété.

Grim le regarda fixement, perdu dans les mots. Il savait que Misha n'aurait pas dû dire ça, mais ça l'excitait quand même.

— Ne répète pas ça devant les gars, mon petit oiseau.

Misha voulut l'embrasser, mais la couche de boue sur leurs visages s'interposa, et il se contenta de frotter sa joue contre celle de Grim.

— Je ne le ferai pas. C'est pour tes oreilles seulement.

Grim embrassa les jointures de Misha et se leva lentement.

— Il est temps de lui faire savoir. Ensuite, nous pourrons nous débarrasser de ce porc et rentrer à la maison.

— La maison... répéta doucement Misha en hochant la tête.

Grim tenait toujours sa main tandis qu'il retirait un gant avec ses dents et choisissait à contrecœur le numéro de Zero, passant en haut-parleur tandis qu'ils écoutaient le signal qui remplissait le silence sinistre. L'estomac de Grim se contracta de malaise. Il savait qu'il ne devait pas être stressé avant de parler à ce connard. Il devait être prêt pour une chasse sans avoir cette étrange réaction de fuite, mais interagir avec Zero était d'une certaine manière bien pire que la plupart des choses auxquelles il avait dû faire face au cours de sa carrière.

Misha serra plus fort la main de Grim lorsque Zero décrocha.

— Timing décent. Même pas une semaine.

Sa voix était basse et déformée, ce qui signifiait qu'il utilisait une sorte de dispositif pour la rendre méconnaissable.

Grim prit une profonde inspiration et s'assit sur le muret où ils avaient précédemment placé la caméra.

— Nous avons le film. Où dois-je l'envoyer ?

Une adresse physique et un site de stockage en ligne pouvaient tous deux leur donner des indices sur l'endroit où se trouvait Zero.

— Pas besoin de ça. Je veux voir mon adorable Misha en personne une dernière fois. Et puis il y a Denny... Une rencontre en personne serait appropriée.

Un frisson glacé parcourut le dos de Grim, et il regarda Misha, qui était tendu et avait les yeux écarquillés comme un lapin pris dans un piège.

Grim serra les dents.

— Est-ce absolument nécessaire ? Misha ne se sent pas bien ces jours-ci.

Il savait qu'il l'exploitait, mais que pouvait-il dire ?

Zero se mit à rire.

— Tu ne t'occupes pas de lui ?

— Va te faire foutre ! siffla Misha.

— Ah, voilà mon petit génie.

Grim secoua la tête à Misha, regrettant déjà d'avoir utilisé le haut-parleur.

— Non, mais il a... la grippe.

— Quelques germes ne me dérangent pas. Nous avons déjà échangé des fluides il y a longtemps.

Le rire de Zero donna à Grim l'envie de jeter le téléphone dans la flaque de sang sous le cadavre de Tomas.

— Après tout, vous voulez voir Dennis, non ?

— Nous viendrons, siffla Misha.

Grim serra sa main et fixa la gorge qu'il avait ouverte il n'y avait pas si longtemps. Avec Zero, il n'en aurait pas fini aussi vite.

— Bien. Où et quand ?

— Je vous appellerai dans les prochains jours, et vous devrez être prêts dans l'heure. Je ne peux pas risquer que vous vous prépariez pour notre petit tête-à-tête.

— C'est bon, dit Grim, et il s'aperçut que garder une voix neutre lui demandait plus d'efforts que d'habitude. Je suis sûr que vous allez respecter votre part du marché.

— À bientôt, Misha, susurra Zero, et il se déconnecta.

Misha attrapa un des couteaux de Grim et s'approcha du corps encore chaud de Tomas. Il commença à poignarder les organes exposés et à jurer en russe alors que le sang giclait partout.

Grim fixa son téléphone, mais finit par le ranger dans sa poche et s'approcha de Misha, ne sachant pas trop par où commencer.

— Qu'est-ce que tu dis ? finit-il par demander.

La respiration lourde, Misha planta finalement le couteau dans le cœur de Tomas.

— Je dis que c'est un putain de connard de fils de pute bouffeur de merde !

— Ça ne commence même pas à couvrir ce qu'il est, dit Grim calmement.

— Je vais le rencontrer. Je lui montrerai que je n'ai pas peur de lui.

Misha prit une inspiration tremblante et détourna le regard, ses bras s'affaissant.

Grim effleura son épaule, prêt à reculer si Misha choisissait de le frapper avec le couteau.

— Tu es sûr ?

Misha hocha la tête.

— Oui. J'en ai marre qu'il soit mon croque-mitaine.

Grim déglutit difficilement et s'accroupit pour regarder Misha droit dans les yeux. Son cœur battait la chamade.

— Qu'il en soit ainsi. C'est ton choix.

Misha attrapa le poignet de Grim.

— Si on le rencontre, on peut essayer de trouver un moyen de l'éliminer.

— Je le tuerai, assura Grim avec un petit signe de tête.

SA COULEUR PRÉFÉRÉE EST LE SANG

Il n'y avait pas le moindre doute à ce sujet chez lui. Misha le regarda dans les yeux avec détermination.
— Il n'est qu'un humain.
Grim sourit.
— Précisément.

Chapitre 24 – Misha

Misha était assis sur un siège, dans le salon de coiffure appartenant au petit ami de Tooth, se sentant nerveux sans son fauteuil roulant, mais Grim avait insisté sur le fait qu'il avait besoin d'une retouche dans le salon de son ami et l'y avait emmené. Grim lui avait assuré qu'il pouvait faire confiance à Lucky et qu'il ne serait pas absent longtemps, mais Misha ne se sentait pas plus en sécurité pour autant. Si quelque chose arrivait, il ne pourrait pas courir, et ramper n'était pas une méthode aussi efficace pour semer un poursuivant.

Il était cependant soulagé de réaliser qu'il n'avait pas peur des ciseaux dans la main de Lucky. Hier encore, il avait manié un couteau sans crainte, et peu importait que Tomas soit déjà mort. Ce qui importait, c'était qu'il n'avait plus peur de la lame. Peut-être qu'il devenait plus confiant, ou peut-être que c'était la façon dont Grim maniait les couteaux qui lui faisait croire que les lames étaient de son côté. Quoi qu'il en soit, il se sentait bien dans sa peau, et maintenant il allait également mettre de l'ordre dans ses cheveux. Même rester parmi les étrangers sans Grim devenait plus facile, tant que Grim se portait garant pour eux.

Lucky était un beau garçon de l'âge de Misha. Ses cheveux blonds extrêmement longs contrastaient avec une tenue entièrement noire, mais malgré ses grosses bottes de combat et une boucle de ceinture en forme de crâne, il souriait beaucoup et semblait amical. Un peu *trop* amical envers Grim, en ce qui concernait Misha. Lorsque Lucky s'était retourné pour prendre un peigne, Misha avait remarqué des lettres blanches sur le dos de son gilet en jean. Elles indiquaient : « Propriété de Tooth » et étaient accompagnées du logo des Coffin Nails.

— On t'a coupé les cheveux par méchanceté ? Bon sang ! s'exclama Lucky, les sourcils froncés, en passant ses doigts dans les cheveux de Misha. Je découperais le connard qui essaierait de massacrer les miens comme ça.

C'était étrange d'être touché par quelqu'un d'autre que Grim, mais Misha devait se reprendre, alors il ne broncha pas.

— Non, c'est Grim qui l'a fait. Ils devenaient trop longs, marmonna-t-il, agacé par ses médiocres compétences sociales après avoir passé des années à ne parler qu'à Gary ou à une webcam.

Lucky tira sur quelques mèches, examinant les cheveux comme s'ils voulaient le tuer.

— Je suppose qu'il a essayé.

— Je suis là pour une bonne raison. Pas besoin d'en rajouter, maugréa Misha en faisant la moue et en s'enfonçant dans le fauteuil.

— Waouh, je ne l'ai pas vue venir celle-là, hoqueta Lucky, et il posa ses mains sur le dossier du fauteuil, jetant un coup d'œil à Misha dans le miroir. Avec quel genre de coupe veux-tu partir ?

Misha ne passait pas vraiment son temps à feuilleter des magazines de mode.

— Je veux que ce soit... tu sais, attirant ?

Ça ne pouvait pas être plus embarrassant. Tuer des gens était plus facile que ça.

Lucky ferma les yeux pendant un moment.

— OK. Comment Grim aime-t-il tes cheveux ?

Misha fronça les sourcils, observant son propre reflet s'empourprer.

— Je pense qu'il aime avoir quelque chose à quoi s'accrocher.

— Tu *crois* ? répéta Lucky, en se penchant sur lui.

Ses doigts agiles glissèrent entre les mèches, massant le cuir chevelu de Misha. Cela faisait si longtemps qu'il n'était pas allé chez le coiffeur qu'il ne savait pas exactement si cette quantité de contacts était quelque chose que les coiffeurs américains faisaient ou s'il recevait une sorte de traitement *spécial*.

— Désolé, c'était un peu trop d'informations.

— Non, non. C'est une information viable. Le coiffeur d'un homme est comme un médecin. Tu peux être totalement sincère avec moi, dit Lucky, et il attrapa une tondeuse.

— Grim aime être tout lisse et bien rasé, mais je suis presque certain qu'il ne m'aimerait pas chauve.

Misha examina son reflet. Cela faisait longtemps qu'il n'avait pas été amené à s'évaluer aussi intensément. Gary avait insisté sur la routine de toilettage, mais il ne lui avait pas laissé le choix en la matière. Sans les cheveux de Raiponce, avec ses bras exposés par un débardeur, et des poils clairs saupoudrant ses avant-bras, Misha se sentait enfin plus adulte. Comme si sa peau lui appartenait à nouveau.

— Oh, je ne vais pas me débarrasser de tes beaux cheveux sains. Tu en as pris soin, assura Lucky, et il commença à démêler les mèches avec un simple peigne noir.

Le silence qui s'installa entre eux fit s'étrangler Misha, qui essayait désespérément de trouver un sujet de conversation.

— Alors... ton petit ami est Tooth, c'est ça ? Le vice-président ici, à Détroit ?

— Ouaip. Et c'est grâce à moi que tous les membres ont des cheveux fabuleux, clama Lucky avec fierté en allumant la tondeuse et en l'utilisant pour couper une partie des cheveux de Misha, passant l'appareil le long du peigne. Tooth est vraiment incroyable. Nous avons même notre propre maison maintenant.

— Et personne ne s'en prend à vous ? Pour être gay ? Nous sommes allés à Charleston avec Grim, et c'était... tendu.

Misha grimaça lorsque Lucky tira un peu trop fort sur ses cheveux.

Lucky leva les yeux au ciel et laissa échapper un petit rire.

— On n'est pas en Virginie Occidentale, bébé. Nos gars sont beaucoup plus ouverts sur ce sujet.

Misha sourit, se demandant comment ce serait de faire partie d'une communauté qui assurait la sécurité de ses membres. Bien que, pour être juste, tous les gars qu'il avait rencontrés ici jusqu'à présent ne voulaient pas interagir avec lui de quelque manière que ce soit, alors peut-être que c'était juste Lucky et Tooth, que tout le monde acceptait. Misha et Grim dépassaient le concept de couple gay symbolique que tout le monde pouvait utiliser comme exemple d'« amis gay » lorsque la situation se détériorait au cours d'une discussion à la table de Noël.

— Et si les gens qui n'appartiennent pas au club voient le dos de ton gilet… ils ne t'embêtent pas ?

Lucky haussa les épaules en continuant à égaliser les cheveux de Misha.

— Ils n'oseraient pas. Mon Tooth est célèbre pour le traitement qu'il inflige aux gens qui s'en prennent à sa famille.

— C'est… bien.

Au moins, tandis que Misha observait la compétence avec laquelle Lucky travaillait, il n'était pas anxieux quant au résultat.

Lucky le regarda avec un sourire en coin sur son beau visage.

— Je parie que tu t'amuses beaucoup avec Grim. C'est une personne tellement intéressante.

Misha ne put s'empêcher de sourire bêtement.

— Il l'est. Absolument. Je n'ai jamais rencontré quelqu'un comme lui.

— J'ai su qu'il se passait quelque chose quand Tooth m'a dit que je ne l'intéressais pas, parce que je n'avais pas… les caractéristiques qu'il aime, raconta Lucky. J'avais vraiment envie de le rencontrer après ça, mais Tooth ne m'a pas laissé faire.

Misha baissa les yeux sur ses moignons, qui étaient bien cachés dans un pantalon de survêtement avec des pinces.

— Oh. C'est… de notoriété publique ?

Lucky haussa les épaules.

— Non, mais Tooth et Grim ont eu une aventure une fois, c'est comme ça qu'il a dû le découvrir.

— Tooth a eu une aventure avec Grim ?

Par réflexe, Misha voulut regarder par-dessus son épaule, mais Lucky força sa tête à rester en place.

— Tu draguais Grim ? Je veux dire… ouais, je suppose qu'il est beau, bredouilla-t-il, le sol s'effondrant soudain sous ses pieds.

Il savait qu'il n'était pas raisonnable, mais cette conversation avait ouvert une brèche dans sa confiance retrouvée concernant le développement de sa relation avec Grim.

— Ne leur répète pas que j'ai dit ça, ou je recevrai une fessée, chuchota Lucky avec un sourire arrogant.

— C'est un truc de bikers ? demanda Misha en remuant dans le fauteuil, encore plus mal à l'aise, ses roues lui manquant désespérément.

S'il y avait bien quelque chose qu'il avait envie de fuir, c'était ce genre de conversation avec un inconnu.
— Ils donnent la fessée à leur « propriété » ?
— Non. C'est une blague privée que j'ai avec Tooth, expliqua Lucky, et quelques courtes mèches de cheveux chatouillèrent la peau de Misha alors qu'elles retombaient sur son épaule.
Misha soupira de soulagement. Il devait mieux comprendre la culture des bikers, mais il n'arrêtait pas de trébucher sur des trucs stupides comme ça.
— Désolé. Je suppose que c'est logique s'ils étaient tous les deux célibataires. Donc, même si tu es si mignon, il ne s'intéresserait pas à toi juste parce que tu es... entier ?
— Aucune idée, mais une fois, il y avait un gars ici, qui a eu les doigts amputés, et Grim avait définitivement le béguin pour lui.
Misha prit un moment pour réévaluer ses doutes. Ils étaient stupides. Lui et Grim partageaient bien plus que le fait que Grim ait le béguin pour ses moignons et que Misha le considérait comme ridiculement beau. C'étaient juste des caractéristiques qu'une personne pouvait avoir.
— Je suppose que c'est bien d'être aimé pour son apparence, pas malgré elle.
— Très vrai. C'est en fait assez inspirant, déclara Lucky, en regardant Misha dans le miroir.
Misha ricana.
— Je pourrais poster ça sur Facebook.
— Avec une photo du tu-sais-quoi de Grim ? demanda Lucky en remuant les sourcils.
Misha devint si silencieux que le coup de ciseaux suivant ressembla à une guillotine coupant son cou. Cette conversation avait dégénéré trop rapidement.
— Facebook n'autorise même pas les tétons des femmes, donc... ouais.
Il espérait que cela mettrait fin au sujet d'une manière amusante mais définitive, mais Lucky ne sembla pas comprendre l'allusion.
— Comment ça se passe avec lui ? Il est énorme, même quand il est mou. Est-ce que sa bite devient encore plus grosse quand il bande ? chuchota Lucky avec un sourire complice.

Misha fronça les sourcils, ne sachant pas si Lucky était insupportablement grossier, ou si c'était quelque chose dont les gays parlaient.

— C'est... un peu privé.

Lucky éteignit la tondeuse et commença à peigner les cheveux de Misha avec ses doigts.

— Allez, je ne dirai rien. Tooth est gros, mais Grim... je veux dire... tu peux vraiment le *prendre* ?

Misha croisa ses bras sur sa poitrine, faisant semblant d'évaluer ses cheveux alors qu'il réfléchissait désespérément à une réponse.

— Je suis actif.

— Ouais, c'est ça. Je l'ai vu s'en prendre à un type une fois. Il n'était pas d'humeur à se pencher. En plus, ça serait un tel gâchis de l'avoir en dessous avec une queue pareille.

Misha grogna, frappé par le souvenir du ressentiment de Grim envers les hommes qui se concentraient toujours sur la taille de son sexe. Clairement, il n'avait pas exagéré.

— OK. Peu importe. Donc il a une grosse bite, et il sait s'en servir.

Au moins, ses cheveux étaient vraiment beaux et réguliers.

— Qu'est-ce que ça fait ? C'est douloureux ? insista Lucky en lui caressant les cheveux, comme s'il était un chat. Est-ce que ça te plaît ?

— Pourquoi ? Tooth est si petit que tu crois qu'il est si différent... Aïe ! siffla Misha, lorsque Lucky lui tira les cheveux accidentellement, et pourtant si volontairement.

— Pas besoin d'être méchant. C'est juste une question. Je suis curieux.

— Il est plus que sa queue. Il n'est pas une aventure pour moi, c'est mon... homme.

Tout comme Misha n'était pas seulement ses moignons.

Lucky se renfrogna.

— Je n'ai jamais dit qu'il ne l'était pas. C'est ton hypothèse.

— Je ne veux pas parler de notre vie sexuelle !

La cloche de la porte tinta lorsque Grim entra, tout vêtu de cuir, poussant le fauteuil roulant chéri de Misha. Celui-ci ne put s'empêcher de jeter un coup d'œil au renflement qui se dessinait si clairement dans une jambe de son pantalon.

— Comment allez-vous, tous les deux ? Je parie que vous êtes devenus amis maintenant.

Misha passa une main sur son visage, rougissant tandis que ses yeux remontaient le long de la poitrine puissante de Grim, jusqu'au visage ciselé.

— Mes cheveux sont presque finis.

Grim sourit.

— Tu es vraiment beau. Je ne suis pas aussi doué que Lucky.

— Grim ! Tu es là depuis quelques jours maintenant, et nous n'avons même pas eu l'occasion de bavarder, dit Lucky en lui tendant la main pour le saluer.

Grim le regarda fixement pendant une fraction de seconde, mais la lui serra.

— J'ai été occupé.

— C'est un signe que tu as besoin de te détendre. Peut-être pourrais-je te tenter avec un soin ? Offert par la maison, promit Lucky.

— Je ne sais pas si nous avons le temps, répliqua Misha en regardant par-dessus le dossier du fauteuil pour capter le regard de Grim et lui communiquer son malheur.

— Oh, mais si, mais si, contra Lucky en agitant la main avec un sourire et en repoussant Misha sur le fauteuil quand il se leva. J'ai encore un masque capillaire à faire sur toi.

Grim prit place sur l'autre fauteuil.

— Je suppose…

Misha ne put s'empêcher de jeter un nouveau coup d'œil au contour du sexe de Grim. Il était difficile de le manquer, surtout lorsque Grim se décala et que le cuir se resserra autour de sa longueur.

— Tiens, dit Grim en posant quelque chose sur les genoux de Misha.

Il s'agissait d'un vêtement en cuir plié, d'une chemise en plastique bourrée de papiers, et d'un passeport américain sur le dessus.

— Ton nouveau nom de famille est Babanin.

Misha sourit et prit le passeport pour regarder à l'intérieur. Son cœur s'accéléra et il se demanda comment les Coffin Nails avaient réussi à faire ça. Grim avait-il dû soudoyer quelqu'un du service de l'immigration ? Pour lui ?

— Classe.

Il examina le document, ignorant pour l'instant l'ensemble du dossier. Le passeport avait même une photo de lui qu'ils avaient prise dans un centre commercial en venant ici.

— Et regarde le gilet. J'ai demandé à une des filles de coudre les patchs.

Misha jeta un regard perplexe à Grim, mais déplia rapidement le cuir noir. Son souffle se bloqua dans sa gorge à la vue d'une rangée de lettres qui lui fit tourner la tête. Le gilet indiquait : « Propriété de Grim ». Avant qu'il puisse dire quoi que ce soit, Lucky siffla.

— Waouh, les choses deviennent sérieuses.

Misha retraça les lettres du bout des doigts, sa peau le picotant.

— Je suppose oui.

— Tu as tous tes documents, ta citoyenneté. Nous pouvons nous marier maintenant, ajouta Grim depuis son siège.

La voix de Misha resta coincée dans sa gorge, et pour une fois, même Lucky resta sans voix, se contentant de mettre du gel dans les cheveux de Misha en silence.

— M-m-marier ? bégaya Misha, les yeux écarquillés, les doigts serrés sur le cuir.

— Oh, tu ne le sais peut-être pas, mais c'est légal maintenant. On peut le faire, dit Grim en remuant les sourcils.

Même la nuque de Misha devenait chaude à cause des sentiments contradictoires qui déchiraient sa poitrine. Pouvait-on même appeler cela une demande en mariage ? Grim l'avait énoncé si simplement, comme s'ils en avaient déjà parlé. La mémoire de Misha lui faisait-elle défaut ? Impossible. Le concept d'être marié à un autre homme lui était si complètement étranger qu'il ne pouvait même pas se décider à participer à une cérémonie aussi peu traditionnelle. Il jeta un rapide coup d'œil à Grim. Voulait-il passer le reste de sa vie avec cet homme ? Oui, oui, il le voulait. Mais était-ce vraiment le moment de discuter de quelque chose d'aussi sérieux et personnel ?

Heureusement, Lucky retrouva la parole.

— Vous vous connaissez depuis, quoi, un mois ?

Misha déglutit.

— Il n'y a pas d'urgence, Grim. Je ne vais nulle part.

Grim leva les yeux vers lui, et comme un peu de lumière mourait dans ses yeux gris, il devint clair que ce n'était pas ce que Grim s'attendait à entendre.

— Qu'est-ce que ça veut dire ?

Quand Lucky ouvrit à nouveau la bouche, Grim le fit taire d'un seul regard.

Misha déglutit.

— Est-ce vraiment le bon moment ? Avec tout ce *qui se* passe ?

Ils iraient au tribunal et se marieraient alors que Misha pourrait *mourir* la semaine prochaine ? Quel serait le but ?

Grim fronça les sourcils.

— C'est exactement pour ça. Je mène une vie dangereuse. Que va-t-il se passer si je ne peux plus te protéger ? Tu n'aurais plus rien pour te maintenir à flot.

Misha n'était pas content que Lucky écoute tout ça. C'était privé, il ne pouvait pas dire tout ce qu'il voulait dire tant qu'ils étaient ici.

— Tu *n'es pas* en train de mourir.

— Comment le sais-tu ? demanda Grim, le fixant de sous ses sourcils épais et bien sculptés.

— On peut parler de ça à la maison ?

Misha serra le gilet et le dossier contre sa poitrine, comme s'ils pouvaient en quelque sorte le protéger du terrible destin suggéré par Grim.

Grim pinça les lèvres et se leva du fauteuil, le repoussant rapidement.

— Bien, grogna-t-il, et il s'assit sur le canapé rouge de la salle d'attente, dans le dos de Misha.

Non seulement Misha pouvait désormais sentir ses yeux gris sur lui, mais il pouvait aussi le voir dans le miroir.

Misha respira profondément l'air parfumé aux fruits et ne se sentit pas plus détendu lorsque Lucky se mit à parler de ses propres fiançailles et de la façon dont Tooth l'avait demandé en mariage devant tout le club. Bien sûr, Tooth avait fait ça. Il n'était pas venu au salon de coiffure de Lucky pour annoncer qu'ils allaient se marier à l'improviste.

Misha savait que Grim avait sa propre façon de montrer son affection. Au lieu de parler et de couvrir Misha de déclarations ou de grands gestes, il faisait toutes ces petites choses qui révélaient la profondeur de son engagement, mais Misha était encore trop abasourdi pour comprendre ce qui s'était passé.

Chapitre 25 – Grim

Grim se précipita vers le club-house, la tête en ébullition. Cela ne pouvait pas lui arriver. Il avait tout fait correctement. Il avait protégé Misha, lui avait donné le gilet de propriété, et il lui décrocherait la lune et les étoiles s'il le pouvait. Il lui avait même obtenu une fausse identité pour qu'ils puissent être ensemble. Il y a quelques jours, Misha lui avait dit qu'il serait heureux d'être marqué au fer rouge si c'était ce qu'il fallait pour qu'ils soient un couple, mais le mariage était un trop grand engagement ?

— Grim ! Reviens ! On va discuter ! cria Misha depuis la voiture où il se trouvait encore, puisque Grim ne l'avait pas aidé à s'installer dans le fauteuil, l'abandonnant plutôt à côté de la portière.

Et même furieux, c'était lui qui avait dû payer la nouvelle coupe de cheveux de Misha. Les seuls services que Lucky avait été prêt à faire gratuitement étaient pour Grim, et il avait fini par ne pas accepter son offre. C'était tellement humiliant que quelqu'un d'autre soit témoin de son échec. Il n'aurait jamais cru que Misha le rejetterait. Pas dans ses rêves les plus fous. Pas quand il s'imaginait déjà qu'ils obtiendraient une licence et que tout le monde regarderait deux hommes gay, qui pourraient enfin être légalement mariés partout dans le pays, célébrer leur jour spécial.

— À propos de quoi ? cria-t-il en retour.
— À propos de ce qui s'est passé !

Misha se transféra dans le fauteuil roulant, portant déjà le gilet de propriété, comme s'il voulait marquer un point. Et quel serait ce point ? Grim n'en avait aucune idée. Une confusion, c'était sûr.

Grim se retourna et écarta les bras. Tant d'efforts pour tout organiser. Il avait même renoncé à conduire sa moto pour le confort de Misha. Ce n'était toujours pas suffisant pour le convaincre que cette relation était sérieuse.

— Je pense que tu as été clair à la boutique.

Misha commença à rouler sur son chemin. Ses nouveaux cheveux mi-longs étaient certes mignons, mais cela ne faisait pas de *lui* quelqu'un de sympathique, peu importait la façon dont ses lèvres se courbaient vers le bas.

— Non, je voulais simplement parler en privé, pas avec Lucky qui écoutait ! Tu réagis de façon excessive.

— Je réagis de façon excessive ?

Misha le rattrapa, se cognant au genou de Grim alors qu'il levait les yeux et attrapait l'ourlet de son T-shirt, là où il dépassait sous le gilet.

— Je t'aime. Tu es mon plus grand héros. Qu'est-ce qui se passe ?

Quelque chose s'effondra dans la cage thoracique de Grim, mais il croisa quand même le regard de Misha.

— Je *ne suis pas* ton héros. Je ne fais qu'exécuter tes ordres et je prends avec gratitude tout ce que tu me lances.

Misha lui saisit prudemment la main.

— Ce n'est pas vrai. Tu es tout pour moi. Je suis juste surpris. Tu es entré, tu m'as jeté le passeport sur les genoux et tu m'as annoncé que nous allions nous marier. Je suis... bouleversé.

Grim se mordit la lèvre, mais lorsque les doigts de Misha se resserrèrent autour de sa paume, il ne put s'empêcher d'apprécier ce contact chaleureux.

— Tu crois que je ne suis pas confus ? Je n'ai jamais rencontré quelqu'un avec qui je voulais rester.

Misha déglutit et jeta un bref regard dans le salon ouvert derrière le dos de Grim.

— Mon esprit est focalisé par l'appel de Zero à n'importe quel moment. Nous devons parler stratégie, et... la dernière chose à laquelle je m'attendais, c'est que tu veuilles... *le mariage*. Je veux dire... nous sommes ensemble, que ce soit écrit ou non sur le papier.

Grim soupira et glissa son autre main dans sa poche. Le sang tambourinait contre la chaleur de la main de Misha tandis qu'ils se dévisageaient, et il fit un pas vers le bâtiment. Un sentiment de résignation parcourait son système sanguin.

— De cette façon, je pourrais te garder en sécurité même quand je ne suis pas là.

Misha lui lâcha la main pour pouvoir le suivre en fauteuil roulant.

— Tu ne vas nulle part, répéta-t-il, mais sa voix était devenue plus aiguë.

Grim s'arrêta au bas des escaliers et jeta un regard par-dessus son épaule.

— Non ? Comment le sais-tu ? Tu n'écoutes pas ce que je dis ?

Misha tendit les bras en signe de supplication silencieuse, rappelant à Grim la première fois qu'il avait fait cela dans la salle de bain d'un motel. Un sentiment de profonde tendresse se répandit dans sa poitrine. Grim aimait être si utile pour lui, toujours à ses côtés, et avoir toujours besoin de lui, mais si quelque chose lui arrivait vraiment, Misha avait besoin d'être protégé de toutes les tempêtes qui suivraient. Il en avait parlé à Tooth et lui avait demandé de s'assurer que Misha serait pris en charge si quelque chose lui arrivait. Il n'était pas aussi libre de subvenir à ses besoins que les autres personnes. Il était vulnérable et effrayé. Il ne pouvait pas être laissé seul.

— Je ne veux pas vivre dans un monde sans toi, chuchota Misha. Tu es mon bouclier.

Ce fut comme un boulon qui se logea dans le cœur de Grim, lui injectant le plus doux des poisons.

— Peut-être que tu devrais dire *oui* alors, murmura-t-il, et il prit Misha dans ses bras.

— Tu dois savoir que je ne serais rien sans toi.

Misha s'enroula autour de lui comme du lierre, et son odeur laiteuse embauma le nez de Grim, le jugeant incapable de se battre plus longtemps.

Grim commença tout de suite à monter les escaliers et serra Misha si près qu'il aurait pu l'étouffer, mais il avait vraiment besoin de son contact chaud et de l'odeur douce qui semblait omniprésente sur sa peau.

— Je sais.

Il entra à l'intérieur de leur chambre.

— Et je ne voulais pas que Lucky entende des choses comme ça. Elles sont uniquement à nous.

Misha gémit, mais donna à Grim un tendre baiser sur la bouche, à peine un effleurement des lèvres, mais il reçut tout de même comme une charge électrique.

— Et je pensais que tu m'aimais, donc que ce serait une formalité, dit Grim en s'appuyant contre la porte, la forçant à se fermer avec leur poids combiné.

Misha caressa la mâchoire de Grim.

— Bien sûr, je t'épouserai. Je me jetterais dans le feu pour toi. C'était tellement inattendu et ça ressemblait plus à la préparation de tes dernières volontés qu'à un projet de vie avec moi.

Grim prit une profonde inspiration et posa Misha sur le matelas, s'agenouillant devant lui. Il caressa les moignons à travers le tissu.

— Je veux le planifier, mais la planification peut attendre, et ce genre de choses ne peut pas.

— Je comprends. Je suis désolé de t'avoir embarrassé.

Misha ne détourna pas une seule fois le regard de ces grands yeux sincères qui, pour une fois, ne cachaient aucune trace de sarcasme ou de peur.

Grim posa la joue sur la cuisse de Misha, résigné à son sort.

— Si Lucky est au courant, Tooth le saura aussi. Putain !

— Ce qu'il pense est-il important ?

Misha hésita et passa ses doigts sur la nuque de Grim, mais il y avait de l'hésitation même dans sa question.

Grim passa son doigt sur le cuir souple du gilet de Misha et sourit. Cela faisait du bien de voir son nom sur Misha. Maintenant, n'importe qui saurait quand ils les verraient ensemble. Dans ce sens, c'était encore mieux que le mariage.

— La réputation est importante dans ce métier. Ne l'oublie jamais.

— C'est pour ça que je voulais parler en privé, mais je crois que j'ai tout gâché. Il y a un mois, je ne pensais pas que je vivrais jusqu'à vingt-cinq ans, et maintenant je suis censé me marier. Mon cerveau a un peu fondu.

Grim le regarda, sachant qu'il y avait quelque chose qui lui manquait encore. Il n'était pas très doué avec les gens.

— Tooth a fait sa demande devant tout le monde. Je pensais qu'une seule personne ne ferait pas de différence.

Misha se lécha les lèvres et poussa le bras de Grim.

— Tu n'as pas vraiment fait de demande...

Grim se renfrogna.

— Pourquoi, tu veux une bague en diamant maintenant ?

Misha le tira vers le lit.

— Ouais, comme si je me souciais de ces conneries étincelantes. Je veux que tu me poses la question.

Grim émit un rire aigu et s'assit à côté de lui.

— Et c'est tout ? Je demande, et tu es d'accord ?

Misha se déplaça plus près sur ses genoux, s'agrippant au bras de Grim pour l'équilibre.

— Peut-être. Mais seulement si tu me baises vraiment bien.

Grim avala une grande bouffée d'air, déjà séduit par les yeux sombres et le doux sourire de Misha.

— Birdie. J'aime quand tu me parles de façon obscène.

— Je ne peux pas m'en empêcher. J'ai l'esprit salace.

Misha lécha la lèvre inférieure de Grim, sa langue comme une allumette pour alimenter son feu.

Grim se pencha et captura les lèvres de Misha, maintenant ses mains en place. La montée d'adrénaline le rendit hypersensible quand il frotta sa bouche contre celle de Misha.

— Convaincs-moi...

L'étincelle ludique dans les yeux de Misha était exactement ce que Grim voulait que sa vie soit. Misha se retourna et baissa son pantalon sous ses fesses, avant de tomber en arrière pour s'asseoir sur le matelas. Le rythme cardiaque de Grim s'accéléra quand il réalisa qu'il allait voir les moignons nus dans quelques secondes. Misha fit lentement glisser le tissu le long de ses délicieuses jambes, et ils furent là, avec quelques bleus et abrasions qui avaient besoin d'être mieux embrassés, mais autrement lisses, doux, et prêts à être touchés.

Grim ne put s'empêcher de gémir en s'approchant, chassant ses bottes du lit lorsqu'il s'allongea à plat et approcha son visage d'un des moignons, l'embrassant le long des cicatrices tandis que ses sens savouraient l'odeur laissée par le détergent qui avait été utilisé pour laver les vêtements de Misha.

— Si facile, gloussa Misha en posant l'autre jambe sur l'épaule de Grim, la frottant doucement. Mais ne t'inquiète pas. Je n'utiliserai jamais mon pouvoir sur toi pour faire le mal.

Il caressa les cheveux de Grim, et même s'il tenait à ce qu'ils soient en ordre, il n'en avait rien à foutre pour le moment. Avec les moignons de Misha des deux côtés de sa tête, son esprit se vida de toute pensée rationnelle, ne laissant que des fantasmes salaces qui le conduisirent à ouvrir grand la bouche et à sucer la peau soyeuse zébrée par des cicatrices tout aussi lisses. Il les mordilla, ne remarquant même pas que son bassin commençait à frotter contre le matelas.

La voix de Misha résonna dans sa tête comme si elle venait d'un autre monde.

— Avant, ça me faisait flipper quand quelqu'un faisait ça, mais avec toi, ça commence à m'exciter.

— Qu'est-ce qui a changé ? murmura Grim, en chatouillant le bout du moignon avec sa langue, et il sursauta lorsque Misha rapprocha son autre mollet de l'arrière de sa tête.

Il ne pouvait pas s'en empêcher. Leur forme était si... différente des jambes normales, si sexy... Chaque amputation qu'il avait touchée était un peu différente, et ces moignons étaient uniques pour Misha, un témoignage de tout ce qu'il avait traversé.

Misha gloussa, et ce fut un son si doux qu'il donna envie à Grim de le chatouiller à nouveau.

— Toi. J'aime te voir si excité à cause de moi. Et j'aime que tu me touches. La peau à cet endroit est si sensible.

— Tu sais où ma peau est douce et lisse ? chuchota Grim, et il défit son pantalon, ricanant en regardant son amant.

Misha se mordit la lèvre avec un sourire.

— Non. Montre-moi.

Grim s'éloigna des jolies jambes et s'agenouilla, arrachant d'abord son T-shirt.

— C'est vrai. Tu ne devrais pas t'engager à te marier avant d'avoir inspecté la marchandise, n'est-ce pas ? demanda-t-il en jetant son T-shirt à Misha.

Misha éclata de rire et renifla le tissu avec un long soupir.

— Je suppose que je dois faire un essai alors.

Le sexe de Grim remua, et il le libéra des confins de son pantalon avec soulagement.

— Je vis pour faire plaisir à de jolis oiseaux comme toi, susurra-t-il en faisant descendre le cuir le long de ses cuisses et en laissant échapper un mélange de son musc, salé et épicé, avec l'arôme sous-jacent du cuir qui, espérait-il, deviendrait bientôt une dépendance pour Misha.

Celui-ci jeta le T-shirt de Grim et retira son nouveau gilet ainsi que son débardeur.

— Je ne pense pas que je ne me lasserai jamais de te regarder.

Il tendit la main et fit courir ses doigts sur la poitrine de Grim.

Grim se mordit la lèvre et se débarrassa de tous ses vêtements restants, présentant son corps dans toute sa gloire nue.

— Mets mon gilet, murmura-t-il en serrant sa verge grandissante alors qu'il se penchait plus près de Misha.

— Tu veux le voir sur moi quand on baise ? demanda Misha en souriant, et il fit ce qu'on lui avait demandé.

Le gilet était un symbole d'appartenance. Misha lui appartenait entièrement et cela lui procura un frisson sans pareil. Chaque rencontre avec d'autres amputés avait été comme un fantasme insaisissable. C'était la réalité dans laquelle il voulait vivre pour le restant de ses jours.

Grim hocha la tête et l'embrassa, installant son bassin entre ses cuisses. Leurs corps se frottèrent, créant une friction qui pétilla dans le cerveau de Grim.

— Oui. Je veux que tu le portes toujours. Je veux que tout le monde le sache.

— Lucky en a un de Tooth, il dit que personne n'ose l'embêter.

Misha sourit dans le baiser, faisant courir ses mains le long du dos de Grim.

— Je veux bien le croire, murmura Grim en se cambrant sous le contact ardent alors qu'il faisait lentement glisser ses hanches contre celles de Misha, sentant chaque poil chatouiller sa peau. Personne n'osera jamais toucher mon bien s'il veut rester en vie.

Misha déposa des baisers humides et passionnés sur la mâchoire de Grim, puis sur son cou. Une légère succion indiqua à Grim qu'il allait avoir un suçon, et cela ne le dérangea pas le moins du monde, et il sourit à la douleur-plaisir de la succion et de la morsure. Les mains de Misha descendirent jusqu'à son cul et le pressèrent.

— Je vois que tu me veux très proche, chuchota Grim, en massant le pectoral de Misha. Et ça, c'était pour quoi ? Tu veux que tout le monde le sache aussi ?

Misha caressa l'endroit qu'il venait de sucer.

— Oui. Seulement une petite marque. Je ne peux pas me passer de toi. Je suis peut-être ta propriété, mais je ne me suis jamais senti aussi libre.

Le cœur de Grim fit un bond. Pour Misha, il était vraiment un héros, et malgré tous les échecs qui traînaient au fond de son esprit, être reconnu par la personne qui comptait le plus lui donnait l'impression de pouvoir déplacer des montagnes à mains nues.

— Nous pouvons faire ce que nous voulons. Nous pourrions rester quelque part pendant un certain temps, si tu veux, promit Grim en tirant sur la lèvre de Misha avec ses dents.

— J'ai aimé passer du temps avec toi dans la forêt.

Misha fit courir ses doigts le long de la colonne vertébrale de Grim, provoquant un frisson d'excitation par ce contact fugace. Mais la sensation se transforma rapidement en un bourdonnement d'excitation quand Misha commença à balancer ses hanches contre les siennes.

Grim sourit et embrassa l'épaule de Misha tout en rapprochant aveuglément quelques oreillers et en les fourrant sous son dos pour une position mi-allongée, mi-assise.

— Nous pourrons y réfléchir.

Misha referma ses doigts sur l'érection de Grim, et sa main fine ne fit que la faire paraître plus grosse.

— Si chaud.

Même sa poitrine rougit quand leurs yeux se croisèrent sur la hampe épaisse.

Grim frissonna, regardant Misha cracher sur sa main et tirer lentement sur toute la longueur.

— Je veux te baiser aujourd'hui, dit-il en caressant la cuisse de Misha d'une main.

— OK. Je suis presque sûr qu'on a assez de temps.

Les yeux de Misha étaient rivés à la queue de Grim, et celui-ci ne pouvait pas se sentir plus fier, malgré le fait qu'il savait qu'avoir une grosse bite n'était pas franchement un exploit.

Il haussa les sourcils.

— Pas avec ma queue. J'ai un petit quelque chose pour toi.

— Oh ! Montre-moi.

Grim n'aurait pas pu rêver d'une réaction plus enthousiaste.

Il l'attira plus près de lui pour un baiser profond et intense et il tendit la main vers la table de nuit de son côté du lit. L'excitation lui rendait l'esprit confus, mais il jeta d'abord du lubrifiant sur le matelas, puis il le fit suivre avec le cadeau enveloppé de tissu.

— Vas-y, déballe-le.

Misha lui donna un baiser rapide, mais il n'échappa pas à Grim qu'il tendait les muscles de ses moignons et les rapprochait sur la literie, tandis qu'il découvrait le sex toy noir et nervuré et le faisait tourner dans ses mains, comme s'il essayait de comprendre comment il fonctionnait. Il avait une base en forme de T pour une manipulation facile et une forme tordue avec une pointe ronde.

— Tu as déjà utilisé quelque chose comme ça ? demanda Grim, en faisant tournoyer sa langue dans le nombril de Misha.

Il sursauta quand le gland de Misha heurta le dessous de sa mâchoire, mais la sensation était trop délicieuse pour la manquer, alors il coinça l'érection palpitante dans le creux de son cou.

— Pas comme ça, geignit Misha en soulevant les hanches pour le frapper à nouveau avec son gland.

Grim rit et offrit à la peau lisse de la couronne un coup de langue ludique avant de prendre le jouet de la main de Misha et de tapoter le bout rond contre ses lèvres.

— Tu vas aimer celui-là, je te le promets, dit-il avec un sentiment d'intention qui persistait sous la peau.

— Je te fais confiance.

Misha ouvrit ses lèvres roses en signe d'invitation, et alors que Grim glissait le jouet, il ne put s'empêcher d'imaginer sa longueur dans la bouche chaude et humide de Misha. Il soupira, contemplant cette langue rose et lisse glisser sur le dessous du jouet et jouer avec les côtés. Il aimait les jouets. Et il aimait les garçons doux et pervers.

— Confiance en quoi ?

Misha donna un coup de langue à la pointe du jouet.
— Que tu le feras bien.
Il reprit le gode dans sa bouche, comme au ralenti, regardant Grim dans les yeux. Cela lui rappela les vidéos que Misha avait l'habitude de faire, mais à partir de maintenant, il serait le seul à voir les lèvres de Misha accueillir une bite.
Il gémit, massant les cuisses de Misha en fixant la forme noire s'enfoncer dans la bouche de Misha.
— Je vais te laisser jouer avec maintenant, chuchota Grim, et il attrapa les cuisses de Misha, les écartant pour obtenir le meilleur angle.
Le regard de Misha devint brumeux, et il plongea le jouet dans sa bouche jusqu'à la base, étalé devant Grim, nu à l'exception du gilet, magnifique dans son excitation. Personne d'autre ne comptait pour Misha en cet instant, et Grim ferait tout ce qu'il faudrait pour que cela reste ainsi pour le reste de sa vie.
Il glissa ses mains sous les fesses de Misha et les rapprocha pour exposer l'anus rose. Il sourit et lécha les bourses de Misha tandis qu'il aplatissait une main sur son abdomen et commençait à masser doucement le muscle sous la peau.
Les bruits de succion devinrent plus forts, envoyant des picotements de plaisir dans tout le dos de Grim et rendant son érection encore plus raide. S'il avait eu un sexe plus petit, il baiserait Misha avec tous les jours. La seule fois qu'ils l'avaient fait, le corps de Misha s'était si joliment soumis à lui, et il semblait apprécier la baise aussi, toujours si sensible au toucher. Mais la pénétration était difficile pour Grim, car elle exigeait de l'autodiscipline, alors il avait appris à tout autant apprécier d'autres types de sexe. Tant qu'il avait un beau garçon, tant qu'ils jouissaient tous les deux, tout pouvait être aussi agréable pour lui.
Il suça la peau salée des testicules de Misha et versa un peu de lubrifiant sur la raie, le laissant dégouliner partout sur l'orifice et ses doigts que Grim faisait courir sur ces fesses effrontées.
Misha laissa échapper un de ces petits gémissements dont Grim s'enivrait. Du coin de l'œil, il vit les moignons traîner sur la literie, et tout ce à quoi il put penser fut la sueur, le sperme, et la chair de poule sur la peau douce de Misha. Il n'avait jamais eu de partenaire plus parfait. Si sexy, mais aussi si dépendant de lui, si doux dans

son besoin d'aide, tout en ne perdant jamais sa nature sarcastique et son intelligence aiguisée.

Misha lécha tout autour du jouet noir pendant que Grim massait son anus, amadouant les muscles pour qu'ils le laissent entrer. Ils se relâchaient, et avec Grim appliquant une pression douce sur le sexe et les bourses de Misha, il put bientôt glisser dans un doigt, qu'il recourba, tirant sur le sphincter de l'intérieur.

— Je vais être tellement lent aujourd'hui que tu vas me supplier de t'achever, promit-il.

Misha sortit le jouet de sa bouche, déjà rouge et respirant plus fort d'excitation. Grim aimait prendre son pied comme tout le monde, mais il aimait encore plus regarder ses partenaires. Surtout les amputés, car leurs corps étaient particulièrement uniques. Misha était un tel spectacle glorieux avec ses muscles et sa peau dorée qui s'étalaient en invitation et demandaient à être admirés. Ses mamelons pâles durcissaient, sa verge tressaillait de temps en temps, là où elle reposait près de son nombril, et son canal se contractait sur le doigt de Grim, comme s'il en redemandait.

Celui-ci décalotta le prépuce de Misha pour exposer le gland, si doux et sensible, surtout en dessous de l'endroit où il rencontre le reste de la longueur. Il savait déjà que toucher Misha à cet endroit plongerait son beau garçon dans une frénésie de luxure.

— Tu le fais si bien, chuchota Misha, et il tendit la main vers la joue de Grim, passant ses doigts dessus.

Sa poitrine se soulevait et s'abaissait rythmiquement, peignant la plus jolie image devant les yeux de Grim.

Il sourit, regardant la rougeur sur le visage et la poitrine de Misha s'assombrir dans la lumière du jour qui filtrait par la fenêtre. Il aimait le fait que Misha n'ait pas honte de son corps, d'autant plus maintenant qu'il était à l'aise avec le fait que Grim touche également ses moignons.

Il fit des mouvements de ciseaux avec ses doigts, vérifiant si l'orifice était suffisamment détendu, puis enfonça ses doigts plus profondément.

— Oh, putain !

Misha se crispa et décolla ses moignons du lit. *Bingo*. Il gémit lorsque Grim toucha à nouveau le petit bourgeon, et il laissa tomber le jouet à côté de lui.

— Encore, supplia-t-il, en arquant et en écartant ses cuisses.

Les entrailles de Misha étaient chaudes comme la braise, et Grim voulait en profiter un peu plus avant d'aller plus loin, mais si la façon dont Misha balançait ses hanches et roulait sa tête en arrière était une indication, son doux oiseau était prêt pour plus.

— Tu es si avide.

— Tu le fais si bien, gémit Misha, se déplaçant et se tordant, alors qu'il attrapait la literie d'une main. Je te promets que je vais te faire sentir bien aussi.

— J'en suis sûr, dit Grim, bien qu'il se sentirait tout aussi bien en se masturbant et en embrassant ces moignons galbés.

Les toucher lui provoquait une décharge qui réveillait des bruits vibrants dans toutes les parties sensibles de son corps. Il aspira l'extrémité de l'érection de Misha et tendit la main vers le jouet, glissant finalement ses doigts hors de Misha pour couvrir le gode de lubrifiant. Le simple fait de voir le gel transparent couler sur les crêtes était un spectacle excitant quand il imaginait à quoi il allait servir.

Misha remonta ses jambes et les maintint contre sa poitrine, exposant sans vergogne ses fesses. Grim dut tout arrêter et prendre une profonde inspiration pour admirer la vue. Misha remua même ses moignons pour son plaisir, et la tentation flagrante était plus que Grim pouvait supporter.

— Putain ! Tu m'allumes, gémit Grim, en faisant glisser d'abord la tête ronde, puis les crêtes du jouet contre l'entrée serrée et sensible de Misha, le laissant goûter à sa propre médecine.

Les muscles des cuisses de Misha se tendirent, et sa tête retomba en arrière avec un gémissement.

— Les stries... J'ai toujours aimé les godes striés.

— Je m'en suis souvenu. C'est pour ça que j'ai acheté celui-là, murmura Grim, repensant à un clip porno dans lequel Misha se baisait lui-même sur un gode à stries violet, qu'il avait auparavant fixé au mur avec sa base à succion. Ses cheveux avaient été éparpillés dans tous les sens alors qu'il poussait en arrière de manière rythmique, acceptant la longueur inégale dans son corps serré.

Il enfonça l'extrémité ronde, et le gémissement qu'il reçut en retour fut de la musique à ses oreilles. Misha remuait son cul avec impatience.

— Allez... baise-moi...

— Patience. Je t'ai promis de le faire doucement et lentement, n'est-ce pas ? le taquina Grim en riant, et il caressa l'érection de Misha avec sa main lubrifiée tout en déplaçant le jouet dans un mouvement circulaire, massant le sphincter de Misha.

— J'aime quand c'est rapide et brutal, se plaignit Misha d'une voix rauque en écartant ses cuisses pour regarder Grim. J'aime te regarder manipuler ta bite.

— Mais je veux que tu souffres, insista Grim en enfonçant lentement le gode, tordant son poignet pour titiller davantage l'entrée de Misha.

Il fit tourner son pouce sur son gland, frissonnant lorsque le plaisir enfla dans son abdomen.

— Tu es diabolique... gémit Misha quand une autre crête passa sur son sphincter, avalée par une chair gluante et froncée.

Grim retira le jouet, l'inclinant pour qu'il pousse sur le sphincter au lieu de glisser.

— Oui. Je tue. Je mutile, je saigne. Et je prive mon petit ami d'être baisé à fond.

Misha haleta, et Grim gémit quand il vit Misha lever sa jambe et lécher le dessous de son moignon. Il l'avait vu de nombreuses fois en vidéo, mais c'était la première fois que Misha semblait assez à l'aise pour exploiter le fétiche de Grim.

Grim le regarda fixement, et sa queue palpita, prête à jouir sur ces jambes gracieuses.

— Ne t'arrête pas, supplia-t-il, choqué par la flexibilité de Misha dans la vie réelle. Putain de merde...

Il offrit à Misha ce qu'il voulait et enfonça le jouet plus profondément, le plongeant dans les profondeurs de la chair de Misha et l'orientant déjà vers la prostate.

Les sourcils de Misha se rapprochèrent, et il gémit avant de sucer le moignon, obscènement étalé. Grim se rappela alors combien la chair était douce au toucher. Comment chaque cicatrice était différente sous sa langue. Le cul de Misha se crispa sur le jouet une fois qu'il fut entièrement en lui, ne laissant que la poignée en forme de T dans la main de Grim.

— C'est bon ? Tu veux que ce soit plus fort ? demanda Grim, s'assurant d'appliquer presque trop de pression sur la prostate de Misha.

— Plus... gémit Misha, les joues rouges et sa toute nouvelle coupe de cheveux en désordre.

Il rapprocha également son autre jambe et lui donna un coup de langue avant de frotter sa joue contre la partie la plus étroite du moignon.

Grim tourna la poignée, expérimentant la pression tandis qu'il glissait sa main lubrifiée sur l'érection de Misha et la pompait au même rythme. Il était lent, languide, et la façon dont Misha réagissait à la fois avec impatience et avec des gémissements rauques de plaisir le tenait déjà sur les nerfs.

— Tu me tues.

Misha laissa sa tête tomber en arrière, et il s'enfonça dans le poing de Grim comme un chien en chaleur.

— Pas encore. J'ai besoin que tu me fasses jouir aussi, chuchota Grim, le regardant baiser son poing, et quelques centimètres plus bas, son cul affamé avalant toutes les crêtes avec facilité.

C'était drôle de voir à quel point Misha pouvait être autoritaire quand il voulait quelque chose, mais c'était finalement à Grim de lui accorder son souhait. Comme dans les escaliers, où Misha pouvait techniquement monter tout seul à quatre pattes, mais lui laissait le soin de le porter. Si Misha le voulait vraiment, il pouvait se branler tout seul.

— Tu vas jouir si fort.

Misha accéléra les poussées de ses hanches, et le jouet disparut et émergea à un rythme rapide, qui n'était que souligné par le volume des gémissements désespérés de Misha.

— Tu dois me rendre la pareille après tout, râla Grim, en faisant tourner sa main lorsqu'il remarqua que Misha devenait trop agité.

Ce n'était pas encore l'heure de jouir, et la possibilité d'empêcher Misha d'éjaculer le faisait planer grâce au pouvoir qu'il détenait maintenant sur son amant.

— Non ! Je ne peux pas ! haleta Misha de frustration, et il posa ses moignons sur les épaules de Grim.

Son corps était si ouvert pour lui. Lèvres entrouvertes, bite palpitante et son cul se pressant sur le jouet. Il était exactement là où il voulait être.

— C'est à moi de décider, contra Grim en se tournant vers l'un des moignons et en léchant sa peau lisse.

Il masturba Misha plus fort tout en gardant son orgasme prisonnier.

Misha souffla alors qu'une goutte de liquide séminal glissait le long des doigts de Grim.

— Si injuste... S'il te plaît ?

Grim contempla les yeux de son beau garçon s'assombrir avant de finalement relâcher la pression et de faire tourner sa main de haut en bas de la longueur lisse de Misha.

Son amant ferma les yeux quand il jouit dans un long gémissement, baisant le poing de Grim et s'empalant sur le jouet. Voir son sperme éclabousser sa poitrine fut la plus belle vision que Grim ait jamais vue. Misha était débraillé, mais même essoufflé, il effleura quand même la joue de Grim avec son moignon.

Grim gémit et lâcha le jouet, se glissant entre les cuisses de Misha et récupérant le sperme frais et chaud avec sa langue. Il embrassa l'amertume de la peau de Misha jusqu'à sa poitrine, gémissant doucement quand le goût familier le fit frissonner.

Un petit sourire apparut sur les lèvres de Misha, et il leva vers Grim des yeux mi-clos.

— Oui, lèche-moi, chuchota-t-il lorsque ses moignons touchèrent les cuisses de Grim des deux côtés.

— Putain, t'es trop sexy, geignit Grim, en mordant la peau de Misha et en inclinant son corps contre les mollets courts. Je veux t'enfermer dans une cage dorée et te faire chanter uniquement pour moi, Petit oiseau...

— Ne dis pas ça... murmura Misha en passant ses doigts sur l'épaule de Grim. Je suis à toi de toute façon.

Et dans un mouvement des plus excitants, les moignons glissèrent sur la cuisse de Grim et sur ses genoux, les deux caressant son érection dure comme de la pierre.

Grim ferma les yeux, frissonnant au contact. Ce n'est qu'après plusieurs secondes qu'il jeta un coup d'œil à l'endroit où sa queue était piégée par les jambes de Misha. Sa main plongea pour récupérer le lubrifiant, et il en arrosa frénétiquement toute sa longueur, sifflant au contact frais.

— Mes jambes aussi, chuchota Misha, et c'était la chanson la plus douce qu'il pouvait chanter.

Grim versa un peu plus de gel sur les moignons de Misha, se retenant difficilement de pousser contre la peau cicatrisée. Son esprit était en pleine fusion à ce stade.

— Tu es l'homme le plus sexy du monde…

— …et tu ne me laisseras jamais partir, termina Misha, et il enserra l'épaisseur de Grim entre ses jambes glissantes.

Grim ne put même pas répondre, trop excité. Il caressa la peau douce sous les genoux de Misha et positionna les mollets contre sa queue afin de pouvoir s'y frotter plus facilement. Le cerveau en ébullition, il ne se souciait de rien d'autre que des moignons qui touchaient sa verge, prêts à recevoir son sperme tandis que Misha regardait, beau et détendu, lui offrant généreusement l'honneur de le toucher.

— Vas-y, baise-les.

Misha bougea ses moignons d'avant en arrière, faisant perdre à Grim le sens du temps et de l'espace. Il attrapa les mollets de Misha et les maintint en place, se délectant du glissement de la peau contre sa hampe alors qu'il s'y frottait avec un abandon total. Son cœur battait la chamade dans ses oreilles, et sa respiration était superficielle et rapide. Misha lui lança un sourire paresseux, étalé là comme un roi, que Grim servirait pour toujours.

Grim enfonça ses doigts dans la chair quand il explosa, regardant les genoux se couvrir de sperme blanc nacré, qui dégoulina plus bas, vers l'endroit où les jambes de Misha se terminaient brusquement.

Misha se lécha les lèvres, sa poitrine ne se soulevant plus.

— Tu es tellement sexy. Tous les gays qu'on va rencontrer vont être jaloux.

Il souleva un de ses moignons et un filet de sperme se tendit entre sa chair et le gland de Grim.

Celui-ci soupira et étala sa semence le long de la jambe de Misha, le regardant se fondre dans la peau.

— Je l'espère. J'ai besoin de te garder intéressé.

— Continue le cardio, tu es doué, grogna Misha, déplaçant ses hanches et ne faisant que lui rappeler que le jouet était toujours profondément ancré dans son garçon.

Il l'attrapa et le fit glisser aussi doucement que possible. Pour l'instant, il se contenta de le poser sur la table de chevet et attira Misha dans ses bras, endormi, rassasié et immensément heureux.

— Tu fais seulement semblant d'être peu exigeant.

— Je ne demanderai pas beaucoup d'entretien une fois que j'aurai mes prothèses.

Misha sourit et s'accrocha à Grim dans une étreinte collante. Et même s'ils savaient tous les deux qu'un danger les guettait, c'était agréable de ne pas le reconnaître et de se contenter de rêver.

Grim sourit et embrasse la joue rose de Misha.

— Pas du tout. Tu vas beaucoup fréquenter ton prothésiste. Ce n'est pas une chose unique. Mais ce n'est pas grave. Ça ne me dérange pas de t'aider.

— Tant que tu as ta baise de moignons hebdomadaire ? plaisanta Misha en secouant la tête et en fermant les yeux.

— Tu me connais si bien.

Grim roula sur lui, l'emprisonnant de son poids et maintenant sa tête en place.

Misha le regarda avec des yeux rêveurs, comme si Grim était le soleil dans le ciel.

— Comme personne d'autre.

Grim soupira, le contemplant. Il n'avait jamais ressenti ce genre de désir intense, même avec Coy.

— Alors... c'est oui ?

Un sourire se dessina sur la bouche de Misha.

— Oui à quoi ?

Grim cacha son visage dans le cou de Misha.

— Épouse-moi.

Une main se posa sur sa nuque, le caressant comme s'il était un chaton, et Misha enroula ses jambes autour de ses hanches.

— Oui.

La sonnerie stridente de son téléphone portable tira Grim de sa torpeur. Il s'assit, regardant frénétiquement autour de lui dans la pièce sombre. Quelle heure était-il ?

Il tendit le bras vers le téléphone et l'attrapa sans réfléchir.

— Oui ? marmonna-t-il en essayant de ne pas paraître agacé, alors qu'il serrait les yeux pour libérer les muscles qui les entouraient et sentir moins de sable sous ses paupières.

— J'espère te voir dans une heure. Les coordonnées sont dans le message.

La voix modifiée de Zero le sortit brusquement du sommeil et le plongea dans un cauchemar.

Ses yeux se posèrent sur Misha, qui remua sous les couvertures à côté de lui. Son cœur se mit à battre la chamade lorsqu'il croisa le regard de son amant dans l'obscurité.

— Nous serons là.

Chapitre 26 – Misha

La perspective de rencontrer Zero les yeux dans les yeux faisait transpirer Misha comme un cochon allant à l'abattoir. Mais il allait le faire. Il ne s'enfuirait pas. Il avait Grim de son côté, et il ne donnerait pas à ce putain de bâtard la satisfaction de le voir se recroqueviller de peur. Il s'accrocha à l'avant-bras de Grim pendant qu'ils roulaient hors de la ville et suivaient la voix monotone du système de navigation du téléphone portable de Grim, qui rompait de temps à autre le silence sinistre dans l'habitacle. La tension montait en flèche entre lui et Grim sans qu'aucun d'eux ne dise quoi que ce soit.

Avant de quitter le club-house, Grim avait contacté Tooth et Priest pour leur révéler où ils allaient, mais avec le peu de temps que Zero leur accordait, ils s'attendaient à ce que les Coffin Nails ne se montrent pas tout de suite. Pas à trois heures du matin.

Les coordonnées les conduisirent dans une zone à l'extérieur de Détroit. Des parcs clôturés s'étendaient le long de l'étroite route asphaltée, si envahis par la végétation qu'il semblait que la plupart n'avaient pas été entretenus depuis longtemps. Grim ralentit alors qu'ils approchaient de leur destination, guidés par les instructions monocordes de la navigation. Le cœur de Misha fit une embardée lorsqu'il remarqua une rupture dans la ligne épaisse des grands arbres à feuilles persistantes. Il y avait là un portail, de style ancien, avec des colonnes de pierre de chaque côté, mais il était ouvert en grand malgré la rouille visible à la lueur de leurs phares.

Grim jeta un bref regard à Misha, mais il ne dit rien tandis qu'ils s'enfonçaient dans l'obscurité, quittant la sécurité de la voie publique. C'était presque comme conduire à travers les bois, avec des ombres épaisses enveloppant les arbres et les buissons qui avaient revendiqué l'allée depuis que le dernier occupant à plein temps de cette adresse était parti. Il faisait si sombre que dès que la route déboucha sur une clairière, le ciel devant eux ressembla au ciel bleu vif au-dessus de la maison de Grim dans les bois.

La voiture s'engouffra dans un champ d'herbe, où seuls quelques arbres délimitaient le terrain plat autour d'une structure gothique. De loin, cela ressemblait à un château que Misha imaginait pouvoir servir de décor à *Jane Eyre*. De la lumière se déversait des portes ouvertes à l'avant du vaste bâtiment, et dans le fond du ciel lumineux, une unique tour fixait Misha de ses yeux vitrés éclairés par la lune. Un sentiment d'affaissement lui serra l'estomac lorsque Grim entra dans la cour vide et arrêta la voiture devant les escaliers qui menaient à l'entrée principale.

Le gravier crissant sous les roues lui rappela le râpage de la scie contre ses os, et il frissonna, se frottant le visage pour tenter de rester aussi calme que possible. Grim n'avait pas d'armes conventionnelles sur lui, mais il *était* préparé, et même si Misha lui faisait confiance, il connaissait Zero depuis assez longtemps pour être au courant de l'étendue de sa folie. Cette soirée pouvait se terminer d'une façon qu'il ne voulait même pas envisager.

Alors qu'ils s'approchaient des lourdes portes, un grand homme chauve sortit de l'intérieur du bâtiment et leur adressa un signe de tête stoïque qui hérissa tous les poils des bras de Misha. L'homme fouilla Grim et a palpa même Misha rapidement, ce qui lui donna envie de s'accrocher à Grim et de ne plus le lâcher.

Ils entrèrent, Grim poussant le fauteuil roulant sur une rampe en pierre, suivi par le garde du corps qui ferma les lourdes portes derrière eux.

Misha serra ses mains sur les roues tandis qu'il roulait dans un grand hall. Les hautes fenêtres laissaient entrer beaucoup de lumière, même la nuit, et il regarda les murs nus, dépouillés de la plupart des papiers peints à fleurs et même du plâtre. Il y avait un espace de réception devant lui et de longs couloirs surmontés de plafonds voûtés s'étendant des deux côtés. Il remua lorsque la lumière vive de la lampe de poche du gardien frappa son dos et le confronta à une version avilie de lui-même s'étendant sur le sol : voûté et petit sur une paire de roues géantes et allongées.

— Par ici, dit le garde, et au lieu de s'engager dans l'une des grandes allées, il dirigea le faisceau lumineux vers une porte discrète située derrière la réception. Vous passez en premier, ajouta-t-il, et Misha frissonna au bruit métallique qu'il reconnut immédiatement comme étant le mécanisme de sécurité de l'arme.

— On y va ? demanda Grim, en tapotant le dos de Misha.

Misha avait besoin d'être courageux ce soir. Si ce n'était pas pour lui-même, alors pour Dennis. Au moment où la voix de Zero pénétra tous les pores de sa peau, il sut que cette rencontre ne serait pas facile. Il n'était même pas sûr qu'ils *aient* un plan pour faire tomber Zero, mais Grim avait affirmé que ce serait fait. Misha devait s'accrocher à tous les espoirs que le destin lui donnait.

— Enfin ! Mes chers invités, s'exclama Zero, et ses mots résonnèrent dans la pièce vide comme un écho qui murmurait avec une fraction de seconde de retard. Nous allons pouvoir nous rencontrer et échanger des cadeaux.

C'était une sorte de salle de bal, à en juger par sa taille, mais la vue des gros barreaux métalliques bloquant toutes les immenses fenêtres donna un frisson à Misha. Ils étaient piégés. Il y avait un homme armé dans leur dos, Grim était sans défense, sauf s'il avait l'intention de tuer Zero avec des cure-dents. Sa main le démangeait de prendre celle de Grim, mais même si son estomac se retournait et que ses doigts tremblaient, il savait qu'il ne devait pas entraver les mouvements de Grim. Son homme était sa seule chance de sortir d'ici vivant et de sauver Dennis.

Ils s'approchèrent de Zero, qui tourna les talons pour leur faire face, aussi beau qu'il l'avait toujours été dans son costume couleur crème immaculé. Le doux sourire qui se dessinait sur ses lèvres réveilla des souvenirs que Misha avait essayé d'enterrer pendant si longtemps, et pourtant, y être confronté à nouveau fit resurgir des images de rouge vif sur des tissus clairs et coûteux, et le sourire gracieux de Zero alors qu'il enfonçait brutalement sa bite en Misha. C'était comme si les cris et la peur n'étaient pas suffisants. Le pervers avait besoin d'être couvert de sang chaque fois qu'il jouissait. Et avec son visage sans âge, il semblait que toutes les légendes effrayantes pouvaient être vraies, et que tous les deux étaient sur le point d'affronter une goule tout droit sortie d'un cauchemar.

Misha se sentait malade. Sa gorge était nouée, son estomac se nouait, la sueur imprégnait son T-shirt, et même ses mains étaient raides, faibles. Il lui était difficile de faire avancer le fauteuil roulant, et ce n'est que lorsque Grim le poussa par-derrière que Misha put exhaler son soulagement. Un deuxième gangster sortit de l'ombre, une lampe de poche à la main. Il s'approcha d'une simple chaise en bois et la posa sur le siège avant de l'allumer.

Le cœur de Misha devint un trou noir quand il suivit le rai de lumière blanche, qui faisait ressortir toute une palette de violets et de bruns sur le corps nu de Dennis. Il se tenait sur une autre chaise, frissonnant comme un chiot mourant, et un nœud coulant pendait librement autour de son cou depuis l'une des épaisses poutres sous le plafond. Ses lèvres étaient recouvertes de ruban adhésif, mais il laissait échapper un petit sanglot de temps en temps.

Zero se retourna vers lui, semblant complètement à l'aise avec deux hommes musclés chargés de sa sécurité, bien que les deux gardes du corps donnent l'impression d'être des soldats des forces spéciales, et Misha pouvait comprendre pourquoi. L'acier froid des fusils d'assaut était un avertissement suffisant pour lui.

— Tu es Zero, je présume, dit Grim, et les yeux de Zero se tournèrent vers lui pour la première fois.

— Et tu es l'âme charitable qui a recueilli ce petit enfoiré après qu'il s'est enfui de chez lui, dit-il en s'approchant.

Ne supportant pas de regarder Zero dans les yeux, Misha jeta un coup d'œil à Dennis à la place, pour s'assurer qu'il allait bien. Leurs yeux se croisèrent et la culpabilité envahit le cœur de Misha, piétinant tout espoir qu'il avait avant que le coup de téléphone inattendu ne les réveille au milieu de la nuit. Il connaissait le regard que Dennis lui lançait. C'était de la terreur pure et simple. Dennis préférait mourir ici même plutôt que d'être ramené par Zero dans son quartier général actuel. Les yeux de Misha piquèrent, et il chassa les larmes qui lui montaient aux yeux en se rappelant toutes les fois où il avait simulé une connexion avec Dennis, juste pour l'attirer dans les filets de Zero et sauver sa peau. Rien au monde ne pourrait jamais compenser ce genre de trahison.

Quand il s'adressa à Zero, le ténor chaleureux de Grim fut aussi calme qu'il l'était toujours :

— Je suis loin d'être une âme charitable. Je ne l'ai pas sauvé par sympathie.

Misha sentit son visage picoter quand il se vida de son sang. Il avait confiance en Grim. Il aimait Grim, mais beaucoup trop de vérité résonnait dans ses mots. C'était comme si Grim cherchait un terrain d'entente avec Zero en révélant une partie de lui dont Misha savait que Grim avait honte. La partie qui désirait Misha juste pour ses moignons, pour la façon dont il prenait des queues à l'écran. C'était peut-être une nécessité, mais ça faisait quand même mal de l'entendre dire de telles choses à voix haute.

Un léger froncement de sourcils se dessina sur le visage de Zero, mais il finit par rire.

— Ce n'est pas ce à quoi je m'attendais. Tu es audacieux. Quel est ton nom ? demanda-t-il, en sortant un paquet de cigarettes.

Il en alluma une et offrit le paquet à Grim, qui refusa d'un geste.

— Je m'appelle Logan. Et toi ? Zero est ton vrai nom ?

Zero souffla un peu de fumée.

— Ça l'est maintenant.

Grim hocha la tête, le corps détendu, comme s'il était sur le point d'aller faire un tour sur sa belle Harley. C'était étrange de l'entendre se présenter avec un nom qu'il n'utilisait plus, mais peut-être *était-il* Logan cette fois ? Peut-être que ce n'était pas vraiment *Grim* qui était entré dans ce lieu aux côtés de Misha ?

Zero fit un pas vers eux, et l'un des voyous leva immédiatement son fusil, le pointant vers Grim. Misha était si tendu qu'il pouvait vomir à tout moment.

— Je suis content que tu l'aies amené ici pour que je puisse lui faire mes adieux d'une manière appropriée. Ça te dérange si je le touche ? demanda Zero, comme s'il considérait vraiment que Misha était un bien transférable.

Grim fourra ses mains dans ses poches avant.

— Oui.

Zero leva la tête vers lui, clignant des yeux.

— Eh bien, je vais le faire quand même. Si tu m'en empêches, mon homme va te faire sauter la tête. Il me semble que tu confonds la simple courtoisie avec une vraie question.

— C'est possible, répondit Grim. Je suis un garçon de ferme. Les interactions sociales nuancées n'ont jamais été un de mes points forts.

Zero éclata de rire, et à la façon dont ses yeux suivaient Grim, l'étrange dualité affichée par Grim piquait son intérêt.

— Et si tu me montrais ta vidéo amateur ?

Grim attendit deux secondes entières avant de remettre la clé USB, peut-être juste pour prouver qu'il ne serait pas aveuglément complaisant, mais Zero accepta le dispositif sans un mot et se dirigea vers la fenêtre. Misha remarqua un ordinateur portable sur le rebord de la fenêtre. Son sang se mit à bouillir, et il fut reconnaissant au fauteuil roulant de le maintenir debout, car sa tête devint inconfortablement légère au moment où Zero ouvrit l'ordinateur et connecta la clé USB.

Il regarda l'un des gorilles, le géant chauve qui avait invité Grim et Misha dans le bâtiment.

— T4, où est le projecteur ? Je suis sûr que Dennis veut regarder le film autant que moi.

Misha laissa échapper un gémissement discret, mais il était prêt à accepter les conséquences de ses actes. Il fixa ses moignons, cachés par le pantalon de survêtement relevé, mais finalement, la pièce s'illumina légèrement, et il leva les yeux vers la grande capture rectangulaire d'un écran d'ordinateur sur le mur. L'image paisible d'une forêt verte au lever du soleil avait la même qualité que les costumes de Zero. C'était un masque. Un masque qui dissimulait tous les visages hideux de l'homme qui torturait les gens pour le plaisir.

Une fenêtre s'ouvrit, révélant le seul fichier du dossier. Un film qui durait moins de quinze minutes. Il paraissait beaucoup, beaucoup plus long en temps réel. Un quart d'heure semblait à peine suffisant pour la quantité de torture que Grim avait infligée à Tomas. Une vie humaine achevée dans un laps de temps aussi court. C'était moins que la durée d'un dessin animé moyen.

Zero se retourna vers eux, comme s'il hésitait à ouvrir le dossier.

— Misha, viens par ici. Je veux partager ça avec toi.

Misha s'enfonça dans le fauteuil roulant, et Grim finit par le pousser en avant, mais Zero renâcla et les arrêta d'un geste.

— Non, mon ami. Tu restes là. Tu ne m'intéresses pas.

Grim hésita, mais finit par lâcher prise, laissant Misha affronter seul sa peur. Son attention se dispersa lorsque la chaise vacilla sous Dennis, mais l'un des gardes du corps de Zero la stabilisa avant qu'il puisse tomber, et le soulagement suffit à insuffler aux muscles de Misha juste assez de force pour aborder sa plus grande peur.

Ses genoux se ramollirent et ses épaules se tendirent tandis qu'il faisait rouler le fauteuil vers Zero. C'était comme marcher sur une corde raide au-dessus d'un canyon sans fin rempli de pointes qui lui transperceraient le corps s'il tombait. Il était à bout de souffle, et son cerveau se vida, le défiant et le laissant sans mots. Son silence ne sembla pas déranger Zero, et le sourire éclatant que l'homme lui adressa suffit à l'envoyer dans un puits de souvenirs indésirables. La douleur avait été si intense. Il devenait fou rien qu'en sentant l'eau de Cologne préférée de Zero, mais contrairement à un chien maltraité, il n'était pas prêt à mordre la main qui glissait sur sa joue. Sans Grim à ses côtés, il se sentait complètement sans défense face à la cruauté de Zero.

— Montre-moi tes jambes. Je veux voir mon travail manuel une dernière fois, chuchota Zero d'une voix rauque.

Misha prit une vive inspiration, luttant contre sa trachée, qui se serra brusquement, comme si elle refusait d'être agréable. Au lieu d'une réponse, un sanglot brisé quitta sa bouche, et ses yeux débordèrent de larmes au moment où il sentit ces mains chaudes et sanguinaires sur lui.

Elles étaient sur sa tête. Zero allait l'obliger à le sucer. Il forcerait Grim à regarder, et ensuite il les ferait tous les deux devenir des quadrupèdes amputés, pour être maltraités sans aucune chance de se défendre. Ils n'auraient pas dû venir ici, mais s'ils avaient laissé Dennis mourir, qu'est-ce que ça aurait fait d'eux ? Ils ne pouvaient pas fuir toute leur vie.

— Tu ne m'as pas entendu, Misha ? demanda Zero de cette voix douce qui rappelait une époque beaucoup plus vulnérable.

Misha pleura, serrant ses mains sur le tissu doux de son sweat. Il voulait faire ce qu'on lui demandait, être l'homme courageux que Grim voulait qu'il soit, mais la terreur rendait ses doigts raides et peu dociles alors que des larmes chaudes coulaient sur ses joues.

— Est-ce nécessaire ? grogna Grim, et avant même que Misha ait pu comprendre ce que ses mots signifiaient, les doigts de Zero étaient en train de déplier le tissu qui cachait ses moignons.

Il cria, mais aucun son ne sortit, et il se contenta de fixer les taches humides qui parsemaient son pantalon, tandis que ses moignons émergeaient progressivement dans l'air frais.

— Tais-toi. Tu mets mon garçon mal à l'aise avec tes plaintes, siffla Zero.

Zero le touchait, et Misha était impuissant à l'en empêcher. Il ne pouvait même pas bouger alors que ces doigts envahissants lui ôtaient lentement toute la dignité qu'il avait retrouvée au cours des dernières semaines.

— Tu m'as manqué, chuchota Zero, et sa voix semblait étrangement intime, presque comme une confession. Tu as si bien souffert pour moi.

Misha étouffa un sanglot et se refusa à lever les yeux, mais il ne semblait pas que cela soit nécessaire pour lui.

La vidéo commença.

Dans la lueur froide des phares de la voiture, Tomas pendait la tête en bas, comme un porc prêt à être abattu. Misha était là aussi, détournant le regard de la caméra, ne cédant pas aux protestations de l'homme. C'était presque comme si l'homme handicapé en fauteuil roulant était un étranger que Misha ne pouvait pas reconnaître, et le déguisement que Grim lui avait imposé à l'époque ne faisait qu'alimenter ce manque de connexion entre le Misha d'il y avait quelques jours et la larve effrayée et rampante à laquelle il était réduit en cet instant.

Lorsque Grim fit face à la caméra pour la première fois, les ongles de Zero creusèrent dans le moignon de Misha, le rendant tendu par la douleur soudaine.

— Je vois que tu te prends pour la nouvelle Lady Godiva. Mais je ne peux pas dire non plus que tu n'as pas honoré notre accord, maugréa-t-il sans beaucoup d'émotion dans la voix.

— Je ne pouvais pas être Logan pendant que je faisais ça, répondit Grim, de bien trop loin au goût de Misha.

À l'époque, Misha avait réussi à regarder la torture sans trop d'émotion. Il avait cru que la mort de Tomas était justifiée. L'homme était un pervers qui avait échappé à la loi, et sacrifier sa vie pour sauver un innocent était le moins qu'il puisse faire. Mais maintenant, regarder tout ce sang et écouter les cris, c'était comme un spectacle barbare auquel Misha ne voulait pas participer. Avec une main chaude et intrusive qui caressait grossièrement son moignon tandis qu'il luttait contre les larmes, il réalisa qu'il voyait trop de Zero dans les actions de Grim dans la vidéo. Lui aussi était couvert de sang, et même s'il ne bandait pas pour avoir infligé la torture, voir les mains habituellement aimantes de Grim prendre une vie sans aucun remords était une expérience écœurante. Lorsque le film se termina, Misha n'était plus qu'une loque tremblante.

Le silence qui suivit fut comme un vide qui aspirait toutes les émotions qui restaient dans la partie saine du cerveau de Misha. Zero lâcha son moignon et applaudit. Il se leva et retira la clé USB de son emplacement avant de fermer l'ordinateur. La capture d'écran disparut du mur, et Zero s'appuya contre le rebord de la fenêtre, regardant par-dessus la tête de Misha, comme s'il avait déjà dépassé son utilité pour lui.

— Tu as déjà fait ça avant, n'est-ce pas ?

— Qu'en penses-tu ? demanda Grim, et cette fois, Zero ne fit aucune demande et se contenta de hocher la tête en signe de reconnaissance.

Les deux hommes se dirigèrent vers la porte par laquelle ils étaient entrés, mais ils continuèrent à pointer leurs fusils vers Grim, comme s'il s'agissait d'un lion assoiffé de sang qu'il fallait abattre si nécessaire. Le cœur de Misha rata un battement. Était-ce la fin ?

Il frissonna lorsque Zero le regarda à nouveau, mais ensuite, l'homme qui hantait Misha dans ses cauchemars les plus sombres s'éloigna de lui avec désinvolture et traversa la salle de bal pour rejoindre ses hommes à la porte.

— Je suis impressionné. Ce n'est pas souvent que quelqu'un est plus malin que moi. À part à la table de jeu. Je suis un très mauvais joueur, plaisanta Zero avec un rire aigu.

T4 lui ouvrit la porte tandis que l'autre idiot restait immobile, prêt à les transpercer de balles à l'ordre de son maître.

Misha prit une profonde inspiration, complètement perdue. Ils allaient s'en sortir vivants ? Il se rendit alors compte que, peu importait ce qu'il se disait, il n'était venu ici que par culpabilité. Son corps n'avait jamais fait confiance aux promesses de Zero. Il n'avait jamais cru qu'ils reverraient la lumière du jour. Il se détendit dans le fauteuil, mou après les interminables minutes d'anxiété paralysante qui l'avaient rongé depuis le coup de téléphone.

Grim se tenait là où Misha l'avait vu pour la dernière fois, les mains dans les poches, le visage concentré, mais pas trop tendu. Savait-il depuis le début que Zero tiendrait parole ?

Le cri étouffé de Dennis détourna l'attention de Misha de la porte, et il regarda le jeune homme qui tremblait sur la chaise bancale, son regard écarquillé déchirant Zero comme des pointes acérées. Misha ouvrit la bouche pour le réconforter, mais son souffle se figea dans ses poumons quand un rayon de lumière accrocha une ligne scintillante qui s'étira dans l'air, arrachant la chaise de sous les pieds de Dennis, juste au moment où la porte se refermait derrière Zero avec un grand bruit suivi d'un cliquetis de métal.

Le corps de Misha s'enracina dans le sol alors que Dennis tombait d'abord, puis s'agitait rapidement dans les airs, se balançant sur la corde épaisse comme un lapin sauvage cherchant désespérément à s'échapper du collet. Ses épaules se soulevèrent, et tous les tendons et veines de son cou s'amassèrent contre la peau tandis qu'il agitait frénétiquement ses jambes sur le sol. Dans ses yeux écarquillés, Misha voyait la certitude d'un destin imminent, si viscérale qu'il ne pouvait se résoudre à bouger.

Grim hurla et se précipita sur Dennis, l'attrapant par les cuisses et le soulevant, relâchant la prise que le nœud coulant avait sur le cou de Dennis.

— Misha, viens ici ! cria-t-il.

Ce fut comme si la bulle de verre qui s'épaississait autour de lui se brisa par cette seule phrase. Il se mit à rouler et poussa ses genoux sous les pieds de Dennis, heurtant une des roues contre la jambe de Grim.

Misha serra les freins des roues et leva les yeux, la chaleur se répandant à nouveau sur son visage.

— Mets-le sur le siège et vas-y. Je vais aider Dennis à détacher ses mains. Si tu ne l'as pas maintenant, tu ne l'auras jamais.

Misha écouta sa propre respiration irrégulière et regarda dans les yeux de Grim, qui eut un éclair de compréhension. Cela devait être son véritable objectif en suivant les instructions de Zero, et maintenant que Zero avait emporté les images compromettantes, Grim n'avait pas de temps à perdre.

— S'il te plaît, vas-y. Je vais m'en occuper.

Grim expira et poussa Dennis vers Misha, qui saisit les chevilles tendues et les plaça de part et d'autre de ses cuisses. Les mains de Dennis étaient pâles sous le nœud de corde serré autour de ses poignets, mais ce n'était pas quelque chose que Misha ne pouvait pas gérer.

Dès que Dennis fut stable, Grim se baissa et passa la main sous le siège du fauteuil roulant de Misha. Celui-ci tressaillit quand quelque chose bougea sous ses fesses, mais lorsque les mains de Grim émergèrent armées de deux lames dentelées, il le fixa, incapable de comprendre ce qui venait de se passer.

— Elles étaient là depuis le début ?

Grim lui fit un clin d'œil et frotta les lames l'une contre l'autre tandis que ses yeux s'illuminaient.

— Je te rapporterai sa tête, murmura-t-il avant de s'élancer vers l'autre porte à l'une des extrémités de la salle de bal, qui était encore ouverte.

Misha prit une profonde inspiration, s'accrochant aux mollets tremblants de Dennis, tandis qu'il suivait Grim du regard jusqu'à ce qu'il disparaisse de sa vue. Son cœur palpitait d'excitation et de peur, mais avec le corps nu et meurtri entre ses mains, les priorités étaient différentes. Il put atteindre les mains de Dennis sans changer de position, et il enfonça ses pouces dans la corde, avec l'intention de le libérer aussi vite que possible. Dès que Dennis réussit à retirer une main, il attrapa le nœud coulant, l'arracha de son cou, puis trébucha en avant et roula sur le sol, frissonnant tandis que ses doigts raidis tiraient sur le bâillon de fortune. Il gémit lorsque le ruban adhésif s'arracha de sa peau, et il se recroquevilla, massant frénétiquement ses poignets.

L'estomac de Misha se retourna, il déverrouilla ses roues et s'approcha.

— Je suis vraiment désolé. On va t'emmener dans un endroit sûr. Tu verras un docteur.

Les yeux de Dennis se posèrent sur lui, hantés par des choses que Misha ne pouvait que trop bien imaginer.

— Je sais, chuchota-t-il, et il frissonna lorsque sa voix résonna dans la pièce vide. Il me l'a fait à moi aussi.

Dennis détourna la tête, se recroquevillant pour tenter de cacher sa nudité. Misha retira rapidement son sweat à capuche et le lui offrit. Dennis hésita, puis arracha brusquement le vêtement de la main de Misha et l'enfila. Misha n'hésita même pas et lui offrit également son pantalon de survêtement, puisque, de toute façon, il portait un caleçon en dessous. Dennis l'enfila, en détournant le visage de Misha.

— C'est de ta faute... tu... m'as préparé pour lui, prononça-t-il d'une voix rauque, et il aurait tout aussi bien pu jeter une pierre au visage de Misha.

Misha déglutit de toutes ses forces, envahi par une culpabilité si épaisse qu'il aurait pu s'en étouffer.

— Je suis vraiment désolé. J'ai été forcé de le faire. Je n'avais pas le choix...

— Tout le monde a le choix, siffla Dennis, refusant de le regarder.

Misha se frotta le visage et prit une inspiration frissonnante alors que les souvenirs défilaient devant ses yeux comme un film gore.

— Il m'a enlevé il y a presque cinq ans. Je ne me suis échappé qu'il y a quelques semaines.

Dennis remua et regarda lentement par-dessus son épaule, les yeux écarquillés.

— Cinq ans ? répéta-t-il, à peine plus fort qu'un souffle.

Misha ne voulait pas perdre à nouveau le contrôle, mais sans Grim pour le soutenir, il s'écroulait comme un château de sable pris dans la marée. Il sanglota, et d'autres larmes coulèrent sur ses joues.

— I-il a pris mes jambes. J'avais tellement peur... Je suis désolé... Je n'ai rien d'autre à t'offrir que ceci... Tu n'as pas idée à quel point je voulais te dire de t'enfuir, mais chacune de nos conversations était enregistrée. Je ne pouvais pas... J'ai vraiment...

Dennis secoua la tête, visiblement dévasté.

— Putain... J'ai besoin d'air... C'est... trop...

Misha se retourna, prêt à offrir toute l'aide qu'il pouvait. Cela lui permettrait au moins de ne plus penser à Grim et au fait qu'il était toujours en danger.

— Peux-tu marcher ?

— Ouais, murmura Dennis se relevant difficilement.

Ses pieds étaient nus, un marqué d'une trace rouge, mais Misha n'avait pas de chaussures à lui offrir.

— Ils ont verrouillé ces portes derrière eux, informa Misha en se dirigeant vers la même sortie que Grim avait utilisée en partant.

Dennis prit la lampe de poche et passa le premier, se balançant sur les côtés, comme s'il ne supportait pas la douleur d'une démarche normale. Misha grimaça, mais le suivit sans un mot, effrayé par une forme qui projetait une ombre emmêlée sur le mur. C'était une sorte de lit médicalisé à l'ancienne, encore recouvert de draps. Il y avait beaucoup d'ordures dans la pièce où ils entrèrent ensuite, des emballages de bonbons contemporains aux vieilles chaussures, mais avec la prédominance des meubles en métal blanc, Misha commençait à comprendre qu'il s'agissait d'une sorte d'hôpital abandonné.

Il ne partagea pas ses soupçons avec Dennis, déjà trop effrayé. Au moins, la peur de voir les ombres des patients morts ici il y avait plusieurs décennies lui faisait oublier Grim. Son homme était peut-être encore quelque part dans le bâtiment, face à deux hommes armés et au plus tordu des monstres. Peu importait à quel point Misha croyait en lui, la peur grandissait dans son corps, alimentée par l'écho des pieds de Dennis et les décombres fantomatiques tout autour. Il expira lorsqu'ils franchissaient une autre porte et entraient dans l'un des grands couloirs qui menaient directement à l'entrée principale. Il se lécha les lèvres et se dirigea vers le hall qu'il pouvait déjà voir de loin.

Les ombres des barres métalliques striaient le sol alors qu'il suivait Dennis, qui soutenait son poids grâce au mur, marchant avec encore plus d'effort. Il semblait avoir très mal, et à en juger par les nombreuses ecchymoses sur son torse, il était possible que ses côtes soient cassées, et Misha voulait qu'il voie un médecin au plus vite.

Il était mal à l'aise à l'idée de simplement entrer dans le hall. Quelque chose dans sa tête lui disait qu'un sniper les attendait, prêt à leur faire sauter la cervelle, mais Dennis ne partageait pas son sentiment et courait vers la porte. Il poussa la poignée vers le bas et tira, mais l'énorme porte resta fermée.

Il la fixa, puis poussa, puis tira à nouveau, pour finalement la secouer d'avant en arrière, mais elle ne bougeait pas. Les grands yeux effrayés de Dennis se tournèrent vers lui.

— Tu es sûr que c'est la bonne ? Elle est verrouillée...

Le cerveau de Misha était en surchauffe, mais alors qu'il regardait autour de lui, l'entrée vide, les couloirs jumeaux familiers, et la petite porte menant à la salle de bal, tout ce qu'il put faire fut de hocher la tête.

— Oui, c'est celle-là.

Dennis sembla vouloir dire quelque chose, mais il se laissa tomber sur le sol et se recroquevilla lorsque plusieurs coups de feu résonnèrent quelque part dans le bâtiment. Misha se fondit dans le fauteuil, sa gorge devenant sèche en une fraction de seconde. À cet instant, il regrettait d'avoir dit à Grim qu'il devait absolument éliminer Zero.

— Pu-putain, geignit Dennis, frissonnant de manière incontrôlable en se blottissant contre la porte.

— En haut, chuchota Misha, les ombres effrayantes complètement oubliées.

Il n'y avait rien de réel à leur sujet. La possibilité que Grim soit blessé, d'un autre côté, était douloureusement réelle.

— Nous devons trouver un moyen de sortir... toutes ces fenêtres sont bloquées, pleurnicha Dennis, en regardant autour de lui, sa respiration se faisant par courtes inspirations. Tu vas à gauche, je vais à droite.

Misha se raidit, mais avant qu'il ne puisse protester, Dennis se redressa en secouant la tête.

— Non. Non, restons ensemble. Je ne veux pas être seul. Putain, siffla-t-il en cognant son poing contre la porte.

Misha hocha la tête et ouvrit rapidement la voie dans le couloir en face de celui qu'ils avaient emprunté plus tôt.

— Continuons de longer le mur le plus extérieur. C'est un bâtiment massif, il doit y avoir de nombreuses sorties, dit-il, essayant de chasser la peur qui grignotait sa raison.

Grim était un professionnel. Il s'était retrouvé dans des situations bien pires et s'en était sorti. Misha ne serait qu'un obstacle pour lui.

Ils se précipitèrent dans le couloir, regardant dans les pièces, certaines encombrées de vieilles fournitures médicales, d'autres complètement vides. Comme Misha le soupçonnait, ils trouvèrent d'autres sorties, mais elles étaient soit toutes bloquées par des briques, soit verrouillées, et aucun d'eux n'avait la capacité d'essayer de passer en force.

Il n'avait aucune idée du temps qu'ils passèrent à parcourir le dédale de pièces, poursuivis par les ombres et les chuchotements du vieux bâtiment. Avec chaque fenêtre fermée par d'épais barreaux, ils étaient comme des rats de laboratoire piégés dans le labyrinthe, poursuivant un but qui semblait plus éloigné à chaque minute qui passait. Alors que la tête de Misha pulsait, prête à exploser, son esprit commença à lui jouer des tours. Les ombres se déplaçaient de la même manière que Zero. Il était le Minotaure jouant avec sa proie avant de la ravager dans son royaume souterrain.

Puis, tout s'arrêta lorsque quelque chose tonna au-dessus de la tête de Misha. Les murs autour d'eux tremblèrent, et ce fut presque comme si la fin du monde imminente était enfin arrivée.

Chapitre 27 – Grim

Grim avait encore l'odeur de l'eau de Cologne de Zero dans les narines quand il se précipita vers le couloir où Zero avait disparu avec ses hommes. Le souvenir des mains de ce monstre parcourant les moignons délicats de Misha lui donnait des envies de sang, mais il savait que s'il avait suivi son instinct, Misha, Dennis et lui-même seraient morts à cette heure-ci.

Quand il avait dû rester là et regarder Misha perdre les pédales, ça avait été comme s'il devait supporter des aiguilles enfoncées sous ses ongles. Il était cependant fier de Misha pour avoir fait le moins de bruit possible et ne pas avoir paniqué. Il avait supporté toute cette souffrance comme un homme, et la vengeance que Zero était sur le point de recevoir serait une satisfaction pour lui autant que pour Grim.

Le dédale de pièces et de couloirs aiguisait tous ses sens afin qu'il puisse suivre sa proie plus efficacement. Un doux bruit de pas vint d'en haut lorsque Grim passa devant un escalier, et il s'élança dans cette direction, silencieux dans ses chaussures à semelles souples.

Dans le couloir de l'étage, il prit la première porte de son côté. À chaque pas, il comprenait mieux l'espace, le cartographiant dans son cerveau comme s'il était dans un jeu vidéo, et chaque mur et chaque porte qu'il voyait était automatiquement enregistré dans le disque dur de son esprit. S'il avait besoin de repasser par ici, il saurait que le vieux lit d'hôpital pourrait s'avérer être une bonne cachette et que le placard de service serait un excellent endroit pour tirer et tendre une embuscade à ses ennemis.

Il courait dans l'ombre d'un ancien écran de tissu lorsqu'il entendit quelque chose bouger et il se dit qu'un des gardes du corps de Zero pouvait être en train de renifler les environs, mais ce n'était qu'un rat. Il s'accroupit et le siffla pour qu'il comprenne et trouve un trou pour se cacher. Il ne voulait pas qu'un innocent soit pris entre deux feux.

Dès que le rongeur avait trouvé une cachette, Grim entendit des pas s'approcher de lui de loin, et il ne put s'empêcher de sourire et de sentir l'adrénaline monter dans ses veines. Il se tourna vers une pièce plus éloignée, impatient de jouer au chat et à la souris avec un autre type de rat.

De la poussière et des morceaux de verre brisé craquèrent sous ses chaussures alors qu'un vaste espace s'ouvrait devant lui. Le plafond était deux fois plus haut que la plupart de ceux des pièces qu'il avait traversées jusqu'à présent. Il n'y avait pas de fenêtres, mais même dans la semi-obscurité, la lumière vive de la lune était son alliée et se reflétait sur un énorme disque suspendu au-dessus d'un lit d'hôpital isolé, vieux d'au moins vingt ans. Une table en métal était tombée sur le côté près du mur, et des morceaux de papier étaient éparpillés un peu partout. Devant Grim se trouvaient des portes doubles profondément enfoncées dans le mur, sous une sorte de balcon qui semblait avoir été à l'origine séparé de la salle d'opération par une vitre, qui avait maintenant disparu.

Il déglutit, regardant autour de lui les murs carrelés de blanc qui devaient avoir des fonctions isolantes, car cette pièce semblait trop silencieuse pour ce qu'elle était. Pendant quelques secondes, tout ce qu'il put entendre fut son propre cœur. Peu importait ce que ses sens lui disaient, le doute s'insinuait dans sa chair. Il n'avait pas de temps à perdre. S'il devait traquer Zero, il devait agir vite. Mais au moment où il se dirigeait vers les portes devant lui, une conversation à voix basse chuchota dans ses oreilles. Les hommes se rapprochaient, et alors que Grim cherchait autour de lui la cachette parfaite, les mots de Zero à quelques mètres de lui le forcèrent à prendre une décision.

Grim courut jusqu'au mur, monta sur une chaise isolée et posa sa chaussure sur une étagère en bois, qui réussit à supporter le poids de son corps alors qu'il se hissait grâce un rebord métallique jusqu'à ce fichu balcon. Ses muscles protestèrent lorsqu'il se maintint dans une position tordue et non naturelle entre le rebord, où il posait maintenant un pied, et le bord inférieur de l'ancienne fenêtre, auquel il s'accrochait. Il n'était pas sûr qu'il s'agisse d'un morceau de verre restant ou d'un élément tranchant du cadre, mais quelque chose mordit durement la chair de sa paume. Mais avec les portes qui s'ouvraient sous lui, Grim ne pouvait pas se permettre d'ajuster ses mains maintenant.

Le tambourinage dans sa poitrine prit de l'ampleur lorsque T4 apparut sous lui, scrutant autour de lui avec le fusil prêt à tirer. Il était prudent, mais pas assez pour lever les yeux. Il fit un signe de la main, invitant les autres à entrer, et la silhouette lumineuse de Zero passa sous la cachette de Grim. Le cerveau reptilien de Grim lui cria d'attaquer maintenant. De lui arracher la gorge et de tacher cet élégant costume avec son propre sang pour une fois. Mais sans arme sur lui, ça aurait été un désastre pour Grim. Il aurait pu se débarrasser de Zero, s'il avait été assez rapide, mais il n'était pas prêt à se venger au prix de sa propre vie. Il aimait son cerveau là où il était, dans son crâne, pas sur le mur. Il avait besoin d'une arme, et il savait comment l'obtenir.

Au moment où le deuxième homme de Zero passa, Grim se jeta sur lui comme un faucon, le projetant au sol, ce qui lui donna juste le temps d'attraper ses couteaux.

Zero se retourna, brièvement, et son visage se relâcha tandis qu'il accélérait, hurlant à son homme d'achever Grim. Leurs regards se croisèrent, mais quelque chose brilla dans l'obscurité, et Grim se baissa juste à temps pour éloigner le canon de son visage. L'odeur de la poudre fut aspirée dans ses poumons, et la forte détonation juste à côté de son visage lui fit siffler les oreilles, mais il poussa le bras de l'idiot de tout son poids. L'homme montra les dents et essaya de rouler au-dessus de lui, attrapant l'autre main de Grim pour garder le fusil hors de sa portée.

Grim poussa un juron, car ses deux bras étaient maintenant coincés, mais il s'abattit sur l'homme de main, lui assenant un coup de tête presque trop fort. Il vit des étoiles, mais alors que la prise de l'homme sur le fusil diminuait, Grim réussit à le repousser en criant de frustration.

La main maintenant libre de l'homme frappa Grim dans les dents, assez fort pour le faire rouler, et se tourna vers l'arme, désespérant d'empêcher l'idiot de la récupérer. Mais au moment où il se releva, l'homme se rua vers la porte de l'autre côté de la pièce, poursuivant sa meute de coyotes. Grim glissa sur les morceaux de carreaux écrasés, peu disposé à abandonner la poursuite. L'idiot était presque à la porte, mais les chasses étaient forcément imprévisibles. Grim prit une grande inspiration et se jeta en avant, saisissant la lampe chirurgicale massive. Il traversa la pièce en donnant un coup de pied au lit, aussi fort qu'il le put. Il percuta le garde du corps, l'étalant au sol, et Grim sauta juste à temps pour passer à l'action. Son couteau se planta dans la gorge de l'homme, aspergeant son visage d'une brume sanglante lorsqu'il retira sa dague.

Il prit une grande inspiration et expira, mais c'était le maximum qu'il pouvait s'offrir en termes de repos, car Zero s'éloignait de lui à chaque seconde. Il passa la sangle du fusil gagné dans son dos, enjamba le cadavre et courut dans un couloir étroit.

Avant que Zero ne disparaisse de sa vue, Grim l'avait vu se déplacer vers la droite, derrière la porte battante, alors il le suivit, souhaitant que son odorat soit aussi sensible que celui d'un chien de chasse. Il aurait alors pu détecter la puanteur de la mort que Zero irradiait sans doute à des kilomètres à la ronde. Au lieu de cela, ses oreilles captèrent quelque chose d'étrange. Un bourdonnement accompagné d'un tambourinage rythmique, hors de propos dans un bâtiment isolé comme celui-ci. Et puis ça le frappa. Il devait y avoir une raison pour que Zero se dirige vers le haut au lieu de sortir simplement par les portes du premier étage. Un hélicoptère venait le chercher.

Grim examina le plan du bâtiment qu'il avait réussi à cartographier jusqu'à présent dans son cerveau. Il savait qu'il y avait cinq escaliers, mais seulement deux pouvaient mener au bord du toit. Il s'élança, se précipitant vers le plus proche. Ses pieds martelaient le sol, mais alors que le bruit du moteur devenait plus fort, il pouvait encore entendre chaque pas de Zero... ou était-ce son cœur ?

Le grand escalier au milieu du bâtiment était si massif que Grim pouvait imaginer une reine victorienne le descendant avec tout son entourage, même si les gravats au sol et le plâtre cassé sur les murs trahissaient le temps écoulé depuis que cet hôpital avait prospéré. Les escaliers s'enroulaient autour d'une colonne entre les deux niveaux, et Grim accéléra, voyant déjà une porte ouverte devant lui.

Le bourdonnement de l'hélicoptère résonnait dans son cerveau comme un compte à rebours vers l'échec. Il ne pouvait pas laisser cet enculé quitter ce bâtiment vivant.

Il traversa la largeur de l'escalier pour s'engouffrer dans le couloir du dessus, mais un bruissement noir détourna son esprit de Zero. Le corps de Grim se crispa, et son souffle se figea sur ses lèvres alors qu'il se penchait en arrière. Une énorme dague manqua sa poitrine de quelques centimètres seulement, et au moment où son pied se posait sur le bord d'un escalier en contrebas, il sortit ses deux couteaux de leurs fourreaux et fonça sur T4.

Cette fois, l'idiot recula, et Grim réussit à poser ses pieds en toute sécurité au troisième étage. Un juron quitta ses lèvres quand il remarqua que T4 était seul. Ce salaud avait dû rester pour l'éliminer avant que Grim n'atteigne le toit. L'hélicoptère attendrait-il l'homme de main, ou l'intention de Zero était-elle de partir dès qu'il serait monté à bord ?

— Il t'a laissé t'occuper de moi ? demanda-t-il, souriant malgré les nerfs qui le rongeaient.

Le couloir était trop sombre. Cette dague pouvait se retourner contre lui à tout moment, et la prise de conscience pouvait arriver une fraction de seconde trop tard. Il fit un pas en arrière, avec l'intention de déplacer le combat dans l'une des pièces bien éclairées, mais il devait faire vite, car T4 fonça immédiatement sur lui, comme un grand blanc sentant le sang dans l'eau.

— Non. C'est moi qui lui ai demandé de me laisser derrière. Je vais t'étriper, espèce de connard !

Grim expira, et dès qu'une lumière vive tomba sur son visage, il fila par une porte, suivi par l'homme de main, qui plissa les yeux face aux fenêtres.

Grim se permit de jeter un bref coup d'œil à l'espace qu'il utiliserait pour se débarrasser de cet imbécile. C'était une sorte de salle de bain commune avec des baignoires en métal sur des pattes de lion, longeant deux longs murs comme des soldats saluant. Le vent le poussait par-derrière, sifflant à travers les fenêtres brisées.

T4 montra les dents et s'avança avec la dague dans sa main. Il se rapprocha et fit un pas sur le côté, comme s'il était méfiant, mais cela pouvait être juste une ruse pour paraître moins capable qu'il ne l'était. L'homme ne manquait pas d'assurance auparavant.

Il fit un pas de plus, puis balança un seau métallique rempli d'eau trouble sur Grim, et se jeta sur lui une demi-seconde plus tard, la dague visant les yeux.

Grim pouvait déjà sentir l'odeur du sang. Le cliquetis de l'hélicoptère au-dessus de lui décomptait le temps, et il expira, regardant la dague scintiller au clair de lune alors qu'elle se ruait sur lui. Il se balança sur le côté et saisit la main de T4, la tordit en arrière tandis qu'il poussait l'homme en avant, droit vers la baignoire. Il frappa l'arrière de la tête de T4 avec son coude, envoyant son visage sur le bord dur et métallique.

Le bruit désagréable de la baignoire s'écrasant contre le crâne de T4 donna à Grim un élan de satisfaction, et il fut sûr d'avoir entendu une sorte de craquement. La riposte de T4 fut faible, et Grim le poussa en avant, la tête la première dans l'eau sale de la baignoire. Cela sembla réveiller l'enfoiré, qui se tordit et se débattit, mais la prise de Grim ne céda pas.

Le sang lui montait à la tête tandis qu'il observait la faible lutte de l'homme hébété. À cet instant, il voulait le maintenir ainsi jusqu'à ce qu'il avale l'eau puante et s'en remplisse les poumons, mais comme le bruit à l'extérieur devenait plus fort, il savait qu'il ne pouvait pas se permettre ce plaisir s'il ne voulait pas se régaler de lapins alors qu'il était à la recherche d'un ours. Il tordit la tête de T4 avec force, et le grand corps s'affaissa après un léger craquement dans le cou.

Grim s'éloigna de la baignoire en titubant, cherchant les couteaux qu'il avait lâchés au milieu du combat. Le simple fait de les voir près de lui le fit sourire, mais il aurait tout le temps de faire la fête plus tard. Il les ramassa et courut vers l'escalier le plus proche, mais il se rendit compte qu'il ne l'emmenait pas où il voulait. Frustré, il se précipita vers le suivant, et cette fois, il semblait être celui dont il avait besoin.

Il gravit les marches deux par deux dans une tentative désespérée de rattraper Zero. Après tout ça, est-ce que Zero allait échapper à leur emprise et les tenir par les couilles ? Non seulement Zero devait perdre la tête, mais Grim devait aussi récupérer la clé USB. Tout le plan de ce soir était de ne pas laisser cette vidéo fuiter n'importe où.

L'obscurité dans l'escalier devint de plus en plus épaisse, car l'espace n'avait aucune fenêtre, mais alors que les escaliers le guidaient de plus en plus haut, il fut sûr qu'ils le mèneraient au toit. Si la porte au sommet était verrouillée, il pourrait utiliser l'arme pour l'ouvrir.

Le bruit de l'hélicoptère était comme le bourdonnement d'un moustique juste à côté de son oreille, et il avait envie de le faire taire ou de le chasser avant que Zero ne puisse embarquer.

Dès qu'il heurta aveuglément la porte, il chercha la poignée et, à son grand soulagement, rien n'était verrouillé.

Le vent et le bruit frappèrent son visage, ainsi que les lumières de l'hélicoptère sur le point de se poser sur le toit. La bête noire menaçante ne prendrait pas Zero à bord. Grim sortit le fusil et tira une cartouche sur le pilote, l'arme tremblant dans ses mains sous la férocité de l'assaut. Dès qu'il commença à tirer, Zero courut jusqu'à l'une des grandes cheminées blanches pour s'y cacher, comme le cafard qu'il était.

L'hélicoptère remonta d'un coup sec, et Grim ne put entendre si l'homme à l'intérieur criait à cause du bruit assourdissant des rotors. Mais juste au moment où il allait jurer de gaspiller ses balles, un coup de feu provenant de la direction de Zero le réveilla sur l'autre menace.

Il roula derrière ce qui ressemblait à un conduit d'aération et envoya une autre série de balles sur l'hélicoptère avant de s'élancer en avant, pour se cacher derrière une cheminée en briques. Son cœur tambourinait en rythme avec le bruit des pales, mais lorsqu'il envisagea de tirer à nouveau sur la machine, le pilote bascula sur le tableau de bord, et l'hélicoptère plongea en même temps que l'estomac de Grim. Lorsqu'il s'écrasa contre le toit, ce fut comme si un tremblement de terre avait secoué tout le bâtiment, et malgré tous les efforts de Grim pour garder l'équilibre, il tomba à genoux.

Il se cacha la tête et le visage alors que des morceaux de gravats atterrissaient tout autour, ainsi qu'une vague de chaleur, mais dès que le pire fut passé, il jeta un coup d'œil derrière la cheminée. Il utilisa le moment de distraction fourni par le crash qui chauffait encore son dos et s'élança en avant, remarquant un flash de couleur vive derrière une cheminée à travers le toit. *Merde.* Zero était donc de l'autre côté maintenant. Pas de chance. Grim voulait du sang, et il finirait par lui faire avaler ses dents.

Il regarda le fusil d'assaut inutile. Il avait envoyé toutes les balles sur l'hélicoptère avant qu'il s'écrase, alors il le balança par terre pour se débarrasser de l'excès de poids. Malheureusement, Zero n'était pas à court de munitions, et Grim faillit se prendre une balle en plein visage, mais il se laissa tomber au sol à temps.

Avec le feu qui brûlait derrière lui et Zero encore sous le coup de je ne sais combien de balles, Grim rampa sur les décombres jusqu'à ce qu'il puisse se cacher derrière une armoire métallique que quelqu'un avait laissée là. Il attrapa l'un de ses couteaux dans sa main en sang et serra le manche avec force malgré la douleur. Il ne voulait pas être arrêté.

Une autre balle vola au-dessus de sa tête. Apparemment, Zero n'était pas un très bon tireur.

Grim sourit et observa son reflet dans la lame, restant immobile et silencieux pour écouter le mouvement que Zero ferait ensuite. Il pouvait parier que ce n'était pas souvent que l'enfoiré se retrouvait face à un prédateur sans ses fidèles gardes du corps à ses côtés. Comme beaucoup de ceux que Grim avait tués avant lui, Zero se prenait pour le grand chef, mais un prédateur de haut niveau n'avait pas besoin de compagnie pour agir.

Il expira.

— Ta première erreur a été d'insister pour jouer à un jeu que tu ne peux pas gagner, lança-t-il en se tournant lentement derrière le meuble pour pouvoir se mettre à genoux à tout moment.

Les débris creusèrent dans sa peau, mais il s'en fichait.

— Tu t'en prends toujours à la proie la plus faible, et ça t'a tellement habitué à obtenir ce que tu veux que tu ne tiens pas compte du fait que tu devrais savoir à qui tu as affaire.

— Écoute, hurla Zero, et Grim se concentra sur la voix pour s'assurer que la racaille ne bougeait pas. On est parti du mauvais pied, mais j'aurais besoin d'un homme comme toi. J'ai des relations dans le monde entier. Tu pourrais boire du champagne avec Misha à Dubaï demain ! J'ai les moyens, je ne t'en veux pas pour mes hommes ni pour l'hélicoptère. J'ai clairement rencontré mon âme sœur.

Grim rigola.

— Conneries. J'ai tué plus de cent hommes à moi tout seul, et la plupart étaient de bien meilleurs tireurs que toi. Tu mourras ici, à moins que j'aie la fantaisie de t'arracher les jambes et les bras avant.

Il y eut un bruit de métal heurtant le toit de son côté, mais pas de pas. Un bluff. Zero s'attendait-il à ce qu'il se précipite là-bas pendant qu'il tentait sa chance avec les dernières balles de son arme ?

Grim sourit et pinça ses doigts sur la lame de son couteau, se préparant à l'action.

— Je pourrais te trancher la langue aussi. Et très certainement ta bite.

Grim inspira profondément et se rapprocha du côté de l'armoire, comme si Zero s'attendait à ce qu'il sorte verticalement.

— Et je te vendrais à ton propre réseau…

Il se pencha derrière le meuble.

Il aurait ri si cela n'avait pas trahi sa position. Zero visait l'autre côté, le visage rouge et loin d'être aussi digne que lorsqu'il s'était baladé autour de Misha et Grim, il n'y avait pas si longtemps, exhibant sa petite bite.

Le couteau de Grim fendit les airs et frappa le poignet de Zero. Grim se releva, et à la vitesse du sang qui battait dans ses veines, il fonça sur Zero, le plaquant contre la cheminée et envoyant son poing dans le ventre de Zero. L'homme bascula avec un grognement, incapable de se défendre et s'accrochant à son abdomen. Son arme gisait sur le sol et son poignet saignait partout sur son costume clair.

Alors que Grim était sur le point de le frapper à nouveau, Zero lui donna un coup de poing à l'entrejambe. Les yeux de Grim faillirent sortir de leurs orbites, alors qu'une douleur fulgurante se répandait le long de ses cuisses et dans son ventre. Son cerveau ne pouvait pas comprendre qu'un homme puisse tomber si bas. Plié en deux, il ne réussit pas à se protéger d'un coup à la tête et il trébucha en arrière, essayant désespérément de faire bouger son corps à nouveau.

Il savait exactement où Zero allait aller. Il se projetait déjà en avant et attrapait son arme comme un cochon cherchant des truffes. Son costume était sale au point d'être irrécupérable, et bientôt il serait trempé de sang.

Grim s'élança derrière lui et balança son autre couteau juste au-dessus du talon de Zero, sectionnant son tendon d'Achille. Le choc de la douleur donna à Grim suffisamment de temps pour se relever et charger. Cette fois, il ne joua pas et assena deux coups de poing en plein dans ce beau visage sans âge.

Incapable de maintenir son poids sur la jambe blessée, Zero tomba en arrière, ses grands yeux fixés sur Grim. Lorsqu'il s'écroula sur le sol du toit, une tige métallique rouillée fixée dans le béton transperça son épaule, le maintenant bien droit, comme si Zero était un papillon de nuit épinglé à un panneau de liège. Il ne restait plus à Grim qu'à lui arracher les ailes et les pattes, une à une.

Zero hurla et essaya de se redresser, mais Grim posa sa chaussure sur sa poitrine et le repoussa au sol. Il ne s'était jamais senti aussi satisfait de voir quelqu'un pleurer comme il le faisait maintenant.

Mais Zero leva la main, serrant quelque chose dans sa paume moite, le regard toujours déterminé.

— Ce n'est pas fini ! cria-t-il dans un timbre aigu de maniaque. Je peux encore faire mourir ton petit garçon ! Il y a des explosifs en bas. Vous faire tous sauter était ce que j'avais prévu en premier lieu. J'en ai assez...

Il dut s'arrêter de parler une seconde pour déglutir.

— Si tu essaies de me tuer, toi et ton garçon tomberez avec moi !

La peau de Grim frissonna, il alternait entre le chaud et le froid tandis qu'il abaissait lentement son corps, poussant toujours Zero vers le bas avec sa chaussure. Ce connard pouvait bluffer pour sauver sa peau, mais si ce n'était pas le cas ? Cet homme était suffisamment désespéré pour se faire exploser avec le bâtiment, juste pour s'épargner la torture.

Les pensées de Grim se portèrent vers Misha, qui l'attendait en bas.

— Tu es comme un méchant de cinéma, tu le sais ça ? Attendre le dernier moment pour me parler de ton plan diabolique.

Zero respirait lourdement.

— Je n'ai pas de réponse intelligente, haleta-t-il. Tu m'aides à m'en sortir vivant ou toi et ton garçon mourrez. Il me suffira d'appuyer sur un bouton. Si nous luttons pour...

Grim trancha la gorge de Zero et donna un coup de pied à la main qui tenait l'appareil, mais alors que le sang noir giclait sur la chemise blanche et le costume coûteux de Zero, le toit trembla sous les pieds de Grim, et il dut saisir la tige couverte de sang pour garder l'équilibre. Il n'y avait aucune satisfaction dans les yeux sombres de Zero, alors que des explosions retentissaient dans l'hôpital, signe évident que la décision de Grim de prendre le risque et de tuer Zero n'avait pas payé. L'enfoiré avait réussi à serrer la télécommande, comme dernier acte qu'il ferait.

Chapitre 28 – Grim

Au lieu de se délecter de la mort de Zero, un million de questions inondaient l'esprit de Grim avec effroi. Misha et Dennis étaient-ils toujours dans la même pièce où il les avait laissés ? Avaient-ils quitté le bâtiment ? Les explosifs avaient-ils été placés uniquement au premier étage ? Tout le bâtiment allait-il s'effondrer ?

Aucune de ces questions ne pouvait être répondue par Zero, qui convulsait sous la chaussure de Grim. Avec l'hélicoptère brûlant furieusement de l'autre côté du toit, la seule entrée dans le bâtiment était bloquée, et la décision de Grim devait être rapide. Rien que de voir les flammes, il était à bout de nerfs, mais il ne se rendrait pas sans se battre.

Il regarda autour de lui, respirant difficilement alors qu'il faisait les cent pas près du corps de Zero. La mort de ce bâtard avait été bien trop facile, mais dans cette situation, il ne pouvait pas prendre le risque de séparer et de transporter les parties du corps pour les présenter à Misha. Sortir d'ici vivant était une priorité.

Il courut jusqu'au bord du toit et regarda en bas, seulement pour voir une lumière vive trembler au bas du bâtiment. Il pouvait déjà presque sentir le goût des flammes sur sa langue. Au moins, l'hôpital ne s'était pas encore effondré, mais il n'y avait pas de temps à perdre. Les fenêtres de l'étage inférieur n'avaient pas de barreaux pour les bloquer, et il se pencha, plissant les yeux pour s'assurer que celle qu'il avait choisie n'avait plus de verre.

Coule ou nage.

Il sortit la garrotte qu'il avait amenée jusqu'ici, attachée à ses sous-vêtements, et courut jusqu'à la cheminée pour la fixer. Il vérifia si elle pouvait résister à une traction, mais comme elle restait en place, il courut vers le bord du toit. Il ne voulait pas qu'un autre garçon innocent soit avalé par les flammes.

Son cœur lui faisait mal, comme si quelqu'un l'avait poignardé, et pendant un moment, il se persuada que Zero était resté en vie et l'avait attaqué par-derrière. Mais non, il n'y avait pas de sang, juste une autre façon pour son corps de le faire bouger.

Il monta sur le rebord, et le monde devint un peu flou quand il regarda en bas. Il avait fait beaucoup de choses dont il n'était pas fier, mais laisser Coy brûler était quelque chose qu'il ne s'était jamais pardonné. Il devait trouver Misha et le faire sortir d'ici vivant. Aucune flamme ne le dissuaderait, et aucune fumée ne l'arrêterait.

Il prit une grande inspiration, sentant déjà l'air brûlant en bas alors qu'il enroulait la garrotte autour de ses mains gantées. Au cas où elle ne tiendrait pas, il essaierait de s'accrocher au rebord de la fenêtre avec ses pieds et de se hisser. Ça devrait aller.

Sa vie commença à défiler dans son esprit alors qu'il se traînait dans les airs avec rien d'autre qu'un fil qui l'empêchait de s'écraser et de briser tous les os de son corps. Il cessa de respirer et poussa ses jambes en avant, alors que la fenêtre vide se rapprochait. Le film dans sa tête s'arrêta quand il s'envola à l'intérieur, mais au lieu de se balancer vers le haut pour atterrir sur ses pieds comme dans les films, le glissement fut interrompu par un claquement, et sa vitesse et sa masse combinées le projetèrent vers le bas, sur son cul et son dos.

Il avait mal et sa colonne vertébrale était douloureuse, mais tout cela n'avait aucune d'importance tant qu'il était capable de bouger. Zero était mort, tandis que Misha pouvait être piégé quelque part, sans possibilité de sortie. Malgré la douleur qui se propageait partout, quelques mouvements lui assurèrent que rien d'important – à savoir son dos – n'était cassé, et il se releva d'un bond et se précipita dehors. Le souffle de la chaleur l'atteignit dès qu'il se lança dans le couloir, et la panique lui enserra le cerveau.

— Misha !

— Logan !

Le cri fut faible, mais ce n'était pas seulement l'imagination de Grim. Quelque part, dans cette fosse de feu, Misha était encore en vie et avait besoin d'aide. Contrairement à toutes ces années auparavant, il n'y avait personne ici pour retenir Grim et faire le choix pour lui.

— Je viens te chercher ! hurla-t-il, et il descendit en courant le grand escalier, luttant contre la raideur de ses muscles.

Tout cela l'avertissait du danger, et son corps le ramenait directement au moment où, des années auparavant, il s'était précipité pour ouvrir la porte de la maison en feu, pour se faire brûler les sourcils par une flamme avant qu'un parent le tire en arrière.

Lorsqu'il atteignit le deuxième étage, ses poumons étaient déjà brûlés par la fumée irritante qui semblait lécher le dessous des escaliers. Il voulait se précipiter vers l'endroit où se trouvait Misha, mais quand il jeta un coup d'œil dans cette direction, un brasier de feu le figea, comme si la chaleur transformait les fluides de son corps en cristal.

— Au secours ! Nous sommes là ! cria Dennis, mais avec le feu qui brûlait, les sens de Grim s'emballèrent.

Seule la partie logique du cerveau de Grim le persuada qu'ils ne pouvaient pas être dans l'escalier en feu, alors il s'élança dans le couloir vers la prochaine sortie.

Ses chaussures étaient comme un poids mort au bout de ses jambes, alors qu'il se ruait vers un puits étroit qui devait être utilisé par le personnel à l'époque. Simple et dépourvu des ornements dont se targuaient beaucoup de couloirs. Lorsqu'il ouvrit la porte de l'escalier, une chaleur ardente s'abattit sur son visage, le privant de son souffle. C'était comme si ses jambes s'enracinaient dans le sol. Les escaliers en bois brûlaient jusqu'à l'étage suivant. Il lui fallut toute sa volonté pour ne pas courir, mais quand il aperçut du mouvement en bas, il réussit à lutter contre la terreur qui le maintenait immobile.

Émergeant de la fumée, Dennis portait Misha sur son dos, se relevant péniblement pas à pas et trébuchant contre le mur. Les flammes léchaient l'air au plus près de leurs vêtements et de leurs cheveux, mais Grim ne pouvait se résoudre à les appeler. Il ne se souvenait que trop bien des jambes fines de Dennis. Très bientôt, il basculerait et enverrait Misha dans le feu. Il ne pouvait pas laisser cela se produire.

Grim descendit les escaliers, s'accrochant au mur avec une épaule alors qu'il sprintait vers le palier en dessous. Les flammes laissaient des brûlures sans même le toucher.

— Donne-le-moi, haleta-t-il, sentant une poussée de panique quand le corps entier de Dennis se mit à trembler à cause d'une forte toux.

Il n'eut pas besoin de se répéter. Dennis tomba à genoux dans les escaliers et les yeux larmoyants de Misha rencontrèrent finalement ceux de Grim. Ce n'est que lorsque Grim lui prit la main et l'attira dans ses bras qu'il réalisa la lourdeur du poids de la culpabilité et du regret qu'il portait sur les épaules. Il sauverait Misha de ce bâtiment, quoi qu'il en coûte. Misha se blottit dans ses bras comme s'il était à sa place, mais il n'eut pas le temps de poser des questions sur Zero ou sur ce qui s'était passé en bas.

Dennis se redressa dès qu'il le put et trébucha jusqu'au deuxième étage, poursuivi par des doigts faits de fumée et de feu. Grim posa Misha sur sa hanche et se mit à courir, les yeux fermement fixés sur la sortie. Il n'y avait pas de barreaux à la plupart des fenêtres, et ce n'était pas assez haut pour ne pas risquer un saut. Qu'est-ce qu'une jambe cassée en comparaison de brûler vif ?

Concentré sur le doux poids dans ses bras, Grim fut surpris de voir Dennis ouvrir grand les yeux, mais alors un fort craquement envoya une tempête d'étincelles sur lui et Misha. Il tomba à genoux et s'enroula sur Misha quand une explosion de douleur inimaginable déchira la peau de son bras. Il s'affaissa sur Misha, le serrant contre le sol, mais un regard à son visage effrayé fut suffisant pour alimenter ses forces restantes. Il cria et se releva, se pressant contre le poids enflammé qui envoya la même sensation de brûlure sur sa joue et son crâne. Les flammes dansaient tout autour de lui, mais il ne voulait pas les laisser toucher Misha.

Le monde entier était rouge, et quand Grim regarda son amant, qui rampait rapidement sous lui en hurlant, il fut frappé par un rush incomparable à tout ce qu'il avait vécu dans sa vie. Son corps était engourdi, comme s'il s'était écorché et avait saupoudré sa chair de cocaïne de première qualité. Ses poumons étaient remplis de feu liquide et ses yeux se troublaient. Misha se retourna vers lui et dit quelque chose d'une voix aiguë, mais ses mots ne pouvaient pas atteindre Grim à travers le bruit sourd du sang dans ses oreilles. Dennis les rejoignit, et il saisit la main de Grim à côté de Misha, qui tira sur l'autre en serrant les dents.

Le corps de Grim convulsa, et il finit par bouger, poussant ses jambes vers le haut et rampant. La bûche géante carbonisée qui était tombée sur son épaule roula, s'écrasant sur les escaliers en dessous, et il rampa sur le palier. L'obscurité s'abattit sur lui, mais alors que de multiples mains le tapotaient avec ce qui ressemblait maintenant à du tissu, il devint mou lorsque son cerveau cessa de s'embrouiller. Le morceau de vêtement fut retiré, et Grim fixa le sol alors que la douleur pénétrait dans son cerveau. Au début, son épaule gainée de cuir lui fit mal, mais au fil des secondes, l'agonie insidieuse ressentie par chaque pore de son visage et de son cou le terrassa.

Il vit des lumières vives défiler devant ses yeux, et un soupçon de chair brûlée le fit soupirer plusieurs fois, mais Misha réussit quand même à attirer son attention.

— Nous te tenons. Tu peux marcher ? demanda-t-il comme s'il pouvait porter Grim.

Grim frissonna, essayant de réprimer une autre vague de nausée. Il voyait double, mais il allait sortir Misha d'ici. Il s'accrocha au mur et se redressa, regardant son amant.

— Nous devons partir, souffla-t-il, et pour une fois, il n'était pas sûr de ce que signifiait l'expression horrifiée de ce charmant visage.

— Je vais vous emmener...

Dennis fut le premier à courir dans le couloir, bien qu'il boite, et même si Grim l'avait déjà remarqué auparavant, ce n'est que maintenant qu'il saisit vraiment que Dennis portait le pantalon de Misha et que son amant était juste en sous-vêtements et en T-shirt. Toute sa peau et sa chair délicate pouvaient être exposées au feu à tout moment.

— Je peux me mettre à quatre pattes, dit rapidement Misha, qui avançait déjà.

Grim ne le laissa pas faire et le souleva avec une force qu'il ne savait pas posséder encore. Il n'y avait aucune chance qu'il laisse Misha derrière lui.

— Sur mon dos, vite... tu dois sortir, prononça-t-il, perdant brièvement l'équilibre alors que la douleur lui griffait le cerveau.

Même ses genoux tremblaient.

Le sol semblait chaud, ou peut-être était-ce juste son imagination étourdie. Misha s'accrocha aux épaules de Grim, qui ne ressentait plus la douleur. Tout ce qu'il savait, c'était que son corps avait besoin de bouger, même s'il se balançait d'un côté à l'autre de son propre chef.

— Ici ! cria Dennis en agitant la main vers une pièce au bout du couloir.

Grim toussa, serra une main sur l'avant-bras de Misha, là où il se pressait contre son corps, et courut. La survie de Misha était sa seule raison d'exister encore.

— Tiens bon, marmonna-t-il en essayant de ne pas trébucher, même si ses pieds traînaient sans raison.

Son esprit résistait à la force qui tentait de le faire tourner en rond, mais lorsqu'il se précipita dans la même pièce que Dennis, les bords de sa vision étaient déjà flous. Sans réfléchir, il se dirigea vers la fenêtre vide et regarda dehors.

Un seul étage, et la fenêtre en dessous avait des barreaux. Sur le côté, il y avait un tuyau d'évacuation qu'ils pouvaient essayer d'utiliser pour descendre. Quelques buissons pourraient amortir leur chute s'ils n'y arrivaient pas.

— Tu es sûr que tu vas bien ? chuchota Misha en embrassant l'arrière de la tête de Grim.

Le regard de Grim se porta vers Dennis, qui fixait la lumière dansant sur le sol en dessous avec une expression raidie. Grim sourit et posa la jambe sur le bas du cadre de la fenêtre, atteignant déjà le tuyau d'évacuation.

— Ça va aller, promit-il, luttant contre le poids qui le tirait vers le bas et l'étirement douloureux de sa peau.

Dennis acquiesça, mais regarda en arrière, comme s'il s'attendait à ce que le feu se précipite à l'intérieur comme un tueur à gages.

— Reste derrière nous, ajouta Misha, en s'accrochant fermement à Grim avec ses bras et ses jambes.

— Merci, s'étouffa Dennis, qui suivit sur le rebord de la fenêtre dès que Grim lui fit de la place.

Grim lutta pour dérouler ses doigts et s'accrocher au tuyau, mais alors qu'il tendait la main, la sensation de brûlure sur le côté gauche de son corps ouvrit sa gueule hurlante. Grim étouffa un cri et bascula en avant, s'accrochant au tuyau pour sauver sa vie alors que le métal qui le maintenait contre la façade lui entaillait le doigt.

— Putain... putain, marmonna-t-il en essayant de se baisser lentement et en luttant contre le poids de Misha qui était soudain trop lourd à porter.

— Ça va aller, chuchota Misha à son oreille, et avant que Grim ne puisse comprendre ces mots, Misha glissa un peu plus bas sur le corps de Grim, et... lâcha prise.

C'était un poids que Grim ne voulait jamais enlever de ses épaules.

Misha glapit en tombant, et le craquement des buissons indiqua à Grim qu'il était à terre, mais son visage et son cou lui faisaient si mal qu'il ne pouvait même pas se retourner pour vérifier si Misha ne s'était pas empalé sur un horrible morceau de métal caché sous les plantes.

— Je vais bien ! cria Misha, bien qu'il laisse échapper un gémissement qui donna à Grim l'envie de se baisser désespérément pour vérifier s'il allait vraiment bien.

Il envisagea brièvement de lâcher le tuyau d'évacuation, mais cela risquait de l'envoyer directement sur Misha, aussi commença-t-il à descendre comme prévu initialement. Chaque mouvement lui donnait l'impression que de nouvelles blessures s'ouvraient dans sa chair, mais il continua à descendre, ne craignant même plus les flammes crachées par les fenêtres à ses côtés. Le contact du sol solide sous ses pieds fut un choc pour son organisme.

Dennis fut juste derrière lui, et Misha rampait vers lui avec une couronne de feuilles ornant sa tête. Le feu qui léchait le bâtiment juste à côté d'eux faisait ressortir les ombres sur son beau visage. Le soulagement d'être sorti de cet enfer fut si immense que les genoux de Grim se ramollirent et sa vision se brouilla.

Grim tendit la main vers Misha, mais ses jambes le lâchèrent et il tomba dans les hautes herbes, essayant de reprendre son souffle alors que sa trachée refusait de fonctionner et réduisait sa respiration à un râle paniqué. Il agita la main autour de lui, ne sachant plus où il pouvait trouver Misha.

— Je suis là, je suis là, tu m'as sauvé. Tout va bien se passer.

Misha trouva sa main, se penchant sur lui, et Grim la serra, luttant contre les picotements dans sa paume pour s'assurer que les doigts chauds n'appartenaient pas à un fantôme.

— Je suis là, répéta Misha en se rapprochant.

Les yeux de Grim se fermèrent alors qu'il luttait pour respirer, serrant la petite main dans la sienne. Des vagues de chaleur flottaient sur lui. C'était ironique que Logan, qui était venu ici pour brûler le monde une fois de plus, ait fini consumé par les flammes.

Grim déglutit, mais un son insistant se faufila dans son esprit depuis l'arrière-plan. L'hélicoptère n'était-il pas crashé après tout ?

Il frissonna et serra les dents pour ne pas crier à cause de la douleur cuisante dans tout son corps. Elle ne l'atteignait vraiment que maintenant, se frayant un chemin dans sa chair à un rythme rapide. Il ne pouvait plus le supporter. Mais il avait sauvé Misha. Quoi qu'il arrive, il avait au moins fait ça. C'était bien.

Le bourdonnement des moteurs devint de plus en plus fort, et il réalisa que c'était un son familier.

Motos.

Épilogue – Misha

L'herbe était si verte que Misha pouvait presque la sentir entre ses orteils alors qu'il traversait la pelouse de l'arrière-cour de la maison où Grim et lui vivaient depuis leur installation à Détroit. La peau de Grim ayant besoin d'une longue cicatrisation et Misha souhaitant commander des prothèses de jambes, le mode de vie nomade de Grim devait cesser, du moins pour un temps, et ils avaient donc loué une petite maison près du club-house il y avait presque un an.

Strelka, leur berger allemand, commença à courir tout autour de Misha, comme si la promenade précédente n'avait pas suffi à décharger toute cette énergie juvénile. Elle était encore très jeune, mais aussi forte et obéissante quand il le fallait. Grim avait insisté sur le fait que Misha avait besoin d'un chien pour se protéger, juste au cas où, et ils avaient régulièrement suivi des cours spécialisés avec un professionnel, qui les avait également aidés à choisir le chiot. Le chien avait appris à obéir aux ordres en russe et suivait Misha partout, ce qui lui avait permis de se sentir plus en sécurité lorsque Grim n'était pas là.

Les prothèses de Misha n'étaient pas toujours les plus confortables, mais il était déterminé à améliorer sa mobilité, même s'il appréciait beaucoup que Grim le porte dans la maison. Grim avait peut-être été brûlé, mais plus d'un an après, il n'était pas moins fort qu'avant. Et même le médecin était surpris de la rapidité de son rétablissement, ce qui, Misha le soupçonnait, était dû à sa détermination à se remettre sur pied. Ils s'étaient mariés dès que Grim était sorti de l'hôpital, mais ce dernier, toujours aussi narcissique, avait refusé de se faire photographier avant que les cicatrices des brûlures sur son visage et son cou ne s'estompent un peu.

Pourtant, même immédiatement après que les services d'urgence les avaient transportés à l'hôpital, Grim ne lui avait pas semblé moins beau. Sa peau était gravement atteinte, rouge, cassée, mais ce n'était qu'un détail, qui n'avait guère d'importance chez un homme qui avait risqué sa vie pour sauver celle de Misha. Un an plus tard, son visage, son cou et son bras portaient encore des traces de la confrontation fatidique avec Zero, mais la peau endommagée n'était que modérément plus foncée que celle du reste de son corps. Elle était plus épaisse et ressemblait un peu à de la céramique cassée, mais Grim semblait avoir de plus en plus confiance en son apparence chaque jour. Et comme il l'avait promis, il s'était assuré que Misha reçoive ses nouvelles jambes, l'assistant tout au long de son apprentissage de la marche.

Grim l'avait aidé à faire ses premiers pas et l'avait soutenu lorsque les résultats s'étaient avérés bien inférieurs à ce que Misha avait prévu. Le port de prothèses n'était pas une panacée. Parfois, cela faisait mal et c'était inconfortable, mais avec le temps, et l'aide des ajustements du prothésiste, Misha se sentait de plus en plus à l'aise sur ses nouveaux pieds, que Grim comparait toujours à une moto de sport élégante. Ils avaient un look moderne, en gris foncé et noir, et ne cherchaient pas à imiter de vraies jambes. Misha ne voulait pas prétendre qu'il était entier, il préférait qu'on lui rappelle les choses qui l'avaient amené là où il était maintenant. L'intérêt de Grim pour les prothèses était encore un autre facteur qu'il avait pris en compte dans le choix du design. Tant que ses nouvelles jambes remplissaient leur fonction, Misha était heureux de titiller son mari.

— Grim, tu es prêt ? cria-t-il depuis le jardin, et il cueillit quelques fraises qu'il avait lui-même plantées.

Il n'aurait jamais pensé que quelque chose comme le jardinage pourrait piquer son intérêt, mais une fois qu'il s'était intéressé à la science de tout cela, qu'il avait fait des diagrammes de croissance et lu des livres sur le sujet, il avait trouvé que c'était un nouveau passe-temps relaxant. Il était toujours doué avec les ordinateurs, mais ils n'avaient plus jamais eu le même attrait qu'avant l'enlèvement. Et même s'il réapprenait à être entouré de gens, il se sentait toujours plus à l'aise avec Grim, les plantes et Strelka, qui était maintenant assise en face de lui, la gueule ouverte et fixant Misha comme s'il l'avait hypnotisée.

Grim passait beaucoup de temps dans le club-house, mais Misha se sentait en sécurité dans leur maison, toujours prêt à intervenir, avec un chien qui savait déjà comment attaquer sur commande, et avec une cave où il pourrait se cacher si le pire devait arriver et que quelqu'un choisissait de s'introduire dans la maison d'un membre du MC des Coffin Nails. Jusqu'à présent, Misha n'avait eu aucun problème.

Grim sortit dans toute sa gloire en cuir. Il siffla Strelka, et après quelques caresses, il l'enferma dans la maison avant de s'approcher de Misha avec un sourire en coin. La moue étirait les cicatrices sur son visage, rappelant seulement à Misha tout ce qu'ils avaient traversé pour être ensemble. Avec le recul, il savait que Grim avait raison à propos de cette histoire de mariage. Ils étaient parfaitement assortis. Ils se comprenaient et soignaient les blessures de l'autre comme personne ne pouvait le faire. Il ne pouvait pas imaginer se lasser de Grim et de son toucher tendre.

Avec le soutien de Grim, il avait même eu le courage de rassembler toutes les informations qu'il avait sur l'organisation de Zero et de les remettre à la police de manière anonyme. Si plus de gens pouvaient être sauvés et plus de monstres punis, son cœur serait beaucoup plus léger.

— Prêt à partir ? demanda Grim en mettant ses lunettes de soleil.

— C'est moi qui t'attends.

Misha s'approcha et attira Grim vers le bas pour un baiser, car se tenir sur ses orteils n'était pas une option dans les prothèses.

— Mon joli vaniteux.

Grim cligna des yeux et serra les fesses de Misha avec un sourire narquois.

— Waouh, peut-être que nous pouvons enfin prendre ces photos.

Misha fit semblant de souffler.

— Non ! Mes cheveux ne sont pas à leur place.

Il fit courir ses mains sur la poitrine de Grim. Cicatrices ou pas, Grim serait toujours son héros, toujours la seule personne pour laquelle Misha n'avait d'yeux.

— Apparemment pas maintenant.

Grim tira sur la main de Misha et le conduisit vers l'avant de la maison.

— Rappelle-toi, tu m'as promis au moins une photo sans tes nouvelles jambes. Je compte dessus.

— Bien sûr.

Misha tendit la main et donna une fraise à Grim. Il avait appris à se sentir beaucoup plus à l'aise avec ses moignons depuis qu'ils étaient en couple. Il ne détestait plus leur apparence. Il méprisait la façon dont il les avait obtenus, mais il ne pouvait pas changer ça. Il ne pouvait que regarder vers l'avenir. Et comme ses moignons l'avaient aidé à rencontrer son prince charmant, alors peut-être que l'horreur qu'il avait vécue était un cruel coup du sort.

Grim ouvrit la voie vers sa moto, qui était fraîchement polie et brillait sous les rayons du soleil.

— Assure-toi de bien manger. Je ne veux pas que tu sois trop bourré ce soir.

Une autre chose que Misha aimait dans ses nouvelles jambes. Il pouvait s'asseoir en toute sécurité à l'arrière de la moto de Grim. Elle n'avait pas vieilli.

— Tu m'aimes ivre.

— Carrément ! cria Grim par-dessus le bruit du moteur.

Misha reposa sa tête contre le dos de Grim et sentit le gilet de cuir, appréciant de savoir qu'il portait le nom de Grim. À la fête, tout le monde le saurait.

Grim était l'homme le plus dangereux de tous les Coffin Nails, et il était le seul de Misha.

FIN

Chevauchée avec le Diable

Coffin Nails MC

SÉRIE SEXE & CHAOS

K.A. MERIKAN

Chevauchée avec le Diable

K.A. Merikan

--- On ne baise pas avec le fils du Président ---

Tooth : Vice-président du Coffin Nails Motorcycle Club. En quête perpétuelle de vengeance. La dernière chose dont il a besoin, c'est de devenir le baby-sitter permanent d'une pute mâle.
Lucifer : Déchu. Perdu. Seul.

Après une enfance remplie de négligence et de mauvais traitements, suivie du suicide de sa mère, Lucifer parcourt seul le monde. Il n'y a rien d'autre pour lui qu'une vie au jour le jour. En tant que fils bâtard du Président du Coffin Nails Club, Lucifer n'a jamais connu l'amour paternel. Alors, quand les Nails se pointent au club de strip-tease où il travaille, la dernière chose à laquelle il s'attend est d'être confié à la garde de Tooth, le légendaire Vice-président, connu pour ses techniques d'interrogatoire macabres. L'homme se révèle être la bête la plus sexy que Lucifer ait jamais rencontrée. Il est également plus âgé, hétéro et un fantasme que Luci ne pourra jamais réaliser.

La vie de Tooth s'est brutalement interrompue il y a douze ans. Son amant a été assassiné, et la police n'a jamais retrouvé les meurtriers, les pistes s'avèrent toutes mener à des impasses. Afin de trouver la paix et se faire justice, Tooth rejoint les Coffin Nails, mais, des années plus tard, il n'est arrivé à rien et brûle toujours de se venger. Baby-sitter un adolescent profondément marqué, avec un indéniable talent pour disparaître, figure tout en bas de sa liste de choses à faire. Il s'était promis de ne jamais plus s'attacher à personne. Afin de s'assurer que le jeune garçon, ouvertement gay, est en sécurité dans le club, Tooth se retrouve coincé à garder un œil sur lui. Ces grands yeux bleus suppliant l'attention attirent Tooth, mais baiser le fils du Président est interdit, même lorsque leurs sentiments dépassent la luxure.

Ce que Tooth ne sait pas, c'est que Lucifer pourrait bien détenir la clé dont il a désespérément besoin pour tourner la page.

Ce livre est destiné uniquement aux adultes. Il contient une intrigue sans concession, des scènes de sexe, un langage explicite, de la violence et des abus. Ainsi qu'une utilisation inappropriée de matériel dentaire et de lait.

Thèmes : prostitution, motards hors-la-loi, crime organisé, homophobie, problèmes familiaux, punition/discipline, prélèvement d'organes, différence d'âge.

Genre : dark romance contemporaine gay

AMAZON

MERCI

Merci d'avoir lu *Sa couleur préférée est le sang*. Si vous avez apprécié votre temps passé avec notre histoire, nous vous serions vraiment reconnaissantes si vous preniez quelques minutes pour laisser un commentaire sur votre plateforme préférée. C'est particulièrement important pour nous, en tant qu'autoéditées, qui ne bénéficient pas du soutien d'une maison d'édition.

Sans oublier de mentionner que nous adorons savoir ce que nos lecteurs pensent !

Kat & Agnes, alias K.A. Merikan

À Propos des Auteurs

K.A. Merikan est une équipe d'auteurs qui essaient de ne pas se conformer aux normes que l'on attend de la part d'adultes, avec quelque succès. Toujours avides d'explorer les eaux troubles de l'étrange et du merveilleux, K.A. Merikan ne suivent pas les formules toutes faites et désirent que chacun de leurs romans soit une surprise pour ceux qui choisissent de monter à bord.
Patreon : https://www.patreon.com/kamerikan

K.A. Merikan ont écrit quelques romances MM plus douces aussi, bien qu'elles se soient spécialisées dans le dark, sale et dangereux côté du MM, plein de bikers, de bad-boys, de mafiosos et de relations brûlantes.

Faits amusants :
Nous sommes Polonaises
Nous ne sommes ni sœurs, ni un couple
Les doigts de Kat font deux fois la taille de ceux d'Agnes.
E-mail : kamerikan@gmail.com
Si vous souhaitez avoir des informations concernant nos projets et travaux en cours :
Page auteur de K.A. Merikan : http://kamerikan.com
Facebook : https://www.facebook.com/KAMerikan

DÉTOUR MORTEL

K.A. MERIKAN

Détour Mortel

K.A. Merikan

—Un détour mortel. Un homme parfait.—

Colin : Suit les règles. Futur médecin. Témoin d'un meurtre. Captif
Taron : Survivaliste. Muet. Meurtrier. Ravisseur.

Comme chaque week-end, Colin est sur le point de rentrer à la maison, après la semaine passée à l'université, mais il est hanté par la prise de conscience qu'il ne prend jamais de risques dans la vie et qu'il suit toujours le même chemin. Sur une impulsion, il décide d'emprunter une route différente. Juste une fois. Ce qu'il ne réalise pas, c'est que ce sera la dernière fois où il aura un choix à faire.

Il finit par suivre un détour vers l'horreur absolue et se retrouve kidnappé par un homme imposant et silencieux avec une hache tachée de sang. Pourtant, ce qui ressemble à son pire cauchemar pourrait s'avérer être un chemin vers la liberté que Colin n'avait même pas envisagé.

Taron vit seul depuis des années. Ses terres, ses règles. Il a abandonné toute idée d'avoir de la compagnie depuis une éternité. Après tout, toute forme d'attachement entraîne des responsabilités. Il a bien assez à gérer avec ses propres problèmes, et la nuit où il se débarrasse d'un ennemi, il finit avec un témoin de son crime.

La dernière chose dont il a besoin, c'est d'un captif geignard. Colin ne mérite pas la mort pour avoir posé le pied sur les terres de Taron, et le retenir prisonnier n'est pas non plus ce qu'il y a de mieux à faire. C'est seulement lorsqu'il découvre que ce citadin est gay, que de toutes nouvelles options voient le jour. Dont une qui n'est pas juste, et qui pourtant le tente davantage, chaque fois que les beaux yeux de Colin l'accusent depuis le fond de sa cage.

« Quand Taron passa le lourd collier métallique autour du cou fin et referma le verrou, son corps se mit à palpiter à l'idée de posséder ce garçon.
   Était-ce mal ? Oui, tout à fait.
   Était-ce très, très agréable ? Définitivement ! »

Thèmes : vies alternatives, handicap, crime, solitude, d'ennemis à amants, proximité forcée, comme un poisson hors de l'eau, attirances contraires, enlèvement, syndrome de Stockholm, problèmes de famille.
   Genre: Dark romance, thriller.
   Contenu: Scènes brûlantes, émotionnelles et explicites.
   Ce roman est destiné à des adultes qui savourent des histoires où la limite entre le bien et le mal est très floue. Très sexy, tordu et attirant, il n'est pas pour les âmes sensibles.

AMAZON

Printed in France by Amazon
Brétigny-sur-Orge, FR

21000316R00208